古典文獻研究輯刊

二六編

曾永義 主編

第 **17** 冊

《莊子》天文譬喻與敘事之研究

牟曉麗 著

國家圖書館出版品預行編目資料

《莊子》天文譬喻與敘事之研究／牟曉麗 著 -- 初版 -- 新北市：
花木蘭文化事業有限公司，2022〔民111〕
序 12+ 目 2+224 面；19×26 公分
（古典文學研究輯刊　二六編；第 17 冊）
ISBN 978-626-344-007-4（精裝）
1.CST：莊子 2.CST：研究考訂
820.8　　　　　　　　　　　　　　　　111009922

ISBN-978-626-344-007-4

9 786263 440074

古典文學研究輯刊
二六編　第十七冊　　　　　　ISBN：978-626-344-007-4

《莊子》天文譬喻與敘事之研究

作　　者　牟曉麗
主　　編　曾永義
總 編 輯　杜潔祥
副總編輯　楊嘉樂
編輯主任　許郁翎
編　　輯　張雅淋、潘玟靜、劉子瑄　美術編輯　陳逸婷
出　　版　花木蘭文化事業有限公司
發 行 人　高小娟
聯絡地址　235 新北市中和區中安街七二號十三樓
　　　　　電話：02-2923-1455／傳真：02-2923-1452
網　　址　http://www.huamulan.tw 信箱 service@huamulans.com
印　　刷　普羅文化出版廣告事業
初　　版　2022 年 9 月
定　　價　二六編 23 冊（精裝）新台幣 62,000 元　　版權所有・請勿翻印

《莊子》天文譬喻與敘事之研究

牟曉麗 著

作者簡介

牟曉麗，女，1987 年 2 月生，祖籍吉林德惠，臺灣中山大學文學博士，臺灣斐陶斐榮譽學會榮譽會員。福建工程學院人文學院講師，福建省社科基地「福建地方文獻整理研究」成員。

提　　要

　　《莊子》一書多揚楚，對楚文明較為推崇。楚信巫鬼，重淫祀，其星占是古代巫術傳統中重要的一部分，且楚為天文發達之地。本文試圖理清《莊子》與楚巫術傳統、天文文化的內在關聯。同時，運用 Lakoff-Johnson「概念譬喻理論」、敘事學研究、結合楚國的星占、戰國的五行等文化背景，闡發《莊子》寓言創作過程中制名稱義呈現的思維理路。

　　本文分成六章：第一章為「緒論」。第二章為楚國的天文學淵源，通過回溯楚國天文學的歷史發展，探討楚國始祖神話系統中的天文譬喻，以有助於《莊子》之理解。第三章對《莊子》中與巫術傳統密切相關的天文譬喻進行系統解析。第四章將參考敘事學研究探討《莊子》文本與天文密切相關處。第五章分析與《莊子》文本類似以天文空間連接組成敘事情節之〈柳毅傳〉、〈任氏傳〉、〈桃花源記〉、〈赤壁賦〉等作品。第六章為結論。

　　在寫作方面，以文本細讀、文獻分析、概念譬喻理論、敘事學、詮釋學等文學批評方法，結合中國漢字的音、形、義，以及巫術思維、天文學常識進行綜合研究，期待能豐富研究《莊子》之視角。

本書稿為福建工程學院校級科研項目（校內編號 GY-S21122）成果。

序

楊雅惠

　　遠古先民，對於宇宙存有，猶是渾沌未開，對於世界萬化，總是懵懂無知。在此情形之下，宗教信仰是通天的必經之路。直到軸心突破時代，人開始將外向通天的祭壇移到了自我內心，修身養性成了人通往天際、尋求天人合一的新徑。然而此間諸子百家互別苗頭，通天曲徑也路線各異。

　　《莊子‧繕性》中說道：「古之人，在混芒之中，與一世而得澹漠焉。當是時也，陰陽和靜，鬼神不擾，四時得節，萬物不傷，群生不夭，人雖有知，無所用之，此之謂至一。當是時也，莫之為而常自然。」這是莊子或其後學所提出的理想路線——以自然之道達到陰陽和靜、四時得節的「至一」之境。在諸子百家中，《莊子》的思想路線也許是最貼近自然造化的「天鈞」吧！

　　《莊子》內篇中就有「天倪、天鈞、天府」的觀念，〈大宗師〉中說：「死生，命也，其有夜旦之常，天也。」生命與宇宙之間，似乎存有未可言喻的關係。〈天道〉篇也曾藉由孔老對話，假老聃之言說：「夫子若欲使天下無失其牧乎？則天地固有常矣，日月固有明矣，星辰固有列矣，禽獸固有群矣，樹木固有立矣。夫子亦放德而行，循道而趨，已至矣。」說明《莊子》一書中，天道運行與人文理想之間，似有某種神祕的牽引……。

　　然則這些神祕的牽引在《莊子》中究竟如何呈現？或者就在其「以卮言為曼衍，以重言為真，以寓言為廣」的文學想像之中，在其「謬悠之說、荒唐之言、無端崖之辭」的神思詭辯之中。這是何等宏觀絢爛的宇宙星圖！又是何等幽深隱微的心靈祭儀！

　　牟曉麗教授，出身東北，喜好天文；碩論曾治莊學。博班來臺，隨著我共同研究美學與文學理論。曾以〈星空下的詩思〉為題作一報告，欲以天文

思維詮釋文學作品;另闢蹊徑,頗見創意。我遂鼓勵她可以天文思維嘗試解《莊》。其資質聰慧,一點即通,舉凡美學觀念、文學理論、修辭學、文化研究等中西方法,皆能勤奮吸收。往復討論之後,博論《《莊子》天文譬喻與敘事之研究》終底於成。書中嘗試探索《莊子》與楚巫術傳統、天文文化的內在關聯,取徑西學概念譬喻理論、敘事學等方法,並結合楚國的星占、戰國的五行等文化背景,以闡發《莊子》寓言創作過程中制名稱義呈現的思維理路,實可謂為莊學研究開創了一新穎視角。

今書將付梓,草創之際,疏漏難免,然鑿開渾沌,勇氣可嘉。希望能以此就教於方家。是以樂為之序。

歲次壬寅孟春楊雅惠序於西灣

序

張洪興

　　牟曉麗博士著作《《莊子》天文譬喻與敘事之研究》即將出版，囑我作序。首先說明的是，我對天文學知識掌握不多，對敘事學的理論也不甚了了，這裡只是簡單談一下自己對莊子在中國文化格局中的功能性特徵及該著作的一點兒粗淺的認識。

（一）

　　《莊子》素以難讀著稱。在莊子學術史上，有以道解莊者，有以儒解莊者，有以釋解莊者，有以文解莊者，可謂眾說紛紜。這一方面說明，《莊子》文本是一個開放的系統，為不同面向的闡釋提供了可能；另一方面則說明，莊子思想意蘊豐富，本身極具魅力。

　　莊子思想恒久的魅力或者說其持續的影響力是如何產生的呢？這需要從莊子在中國文化中的功能性特徵說起。我們以為，西周建立以後，周公旦制禮作樂，強調以德配天，阻斷了中國文化從自然宗教發展到一神教的路徑；經春秋戰國諸子「百家爭鳴」，由德而進一步抽象、昇華為道、道德，從而確立了中國以道德為主要範式的人本主義文化；漢武帝「罷黜百家，獨尊儒術」之後，儒家、道家、法家（側重於實踐層面，茲不論）成為中國文化的主幹，且三足鼎立，生生不息，形成超穩定的架構。就學術（思想）路徑而言，儒家、道家雖相互攻訐，但二者都是對周禮樂文化的因應，一建構一解構，一正一反，是同源一體的。英國學者葛瑞漢曾經指出，「正如人們早已知道的那樣，中國人傾向於把對立雙方看做是互補的，而西方人則強調二者的衝突」〔註1〕，葛氏所

〔註 1〕（英）葛瑞漢著、張海晏譯《論道者》，中國社會科學出版社 2003 年版，第 379 頁。

言頗有見地。在解決中國人生與死的根本問題方面，儒家由生入死，道家由死入生〔註2〕，二者相反相承，呈現出動態的互補的平衡狀態，此則是中國文化的基本特徵。

在中國文化儒道互補的格局中，莊子是不可或缺的重要支撐。一般認為，莊子繼承並發展了老子的道德學說，是老子之後道家的重要代表人物。道家思想以「無」「靜」「虛」為主要特色，「無」是基礎，「靜」是狀態，「虛」則是境界，莊子思想亦然。只不過，莊子摒棄了老之「無不為」之理路，在批判世態世故、人情人心基礎上，向「後」轉身，向「內」發展，通過「兩行」「心齋」「坐忘」「攖寧」「懸解」等心性修養的工夫，以期達到逍遙無待的心靈境界。從這個角度說，莊子雖然無視王侯富貴，但實是一介良民。

（二）

我們當下是一個科學昌明、物資豐盈的時代，技術日新月異，人們可以上天入地，好像無所不能，但我們身邊常有一些顯而易見的問題：宗教的傳播、寺廟的香火並沒有因為科學的發展而消失，人生的快樂、幸福的生活並沒有因物資的富足而獲得，而精神的疾患（焦慮症等）、心境的障礙（抑鬱症等）〔註3〕、自殺的比率並沒有因為社會的娛樂化而減輕，如何解決這些問題呢？在筆者看來，首先應予以面對，予以正視，以駝鳥的心態漠視、迴避並無益於問題的解決；其次，所謂心理醫生、藥物治療只是治標不治本，對於社會群體而言只是杯水車薪──這需要從文化中汲取療救的力量。

任何有生命力的成熟的文明體，都會關注人世、人情與人心，都會試圖

〔註2〕可參見筆者〈中國古代道德生態淺論〉，《光明日報·理論週刊》2014 年 7 月 14 日。

〔註3〕2007 年，世界權威醫學雜誌《柳葉刀》通過中國 4 省超過 6 萬人的調查數據得出，中國 17%的人存在精神障礙，並推算當時中國存在 1.73 億精神疾病患者。10 年之後，我國學界統計精神疾病人數依然使用 17%的比例。2019 年 2 月 18 日，《柳葉刀·精神病學》在線發表了北京大學黃悅勤教授團隊歷時 3 年完成的「中國精神衛生調查」的第一批主要結果，該調查也是我國首次全國性精神障礙流行病學調查，主要針對我國社區成人心境障礙、焦慮障礙、酒精藥物使用障礙、間歇爆發性障礙、進食障礙、精神分裂症及其他精神病性障礙、老年期癡呆等七類主要精神障礙的加權患病率及其分佈特點。調查顯示，任何一種精神障礙（不含老年期癡呆）終生患病率為 16.57%。當下，中國人精神方面的問題是不容忽視的。上述內容見各大互聯網站，茲不注明。

解決人之生與人之死的根本問題。而中國文化五千年生生不息，在此方面可謂得天獨厚。與以基督教文明為核心的西方文化相比，中國文化另闢蹊徑，以人文「化成天下」(《周易‧賁卦》)。具體說來，西方基督教文化通過勾畫一個彼岸世界，借「一神教」至高無上的上帝的「神諭」規約人生，期許死後則升入「天堂」；中國人的宗教觀念要對薄弱，主要在道家、儒家學說的引領下，以道德的覺解或者說道德的力量來建構一個精神空間，並在此基礎上形成生命個體乃至於中華民族的「精神棲息地」，以凝聚人心、鼓舞人心、規約人心、溫養人心，而莊子思想的意義即主要體現在溫養人心方面。從個體生命來說，每個人的一生中不都有逆境、困境、險境甚至絕境的時候嗎？莊子以批判的、否定的思維方法，在消解儒家代表的人生價值基礎上，試圖建構一個逍遙自在之「無何有之鄉」〔註4〕；而一個人的「無何有之鄉」越廣大，則心靈越強大，在逆境、困境、險境甚至絕境中會自然而然地展露出來，會自然而然地打開疏解的「閘口」，會自然而然地消解負能量，讓人得以解脫或超脫〔註5〕。這種文化的「溫養」能力，需要生命個體從小到大在文化的浸潤中潛移默化地形成，急就式的、惡補式的去讀幾本經典，作用並不明顯。其實，在物質文明高度發達的今天，莊子的學說或更具有現實意義。

　　莊子及其學說在先秦並不彰顯，在漢代亦是「潛行期」〔註6〕；魏晉時在玄學背景下成為「三玄」之一，從而大放光芒；經魏晉學者的傳承與闡發，莊子學說成為中國人生命哲學的重要組成部分，成為中國人重要的文化品格。可以說，在魏晉之後的中國思想史上，莊子學說對個體生命的影響力，絲毫不低於老子學說，甚至超過了老子學說。

（三）

　　天人關係是中國古代思想的基本架構之一，莊子學說亦以此立論，《荀子‧

〔註 4〕可參見筆者〈論莊子消解負能量的方式方法──從莊子本人際遇說起〉，《蘭州學刊》2016 年第 9 期。

〔註 5〕筆者把莊子學說這種溫養心靈的力量稱之為「負─負能量」，即以批判、否定等負的方法消解負能量。筆者以為負負得正，轉化為一種溫養人心的「正能量」。

〔註 6〕阮忠《莊子創作論》中認為「西漢是莊子影響的潛行期」(阮忠《莊子創作論》，中國地質大學出版社 1993 年版，第 26 頁)。熊鐵基等人《中國莊學史》在論述秦漢莊子學時，認同阮忠的觀點，指出秦漢時期是「潛行的《莊子》」(熊鐵基等《中國莊學史》，湖南人民出版社 2003 年版，第 71 頁)。

解蔽》篇中曾說「莊子蔽於天而不知人」，雖是從儒家立場予以評論，但可謂知言。余英時先生在闡述天人關係時，把「天人合一」分為舊與新兩個層面，強調「新天人合一是思想家在軸心突破過程中發展出來的，它的特徵可以歸納為一句話：『道』與『心』的合一」〔註7〕；余先生所論對百家諸子而言是否都合適，則當別論；但對莊子學說而言，卻是頗中肯綮，「道」與「心」的合一正是莊子天人關係的基本架構。

　　《《莊子》天文譬喻與敘事之研究》一書即以莊子天人關係為邏輯起點。牟曉麗認為，莊子追求「與天合一的生活理想和精神境界」，實現的途徑除「不以人助天」之外，「還應該包含一直以來被我們忽視的一個層面，即古人對天文知識以及天文占卜方面學術的掌握」，而「譬喻思維」（有想像力的理性）則是其主要特色。該著作具有以下幾個特點：（1）選題角度、論證思路新穎。中國古代天文學知識豐富而多樣，本身即是天人關係架構中的重要組成部分，從譬喻學的角度條分縷析，深入探尋其中的文化意蘊，可謂匠心獨運。（2）學術視野開闊，見解獨到。牟曉麗在討論問題時，在梳理古今中外學術成果的基礎上，能夠將天文星圖、文字訓詁、陰陽五行、古帝傳說等聯繫起來，展現出較為廣闊的學術視野，提出了不少獨到的見解，如第三章在討論「魚鳥之變與龍鳳之喻」時指出，「莊子以尾宿天區魚鳥之寓，寄言宇宙蒼穹之遼遠，人生之渺小可歎，以洪荒宇宙之萬古長久解脫生之瑣屑煩惱，與天地遊，此似也為『逍遙』真義之一種」〔註8〕；並進而指出，「魚龍之變與龍鳳之喻都具有天象的譬喻，是莊子時空觀的意象化處理。魚鳥之變，正是以空間之動感象徵時間之變化。」〔註9〕；第四章在討論《莊子》寓言指出，「《莊子》寓言情節呈現為天文空間化特色；《莊子》中的聖王人物多可結合中國文化中的陰陽五行、占星學說發現其中的天文譬喻」〔註10〕，頗有識見。（3）資料豐富，尤其是對臺灣學者學術成果的引用具體而細緻，可資借鑒，茲不細論。牟曉麗認為，《莊子》研究應被視為一種藝術創造，應注重從新的角度活化經典，從該書的寫作情況看，我想此方面她已經做得很不錯了，該著作將進一步豐富莊子學的研究。

〔註7〕余英時《論天人之際》，中華書局2014年版，第56頁。
〔註8〕牟曉麗《《莊子》天文譬喻與敘事之研究》，第123頁。
〔註9〕牟曉麗《《莊子》天文譬喻與敘事之研究》，第142頁。
〔註10〕牟曉麗《《莊子》天文譬喻與敘事之研究》，第176頁。

　　牟曉麗讀碩士期間，我曾為其導師，在其首部學術著作出版之際，我主要談了自己學莊、研莊的一點兒體會，聊以為序言。祝願曉麗博士學術之路越走越寬、越走越遠！

2022 年 1 月 24 日於長春

自 序

　　《莊子》一書雲詭波譎，歷來解莊者眾多，筆者看來，解莊有以文解莊和以哲解莊兩種思路。以文解莊，即探求《莊子》文章之學。以哲解莊，即探求《莊子》的哲思內蘊。以哲解莊，無論是憑藉儒家思想、佛教思想還是當下的西方哲學，不過是給莊子思想一個理論框架。這也許可以看做格義之學，它不會讓莊子學的面目離我們更遠，如後人批評的「不是郭象注莊子，卻是莊子注郭象」，而是會「隔岸花分一脈香」，起到活化經典的作用。然而，筆者認為任何著作之解讀，都不應脫離其所在之時空背景，尤其是所在區域之文化傳統。唯有如此，才能別開生面地闡釋《莊子》。

　　《莊子》一書多揚楚，對楚國文明較為推崇。楚國信巫鬼，重淫祀，其巫術傳統是中國巫術傳統中重要的一部分。巫術門類眾多，與楚國天文學發達相關之星占應為當時巫術的霸主。占星學最發達之地為楚國、魏國。《甘石星經》為楚人甘德、魏人石申夫所作。湖北隨州出土曾侯乙墓漆箱蓋上繪有二十八星宿圖和青龍圖像、大火星遺跡，可見當時楚國人對星斗之崇拜。學者已研究發現《山海經》為楚巫所做，其中多有古代天文學遺蹤。屈原〈離騷〉及〈天問〉瑰麗浪漫想像也多來源於楚國巫術傳統。莊子之摯友惠施為魏國相，曾面對南方黃繚「問天地所以不墜不陷，風雨雷霆之故」的提問，「不辭而應，不慮而對，遍為萬物說；說而不休，多而無已，猶以為寡，益之以怪」，莊惠二人之友情想必有巫術、天文共同之文化背景。沿著這一思考，本文試圖釐清《莊子》與楚國巫術傳統、天文文化的內在關聯。此為本文章發想之一。

　　研讀《莊子》，如同千年以還的讀者一樣，筆者既驚訝於莊子之文采，又對很多寓言百思不得其解。非對其寓言所要傳遞之旨意哲思不解，而是莊子

為何會創造出如此多之奇怪人物？從其奇怪的命名到神化之行跡，似乎若有若無地顯現一種理致的痕跡。筆者讀到 Lakoff-Johnson「概念譬喻理論」（conceptual metaphor theory，簡稱 CMT），西方敘事學研究，又結合楚國的星占、戰國的五行等巫術、天文文化背景時，以古代天文以及陰陽五行的譬喻理解《莊子》，豁然開朗。故將研究心得形諸文字，闡發《莊子》寓言創作過程中制名稱義呈現的思維理路，以就教於方家學者。此為本文發想之二。

本書的架構分成六章：

第一章為「緒論」，進行文獻回顧，綜述前人關於莊子其人、其書、其思想的研究成果，說明本文研究動機與目的、研究途經與方法、研究範圍與限制。第二章回溯楚國天文學的歷史發展，結合《史記‧五帝本紀》、《史記‧楚世家》、《山海經》等文獻數據探討楚國始祖神話系統中的天文譬喻。《莊子》建構寓言多與楚國巫術傳統有關，故專闢一章，探討楚國天文傳統及其古帝傳說中的天文譬喻，以有助於《莊子》之理解。第三章對《莊子》中與巫術傳統、天文文化密切相關的天文譬喻進行系統解析和梳理。此為本書的主體研究成果。第四章將參考敘事學相關研究探討《莊子》文本。古帝神話傳說和《莊子》寓言體現了中國故事情節獨特的空間連接組織形式。同時，此章將初步探討《莊子》文本符號閱讀和結構閱讀的意義。第五章分析與《莊子》文本類似以空間連接組成敘事情節之〈柳毅傳〉、〈任氏傳〉、〈桃花源記〉、〈赤壁賦〉等作品。此種研究延續前四章的研究方法，探討以天文思維和宇宙觀建構文學作品的方法，同時也類似於敘事學的結構分析以及詮釋學方法。此種解讀方法前人未有，故本章也可看做提供一種閱讀的新經驗。第六章為結論，闡述研究發現，闡述本研究的價值意義，以為後續研究者提供研究方向參考。在寫作方面，以文本細讀、文獻分析、概念譬喻理論、敘事學、詮釋學等文學批評方法，結合中國漢字的音、形、義，以及巫術思維理則、天文學常識進行綜合研究。

本書是在筆者博士學位論文基礎上修訂完善而成，試圖釐清《莊子》中的天文譬喻脈絡，期能豐富解讀《莊子》之視角，構成解讀《莊子》差異性的千高原場域。為方便閱讀，建議讀者自置一臺天球儀模型（也可運用現代科技軟體 Stellarium），或有天文觀察愛好，則粗陋之文將如冰雪漸裂，關節通透。最後，我要對博士導師楊雅惠教授、輔助筆者修改論文的施懿琳教授、蔡振念教授、江建俊教授、黃聖松教授表示誠摯的謝意！是你們的諄諄教誨

和不辭辛苦地給予學術上的良思，本人的論文才得以順利完成，並有幸能作為一本學術著作出版。同時，也要感謝我的碩士導師張洪興教授，是您帶領我進入研究《莊子》的學術之門，也是我人生中勤奮鑽研、教書育人的榜樣！感謝我的父母、男朋友、妹妹，是你們不斷地進行經濟資助和精神救助，我才能無後顧之憂地完成博士學業！還要感謝我在臺灣的朋友羅鼎鈞先生的幫忙，帶著我在求學期間可以用稿費謀生；還有北大翁洪武先生的資金補助以及讀博期間將小朋友交給我補習讓我賺取課時費的家長，曉麗銘感於心！

　　將博士論文修改成書稿之時，筆者遵守國家規定在廈門某酒店進行 14 天的隔離。筆者期待世界可以回到疫情之前，人心復樸、世運清明不僅是莊子，也是我輩學人的初心！筆者的專著得以出版也要感謝福建工程學院的校科研啟動基金，感謝人文學院的黨委書記謝鴻飛、院長鄧曉華以及副院長楊億力、鹿苗苗的支持與鼓勵，筆者的第一份工作總是出現各種差錯，感恩領導與同事的包容與幫助，希望我們未來可以一起為學院的進步而努力！最後，感謝花木蘭文化事業有限公司楊嘉樂編輯及一切我未知的善意幫助，幫我圓了出版學術專著的夢想！

牟曉麗

2022.1.12　福建工程學院人文學院辦公室 410

目次

第一章　緒　論

　　《莊子》文本的研究著作甚多，研究方向多可歸為思想史類與文學類研究。然而，道家的思辨哲學借助天文學完成，[註1] 其中不單是宇宙觀方面的宏觀性思考，尚應有天文計時、天文星象等細部探討。近年來，隨著學術界對天文學的重視，已經有學者考證出中國殷商時期即存在的干支紀年地支十二字字形來源於星象。[註2] 此項研究啟發我們研究天文星象與人文之關聯。若是結合歷史商王命名多以天干為名，商王死後昇天，居住在自己的分星，[註3] 高辛氏二子的傳說又與「子」、「巳」互為假借密切相關，則我們很容易發現上古帝王傳說與星象關聯甚深，且此處已經牽連分野學說。分野體系在商代已經建立，形式在戰國初年已經更新。[註4] 分野體系原用於星占，然其也為天文與人文關聯最密切處。《莊子》一書中保留有很多上古傳說與神話，其與天文學之關聯也有學者做過研究。本文期待能在前人基礎上將此項工作做得更加具體細緻，進而對《莊子》受到天文影響選取的譬喻意象與敘事結構作出清晰勾勒。

[註1] 馮時：《中國古代物質文化史——天文曆法》（北京：開明出版社，2013 年 10 月），頁 25。

[註2] 劉寧：〈論地支十二字源自新石器時代星象〉，《考古與文物研究》，2020 年第 3 期，頁 71～79。

[註3] 西周牆盤銘文記載：「青幽高祖，在微靈處。」即記載殷王帝乙死後居住在分星。詳參馮時：《中國古代物質文化史——天文曆法》，頁 33。

[註4] 馮時：《中國古代物質文化史——天文曆法》，頁 33。

第一節　研究範圍與概況

一、莊子其人

　　莊子為何許人氏？其在人世之周流，發端於何處？顛沛於何處？其生活軌跡為何？若言每個人在人世漂泊都如蝸牛行跡，背負著命運重重的殼，那麼莊子為何如此與眾不同？

　　莊子，姓莊，名周，字子休。〔註5〕顧名思義，「周」取周流運動之意，「休」取靜止之意。莊子之名即體現道家動靜不二之哲思。同時，《爾雅·釋木》：「休，無實李」〔註6〕此或為向老子致敬，正如太史公所言：「其學無所不窺，然其要本歸於老子之言。故其著書十餘萬言，大抵率寓言也。作〈漁父〉、〈盜跖〉、〈胠篋〉，以詆訿孔子之徒，以明老子之術」〔註7〕。嚴靈峰以為莊子生存年代，大概在周安王至周赧王時代，即公元前三七五至前二九五年。〔註8〕顏崑陽根據郎擎霄《莊子學案》與錢穆《莊子先秦諸子繫年》推定莊子的生卒年在公元前三九零年至公元前三五九年之間。〔註9〕劉生良認為莊子生卒年在現有條件下以時間段劃分較為精確，其以馬敘倫與郎擎霄的說法為參考，認為莊子生年當在公元前三七五年左右，卒年約在公元前二九五年左右。〔註10〕劉生良劃分時間段之方法較為嚴謹科學。

　　關於莊子之國籍，有「宋之蒙」、「梁之蒙」、「齊之蒙」、「楚之蒙」、「魯之蒙」等說法。現今多採用莊子為宋國蒙人此一說法。宋國蒙縣大約位處河南歸德府商丘縣東北。據顏崑陽考證：現今歸德府已廢，而縣尚存，其中又

〔註5〕嚴靈峰認為，唐代道士成玄英說他字「子休」是因為古代文字拼音的關係附會而成。參見氏著：《莊子》（臺灣臺北市：正中書局，1987年11月），頁三三。同書記載王樹榮說其字子沐，就是孟子曾提過的子莫。蔡子民更大膽假設莊子就是楊朱，未能有證據證明。

〔註6〕晉·郭璞注、唐·陸德明音義、宋·邢昺疏：《爾雅注疏》，《武英殿十三經注疏》本，頁101。

〔註7〕漢·司馬遷撰、宋·裴駰集解、唐·司馬貞索隱、唐·張守節正義：《史記·老子韓非列傳》，《武英殿二十四史》本，卷63，頁106～107。本書使用《史記》皆用此一版本，故下文出注從略。

〔註8〕嚴靈峰編著：《莊子》，頁四〇。此莊子生卒年之論斷與聞一多亦同。詳參胡適、魯迅、梁啟超等著：《民國語文——八十堂大師國文課》（北京：中國長安出版社，2011年），頁141。

〔註9〕顏崑陽：《莊子的寓言世界》（臺北：漢藝色研文化事業有限公司），頁12。

〔註10〕劉生良：《鵬翔無疆——莊子文學研究》（北京：人民出版社，2004.05），頁9～13。

有大小蒙城之分。大蒙城在歸德府東北四十里，小蒙城在府南二十五里，又名漆邱，中有漆園，即莊子生於斯長於斯之故鄉。〔註11〕莊子之國家，或謂宋，或謂梁，或謂楚，據顏崑陽之考證，應該是蒙城原屬宋國的領土，宋亡以後，魏、楚與齊分割宋地，或許是蒙城被楚國佔領，並置為蒙縣，至漢朝，文帝將宋國故地封給梁孝王，蒙是梁國八縣之一。莊子死在宋國將亡之前，故應歸之為宋國蒙人。〔註12〕黃錦鋐也認同此種說法，只是更加寬容認為莊子是宋人、魏人、楚人似乎都能成立。〔註13〕顏崑陽認為宋國君主昭公杵臼被殺時，昭公之子聯合武、繆、戴、莊、桓作亂，被文公鮑所敗，文公盡誅叛族，而莊子可能為莊族漏網之魚。〔註14〕另有一種說法莊子為梁國之蒙縣人，即今山東之菏澤縣。〔註15〕崔大華考證認為莊子應為楚國貴族的後裔，在楚國吳起變法期間被迫遷移楚國邊陲，最後流落到宋國。其根據有三：一是《莊子》神話多呈現南方崑崙神話系統特點；二是《莊子》多引用楚人所作《山海經》中的神明，如肩吾等；三是《莊子》多用楚語如「迷陽」、「蟷蜋」。〔註16〕以上的考證我們可以看出，莊子與楚國文化有著很深的淵源。在當代，如果不是為了搶奪莊子作為文化遺產資源的話，或者莊子是哪里人也根本不重要。

　　至於莊子曾任「漆園吏」此一官階的考據，一說漆園為種植漆樹的園地，莊子任此漆園之管理員；一說漆園為地名，莊子在此地任小官，故以此名之。還有一說，認為漆園不只是種植漆樹的漆樹園，更負責製作漆器，漆園吏是當中的工官。〔註17〕莊子應該是管理種植漆樹的漆樹園，且能接觸到漆器。原因有三。其一，《莊子・人間世》中有「桂可食，故伐之；漆可用，故割之」

〔註11〕顏崑陽：《莊子的寓言世界》，頁 11。

〔註12〕顏崑陽：《莊子的寓言世界》，頁 11。

〔註13〕黃錦鋐：《新譯莊子讀本》（臺北三民，2001），頁 3。

〔註14〕顏崑陽：《莊子的寓言世界》，頁 19。

〔註15〕詳參周紹賢：《莊子要義》（臺北市：中華書局，2015 年 7 月），頁 6～7。

〔註16〕崔大華：《莊學研究》（北京：人民出版社，1992.11），頁 28～29。顧頡剛 1979 年發表在《中華文史論叢》第 2 輯的〈《莊子》和〈楚辭〉中崑崙和蓬萊兩個神話系統的融合〉一文曾區分《莊子》中保留的崑崙神話系統的成份。筆者雖不贊成顧先生的區分，卻認為確實存在因地域差異造成神話系統不同的看法。此外，關於《山海經》與《莊子》之關聯，廖平曾論及莊子、屈原與《山海經》同出一系，此三書都與「天學」之天官宗、祝、巫、史所掌握之學問相關。詳參廖平：《廖平選集》（成都：巴蜀書社，1988），頁 555。

〔註17〕崔大華：《莊學研究》，頁 10～11。

明載漆樹之用；其二，正如楊儒賓所述，漆畫題材多來自《山海經》或其他不知名的巫風傳統，漆畫保留了很多與天文有關之想像，莊子應該是對於漆畫內容非常熟悉的。〔註18〕其三，漆樹有毒，從事與漆有關之職人多有皮膚病等，故莊子書中多醜怪厲人的形象。

關於莊子其人的研究，尚有嚴復、蔡元培、陳冠學等人認為莊子即是楊朱。其理由無外乎「莊」與「楊」疊韻，「周」與「朱」雙聲。〔註19〕此種古音論證袁宙迪認為犯了「輕易本字之失」。且袁宙迪凡舉六條以證此種觀點不符合莊子與楊朱的史實論據和思想歧義。〔註20〕不贊同莊子與楊朱為同一人的尚有崔大華、陳品卿。〔註21〕參考如前學者的研究論述後，筆者亦不贊同莊子與楊朱為同一人的觀點。

此外，據學者考證，陶弘景〈真誥敘錄〉記載莊子曾師事長桑公子，而長桑公子為巫醫，曾傳授扁鵲醫術。〔註22〕此種說法顯而易見只可能是陶弘景之臆造，楊儒賓認為來自道教的文獻可提供一種新的歷史理路，然道教文獻多只是為了神化其教，將歷史神話化，不具有真實的歷史可靠性。

綜合以上的研究，我們可以發現，自古至今人們對莊子其人、其國籍、其生活閱歷都無甚精確瞭解，大致情況無出其右。

二、《莊子》其書

《莊子》是怎樣一本書？它是由莊子獨撰還是合撰？現存《莊子》是其本來的完整面目嗎？現存有哪些可供研究者參考的莊學研究著作呢？

《莊子》一書現僅存郭象所定三十三篇本，早期司馬彪注本、孟氏注本、崔譔注本、向秀注本皆佚。〔註23〕陸德明在其《經典釋文·序錄》中認為《漢書·藝文志》中五十二篇《莊子》因部分篇目類《山海經》和《占夢書》而不被郭象取用。崔大華《莊學研究》中，轉引日本鎌倉時代高山寺所藏《莊子》殘抄本〈天下〉篇後的一段跋語作為說明：

〔註18〕楊儒賓：《儒門內的莊子》（臺北：聯經出版，2016年2月），頁117。
〔註19〕崔大華：《莊學研究》，頁34。
〔註20〕袁宙迪：《莊子學說體系闡微》（臺北：黎明文化事業出版社，1977.06），頁4～8。
〔註21〕詳參崔大華：《莊學研究》，頁35；陳品卿：《莊學新探》（臺北：文史哲出版社，1984.09），頁2～3。
〔註22〕楊儒賓：《儒門內的莊子》，頁113。
〔註23〕參見黃錦鋐：《新譯莊子讀本》，頁11～15。

夫學者尚以成性易知為德，不以政（攻）異端為貴也。然莊子閎才
命世，誠多英文偉詞，正言若反，故一曲之士不能暢其弘旨，而妄
竄奇說，若〈閼亦（奕）〉、〈意循（修）〉之首、〈尾（危）言〉、〈游
易（鳧）〉、〈子胥〉之篇，凡諸巧雜，若此之數，十分有三，或牽
之令近，或迂之令誕，或似《山海經》，或似【占】夢書，或出《淮
南》，或辯形名，而參之高韻，龍蛇並御，且辭氣鄙背，竟無深澳，
而徒難知，以因（困）後蒙，令沉滯失乎（平）流，豈所求莊子之
意哉？故皆略而不存。令（今）唯哉（裁）取其長，達致全乎大體
者焉為三十三篇者。太史公曰：「莊子者，名周，守（宋）蒙縣人
也。曾為漆園史（吏），與魏惠【王】、齊【宣】王、楚威王同時者
也。」〔註24〕

由上文的跋我們可以看出《莊子》一書的存佚狀況，《莊子》一書有十分之三
的篇章不存。注《莊》者剔除部分篇目（若〈閼亦（奕）〉、〈意循（修）〉之首、
〈尾（危）言〉、〈游易（鳧）〉、〈子胥〉之篇），殊為可惜。《莊子》佚文搜集
工作，自宋代王應麟始，至於近代馬敘倫、江世榮、王叔岷，蔚為大觀，為後
輩學人研究工作提供了便捷。楊儒賓曾將佚文資料分為五組：（一）《占夢書》、
（二）《山海經》、（三）《博物志》、（四）天文知識、（五）巫、醫。〔註25〕此
種分類方法可供學者研究參考。

　　先秦子書多是諸子與其弟子合著，其成書都有一個歷史進程，《莊子》也
不例外。劉榮賢認為：

戰國時代的所謂「百家」，其實都是一個個「學術集團」，而不是單
獨的思想家個人。這種講學式的學術集團，在當時其知識傳播的方
式都不是「著作」，而是「口述」，其所產生的文獻都是出於門人後
學的記錄與編纂。《莊子》書中的內篇就是在這種情形之下產生的，
因此根本沒有所謂的「莊子作」或「非莊子作」的問題，充其量只
有「莊子思想」或「非莊子思想」的問題而已。〔註26〕

劉先生之論確實言中諸子時期著作的雜化特徵，然而口述雖為當時最流行的
傳播知識方式，但不可一概而論《莊子》中毫無莊子原作，僅就今本三十三

〔註24〕崔大華：《莊學研究》，頁46。關於《莊子》佚篇和佚文研究見同書頁47～50。
〔註25〕楊儒賓：《儒門內的莊子》，頁70。
〔註26〕劉榮賢：《莊子外雜篇研究》（臺北：聯經出版事業，2004.04），頁13～14。

篇而言，有學者加以考證區分。〔註27〕此外，葉海煙曾指出區別莊子思想與莊子學派思想對學術思想史研究甚有攸關。〔註28〕臺灣學者王邦雄認為《莊子》文本複雜在於寓言的寫作手法，概念難以消解，但《莊子》內外雜篇不可分離：

> 寫莊子難，一者莊子多寓言，論道說理，重在解消，而不在構成，概念抓不住，體系也就架構不出來；二者莊子有內篇與外、雜篇的分異，在歷史定位與思想傳承上，頗多爭論。以內篇為主，當然純淨多了，卻割捨了原本的豐富性，若引進外、雜篇，則不免駁雜，且道在生命之外，成了超越的存在，而與主體有隔。〔註29〕

本文擬不對《莊子》中的篇目進行時間上的區分，而是以蘊含天文學知識的古代陰陽五行思想解讀《莊子》中的天文隱喻。本文為論述方便所說莊子哲學概指莊子學派哲學，而歸於莊子名下，不再贅言。

　　《莊子》是我國古代重要的典籍，其思想博大精深、幽邃宏闊，其文意出塵外，怪生筆端，汪洋恣肆，歷來注釋者層出不窮。宋代林希逸（1193～1271）曾提出「五難」來解釋莊子文本的複雜性：

> 此書所言仁義性命之類，字義皆與吾書不同，一難也；其意欲與吾夫子爭衡，故其言多過當，二難也；鄙略中下之人，如佛書所謂為最上乘者說，故其言每每過高，三難也；又其筆端鼓舞變化，皆不可以尋常文字蹊徑求之，四難也；況語脈機鋒多如禪家頓宗所謂劍

〔註27〕劉笑敢在其著作中，將《莊子》內篇確立為全書核心，將外雜篇確立為莊子後學之作，分為述莊派、黃老派、無君派，〈說劍〉被認為不屬於《莊子》，為羼入篇目。即便普遍認為是晚出的〈刻意〉、〈盜跖〉、〈讓王〉最晚也是漢初作品。詳參氏著《莊子哲學及其演變》（中國人民大學出版社，2010年），頁70～103。另，任繼愈認為內篇非莊周本人手筆，而是莊子後學所作，莊子親作應為外雜篇，且內篇具有濃厚的漢代宗教神學方術的特色。詳參任繼愈：《中國哲學發展史（先秦）》（北京：北京人民出版社，1998），頁383～386。據簡光明之〈近二十年來的臺灣的莊學研究〉，臺灣學者對莊子篇章的考訂用力甚勤：劉榮賢撰《莊子外雜篇研究》、陳德和撰《從老莊思想詮話莊書外雜篇的生命哲學》、蕭裕民《〈莊子〉內外雜篇新論》皆主張認為《莊子》書中文獻具有一致性，應將全書視為一整體來討論為宜。詳參簡光明：〈近二十年來之莊子學〉，《諸子學刊》第三輯，頁435～466。

〔註28〕葉海煙：〈天人之間——響應周啟成〈莊子學派天人觀辨析〉〉，《哲學與文化》第二十七卷第二期，頁193。

〔註29〕王邦雄：《生命的實理與心靈的虛田·從修養工夫論莊子「道」的性格》（臺北立緒，1999），頁186。

刃上事，吾儒書中未嘗有此，五難也。〔註30〕

林希逸認為《莊子》之書因為言性命義理，故字義用法與諸書不同，難於理解；又因莊子多批判儒家思想，言辭過當，容易造成讀者理解偏差；莊子義理過高，故普通材質之凡夫俗子難以妙會；莊子文辭詭折、語多機鋒更是讓慣於讀儒書之士望而生畏。林希逸可謂言盡古今讀《莊子》之心聲！然《莊子》之魅力正在於此。山窮水盡疑無路，柳暗花明又一村。千次讀《莊》，千次的體會都不同。《莊子》文本的難度使得各家注《莊》取向異彩紛呈。試舉一例。明朝譚元春（1586～1637）有著作《莊子南華經評》三卷。在〈遇莊序〉中自敘十五年間六次閱讀《莊子》「其間四閱本文，一閱本文兼郭注，一閱郭、呂注，旁及近時焦、陸諸注，又迴旋本文……益歎是書那復須注，不易之言也。注彌明，吾疑其明；注彌貫，吾疑其貫」譚元春認為荀子、司馬遷、郭象、嵇康、呂惠卿、黃庭堅、焦竑、陸西星的注解是「誣《莊》者自誣，注《莊》者自注」，不能揭示出莊子本義，閱讀《莊子》之法是「藏去故我，化身莊子，坐而抱想，默而把筆，泛然而遊，昧昧然涉，我盡莊現」〔註31〕我們可以這樣說，每一部莊子闡釋學著作的特色都反映了時代的學術思潮和闡釋者自身的學術視野和學術追求。

1934年郎擎霄出版《莊子學案》，其中〈歷代莊子學述評〉一章，對先秦至民國的莊子學史進行了簡介和評論。據臺灣學者嚴靈峰《周秦漢魏諸子知見書目》統計，自漢唐至近現代，《莊子》一書的詮釋注解著作多達千種，其中附有日、韓、越南、歐美各國《莊子》研究相關目錄。〔註32〕熊鐵基主持編撰了《中國莊學史》對大陸莊學的研究有先鋒之功。其後，莊學史的斷代研究、文本個案研究層出不窮。一些少見的莊學著作也在學者的細心整理下得見天日，如呂惠卿的《莊子義》足本由湯君整理出版。方勇為莊學研究做出了重要貢獻，其主持編纂了《子藏》叢書，《莊子》一目中收錄像印了歷代重要莊子學著作，為學者研究莊子學提供了方便。2008年，方勇出版了《莊子學史》。該書對各個朝代莊子學發展的歷史背景和發展過程進行了概述，然後對重要的學者及其莊學著述進行了簡介。該書較之熊鐵基《中國莊學史》

〔註30〕宋・林希逸著、周啟成注解：《莊子鬳齋口義校注》（北京：中華書局，1997年），頁1。

〔註31〕方勇：《莊子學史》（北京：人民出版社，2008），頁608。

〔註32〕嚴靈峰編著：《周秦漢魏諸子知見書目》（臺灣：正中書局印行，1975年），頁61～353。

收錄更為詳盡，該書由於卷帙浩繁，難免有蕪雜不清的弊病。

關於臺灣的莊子學研究，黃錦鋐曾綜論 1912 年至 1961 的臺灣莊子學研究，收錄於其專著《莊子及其文學》；後又撰寫〈近三十年來之莊子學〉，綜論 1951 年至 1981 的臺灣莊子學研究，分為專著部分與論文部分。〔註33〕簡光明〈近二十年來之莊子學〉概述 1987 年至 2007 年的臺灣莊子學發展，其對臺灣政治社會急劇變動如何影響莊子學術發展有一清晰之認識：

> 選擇 1987 年作為臺灣莊學研究的觀察起點，是因為當時臺灣剛解除戒嚴，人民所受到的各種束縛逐漸鬆綁，社會也逐漸朝向多元對話的方向邁進，莊子「逍遙」、「齊物」的思想，正提供學術界論述的參考；臺灣經濟發展快速，莊子思想可以提供處理當代西方管理思想困境的參考；臺灣因為經濟發展導致環境破壞的情況嚴重，莊子「回歸自然」的環境思想，則可以提供當代臺灣環境論述的參考。生死學方興未艾，莊子「安時處順」的生死觀，又成為安寧照護的思想資源，提供病人面對死亡的智慧。當代臺灣政黨立場對立嚴重，不同政治立場的人往往互相攻擊，其癥結就在於以自己的立場為是，異於己者為非，既不願意瞭解對方的言論，也不讓對方有充分表達言論的自由；不但不試圖去化解衝突，反而以激烈的情緒帶起對立。莊子《齊物論》提供「莫若以明」、「照之於天」、「是非兩行」、「相與為類」的方法，化解掉衝突，社會有多元而和諧的聲音，民主才能持續深化。〔註34〕

簡光明之文章綜述了臺灣莊子學在二十年間的發展，包含莊子篇章的考訂、便於一般民眾閱讀的《莊子》通俗讀本新解、莊子思想的探討（道論、氣論、語言觀、神話思想、逍遙思想、齊物思想、養生思想）、莊子重要觀念的闡釋（夢、命、樂、物化、禮）、莊子文學研究（莊子本文的文學性、莊子對中國文學史的影響、小說戲曲中的莊子）、莊子與儒釋道的關係、中國莊子學史、莊子與西洋哲學的比較（海德格、孔恩、傅柯）、日本莊子學、莊子思想的現代意義（莊子的生死觀、莊子的管理思想、莊子的治療學、莊子的

〔註33〕黃錦鋐：《莊子及其文學》，臺北東大圖書公司 1984 年版。黃錦鋐〈近三十年來之莊子學——專著部分〉（1951～1981）》，《漢學研究通訊》，第 1 卷 1 期，1982.02，頁 3～5。黃錦鋐〈近三十年來之莊子學——論文部分（1951～1981）〉，《漢學研究通訊》，第 1 卷 4 期，1982.02，頁 147～149。

〔註34〕簡光明：〈近二十年來之莊子學〉，《諸子學刊》第三輯，頁 435。

對話理論、莊子的環境思想）。此篇綜述性文章之「神話思想」部分，本文受益頗多。

清代郭慶藩所編《莊子集釋》收錄了郭象〈注〉、成玄英〈疏〉、陸德明〈音義〉三書的全文，摘引了清代漢學家如王念孫、俞樾等人的訓詁考證，盧文弨的校勘，並附有郭嵩燾和他自己的學莊心得，是經典的讀本。本文所採用的《莊子》皆為此版本，臺北商周 2018 年出版。為節省行文故，文中《莊子》原文頁碼標示於括號內，不再單獨出注。

三、莊學與老學

莊子之學是否承自老子？說法不一。

老子為春秋時代楚國人，出生在陳國苦縣，後陳國為楚國所滅，改稱為「楚」。〔註35〕《史記‧老子韓非列傳》記載：「老子者，楚苦縣厲鄉曲仁里人也，姓李氏，名耳，字聃，周守藏室之史也」〔註36〕或謂老子為老萊子、周太史儋者。關於老子究竟為何人，自宋朝理學家葉適開始就懷疑不定。梁啟超對胡適《中國哲學史大綱》以老子為首的說法曾提出過六點疑問，在學術界反響甚大。〔註37〕雖然我們難以確知老子的身世與年代，然而老子為「隱君子」、「絀儒學」，「無為自化，清靜自正」殊為定論。太史公同篇之中記載莊子受楚威王器重，曾有意羅致為相：

> 楚威王聞莊周賢，使使厚幣迎之，許以為相。莊周笑謂楚使者曰：「千金，重利；卿相，尊位也。子獨不見郊祭之犧牛乎？養食之數歲，衣以文繡，以入大廟。當是之時，雖欲為孤豚，豈可得乎？子亟去，無污我。我寧遊戲污瀆之中自快，無為有國者所羈，終身不仕，以快吾志焉。」〔註38〕

莊子決意不受楚威王相位，由此可見，莊子與老子一樣是「隱君子」的性格。但是莊子超然物外的思想追求卻非以出世為宗，有厭離人世之意。《莊子‧齊物論篇》：「《春秋》經世，先王之志，聖人議而不辯」（頁70）；《莊子‧刻意篇》中：

> 刻意尚行，離世異俗，高論怨誹，為亢而已矣；此山谷之士，非世

〔註35〕嚴靈峰編著：《莊子》，頁一。

〔註36〕《史記‧老子韓非列傳》，卷63，頁101。

〔註37〕袁保新：《老子哲學之詮釋與重建》（臺北：文津出版社，1997），頁5～6。

〔註38〕《史記‧老子韓非列傳》，卷63，頁108。

之人，枯槁赴淵者之好也。語仁義忠信，恭儉推讓，為修而已矣；此平世之士，教誨之人，遊居學者之所好也。語大功，立大名，禮君臣，正上下，為治而已矣；此朝廷之士，尊主強國之人，致功並者之所好也。就藪澤，處閒曠，釣魚閒處，無為而已矣；此江海之士，避世之人，閑暇者之所好也。吹呴呼吸，吐故納新，熊經鳥申，為壽而已矣；此道引之士，養形之人，彭祖壽考者之所好也。（《莊子·刻意篇》，頁 371）

莊子認為憤世嫉俗、避世隱居為偏激之舉。《莊子·人間世》中，「顏回請見衛君」、「葉公子高使齊」、「顏闔傅衛太子」三則寓言，更是莊子深諳入世之道的證明。《莊子·人間世》以孔子、顏回問答開始，以楚〈鳳兮〉之歌終，是莊子自悼。避世隱居非莊子本意，莊子所注重的乃是「存身之智」。臺灣學者顏崑陽對中國先哲入世之學論述甚為深刻：

中國先哲們很少將自身存在的問題摒棄在思維之外，而一味地將人心做為客觀知識的堆棧。即此一點來說，中國先哲們一向就是將「人生」正視為吾人思想的核心了。它是思想的先序，也是思想畢竟落實的終點。〔註 39〕

《莊子》中描述當時的世界「殊死者相枕也，桁楊者相推也，刑戮者相望也」（〈在宥〉，頁 266）、「彼竊鉤者誅，竊國者為諸侯」（〈胠篋〉，頁 248）同時代之孟子同樣作出了「爭地之戰，殺人盈野；爭城以戰，殺人盈城，此所謂率土地而食人肉，罪不容於死」〔註 40〕、「君之民，老弱轉乎溝壑，壯者散而之四方者，幾千人矣；而君之倉廩實，府庫充」〔註 41〕的描述。戰國社會是個荒謬、戰亂的世界。學者牟宗三將此時之時局稱為「周文疲敝」。〔註 42〕莊子思考人生的悲苦憂患，而對人生自由逍遙之境充滿嚮往。

太史公曰：「老子所貴道，虛無，因應變化於無為，故著書辭稱微妙難識。莊子散道德，放論，要亦歸之自然。申子卑卑，施之於名實。韓子引繩墨，切事情，明是非，其極慘礉少恩。皆原於道德之意，而老子深遠矣。」〔註 43〕太史公認為莊子與老子思想取經同中有異，有過於老子之處。《莊子·天下篇》

〔註 39〕顏崑陽：《莊子的寓言世界》，頁 8。
〔註 40〕《孟子·離婁上》，《十三經注疏》（藝文印書館印行，2011 年），卷 8，頁 134。
〔註 41〕《孟子·梁惠王下》，《十三經注疏》，卷 8，頁 45。
〔註 42〕牟宗三：《中國哲學十九講》（臺北學生，1983），頁 60。
〔註 43〕《史記·老子韓非列傳》，卷 63，頁 122。

中，莊子雖然慨歎老聃為「古之博大真人」但並未將莊周歸於「以本為精，以物為粗」的關尹、老聃一派，而是自詡「萬物畢羅，莫足以歸」；「獨與天地精神往來而不敖倪於萬物」（〈天下〉，頁755）漢代《淮南子》首開二千年來老莊並舉先河，並首次實現莊老互闡。其後司馬遷在〈老子韓非列傳〉中，莊老合傳，指出莊子的學問無所不窺，然而其要歸於老子之言。從此，將莊子思想視為老子思想的繼承成為學術思想主流。例如，明代宋濂與高啟、劉基並稱為「明初詩文三大家」，被明太祖朱元璋譽為「開國文臣之首」。其〈莊子辨〉為明代莊子學的開端。宋濂認為，莊子治學本於老子，並高度評價莊子文章「其文辭汪洋凌厲，若乘日月，騎風雲，下上星辰，而莫測其所之，誠未有易及者」。〔註44〕明代釋德清〈莊子內篇注前記〉：「《莊子》一書，乃《老子》之注疏。予嘗謂老子之有莊，如孔之有孟。若悟徹老子之道，後觀此書，全從彼中變化出來」〔註45〕。茲不贅述。

近代學者鍾泰（1888～1979）在〈讀莊發例〉中探討《老子》與《莊子》思想承傳關係時有一段精闢的論述：

> 老子曰：「有物混成，先天地生。吾不知其名，字之曰道。強為之名曰大，大曰逝，逝曰遠」，此〈逍遙遊〉說「大」之本也。老子曰「言有宗」，又曰「道沖而用之或不盈，淵兮似萬物之宗」，此〈大宗師〉言「宗」之本也。老子曰「天地之間，其猶橐籥乎？虛而不屈，動而愈出」，〈齊物論〉因之，以為「人籟」、「地籟」、「天籟」之名。老子曰「心善淵」，又曰「魚不可脫於淵」，〈應帝王〉因之，以立「止水」、「流水」三淵之目。老子言「善行無轍跡」，〈人間世〉從而推之，曰「絕跡易，無行地難」。老子言「無有入於無間」，〈養生主〉從而演之，曰：「彼節者有間，而刀刃者無厚；以無厚入有間，恢恢乎其於遊刃必有餘地矣！」他「若嬰兒」之說，「守雌」之論，「絕聖棄知」之談，「知止」、「知足」之訓，承流接響，更僕難盡。〔註46〕

此段文字可以具體看出莊子很多思想以及譬喻係沿用老子。老莊慧命相續，

〔註44〕張洪興：〈論明代中後期莊子學的勃興及其表現特徵〉，《蘭州學刊》，2012.01。

〔註45〕明・釋德清撰，黃曙輝點校：《莊子內篇注》（上海：華東師範大學出版社，2009），頁1。

〔註46〕鍾泰著、陳贇編：《鍾泰學術文集》（上海：上海人民出版社，2012），頁288。筆者碩士論文曾研究鍾泰解莊之作《莊子發微》，特此標注。

但是莊子思想有很多不同於老子，歷代先賢已有所闡述。清代林雲銘〈莊子雜說〉論及莊老乃不同的學問：

> 《莊子》末篇歷敘道術，不與關、老並稱而自為一家。其曰「上與造物者遊，而下與外死生、無終始者為友」，此種學問誠所謂「不可無一，不可有二」者。世人乃以老、莊作一樣看過，何也？
>
> 莊子另是一種學問，當在了生死之原處見之。其曰「遊於物之所不得遯」一句，即薪盡火傳之說，為全部關鑰。老子所謂「長生久視」則同而異也，孔子所謂「未知生，焉知死」則異而同也。
>
> 莊子言「逍遙」，言「重閎」，心期乎大；老子言「儉」，言「慈」，言「嗇」，心期乎小。是其工夫不同處，老子言「無名，天地之始」，莊子卻言「泰初有無無，有無名」，則「無名」之上尚有所自始矣。是其立論不同處。若云子夏之後流為田子方，子方之後流為莊周，即謂莊子與孔子同而與老子異，亦無不可也。〔註47〕

林雲銘認為莊子學問的獨特性在於其哲學探討生死之際，注重「大」，而老子的學問注重「儉」、「慈」、「嗇」。此外，老子認為「無名，天地之始」，莊子則認為「無名」之上尚有所自始。

近代探討老莊哲學深得精深之義的牟宗三在其著作《才性與玄理》中寫到：

> 《老子》與《莊子》，客觀言之，在義理骨幹上，是屬同一系統。若主觀地言之，則有不同之風貌。此不同可由以下三端而論：
>
> 其一，義理係屬人而言之，則兩者之風格有異：《老子》比較沉潛而堅實，《莊子》則比較顯豁而透脫。沉潛，則多隱而不發，故顯深遠。堅實，則體立而用藏，故顯綱維。顯豁，則全部朗現，無淺無深，無隱無顯，而淺深隱顯融而為一：淺即是深，顯即是隱。透脫，則全體透明，無體無用，無綱無維，而體用綱維化而為一：全體在用，用即是體，全用在體，體即是用。故「其書雖瑰瑋，而無傷也；其辭雖參差，而諔詭可觀」。參差瑰瑋，即透脫也。諔詭，即左右逢源也。此即所謂全體透明。
>
> 其二，表達之方法有異：《老子》採取分解的講法，《莊子》採取描

〔註47〕清·林雲銘：《莊子因》（上海：華東師範大學出版社，2011 年 8 月），頁 7～8。

述的講法。分解地講之，則系統整然，綱舉目張。種種義理，種種概念，皆連貫而生，各有分際。……《莊子》，則隨詭辭為用，化體用而為一。其詭辭為用，亦非平說，而乃表現。表現者，則所謂描述的講法也。彼將老子由分解的講法所展現者，一起消融於描述的講法中，而芒忽恣縱以烘托之，此所謂表現也。芒忽態縱以烘托之，即消融於「詭辭為用」中以顯示之。

其三，義理之形態（不是內容）有異：《老子》之道有客觀性、實體性及實現性，至少亦有此姿態。而《莊子》則對此三性一起消化而泯之，純成為主觀之境界。故《老子》之道為「實有形態」，或至少具備「實有形態」之姿態，而《莊子》則純為「境界形態」。〔註48〕

牟宗三認為老莊義理雖屬同一系統，然風貌不同，《老子》沉潛而堅實，《莊子》則顯豁而透脫；表達之方法《老子》採取分解，《莊子》採取描述；義理之形態《老子》之道有客觀性、實體性及實現性，《莊子》則將此三性一起消化而泯之，純成為主觀之境界。當代臺灣學者王邦雄認為莊子乃援引儒家以扭轉老子哲學之弊端：

依個人之見，莊子思想乃綜合儒家思想的精神，以扭轉老子哲學的流弊，故決不止是憨山大師所云老子的注疏而已。〔註49〕

學術界普遍認為莊子將老子客觀的道擴大到心靈體驗層面。〔註50〕莊子受到老子及楚文化之影響，較老子更多精神逍遙之追求，其思想因入世之深而出塵之想愈重。正如學者顏崑陽所論：莊子不是斗室中的冥想，而是現實世界中的體驗。〔註51〕莊子生活在比春秋更加水深火熱之戰國，在統治者擴充領土、野心家擾攘政權、知識分子爭名奪利之戰國，不肯隨波逐流，故而選擇以文章為疏導憤懣之出口，乃賢聖發憤之所為作也。正是因為莊子希冀尋一方淨土，其將眼光從中原投向與中原文化殊為不同之楚國，故與老子思想相遇，殊為契合。

〔註48〕牟宗三：《才性與玄理》（臺北學生，1993），頁172～180。

〔註49〕王邦雄：〈莊子其人其書及其思想〉，《中國哲學論集（增訂三版）》（臺北：臺灣學生書局，2004），頁62。

〔註50〕相關研究成果參見陳鼓應：《莊子哲學研究》（臺北：自印本，1975年），頁33；王煜：《老莊思想論集》（臺北聯經，1979），頁117；牟宗三：《才性與玄理》（臺北學生，1993），頁117。

〔註51〕顏崑陽：《莊子的寓言世界》，頁10。

從處世之道上講，莊子主張澆季之世，深根寧極而待；時逢有道，命屬清夷，則播德弘化，大行天下，虛心應物，不執跡而馭世。從譬喻上講，莊子更加玄虛，此固然與莊子的「氣化」哲學息息相關。特別需要說明的是，「氣化」哲學又與天文學的宣夜說發展密不可分。關於「宣夜說」，馮時引《玉函山房輯佚書》中虞喜〈安天論〉云：「宣，明也；夜，幽也。幽明之數，其術兼之，故云宣夜」。〔註52〕由此可見宣夜說非常重視「數」與「術」。學者陳文濤考證如下：

> 宣夜之說，絕無師承，〈隋志〉載宣夜之書亡，而郗萌記先師相傳宣
> 夜之說云：「天了無志，仰而瞻之，高遠無極，日月星相浮空中，行
> 止皆須氣焉」〔註53〕

渾天說認為星體漂浮在空中，關於渾天說在戰國是否存在，據學者考證渾天說的存在時間上限為公元前 700 年，下限為公元前 360 年。〔註54〕商代甲骨文中記載四方風名、《山海經》中也有東西南北四方來風的記載，皆與天學和原始宗教（巫術）背景相關，其創建時代可以追溯到殷商以前。〔註55〕學者陳德和認為黃老與莊學實即戰國中葉起，老學在北方齊地、南方楚地重點發

〔註52〕馮時：《中國古代物質文化史——天文曆法》（北京：開明出版社，2013 年 10月），頁 301。

〔註53〕陳文濤：《先秦自然學概論》（上海：商務印書館，1938 年 3 月），頁 40。關於《莊子》中的宇宙理論，楊儒賓根據清朝王夫之的研究認為渾天是《莊子》喻根，三十三篇內容依之而轉。參看氏著：《儒門內的莊子》，頁 92。同書頁 285 論述更為清楚：「從渾天的隱喻著眼，則凡《莊子》書中從超脫的觀點觀看物物相對而起、相生而化；或看到無窮的時空之流轉；或看到獨守一不變之點（中、宗、樞等等）以引發氣化流行者，這些文字都可能運用了渾天說的隱喻」筆者認為，《莊子》中既有渾天說，也有宣夜說（氣化流行）以及中國古代宇宙觀最普遍的天若斗笠地如棋盤的天圓地方蓋天說。甚至，我們也可以認為《莊子》一書篇目被分為內、外、雜篇類似蓋天說的三衡象徵天道。

〔註54〕徐振韜：〈從帛書《五星占》看先秦渾儀的創制〉，《考古》，1976 年 02 期，頁 89～94+84。

〔註55〕馮時：《中國古代物質文化史——天文曆法》，頁 7～8。且《山海經》以四海劃分時空結構，《莊子·逍遙遊》中亦提到「乘雲氣，御飛龍，而遊乎四海之外」，《莊子·天地》中「四海之內，共利之之謂悅，共給之之謂安」，《莊子·秋水》中「計四海之在天地之間也，不似礨空之在大澤乎？」何承天以此證莊子學說為渾天說。此外《莊子》佚文「海水三歲一周，流波相薄故地動」（104 條。本文所引用《莊子》佚文皆出自王叔岷《莊子校詮》（臺北：中央研究院歷史語言研究所，1988），頁 1386～1412，為簡省行文故，只標注序號，不再單獨出注。）也有渾天說的影子。參楊儒賓：《儒門內的莊子》，頁 278。

展後的成果。〔註56〕此種說法比較符合史實。按照《莊子》佚文第 59 條的說法：「言道以堯與老子為主」，根據學者馮時的考證，「天」與「堯」訓釋密切，帝堯為後世古史觀所創造的天神，反映了後人對遠古天文學歷史的共同記憶。〔註57〕此條佚文正可見莊老之學和天文學密切相關。

四、莊學與儒學

　　莊學與儒學取徑不同，儒家主張人慾與生俱來不可斷絕，又有自然發達之本能，若不以禮樂節制，無法開人民文明之理性，故主張克己自約；莊子則主張振奮自覺、神智清明，不役於物，方可領略人生至樂、宇宙曠達之境。〔註58〕然，有部分學者主張儒道合一論。將莊子學脈追溯到孔子的思想可以上溯到先秦荀子。荀子譏諷莊子是「鄙儒」、「猾稽亂俗」：

> 荀卿嫉濁世之政，亡國亂君相屬，不遂大道而營於巫祝，信機祥，
> 鄙儒小拘，如莊周等又猾稽亂俗，於是推儒、墨、道德之行事興壞，
> 序列著數萬言而卒。因葬蘭陵。〔註59〕

雖是譏笑之辭，仍可見荀子將莊子認作儒家一派。隨後，唐代韓愈《昌黎集·送王秀才序》認為孔子之道源遠而未益分，子夏之徒有田子方，子方之後流而為莊周，即莊子是孔門後人：

> 吾常以為孔子之道大而能博，門弟子不能遍觀而盡識也，故學焉而
> 皆得其性之所近，其後離散分處諸侯之國，又各以所能授弟子，原
> 遠而末益分。蓋子夏之學，其後有田子方；子方之後，流而為莊周；
> 故周之書，喜稱子方之為人。〔註60〕

宋代蘇軾在〈莊子祠堂記〉中進一步提出莊子對儒家的鞭笞類似於僕人對楚公子的善意責罵，是「實予而文不予，陽擠而陰助之」。蘇軾還從《莊子·天下篇》的論述認為莊子故意未將孔子列為一家，乃是因為孔子在眾家之上，尊孔之意甚明：

〔註56〕陳德和：〈黃老哲學的起源與特色〉，第三屆比較哲學學術研討會論文，嘉義南華，2002 年 5 月。《莊子》一書中有孔子南之沛見老子之寓言，老聃亦以北方之賢者稱呼孔子。詳參清·郭慶藩：《莊子集釋》，頁 358。

〔註57〕馮時：《中國古代物質文化史——天文曆法》，頁 6。

〔註58〕周紹賢：《莊子要義》，頁 2。

〔註59〕《史記·孟子荀卿列傳》，卷 74，頁 197。

〔註60〕〈送王秀才序〉，唐·韓愈著，馬其昶校著：《韓昌黎文集校注》（上海：上海古籍出版，1988），卷四，頁 261。

余以為莊子蓋助孔子者，要不可以為法耳。楚公子微服出亡，而門
者難之。其僕操棰而罵曰：「不力」。門者出之。事固有倒行而逆施
者。以僕為不愛公子，則不可；以為事公子之法，亦不可。故莊子
之言，皆實予而文不予，陽擠而陰助之，其正言蓋無幾。至於詆訾
孔子，未嘗不微見其意。其論天下道術，自墨翟，禽滑釐，彭蒙，
慎到、田駢，關尹，老聃之徒，以至於其身，皆以為一家，而孔子
不與，其尊之也至矣。〔註61〕

宋代王安石曾談及《莊子》之讀法即「得意忘言」，深契我心：

世之論莊子者不一，而學儒者曰：「莊子之書，務詆孔子以信其邪
說，要焚其書，廢其徒而後可。」其曲直固不足論也。學儒者之言
如此，而好莊子之道者曰：「莊子之德，不以萬物干其慮而能信其道
者也。彼非不知仁義也，以為仁義小而不足行己；彼非不知禮樂也，
以為禮樂薄而不足化天下。故老子曰：『道失后德，德失後仁。仁失
後義，義失後禮』，是知莊子非不達於仁義禮樂之意也。彼以為仁義
禮樂者，道之末也，故薄之云耳。」夫儒者之言善也，然未嘗求莊
子之意也。好莊子之言者，固知讀莊子之書也，然亦未嘗求莊子之
意也。後之讀莊子者，善其為書之心，非其為書之說，則可謂善讀
矣。此亦莊子之所願於後世之讀其書者也。〔註62〕

王安石認為儒者詆毀莊子之書是不善於讀出《莊子》為書之心。莊子並無鄙
薄仁義禮樂之意，只是認為禮樂仁義為道之細枝末節，不足為尚。清代學者
林雲銘曾論及莊子與孔子思想之異同：

莊子另是一種學問，與老子同而異，與孔子異而同。今人把莊子與
老子看做一樣，與孔子看做二樣，此大過也。

莊子宗老而黜孔，人莫不以為然。但其言曰「《春秋》經世，先王之
志，聖人議而不辨」，何等推尊孔子！若言其宗老也，則「老聃死」
一段何又有「遁天倍情」之譏乎？要知著書之意是非固別有在，難
與尋章摘句者道也。〔註63〕

〔註61〕〈莊子祠堂記〉，宋·蘇軾著、孔凡禮點校：《蘇軾文集（第二冊）》（北京：
中華書局 2004 年版），頁 347。

〔註62〕《卷六十八·論議》，宋·王安石：《臨川文集》（臺北：華正書局，1975 年），
頁 724。

〔註63〕清·林雲銘：《莊子因》（上海：華東師範大學出版社，2011 年 8 月），頁 7～8。

林雲銘認為莊子宗老尊孔兼而有之，書中有黜孔之處，亦有譏老之意。這些隱藏的著書之意，並不是尋章摘句的人可以領會的。由此可見，林雲銘主張全面地閱讀與理解《莊子》文本，不可只執《莊子》片段。

　　近代以來將莊子之學歸於顏子之學的有章太炎、錢穆、郭沫若等人。郭沫若在〈儒家八派的批判〉中說：

> 他（筆者注：指顏回）很明顯地富有避世的傾向，因而《莊子》書中關於他的資料也就特別多，全書計凡十件，〈人間世〉、〈天運〉、〈至樂〉、〈達生〉、〈田子方〉、〈知北遊〉諸篇各一，〈大宗師〉、〈讓王〉二篇各二。這些資料在正統派的儒家眼裏都被看成為「寓言」去了。其實莊子著書的條例是：「寓言十九，重言十七。」「重言」是「耆艾之言」，要占百分之七十。因之，不見於正統儒書的記載，我們是不好全部認為假託的。特別值得重視的是論「心齋」與「坐忘」的兩節文章……〔註64〕

郭沫若認為雖然正統儒書記載不見莊子的著作，但是抱持著嚴謹的學術態度，也不好認為莊書都為假託，且莊子用的著書體例「重言」是「耆艾之言」，與儒家一樣是藉重耆老之言語，此應該是儒家傳統。章太炎在《國學概論》中論述：

> 儒家之學，在《韓非子・顯學篇》說是「儒分為八」，有所謂顏氏之儒。顏回是孔子極得意門生，曾承孔子許多讚美，當然特別造就。但孟子和荀子是儒家，記載顏回的話很少，並且很淺薄。莊子載孔子和顏回的談論卻很多。可見，顏氏的學問，儒家沒曾傳，反傳於道家了。莊子有極贊孔子處，也有極誹謗孔子處，對於顏回，只有贊無議，可見莊子對顏回是極佩服的。莊子所以連孔子要加抨擊，也因戰國時學者託於孔子的很多，不如把孔子也駁斥，免得他們借孔子作護符。照這樣看來，道家傳於孔子為儒家，孔子傳顏回，顏回傳莊子，又入道家了。〔註65〕

章太炎認為《莊子》一書對孔子毀譽參半，對顏回卻推崇備至，由此推論顏回之學為道家學術源頭。錢穆在〈莊老通辨・莊老的宇宙論〉中也認為莊子之學來自於顏回：

> 試就莊子書細加研尋，當知莊子思想，實仍沿續孔門儒家，縱多改

〔註64〕郭沫若：《十批判書》（北京：東方出版社，1996年3月），頁131。
〔註65〕章太炎著：《國學講義》（瀋陽：萬卷出版公司，2015年7月），頁121。

變，然有不掩其為大體承續之痕跡者⋯⋯子遊子夏，各有傳統，而
《莊子》內篇則時述顏淵。若謂莊子思想，誠有所襲於孔門，則殆
與顏氏一宗為尤近。〔註66〕

鍾泰〈莊子發微序〉〔註67〕認為莊子之學，蓋實淵源自孔子，而尤於顏
子之學獨契。鍾泰雖認為韓愈的說法因沒有佐證而不足據，卻認同蘇軾的說
法，並且比蘇軾更進一步認為莊子絕無「擠孔子而不予之文」，莊子對儒家的
非難為「紬儒之偽」，有正本清源的作用。鍾泰在〈莊子發微序〉中闡述莊子
尊儒的思想時，提出幾條論據，一是認為莊子稱孔子為「孔子」、「夫子」，而
稱老子為「老聃」，尊孔子之意甚重；二是莊子稱述孔子之言有二十八條，稱
老子之言十四條，而且稱述老子之言多數是與孔子相對；三是對於老子貶斥
孔子之言，鍾泰認為孔子曾問學於老子，這些貶斥之言無可厚非。鍾泰引用
《莊子・寓言》「孔子行年六十而六十化，始時所是，卒而非之，未知今之所
謂是之非五十九非也」認為老子貶斥孔子，正可以看出「孔子之學化而日進」，
孔子境界之大，不是老子可以相比的。因此，不能把莊子之意認為是貶儒尊
老；四是在《莊子・田子方》中有一則寓言：

> 莊子見魯哀公，哀公曰：「魯多儒士，少為方者。」莊子曰：「魯少
> 儒。」哀公曰：「舉魯國而儒服，何謂少乎？」莊子曰：「周聞之：
> 儒者冠圜冠者知天時，履句履者知地形，緩佩玦者事至而斷。君子
> 有其道者，未必為其服也；為其服者，未必知其道也。公固以為不
> 然，何不號於國中曰：『無此道而為此服者，其罪死！』」於是哀公
> 號之五日，而魯國無敢儒服者。獨有一丈夫，儒服而立乎公門。公
> 即召而問以國事，千轉萬變而不窮。莊子曰：「以魯國而儒者一人
> 耳，可謂多乎？」（《莊子・田子方》，頁493～495）

鍾泰認為此一丈夫就是指孔子。這一說法源自唐代成玄英《莊子疏》，成為莊
子尊尚孔子的重要證據。在《莊子・天下》「鄒魯之士，縉紳多能明之」的注
解中，鍾泰認為「言縉紳，著其類也，先百家而言之者，百家皆儒之支與流
裔，儒本不在百家中也」又引用《史記・五帝本紀》「百家言黃帝，其文不雅
馴，薦紳難言之」佐證司馬遷和莊子一樣認為縉紳不同於百家，而儒家列於司
馬談《論六家指要》中的六家和《漢書・藝文志》中的九流，是在儒分為八之

〔註66〕錢穆：《莊老通辨》（北京：生活・讀書・新知，2005），頁148～149。
〔註67〕鍾泰：《莊子發微》（上海：上海古籍出版社，1988年9月），頁一～頁三。

後的事情。早期的儒士應知天時地理，這也是莊子此則寓言服以象德旨意所出。

儒家和道家分屬不同文化系統，分別盛行於南方與北方。張正明認為：

> 儒家和道學，大致說來，前者盛於北方，後者盛於南方。說得更加
> 準確一些則是，前者盛於黃河中下游，後者盛於淮水流域和長江中
> 游。戰國中期道家的主要代表莊子及其弟子，認為道家集中在南方
> 的楚國。〔註68〕

葉舒憲認為中國上古的原始道家思想，即老子和莊子所代表的宇宙觀和人生
觀是冬季哲學或玄冥哲學，其價值取象主要在於虛、無、靜，這同以實、有、
動為價值取象的儒家春季哲學不同，二者互相補充，構成中國思想史的主流。
〔註69〕此種觀點觸及到老莊哲學、儒家哲學與時空混同的宇宙觀之關聯。張
正明認為《莊子·天下篇》中「主之以太一」的太一就是楚人崇拜的星神太
一，〔註70〕後被道家哲學化為宇宙的本體，楚國的巫學是一種原生態的學
術，包含天文曆法、地理醫藥、詩樂歌舞、神話巫術等。〔註71〕莊子自述其
學問源於太一，故下文將詳細論述楚國天文學、宇宙觀在《莊子》一書中的
譬喻結構。道家思想與巫術之關聯，先賢已經注意到，本文力求研究得更為
深入。〔註72〕

五、莊學與文學

莊子是一位哲學家，更是一位語言大師。聞一多曾這樣描述莊子在文學
與哲學間的自由跨越：

> 他的哲學都不像尋常那一種矜嚴的，竣刻的，料峭的一味皺眉頭、
> 絞腦子的東西；他的思想的本身便是一首絕妙的詩。〔註73〕

〔註68〕張正明：《楚史》（武漢：湖北教育出版社，1995），頁274。

〔註69〕葉舒憲：《中國神話哲學》（北京：中國社會科學出版社，1992年1月），頁
102。

〔註70〕據楊儒賓論述太一為北極星，太一不動，張開四維，繫住天地，運轉北斗。
詳參氏著：《儒門內的莊子》，頁283。

〔註71〕張正明：《楚史》，頁275。筆者注：葉舒憲認為太一祭儀為太陽神崇拜，然太
陽崇拜應多屬於北方文化，太一祭祀為祭星儀式，非助日儀式。參見葉舒憲：
《中國神話哲學》，頁11。

〔註72〕聞一多認為：「我常疑心這哲學或玄學的道家思想必有一個前身，而這個前身
很可能是某種富有神秘思想的原始宗教，或更具體點講，一種巫教。」見氏
著：《聞一多全集》（上海：開明書店，1948，複印本），第1集，頁143。

〔註73〕胡適、魯迅、梁啟超等著：《民國語文——八十堂大師國文課》，頁144。

有大智慧的人們都會認識道的存在，信仰道的實有，卻不像莊子那樣的熱忱的愛慕它。在這裡，莊子是從哲學又跨進了一步，到了文學的封域。他那嬰兒哭著要捉月亮似的天真，那神秘的悵惘，聖睿的憧憬，無邊無際的企慕，無涯岸的豔羨，便使他成為最真實的詩人。〔註74〕只有淺薄的、庸瑣的、渺小的文學，才專門注意花葉的美茂，而忘掉了那最原始的、最寶貴的類似哲學的仁子。無論《莊子》的花葉已經夠美茂的了；即令他沒有發展到花葉，只有他那簡單的幾顆仁子，給投在文學的園地上，便是莫大的貢獻，無量的功德。〔註75〕

聞一多認為《莊子》之書既有哲理的意蘊，又兼具詩歌的美感。戰國，諸子之文學成就各占勝場。蔡宗陽曾有過精彩的評論：

諸子之文學表現，一如其哲學思想，各具體貌，別有姿態，恢詭譎怪為莊子勝場，鏗鏘鼓舞為荀子長處，其他如韓非博辯，墨子警切，孫子廉峻，呂氏龐駁，可謂不遑枚舉。諸子並非有意於文學表現，更無意於文學理論之探究，然就其思想而言，影響後世之文學理論，既深且鉅，尤以莊子為最。〔註76〕

蔡先生高度評價了莊子的文學影響力，認為《莊子》對後世文學理論影響非常大。俄國形式主義學者羅曼·雅各布森（Roman Jakobson）認為文學研究的對象不是籠統的文學，而是文學性，即使某一作品成為文學作品的東西。文學作為一種以語言為媒介的藝術，它與其他任何用語言表達的文獻的差別就在於它的特殊的結構方式和表達方式。〔註77〕莊子獨特的文學魅力首先在於《莊子》一書「三言」的寫作體例。《莊子·寓言》中自論《莊子》的語言風格：「寓言十九，重言十七，卮言日出，和以天倪。寓言十九，藉外論之」；另外，《莊子·天下》中也涉及到《莊子》的語言問題：「以天下為沈濁，不可與莊語；以卮言為曼衍，以重言為真，以寓言為廣」。依據太史公之說法，莊子「著書十餘萬言，大抵率寓言也」。莊子的寓言運用最多，也用得最精，是雋永的諧趣、奇肆的想像打成一片，影響了〈桃花源記〉、〈毛穎傳〉、唐宋傳奇直至《西遊記》、《儒林外史》的文學創作。〔註78〕顏崑陽認為：

〔註74〕胡適、魯迅、梁啟超等著：《民國語文——八十堂大師國文課》，頁145。
〔註75〕胡適、魯迅、梁啟超等著：《民國語文——八十堂大師國文課》，頁146。
〔註76〕蔡宗陽：《莊子之文學》（臺北：文史哲出版社，1983.09），頁225。
〔註77〕胡亞敏：《敘事學》（臺中：若水堂股份有限公司，2014年2月），頁17。
〔註78〕胡適、魯迅、梁啟超等著：《民國語文——八十堂大師國文課》，頁149～150。

不管寓言、重言、卮言，都是一種不主觀立論，不標示自己成見的
語言方式。他只將自己體驗所得的道理，寄託在一個虛設的情境之
中，或假借眾人所信服的先知先哲的嘴巴說出來，或依循物理之本
然而立說。……莊子語言的特色，便在於他不直接用符號性寓言去
傳述概念，而是用意象語言去創造境界，以將聽者讀者引入他所創
造的境界中，以心證心，而自得其境。〔註79〕

顏崑陽所說莊子的意象語言，即牟宗三所論莊子義理主觀境界形態的主要表
現手法。這種意象語言與楚國巫術傳統密切相關。我們知道巫術通過製造意
象而影響藝術和文學。詩人常使用巫術的意象，即把文學意象用作一種巫術
──象徵的意象。〔註80〕因莊子認為「道」不可言傳，無論是「道」的傳導
者還是體受者，都無法以符號性的語言傳承「道」。故多用寓言隱喻「道」。艾
略特認為，對於一位有能力的詩人來說，寓言就意味著「清晰的視覺意象」。
〔註81〕重複使用的意象即為象徵。「私用象徵」暗示一個系統，而細心的研究
者能夠像密碼員破譯一種陌生的密碼一樣解開它。〔註82〕《莊子》文本中即
存在一個私用的象徵系統，此系統即建立在天文宇宙觀之上。後文筆者將詳
解《莊子》中寓言所用的天文意象。

下面，我們具體地探討一下何為寓言？學者眾說紛紜：

有的學者認為寓言是比喻的高級形式。例如胡懷琛在《中國寓言研
究》中認為寓言是從修辭學中的比喻醞釀、發展而成的故事。王煥
鑣在其著作《先秦寓言研究》中也認為寓言是比喻的高級形式，是
在比喻的基礎上經過複雜的加工過程而成的機體。黑格爾認為寓言
是高級形態的比喻的藝術形式，是自覺的象徵表現。還有學者認為
寓言是寄託諷喻意義的故事，具有代表性的有楊公驥，……以上種
種說法，有兩點是一致的，一是寓言須要有故事情節，二是寓言須
要有含義寄託。這兩點是寓言構成的本質屬性，是所有寓言所必需

〔註79〕顏崑陽：《莊子的寓言世界》，頁149。
〔註80〕〔美〕勒內・韋勒克、〔美〕奧斯汀・沃倫著，劉象愚、邢培明、陳聖生、
　　　李哲明譯：《文學理論》（浙江人民出版社，2017年），頁198。
〔註81〕〔美〕勒內・韋勒克、〔美〕奧斯汀・沃倫著，劉象愚、邢培明、陳聖生、
　　　李哲明譯：《文學理論》，頁177。
〔註82〕〔美〕勒內・韋勒克、〔美〕奧斯汀・沃倫著，劉象愚、邢培明、陳聖生、
　　　李哲明譯：《文學理論》，頁179。

要具備的。寓言的含義寄託離不開比喻這種形式，雖然有學者認為比喻是一種修辭手段，屬修辭學範疇，但寓言作為一種文體，二者分屬不同的範疇，本質上是不同的。但寓言作為一種特殊的文體，是後世以文體學的視角看待寓言的結果。……最初《伊索寓言》傳入的時候譯名叫《況義》，也不叫寓言。直到近代 1917 年沈德鴻《中國古代寓言》整理秦漢時代的寓言故事時，才統一定名為寓言。但我們認為，此寓言與《莊子》中「三言」之一的「寓言」並不是同一個概念。〔註 83〕

《現代高級英漢雙解辭典》對「寓言」的定義是：「FABLE：short tale, not based on fact, esp. one with animals in it（e. g. Aesop's fables） and intended to give moral teaching.」〔註 84〕《辭海》則將「寓言」界定為：「文學作品的一種體裁。是帶有勸喻或諷刺的故事。其結構大多簡短，主人公可以是人，可以是有生物，也可以是無生物。主題多是藉此喻彼，借遠喻近，借古喻今，借小喻大，寓較深的道理於簡單的故事之中。……」〔註 85〕顏崑陽界定《莊子》「寓言」、「重言」、「卮言」的定義，簡言之，「寓言」就是意在此而寄於彼，假託虛設之人、物、事，以暗示己意；「重言」就是借為人所重之權威人士，往聖先賢，先輩宿學等者艾以傳達己意；「卮言」就是因任自然物理本然而立說，「卮言」是無心之言，「寓言」、「重言」都為「卮言」。〔註 86〕顏崑陽在《莊子的寓言世界》中，綜合各種說法，將西方所謂的「寓言」歸納出以下幾種條件以此明晰標準：

一、寓言必須是一則簡短的故事，有開端、發展、結尾，具備完整而有機的結構。

二、其中角色包羅一切無生物、動物、植物、仙魔、鬼怪、虛構的人物。無生物與動植物可使擬人化，同樣能有屬人的語言動作。

三、它的故事都屬虛構。

四、它的文體多採散文。偶而亦用詩歌或戲劇。

五、它的意義不在字面上作直接解說，而在故事情節中做間接的暗示。透過寓言必使讀者得到教訓或啟示。但它和一般修辭上的

〔註 83〕明宣丞：敘事學視野下的《莊子》寓言研究。青海師範大學碩士學位論文，2014。

〔註 84〕蔡焜霖：《現代高級英漢雙解辭典》（臺北：百科出版社，1985 年），頁 613。

〔註 85〕《辭海》：（臺北：中華書局，1989 年），頁 1134。

〔註 86〕顏崑陽：《莊子的寓言世界》，頁 150～151。

隱喻不同，隱喻必有固定的喻依（做為比喻的材料）和喻體（被
比喻的對象），所以它所產生的喻意也往往明確而固定。〔註87〕

顏崑陽雖已明晰西方寓言定義，然覺得不應該「以後制推前事」，以此範圍莊
子之寓言，故以莊子自設的寓言觀為標準，以「藉外論之」來解釋「寓言」。
〔註88〕顏崑陽將《莊子》的寓言歸納成五種類型，分別是譬喻式寓言、設問
式寓言、借敘事以說理的寓言、借敘事以寓理的寓言、造境式寓言。下文簡
介顏崑陽之寓言分類，以此管窺學者對莊子寓言文體之研究。

（一）譬喻式寓言，即本身缺乏結構完整的故事情節，或者故事情節雖
然完整，但是卻放入一個特定的背景中，作為某一特定事件的譬語。此雖不
符合現代寓言定義，卻為莊子「藉外論之」語言技巧的寓言，顏氏認為：

譬喻往往是現代所謂寓言的雛形，現代所謂寓言也常是譬喻的延
伸。它之不同於現代所謂寓言，是譬喻有固定的喻體（被比喻的對
象）和喻依（作為比喻的材料），其喻意也較為固定明顯。〔註89〕

顏崑陽舉四例以示此類寓言，分別為：《莊子・外物》「莊周家貧而貸粟於監
河侯」、《莊子・養生主》「庖丁解牛」、《莊子・人間世》「夫愛馬者」、《莊子・
秋水》「莊子釣於濮水」、「惠子相梁」。

（二）設問式寓言，這一類寓言，都是假設古代聖賢或者古之得道者相
互相互問答，而在問答之中，討論了某一項道理，問答體的結構中，只有對
話，而無敘述事件經過，或偶有交代，也只是作為過場轉接之用，對主旨並
無幫襯。顏崑陽舉三例以示此類寓言，分別為《莊子・齊物論》「齧缺問乎王
倪」、《莊子・大宗師》「顏回坐忘」、《莊子・應帝王》「天根遊於殷陽」。

（三）藉敘事以說理的寓言，此類寓言文字敘述中有人物、有場景、有
事件、有對話，其中場景之描繪對意旨有襯托及暗示作用，事件與說理並行，
夾敘夾議，故事情節不完整，寓言之旨明見文中，此與現代寓言由人自己揣
摩意旨相忤，然亦符合莊子自定之「藉外論之」。顏崑陽凡舉三例以示此類寓
言，分別為《莊子・天地》「子貢南遊於楚」、《莊子・山木》「陽子之宋」、《莊
子・人間世》「匠石之齊」。

（四）藉敘事以寓理的寓言，與借敘事以說理的寓言大致上相同，皆有

〔註87〕顏崑陽：《莊子的寓言世界》，頁156～157。
〔註88〕顏崑陽：《莊子的寓言世界》，頁160。
〔註89〕顏崑陽：《莊子的寓言世界》，頁167。

人物、有場景、有事件、有對話，而不同處便在於文字敘述中並沒有直接議論，然可以根據作者所述推敲其意涵，故事開端、發展、結尾情節完整，結構緊密，符合現代界義精密的寓言標準。顏崑陽凡舉五例以示此類寓言，分別為《莊子・逍遙遊》「宋人有善為不龜手之藥者」、《莊子・齊物論》「狙公賦芧」、《莊子・應帝王》「南海之帝為儵」、《莊子・天地》「黃帝遊乎赤水之北」、《莊子・漁父》「人有畏影」。

（五）造境式寓言，為莊子獨有的語言藝術，其虛構景物，創設一種獨特的心靈境界，雖也有敘事，卻無完整的故事，也沒有情節發展，寄寓莊子之獨特的心靈體驗。顏崑陽凡舉五例以示此類寓言，分別為《莊子・逍遙遊》「北冥有魚」、《莊子・齊物論》「昔者莊周夢為蝴蝶」、《莊子・馬蹄》「至德之世」。

以上為《莊子》寓言研究最明晰的一種。此外，蔣振華在〈關於《莊子》寓言定分種種〉[註90]一文中，將《莊子》的寓言分為三類，分別為關於人類社會方面的寓言、關於自然方面的寓言與和莊子相關的寓言，此種分法，或可參考。

關於莊子中的寓言數量，學者陳蒲清於《中國古代寓言史》中，統計《莊子》的寓言共有 181 篇，[註91]朱思信在〈談《莊子》寓言〉一文中，計有 220 餘則，[註92]蔣振華在〈關於《莊子》寓言定分種種〉一文中，認為《莊子》中應有 261 則寓言。《莊子》寓言數目不一，造成此種現象的原因，便是眾多學者對於《莊子》寓言的認定標準不一。與其在西方定義框架下研究《莊子》寓言，不如直接採用莊子自己定義之「寓言」。

關於巵言為何？總是有許多種說法。司馬彪認為巵言為「支離無首尾言」，王先謙引申郭象注解認為巵為酒器，王叔岷認為「巵，圓器也。圓，天體也」。[註93]學者錢穆認為巵為杯，言為流水（非為酒）：

莊周的心情，初看像悲觀，其實是樂天的。初看像淡漠，其實是懇

〔註90〕蔣振華：〈關於《莊子》寓言定分種種〉，《湖南教育學院學報》，1999 年 01 期，頁 3～5。

〔註91〕陳蒲清：《中國古代寓言史》（長沙：湖南教育出版社，1983 年 11 月第 1 版），頁 38。

〔註92〕朱思信：〈談《莊子》寓言〉，《新疆大學學報（哲學社會科學版）》，1980 年 01 期，頁 33～40。

〔註93〕王叔岷：《莊子校注》，頁 1090～1091。

切的。初看像荒唐，其實是平實的。初看像恣縱，其實是單純的。
他只有這些話，像一隻厄子裏流水般，汨汨地盡日流。只為這厄子
裏的水盛得滿，盡日汨汨地流也流不完。其實總還是那水。你喝一
口是水，喝十口百口還是水。喝這一杯和喝那一杯，還是一樣的差
不多。他的話，說東說西說不完。他的文章，連連牽牽寫不盡。真
像一厄水，總是汨汨地在流。其實也總流的是這水。所以他要自稱
他的話為厄言了。〔註94〕

錢穆的流水說，似切中要害，然而怎樣的杯子裏會有不停的流水？張樹國認
為「厄言借助漏厄注水計時的原理，隱喻論辯語言的流動（verbal flow），體
現為思辨語言的循環、無窮、不言之辯、自然流露等重要特徵，與宇宙及其
生命形態的循環往復以至無窮構成奇妙的相喻關係」。〔註95〕此項研究成果可
以解釋，原來有不停的流水的即為計時工具漏厄。這啟發我們要探討《莊子》
文本與莊子天文宇宙觀的關聯。

　　莊子所採用的「三言」寫作手法，無論是重言還是寓言皆與西方定義之
寓言、譬喻、比喻有不同之處，此為中華民族獨特的文字、思想文化所致。寓
言乃是借譬喻讓讀者對作者所要傳達之旨意可視化、清晰化便於產生同類聯
想和模擬。西方文體的寓言 fable 為言淺意深地傳達人生經驗和道理，allegory
諷喻則更為符合莊子的寫作手法，即運用別處的事例與對象傳達暗示、譏諷
現世。浦安迪認為寓意（allegory）這種文體即伊西多爾（Isidore of Seville）
所說的「言此意彼」（alienologuium），在局部運用時寓意是修辭手段，在整體
運用時，寓意變成立意謀篇的手段。〔註96〕浦安迪認為判定一部作品是否屬
寓意文學，要看作者的原始創作意圖，即他（她）仔細組織題材時，是否想構
築一個預先準備好的思想模式。〔註97〕《莊子》文本是否具有一個運用天文

〔註94〕錢穆：《莊老通辨》，頁 11～12。
〔註95〕張樹國：〈漏厄與《莊子》厄言探源〉，《文學遺產》，2021 年第 1 期，頁 48。
〔註96〕浦安迪：《中國敘事學》（北京：北京大學出版社，1996 年），頁 127。
〔註97〕浦安迪：《中國敘事學》，頁 130。關於作者的創作意圖，這是一個很複雜的
　　　　問題。《文學理論》中亦探討自覺的創作意圖與創作實踐分道揚鑣在文學史上
　　　　是常有的現象。（頁 138）。胡亞敏《敘事學》中論述的更加詳細：作品的起因
　　　　不等同於作品的意義，作者的原初本意很難考證，加上創作的潛意識經常使
　　　　意圖和意義對抗，書寫還有延異、互文的重要性質，所以認為文本的意義存
　　　　在於作者意圖並不確切。（頁 182～183）故浦教授的標準改為探討文本自身
　　　　是否構築一個預先準備好的思想模式似乎更為確切。

宇宙觀傳達暗示、譏諷現世的機制，是本文關懷所在。研究《莊子》一書中的寓言，前人論述足資參考，故本文另闢蹊徑，探討其行文之中的概念譬喻，尤其是與天文、宇宙觀相關聯之深層譬喻構成。

第二節　研究動機、方法與目的

　　莊子為何會創造出如此多奇怪人物？從其奇怪的命名到神化之行跡，似乎若有若無地顯現一種理致的痕跡。然想像之處易辨，理性之軌跡如何緣轍？正如學者的研究：文本在什麼地方用什麼方式阻礙讀者讀懂它，它如何背離了讀者的「期待視野」，這些違規現象使讀者不得不調整自己的閱讀習慣，並對文本做出新的解釋。〔註98〕如何清晰勾勒理致的軌跡，需要我們運用與文本原時代相關的文獻材料並借鑒學術界先賢的優秀成果。

　　1980 年美國加州柏克萊分校語言學系教授 George Lakoff 和奧瑞岡大學人文暨科學講座教授 Mark Johnson 共同創立「概念譬喻理論」（conceptual metaphor theory，簡稱 CMT），Lakoff-Johnson 認為概念譬喻隱於我們的抽象思維之中，人類是譬喻性動物，我們概念系統的大部分是由譬喻系統建構的，而這些譬喻系統都在我們有意識的知覺層之下自動運作，由文化傳承而來的譬喻形塑了我們思維的內容以及思維方式。〔註99〕其區分了譬喻性修辭與譬喻性表達：

> 浪漫派認為譬喻性語言不是技巧而是本能，是原始人擁有與生俱來的「詩意智慧」（poetic wisdom）（Vico, *New Science*, 1725），「語言本身充滿譬喻」（Worthworth, Lyrical Ballards 抒情歌謠集，1798）。人類學家更是直搗譬喻性語言的本源，Whorf 1956《語言、思維與現實》（*Language, Thought and Reality*）認為「隱喻反映現實」。利瓦伊斯陀（Levi-Strass）1962《野性思維》（The Savage Mind）一書中更明確指出譬喻性思維與其所表現的社會現實之間具模擬關係，認為野蠻人為應付環境而「臨場發揮」（improvised）或「拼湊」（made-up）的神話結構，是為了在自然秩序和社會秩序之間建立模擬關係（analogies）。依其本族「社會邏輯」（socio-logic），通過

〔註98〕胡亞敏：《敘事學》，頁 200。

〔註99〕雷可夫（George Lakoff）、約翰遜（Mark‧Johnosn）合著，周世箴譯注：《我們賴以生存的譬喻》（聯經出版事業有限公司 2016 年 11 月），頁 9。

　　以圖騰方式展開的譬喻性「變形」而進行運作。〔註100〕

受到此段研究之啟示，筆者以為先秦戰國時期是我國古代文化發展的第一個
高峰期，此時諸子思想百家爭鳴，中華文明雖尚屬野蠻期，然文化自覺已經
顯示雛形。與天文學發達背景相關，又受到巫術傳統影響的陰陽五行理論在
春秋戰國時期即已初步成型。陰陽五行理論與譬喻性表達密不可分。巫術式
的隱喻是自然世界的一種抽象。〔註101〕我們先來看陰陽五行理論在春秋戰國
時期已經形成的證據：春秋時期楚國司馬鬬宜申，字子西，「申」與「西」已
經形成西方屬金之對應關係。〔註102〕《墨子・貴義》：

> 子墨子北之齊，遇日者。日者曰：「帝以今日殺黑龍於北方，而之色
> 黑，不可以北。」子墨子不聽，遂北，至淄水，不遂而反焉。日者
> 曰：「我謂不可以北。」子墨子曰：「南之人不得北，北之人不得南，
> 其色有黑者有白者，何故皆不遂也？且帝以甲乙殺青龍於東方，以
> 丙丁殺赤龍於南方，以庚辛殺白龍於西方，以壬癸殺黑龍於北方，
> 若用子之言，則是禁天下之行者也。是圍心而虛天下也，子之言不
> 可用也。」〔註103〕

墨子回答日者不可以北行的問題，其中天干甲乙木—東方—青，丙丁火—南
方—赤，庚辛金—西方—白，壬癸水—北方—黑，皆是以天干配五行中的四
行、五色中的四色，可見戰國時代陰陽五行理論大半已經成熟。〔註104〕關於

〔註100〕雷可夫（George Lakoff）、約翰遜（Mark・Johnosn）合著，周世箴譯注：《我
　　　　們賴以生存的譬喻》，頁16～17。

〔註101〕〔美〕勒內・韋勒克、〔美〕奧斯汀・沃倫著，劉象愚、邢培明、陳聖生、
　　　　李哲明譯：《文學理論》，頁198。

〔註102〕此處為國立成功大學教授黃聖松告知，特此感謝。

〔註103〕清・孫詒讓：《定本墨子閒詁》（臺北：世界書局，2018年4月），頁270～
　　　　271。

〔註104〕關於五行學說的來歷，非要以「五」而非「四」為數，乃因四方加上中央的
　　　　空間譬喻，落實到文獻上，《左傳》襄公二十七年載：「天生五材，民並用之，
　　　　廢一不可」（楊伯峻：《春秋左傳注》，臺北：洪葉文化事業有限公司，2015
　　　　年01月，頁1136）同書《左傳》昭公三十二年載：「故天有三辰，地有五
　　　　行」（頁1519）戰國時期尚有《國語・魯語》載：「地之五行，所以生殖也」
　　　　（吳・韋昭解：《國語》，《四部叢刊初編》252冊，頁19。）《國語・鄭語》
　　　　載：「先王以土與金、木、水、火雜，以成百物」（《國語》，《四部叢刊初編》
　　　　254冊，頁32。）《尚書・洪範》載「一、五行：一曰水，二曰火，三曰木，
　　　　四曰金，五曰土。水曰潤下，火曰炎上，木曰曲直，金曰從革，土爰稼穡。
　　　　潤下作鹹，炎上作苦，曲直作酸，從革作辛，稼穡作甘」（漢・孔安國傳，

墨子，班固在《漢書‧藝文志》中認為：「墨家者流，蓋出於清廟之守」。〔註105〕《淮南子‧要略》認為墨子不肯用儒家周禮而是「背周道而用夏政」。〔註106〕由此可見，墨子的學術背景應該是與巫術祭祀相關之清廟職守，此與屈原三閭大夫的祭官職業類似，故不難理解墨子為何寫〈天志〉崇尚天帝主宰觀，〈明鬼〉論證鬼神之實有。墨子與莊子一樣與楚國有著密切交往：《墨子‧貴義》篇記載了墨子南遊於楚，見楚獻惠王；《墨子‧耕柱》記載墨子將耕柱推薦到楚國做官；《墨子‧公輸》載公輸盤為楚造雲梯之械將以之攻打宋國，墨子挺身而出，「自魯趨而十日十夜，足重趼而不休息，裂衣裳裹足，至於郢，見楚王」，墨子在楚王面前演示攻守之戰，最終勸服楚王不要妄起戰端。關於宋國之國風，學者白川靜有過非常深入的研究，援引如下：

> 宋是殷之末裔，其地亦然保持殷朝的古老傳統。這些殘遺之民與四境的周系諸國顯得格格不入，被視為離異的集團，因為他們還想固守古老的傳統。戰國初年，宋國屢遭大旱，宋景公竟然遵照始祖湯王的老方法，坐於積薪之上燃火自焚，意圖證實巫祝王的傳統。〔註107〕

宋人既有如此頑固的保守性，我們認為宋國之地到後世也許還遺存著濃厚的古代信仰形態的習俗；而且外界必也因此感染了宋人的意識。巫祝之風蓋亦宋人之遺，《儀禮》諸篇所見之商祝，在喪禮中擔任最卑下的職務。陳、楚兩國毗接宋之南疆，早受古殷系文化之波及；《詩經》時代，陳地盛行巫風，幾

唐‧孔穎達疏：《尚書注疏》，卷十一，《武英殿十三經注疏》本。）劉起釪認為認為《洪範》原本出於商末，從西周到春秋戰國，不斷有人給它增加若干新內容，對後世影響最大的五行說是春秋戰國時被加進的。詳參氏著：〈《洪範》成書時代考〉，《中國社會科學》1980 年 03 期，頁 155～170。五行應該是對人類所運用的地上資源之分類即「五材」，且根據楊伯峻對「天生五材，民並用之，廢一不可，誰能去兵」的注釋：「兵器用金與木，鑄造時用水火，且必載於地，取於土地」（楊伯峻：《春秋左傳注》，頁 1136）可知，「五材」觀念當時已經成為重要活動如戰爭之合理性的理由。戰國著書《鶡冠子》中也寫到：「五行，業也」（黃懷信：《鶡冠子校注》，北京：中華書局，2018 年 3 月，頁 22）「五材」漸漸哲學化為抽象概念「五行」，在天人合一的學說下，五行上映天象，成為五星之命名「五政」（黃懷信：《鶡冠子校注》，頁 23），用於軍國星占，此一陰陽五行學說盛行之時期也正是天文學發達之戰國時期。

〔註105〕漢‧班固撰：《漢書‧藝文志》卷三十，《武英殿二十四史》本，頁 93。

〔註106〕夏朝應也是巫風甚重。綜觀《墨子》全書，似乎並未背周道，因其多次將周朝文武列為三代聖王，作為善政之代表，故《淮南子》之論述並不精確。

〔註107〕白川靜：《甲骨文的世界》（臺北：巨流圖書公司，1977 年版），頁 194。

乎全是男女期會之詩；楚地亦有《九歌》等祭祀歌謠，其中的東皇太一、雲中君、河伯等，可能是屬殷系的神祇。〔註108〕殷商遺風重視巫鬼，五行理論在宋流行日廣是非常可能的。故有日者用五行陰陽理論與墨子交談。然楚地祭祀歌謠中的神未必來自於殷系神，只是宋楚兩地都重巫術而已。有學者認為陰陽五行理論是時間和空間結合的圖式：

> 在西方，古希臘很早就產生了純時間與空間觀念。亞里士多德在其範疇表中，分析了時間與空間範疇，提出時間與空間本身加以界說。時空單位是客觀的時空的量度。這種時空觀對近代自然科學的發展無疑起了極其有利的作用。但在「月令」圖式中，時間卻是與空間結合的。東方與春季相結合，由木主持；南方與夏季相結合，由火主持；西方與秋相結合，由金主持；北方與冬相結合，由水主持。土兼管中央與四季。作為地上及地上皇權的代表，土在天人關係中，實際是人的代表。因此，不僅沒有脫離特定空間的純時間觀念，亦沒有脫離特定時間的純空間觀念。〔註109〕

這種思維模式在戰國時期已經形成，且保有神話思維的時空混同的陰陽五行理論可能被採用作為譬喻性表達。關於語言中表達時間的方式，西方總是「以某種空間的意象（例如以時間的動作）表達時間，因而失之謬誤。事實上，空間是由時間開放出來，這種開放是由語言滋生，而不只純由語言記錄。如果沒有適切的語言來表達時間，那麼時間只能以譬喻的方式表達。」〔註110〕楊雅惠認為對於中西方來說，時間經驗皆屬一難以言宣的範疇，而只有在文學作品中藉其書寫的種種修辭，才能略為描繪出時間的地理志。〔註111〕受此啟發，筆者認為莊子創作了如此多的譬喻性寓言故事，可能都是在處理時空議題。一般說來，時空問題在中國古代屬天道論。但時空觀念作為人對時空的認識，又屬人道論。這兩方面常常交織在一起。〔註112〕正如楊雅惠

〔註108〕白川靜：《甲骨文的世界》，頁195。

〔註109〕金春峰：〈「月令」圖式與中國古代思維方式的特點及其對科學、哲學的影響〉，見《中國文化與中國哲學》（東方出版社，1986年版），頁129。

〔註110〕詳參J.Hillis Miller著，陳東榮譯：〈時間的地理志：丁尼生的眼淚〉，《中外文學》二十二卷四期。

〔註111〕楊雅惠編著：《臺灣海洋文學》（國立臺灣文學館，2012年9月），頁232～233。

〔註112〕劉文英：《中國古代的時空觀念》（天津：南開大學，2000年9月第1版），頁1。

的研究，空間的兩大類──天、地，「天」在許多社會已經轉化為時間含義。〔註113〕時間的議題首先是天文時間。楊雅惠也認為天文時間的特徵是反覆重現、循環、由對稱的空間意識代表出來。〔註114〕這些天文時間的特徵似乎都與莊子哲學存在著相似關聯。莊子中涉及「天」的篇目最多，三十三篇都提到「天」。〔註115〕考索「天」字本意在東漢許慎的著作《說文解字》中為：「天，顛也」。郭錫良等人認為「天」的本意為頭頂。〔註116〕「天」的延伸義為天地之「天」，這本就體現了古人對宇宙時空的思考，正如楊雅惠的研究：

> 所謂神聖空間，是世界觀的空間元素，是人在實踐行為時所得的區位價值概念，也是人們使環境在感覺上有意義的系統性嘗試。它嘗試解答的問題是：人如何與宇宙有關？儘管各地文化不同，其常見的解答方式是：（一）人體被識覺為宇宙的意象。人體被輸入了價值，人體與自然的形貌間相似的識覺概念。（二）以人為宇宙架構的中心，將人置於宇宙中心的地位。「天地四方之謂宇，古往今來之謂宙」即是。〔註117〕

關於「宇宙」的觀念，也屬時空的議題範圍，故我們來作一個簡單的梳理。「宇宙」連稱作為一對哲學概念，大概始於春秋時期。〔註118〕劉文英認為：

> 關於「宙」的本意，《說文》曰：「舟車所極覆也。」它是說：「舟車自此及彼，而復還此，如循環然。故其字從由，如軸字從由也。」「由」是經歷、行進的意思。傳說「黃帝有熊氏始見轉逢（蓬）而制車」，又說「黃帝作（發明）舟楫」。車輪一轉一進，舟楫一搖一進，都有一種循環往復的性質。試看晝夜交替、日月循環、四時往復、歲終復始，不就像舟車過來過去運轉一樣嗎？《呂氏春秋·大

〔註113〕楊雅惠編著：《台灣海洋文學》，頁233。

〔註114〕楊雅惠編著：《台灣海洋文學》，頁233。

〔註115〕賈學鴻：《莊子名物研究》（北京：人民出版社，2016年），頁6。此外，朱哲考證《莊子》一書中「天」共出現約655次。詳參：〈先秦道家的天人哲學論〉，《宗教哲學》第五卷第二期，頁96，臺北中華民國宗教研究社，1999.4。檢索搜尋中國哲學書電子化計劃（網址：https://ctext.org/zhuangzi/zhs，檢索日期：2020年1月2日），準確數目應為678次。

〔註116〕郭錫良：《古代漢語》上冊（天津：天津教育出版社，1996），頁372。

〔註117〕楊雅惠：《臺灣海洋文學》，頁229。

〔註118〕劉文英：《中國古代的時空觀念》，頁31。

樂》曰：「天地如車輪，終則復始，極則復反，莫不咸當。」正是此
意……〔註119〕

　　古人最初以「宇」表示空間，可能主要取其「伸張」之義。《太玄·
玄摛》注：「宇，如屋之所覆也。」《釋名·釋宮室》曰：「宇，羽也，
如鳥羽自覆蔽也。」「宇」之讀音，可能就是由「羽」而來。〔註120〕

此處我們可以看到時間經常被譬喻為車輪、舟楫，空間則被譬喻為鳥羽。這
種概念譬喻常常被自然地運用到文章的寫作中。莊子中比比皆是。如，莊子
在探討空間時寫到：「泛泛乎若四方之無窮，其無所畛域。兼懷萬物，其孰承
翼？是謂無方。」（〈秋水〉，頁402）莊子認為空間如同一隻大鳥。《莊子·庚
桑楚》中對「宇宙」從本性上進行規定：「有實而無乎處者，宇也；有長而無
本剽者，宙也。」（頁550）莊子認為，空間具有實在性，但是空間本身卻無
定所；時間是一種非實體的形式，人們只能通過空間的變化看見時間。時間
和空間都具有無限性的義蘊。〔註121〕關於宇宙空間的無限性，莊子認為「吾
在天地之間，猶小石小木之在大山也，方存乎見少，又奚以自多！計四海之
在天地之間也，不似礨空之在大澤乎？計中國之在海內，不似稊米之在大倉
乎？又何以知天地之足以窮至大之域！」（〈秋水〉，頁389）此處，莊子認為
空間具有無限性，接近當代宇宙無限的科學認識，是難能可貴的。

　　然「天」作為哲學概念，尚有許多種義界。馮友蘭認為中國先秦諸子學
說中「天」有五義：

　　在中國文字中，所謂天有五義：曰物質之天，即與地相對之天。曰
　　主宰之天，即所謂皇天上帝，有人格的天，帝。曰命運之天，乃指
　　人生中吾人所無奈何者，如孟子所謂「若夫成功則天也」之天是
　　也。曰自然之天，乃指自然之運行，如荀子〈天論〉篇所說之天是
　　也。曰義理之天，乃謂宇宙之最高原理，如〈中庸〉所說「天命之
　　為性」之天是也。《詩》、《書》、《左傳》、《國語》中所謂之天，除
　　指物質之天外，似皆指主宰之天。《論語》中孔子所說之天，亦皆
　　主宰之天也。〔註122〕

〔註119〕劉文英：《中國古代的時空觀念》，頁30。
〔註120〕劉文英：《中國古代的時空觀念》，頁32。
〔註121〕劉文英：《中國古代的時空觀念》，頁33～34。
〔註122〕馮友蘭：《中國哲學史》（臺北：臺灣商務印書館股份有限公司，1993），頁
　　　　55。

張立文《天》曾歸納過「天」在中國古典文獻中的具體意涵，分別為天為顛頂、天為天命、天為自然、天為天志、天為群物之祖、天為天理、天為性、天為心、天為氣、天為宇宙空間。〔註123〕殷商宗教神權政體，禮為祭祀鬼神，戰爭、齋戒、疾病，無處不需要占卜。故可見殷商巫風之盛。「帝」為商之至上神，「天」為周之至上神。〔註124〕西周時所謂的「天」乃是天神、上帝之意，也就是自然界的崇拜物以及祖先神。這一時期的「天人合一」以「神人以和」的面貌出現。人們希望通過巫覡與上天交流，通過齋戒祭祀、敬獻犧牲而得到上天的庇佑。這種「天人之際」的溝通權利由開始的「人人作享，家有巫史」到「唯天為大，唯堯則之」，從由普通人可以和天溝通，到更強調統治者與「天」的密切關係。余英時曾論及孔子與巫文化之關聯：

> 舊天人合一基本上是巫師集團創建的……新天人合一是思想家在軸心突破過程中發展出來的，它的特徵可以歸納為一句話：「道」與「心」的合一。〔註125〕

> 孔子處在軸心突破的初期，巫文化的影響仍大，還不能一躍而至此境。不過他排除人格神的觀念於「天」之外，卻可以看作是為新宇宙論的建構踏出了第一步。〔註126〕

余英時將天人合一觀念區分為新舊二階段，其認為舊的天人合一觀念是巫師集團創建的，新的天人合一觀念卻有著理性思想的光芒。余英時同時認為孔子可以稱為中國思想軸心突破第一階段之先行者，其排除人格神的觀念於「天」之外，可以看作是新宇宙論建構的第一步。

　　西周厲王時期，天的權威下墜，開始宗教人文化，雖不是宗教信仰之消亡，儒家孔孟以道德消解天的權威，老子以形上學的宇宙論，對自然性的天的生成、創造提供了系統的解釋。〔註127〕道家老莊在建構「天人合一」哲學上，較之孔子有著更深遠的影響。劉笑敢認為：

> 徹底把天從上帝之寶座中打落下來的是老子。老子說「天法道，道

〔註123〕張立文：《天》（臺北七略，1996），頁1～6。

〔註124〕詳參李杜：《中西哲學思想種的天道與上帝‧詩書中的天帝觀》（臺北藍燈，2000），頁 12；張立文：《中國哲學範疇發展史（天道篇）》（北京：中國人民，1989），頁68。

〔註125〕余英時：《論天人之際》（北京：中華書局，2014年7月），頁56。

〔註126〕余英時：《論天人之際》，頁47～48。

〔註127〕徐復觀：《中國人性論史‧先秦篇》（上海三聯書店，2001），頁38、325。

法自然」（《老子・25 章》），這既取消了天至高無上的地位，又取消
了天福善禍淫的意志。但是在老子哲學中，天只是天地之天，還不
是一個重要的哲學概念。真正把天作為重要的哲學概念來使用的是
莊子。〔註 128〕

余英時也肯定了以「道」為主軸的「天」出現取代巫文化的「天」：

> 孔子雖揭開了內向超越的序幕，但它的全面展開則在孔子身後。上
> 面曾論證過，公元前 4 世紀，即孟子、莊子的時代，出現了一個相
> 當普遍的新信仰：在整個宇宙（所謂「天地萬物」）的背後存在一
> 個超越的精神領域及其動力，當時各派都名之曰「道」。這個以「道」
> 為主軸的「天」取代了以前巫文化的「天」，而為很多思想家所認
> 同。〔註 129〕

> 軸心突破以後，當時新興的諸學派建構了（也可以說「發現了」）一
> 個截然不同的「天」。這是前所未有的一個超越的精神領域，各派都
> 稱之為「道」。由於「道」的終極源頭仍然是「天」，所以後來董仲
> 舒有「道之大原出於天」的名言，雖然它與「上帝」在「帝廷」上
> 發號施令的「天」未可同日而語。〔註 130〕

余英時認為孟子莊子時代，以「道」為主軸的「天」取代了以前巫文化的「天」，
這是一個超越的精神領域。孟子莊子時代「道」對「天」的取代是中國思想史
的一大轉關。然「道」對「天」是否僅僅是觀念上的替換，有何內在關聯，畢
竟觀念之更替嬗變非今是而昨非那麼簡單。傅佩榮亦認為《老子》並未徹底
拋棄「天」概念：

> 《老子》一書又名《道德經》，其中對「道」提出了新穎的解釋。我
> 們不難發現老子想以「道」概念取代傳統的「天」概念，藉以顯示
> 他對整個存在界的新的理解。「道」成為統合萬有的終極概念，但是
> 老子並未因而完全摒除「天」概念。古代中國的思想家對於源遠流
> 長的「天」概念是不能一筆抹煞的。〔註 131〕

〔註 128〕劉笑敢：《莊子哲學及其演變》（北京：中國社會科學，1988），頁 123。
〔註 129〕余英時：《論天人之際》，頁 54。筆者不同意「取代」這種說法，或有思想家
　　　　有如此科學或哲學的自覺，但此為少數，少數的精英文化難以敵過多數的主
　　　　流文化，所謂曲高和寡。
〔註 130〕余英時：《論天人之際》，頁 32。
〔註 131〕傅佩榮：《儒道天論發微》（臺北學生，1985），頁 216。

《莊子》中「天」有兩個意義：一個是自然界，即「列星隨旋，日月遞照，四時代御，陰陽大化，風雨博施」；一個是自然而然，即「天秩天序」。徐復觀先生認為莊子用「天」字取代「道」字，因為天表明自然的概念更易為一般人所把握。〔註132〕筆者認為「道」在老莊哲學中的描述更為哲學化，抽象化，具有形上實體的內涵，「天」具有實在化的形質。「道」和「天」同樣具有時空意涵這一點是一脈相承的。老子認為「道」本身具有時空屬性和形式：「吾不知其名，字之曰道，強為之名曰大。大曰逝，逝曰遠，遠曰反。」道在時空上的久遠，不是直線式的，而是循環的運動。〔註133〕莊子發展了老子的「道」論。莊子認為：「夫道，有情有信，無為無形；可傳而不可受，可得而不可見；自本自根，未有天地，自古以固存；神鬼神帝，生天生地；在太極之先而不為高，在六極之下而不為深；先天地生而不為久，長於上古而不為老。」莊子認為道在時空上具有無始無終，無上無下的無限性，具有「自本自根」的客觀時空屬性。〔註134〕此已看出莊子對「道」的概念界定具有軸心時代理性的精神。

　　莊子追求與天合一的生活理想和精神境界，要想實現天人合一，最重要的是不以人助天。天人合一不單是一種道德心性上的修養，它還應該包含一直以來被我們忽視的一個層面，即古人對天文知識以及天文占卜方面學術的掌握。尤其是戰國時期正是天文學發達的時期。同為戰國時期道家著作《鶡冠子》對「天」的解讀非常偏重知識性：「天者，物理情者也」〔註135〕若是結合《周易》「乾為天」，根據馮時乾卦為描繪東方蒼龍之星象的研究，可見，戰國時期道家學者非常重視天的物理實況。若莊子僅僅就天作哲學的思索，而未曾暸解天運行的道理，那顯然是膚淺的玄思。本書第二章詳細論述了根據考古發現中國古代天文學起源較早，且這種天文學的發展帶有相當多的巫術色彩。現代意義上的天文學並不足以涵蓋古代天文學的全部意涵。中國古代天文學應該是以農作和星占為目的天文觀測。至於星占和卜筮的關係，卜筮在很大程度上是象天而則之。李鏡池、李零之研究可以看出中國古代星占對卜筮的影響之大，甚至史官的職能之一即是記載天文星占。故筆者結合天文

〔註132〕徐復觀：《中國人性論史・先秦篇》，頁325。
〔註133〕劉文英：《中國古代的時空觀念》，頁48～50。
〔註134〕劉文英：《中國古代的時空觀念》，頁51。
〔註135〕《鶡冠子・博選》，黃懷信：《鶡冠子校注》，頁3。

星占、卜筮來研究《莊子》寓言編制狀況。以古代天文以及陰陽五行的譬喻理解《莊子》時，很多困惑不解之處豁然開朗。莊子運用之譬喻既有屬日常概念系統之常規譬喻（conventional metaphors），然更多意向性（imaginative）與創意性（creative）的新譬喻。〔註136〕根據 Lekoff-Johnson 的研究，新譬喻多半是結構性的，能以常規結構譬喻同樣的方式創造相似性，也就是能以實體譬喻與方位譬喻生發出來的相似性為基礎，然客觀相似性並不為譬喻的基礎，譬喻以「孤立相似」為基礎，此涉及譬喻的基本功能是提供一種經驗去局部解讀另外一種經驗，而這時候譬喻即為一種創意性，或者可理解為一種創造。〔註137〕本文之研究立足於中國古代天文，其以萬古不變之星體為實體、以天文方位為方位，以星體及其星群之相似性為取象方式（此亦是中國古代星占巫術思維方式）。本文之研究立足於「孤立相似」為基礎，因星體及星群取象在中國浩如煙海的占星典籍甚至日常語言的譬喻中甚多，故只選擇與本文研究密切相關的部分。

　　譬喻是獲得真理的途經，真理既不客觀也不主觀，而立基於理解。Lekoff-Johnson 認為「譬喻概念能創意延伸而超出思考與言談的日常直陳方式的範圍，進入被稱為比喻性、詩性、生動多彩或奇特的思維與語言之境界。」〔註138〕莊子之譬喻是 Lekoff-Johnson 所認為的「譬喻思維」（metaphorical thought），即有想像力的理性。正如《我們賴以生存的譬喻》後記所言，只有運用其他的譬喻才能看穿譬喻，譬喻是我們觸覺運作的一部分，是寶貴的。若以此種方法研究《莊子》最需要破除的觀念即是認為莊子想回到毫無理性知識的原始社會，莊子的寫作思維為原始思維。此與戰國時期為我國科學、文化發展的發軔期這一歷史事實相違背。莊子的文筆精妙，思想深刻，並不是簡單質樸的萬物有靈論。筆者更認同莊子採用的是含有經驗科學內核的神話思維。神話思維與巫術思維有很多相似之處，限於文章篇幅，此處不詳論。

〔註136〕楊儒賓認為：「莊子運用了早期文化的一些神聖因素作為表達的基本隱喻，這些基本隱喻基本到成為莊子思想活動的劇場，莊子在此劇場上演出⋯⋯這些基本隱喻可視為視野中的 field，莊子的思想命題則可視為 figure。莊子用獨特的隱喻作為表達旨意（tenor）的載體（vehicle）」詳參氏著：《儒門內的莊子》，頁 267。

〔註137〕雷可夫（George Lakoff）、約翰遜（Mark・Johnosn）合著，周世箴譯注：《我們賴以生存的譬喻》，頁 240～243。

〔註138〕雷可夫（George Lakoff）、約翰遜（Mark・Johnosn）合著，周世箴譯注：《我們賴以生存的譬喻》，頁 26。

關於神話思維，劉秋固有過清晰而有條理的論述，足資參考：

> 神話乃是人類渴望及其適當之想象形式的具體表現（何文敬 1979：
> 6）。它的主要內容是人類解釋自然現象的集體創作，反映出人類與
> 自然相抗爭的心理歷程。問題是一般對「人類」的見解都限制在「初
> 民」這個概念上，將神話界定為原始社會初民的口頭傳說，如此神
> 話變成一種古老文化的語言化石。若依袁珂對「廣義神話」的界定，
> 認為「初民」不是一種生理形式，而是一種心理形式，這種心理形
> 式類似近代西方學者所謂的「神話思維」。而且初民的心理也可以在
> 不同的社會與時代繼續地演變與發展（鄭志明 1996：6）。如此，神
> 話思維活動也就不受限於原始社會，而是指在任何社會，凡是以想
> 像、投射或幻化等方式去敘述神話與崇拜世界的各種深層秩序的思
> 維活動。即神話思維不是一種純粹的理性思維，卻能以宗教崇拜的
> 統一性情感，有效地化解存在的困境，以神話思維形態來展現出人
> 的內在理性……神話思維實際上是思維活動發展到相當高度的文
> 化產物，已經脫離了原始思維的形態，與社會各種思維活動相互迭
> 合與交叉滲透，對於各種超自然力與神秘現象進行新的序化建構
> （鄭志明 1993：6～7）。〔註 139〕

劉秋固理清了神話思維與原始思維不同，神話思維是高度的文化產物，其
引用鄭志明的觀點認為神話思維在任何社會都可以存在，神話以宗教的統
一性情感化解困境，神話思維展示出內在理性。下文劉秋固從考古學家對
鄭州大河村出土的陶器太陽紋、月亮紋、日暈紋、星座圖等資料認為原始人
也具有最初的科學知識，這又證明了原始人的智力活動不等同於神話思維，
其中又類似經驗科學的認識活動。〔註 140〕探討《莊子》不可不探討戰國（尤
其是楚國）天文學的發展，以及陰陽五行思想。實證科學固然為知識架構出
功能性的工具價值，但知識體系的建立顯然不只是此一層次，而應包括感
官與非感官兩種知識。中國古代社會的知識佔有者多躋身於巫術傳統之內，
中國人本主義的精神起源於巫術傳統。故本文力求置身於巫術傳統內重新
檢視《莊子》。

〔註 139〕劉秋固：〈莊子的神話思維與自我超越的文化心理及其民俗信仰〉，《中央研
究院民族學研究所集刊》第 85 期，頁 181。

〔註 140〕劉秋固：〈莊子的神話思維與自我超越的文化心理及其民俗信仰〉，頁 181。

　　本文的研究方法為以文本細讀、文獻分析的方法，結合中國古代天文，漢字的音、形、義，以及巫術思維理則（陰陽五行、孤立相似性取象），試圖解析莊子文本中蘊含的天文譬喻。葉舒憲曾注意到漢字的象形特徵對中國神話思維的影響：

> 　　如果說西方哲學的思維模式是在揚棄了神話思維模式之後發展起來的，那麼可以說中國哲學的思維模式是直接承襲神話思維模式發展起來的。原因之一是，中國漢字的象形特徵使直觀的神話思維表象得到最大限度的保留，而語言文字作為思維的符號和文化的載體，必然會對中國人的思維方式、文化心理結構產生潛在的鑄塑作用。〔註141〕

中國獨特的象形文字保存了民族文化中的神話思維，故本文多做文字上的考釋，這些文字考釋注重字形辨析，同時也沒有忽視語音。這是因為，我們應該注意這些遠古文獻資料的文本的生產過程：他們原是口傳文學後又被整理為完整的文學作品：

> 　　有一段時間，文學作品持續存在著卻沒有固定在書面形式中。在那些日子裏，它一世世代代的流傳都歸功於口頭複製──根據那些對別人朗誦或演唱它們的人的記憶。這就導致了大量的變體，然而在這些變體中，基本本文作為同源的核心時代流傳下來。……這種作品是一個純粹的語音學構成。但是，一旦它以手抄本以及後來的印刷形式記錄下來，從而主要是供閱讀而不是聽的，這種純粹的語音學性質就改變了。〔註142〕

> 　　芬諾羅薩（E.Fenollosa）研究認為，中國詩歌中圖畫式的表意文字構成了詩的整個意義中的一部分。〔註143〕

> 　　在某些文學作品中，聲音仍然是其總體結構的一個重要因素。〔註144〕

正如《文學理論》所言，一件文學作品首先是一套聲音的系統，因此，是在一

〔註141〕葉舒憲：《中國神話哲學》，頁2～3。

〔註142〕英加登著，陳燕谷、曉禾譯：《對文學的藝術作品的認識》，中國文聯出版公司，1988年版，頁13。

〔註143〕〔美〕勒內・韋勒克、〔美〕奧斯汀・沃倫著，劉象愚、邢培明、陳聖生、李哲明譯：《文學理論》，頁131。

〔註144〕〔美〕勒內・韋勒克、〔美〕奧斯汀・沃倫著，劉象愚、邢培明、陳聖生、李哲明譯：《文學理論》，頁135。

種特定語言聲音系統中的選擇：

> 詩歌的意義與上下文是緊密相關的：一個詞不僅具有字典上指出的
> 含義，而且具有它的同義詞和同音異義詞的味道。詞彙不僅本身有
> 意義，而且會引發在聲音上、感覺上或引申的意義上與其有關聯的
> 其他詞彙的意義，甚至引發那些與它意義相反或者互相排斥的詞彙
> 的意義。〔註145〕

故本文的研究多考釋字詞字音，並作發散式的聯想。

因莊子深受楚文化影響，故本文多結合楚國文獻數據進行分析，儘量避免資料堆砌式研究，偏好「詮釋性」與「批判性」的研究取向。從科學的角度來看，資料的存在為既成事實，其研究只有合理與否的分別，而無關「對」與「錯」的問題。《莊子》同時代著作及其以前之文獻資料、文物遺跡，皆屬分析研究範疇。人類未發明文字之前，期間發生之情事多由口頭傳說輾轉流傳，其後由口傳而記載成為史料，此中絕大部分帝王傳說、伯夷叔齊者流之軼聞舊事，都蘊含一時代一地區特殊文化遺跡。葉舒憲根據王國維的研究成果殷人之名或用日辰，或取於時推斷殷商先王的名號實為一日之內不同時間的象徵。〔註146〕受此啟發，本文專注於天文譬喻，對與莊子相關之古帝王文獻進行有效整理與研究。本文打破神話與哲學、認知科學的界限，探討神話中蘊含的思維理則。雖然這種原始思維理則有巫術的成份，不屬現代意義上的科學，然亦是可以從中發現與認知科學的關聯。

本文還用了相當的精力參考敘事學相關研究探討《莊子》文本，主要依據胡亞敏所著《敘事學》。本文對古帝神話的解讀以及《莊子》中相關寓言故事空間連接組織形式的解讀，接近結構敘事學的某些觀點。同時，本文將探討《莊子》文本符號閱讀和結構閱讀的意義，試圖運用敘事學文學批評方法對古帝傳說和《莊子》文本進行細部批評。本文還分析了與《莊子》文本類似，以天文空間連接組成敘事情節之〈柳毅傳〉、〈任氏傳〉、〈桃花源記〉、〈赤壁賦〉等作品與天文譬喻之關聯。其中對〈柳毅傳〉、〈任氏傳〉二傳之分析曾發表於《成大宗教與文化學報》第二十六期，經潤飾與修訂置入本書中。關於《莊子》的敘事學研究，近年來的研究成果不甚豐富，本文將《莊子》敘事

〔註145〕〔美〕勒內·韋勒克、〔美〕奧斯汀·沃倫著，劉象愚、邢培明、陳聖生、
　　　　李哲明譯：《文學理論》，頁165。
〔註146〕葉舒憲：《中國神話哲學》，頁99。

學研究重點聚焦於其寓言編制的時空觀念，故與《莊子》敘事研究值得借鑒的研究成果有：楊闊〈《莊子》的現實空間敘事與觀念空間敘事〉，其認為莊子採用「寓言」、「巵言」、「重言」三種手段，特別是「寓言」再現了「僅免刑焉」和「竊鉤者誅，竊國者為諸侯」的現實空間。莊子雖然對現實空間不滿，卻無力改變，轉而利用觀念空間敘事建構起源於現實的「至德之世」，但「至德之世」空間狀態是落後的，與現實產生了無法調和的矛盾，繼而建構超越現實的「逍遙」空間狀態。〔註147〕賈學鴻〈《莊子》寓言連類相次的結構藝術〉認為《莊子》中以連類相次寓言為主體的作品，其結構可分為兩類：一種是絲線穿珠型，一種是板塊對接型。絲線穿珠型作品以一種理念貫穿連續出現的多個寓言故事，主要體現為縱向的延續，給人以婉轉渾圓的流動感。板塊對接型作品可劃分為由若干則寓言故事組成的幾個板塊，每個板塊之後用論述性語言承上啟下，使人感覺縱橫交錯，而橫向的延展更為明顯。這種連類相次的寓言序列，貫穿全篇的理念或明或暗，整體上給人琳琅滿目和色彩斑斕的神奇美感，但有時會出現主旨或邏輯上的矛盾，表現出先秦時期文章融問對、敘事和論說於一體的混沌形態特徵和《莊子》巵言的特質。〔註148〕許迅在其碩士學位論文中嘗試引入空間敘事學理論展開對《莊子》敘事文本的解讀和探析。其借鑒龍迪勇博士的相關理論分析《莊子》中敘事作品的主題——並置敘事模式，探討《莊子》敘事空間的三種類型：現實的社會空間、理想的「逍遙」空間和象徵的抽象空間；《莊子》敘事空間的結構方式主要包括並列式、連環式、輻射式三種；從以空間表現時間、空間轉換的處理技巧和以空間凸顯人物心理這三個角度來探析《莊子》的空間敘事技巧，試圖探討作者是如何運用空間元素來創作作品。〔註149〕上述論文皆探討到《莊子》敘事的時空議題，莊子寓言的結構藝術。

　　任何的研究都會有其限制所在，天下若有完美無缺之研究，那是不可能的。身為學者，應該直陳自己之缺陷，期日後改進，或者自己無力改進時，後輩學人能完善。與本文相關的研究方向大概為《莊子》神話研究、《莊子》結構藝術一類，因大部分研究者都熱衷於中國古代神話與西方人類學的神話比

〔註147〕楊闊：〈《莊子》的現實空間敘事與觀念空間敘事〉，《教師教育學報》，2010年 04 期（2010/07/04），頁 181～184。

〔註148〕賈學鴻〈《莊子》寓言連類相次的結構藝術〉，《北方論叢》，2007 年 01 期（2007/07/01），頁 15～18。

〔註149〕許迅：《莊子》空間敘事研究。江西師範大學，2013 碩士學位論文。

較研究，並借鑒中國古代學者對《莊子》結構的研究，故筆者在進行文獻搜集時很難找到與本論題直接相關之研究成果，只能披沙揀金、耗時甚巨而所得有限，一邊摸索一邊修改研究成果。相關研究成果過少，參考不足是本文作者十分擔憂的地方。本文之研究，多以古人思維方式研究莊子，恐怕當代人已無法相信巫術存在，也無法體驗天人合一的神聖冥契。〔註150〕因追求簡潔精緻之美，故本文沒有採用掉書袋式的大頭娃娃寫作模式，將別人的研究成果大量堆砌在文章第一部分以彰顯自己讀書廣博。此外，學者之研究，尤其是對於中國古代經典之研究，可借鑒俄國形式主義提出的「陌生化」概念，以解除經典研究陳陳相因之弊端：

> 俄國形式主義提出的「陌生化」的概念是形式主義文論中最富價值的思想之一，是對文學本質的一種新認識。我們生活在現實之中，雖然面對千變萬化的大千世界，但由於每天耳聞目睹這一環境，因而對現實生活中的一切都習以為常，聽而不聞，視而不見。藝術創作的目的就在於把那些日常的司空見慣的已經不能引起我們美感和新鮮感的東西陌生化為奇異的，從而使人產生強烈的感受。在藝術創作中，重要的不是陌生化的對象，而是陌生化的方法。這種陌生化不僅表現在詩歌方面，也表現在敘事文方面。〔註151〕

《莊子》研究應被視為一種藝術創造，注重從新的角度活化經典，創新為一個學者的價值所在，否則現代社會科技發達，若是想聽講古書，網站一堆，照書直講無非是毫無創造力的謀食行當。

　　非常感謝文史哲學界諸多先聖先賢與先進們的相關不朽經典，可供作為研究參考，可擷取若干精華以為研究背景與佐證，充實文章的理論基礎與體系骨幹。因學養有限，故不免有粗陋之處，惟冀日後能精進此一研究。

〔註150〕人類學家（Victor Turner）倡導田野調查時，認為符號研究應該採用實證的方法，即以本族人的視角研究和分析符號。此種設身處地的研究即是以在地人研究在地文化，拋開研究者自身立場，對他者文明抱以同情之理解。這種研究方式非常人性化和具有多元文明互相尊重的現代文明立場，是現今學者仍然要借鑒的立場。詳參鄭金德：《人類學理論發展史》（臺灣：商務印書館，1978 年），頁 179。

〔註151〕胡亞敏：《敘事學》，頁 18。

第二章　楚國的天文學淵源

　　莊子與楚文化淵源甚深，楚國在先秦時期有著怎樣的風俗文化？楚國始祖一直以司天文曆法為業，楚國學者不乏對宇宙時空之思索。楚國的天文學發展對太一生水的宇宙創生模式、楚國巫風神話具有重要影響。莊子是如何在楚文化背景下探討自然關係中的時間系統、空間系統以及神明系統，這些都將構成我們研讀《莊子》文本的先行性背景知識。本章主要對楚國天文學進行溯源研究，同時運用天文學常識、陰陽五行知識對上古帝王傳說進行重新解讀，為理解《莊子》中得道古帝的天文譬喻打下基礎。

第一節　楚國天文學歷史溯源

　　春秋戰國時楚本蕞爾小國，《左傳》記載：「若敖、蚡冒至於文、武，土不過同。」〔註1〕楚在若敖、蚡冒之時，尚只是百里之國。《史記・貨殖列傳》記載：「楚越之地，地廣人希，飯稻羹魚，或火耕而水耨，果隋蠃蛤，不待賈而足，地埶饒食，無飢饉之患，以故呰窳偷生，無積聚而多貧。是故江淮以南，無凍餓之人，亦無千金之家。」〔註2〕楚國物產豐饒，此為得地利，然因物產豐饒，人民又變得怠惰，故富貴者少。《左傳》記載楚成王宴饗晉流亡公子重耳：「楚子饗之，曰，公子若反晉國，則何以報不穀，對曰，子女玉帛，則君有之。羽毛齒革，則君地生焉。其波及晉國者，君之餘也，其何以報。」〔註3〕由此可見

〔註1〕　《左傳》昭公二十三年，楊伯峻：《春秋左傳注》，頁 1448。
〔註2〕　《史記・貨殖列傳》，《史記》，卷 129，頁 94～95。
〔註3〕　《左傳》僖公二十三年，楊伯峻：《春秋左傳注》，頁 409。

楚國物產豐富、經濟富饒，遠非中原諸國可比。楚國歷代君王幾乎均是雄才大略，春秋八百年，楚國滅國數十，楚武王熊通稱王，成王開疆拓土，楚莊王問鼎中原。楚國長期與中原諸國抗爭，中原諸國視其為蠻夷，《國語‧晉語》：「楚為荊蠻。」〔註4〕楚國因長期得不到中原文化認同，也自認南方蠻夷「吾，蠻夷也，不與中國之號」〔註5〕。《左傳》桓公二年：「蔡侯，鄭伯，會於鄧，始懼楚也。」〔註6〕楚國之強盛令中原諸侯國膽戰心驚。楚國一直在南方擴張自己的勢力，漢陽諸姬，南方的百濮、群蠻及百越之地相繼納入楚國版圖。在領土擴張過程中，楚國與南方文化相容並包，楚文化與中原以周禮為主導的文化迥然相異。楚國雖被中原諸侯視為蠻夷之邦，楚國的君主卻多具有篳路藍縷之創業精神、興業之自覺與反省之擔當。楚共王因鄢陵之戰失敗，臨死請以惡諡：

> 楚子疾，告大夫曰，不穀不德，少主社稷，生十年而喪先君，未及習師保之教訓，而應受多福，是以不德，而亡師於鄢，以辱社稷，為大夫憂，其弘多矣，若以大夫之靈，獲保首領，以歿於地，唯是春秋窀穸之事，所以從先君於禰廟者，請為靈若厲，大夫擇焉，莫對，及五命，乃許，秋，楚共王卒，子囊謀諡，大夫曰，君有命矣，子囊曰，君命以共，若之何毀之，赫赫楚國，而君臨之，撫有蠻夷，奄征南海，以屬諸夏，而知其過，可不謂共乎，請諡之共，大夫從之。〔註7〕

楚國君王具有開拓反省之精神，其平等思想、謹守法令在諸國中亦是獨具一格。《韓非子‧外儲說右上》記載：

> 荊莊王有茅門之法曰：「群臣大夫諸公子入朝，馬蹄踐溜者，廷理斬其輈，戮其御。」於是太子入朝，馬蹄踐溜，廷理斬其輈，戮其御。太子怒，入為王泣曰：「為我誅戮廷理。」王曰：「法者所以敬宗廟，尊社稷。故能立法從令尊敬社稷者，社稷之臣也，焉可誅也？夫犯法廢令不尊敬社稷者，是臣乘君而下尚校也。臣乘君則主失威，下尚校則上位危。威失位危，社稷不守，吾將何以遺子孫？」於是太子乃還走，避舍露宿三日，北面再拜請死罪。〔註8〕

〔註4〕《國語‧晉語》，景杭州葉氏藏明嘉靖翻宋本，第二一卷，頁140。

〔註5〕《史記‧楚世家》，卷40，頁7。

〔註6〕《左傳》桓公二年，楊伯峻：《春秋左傳注》，頁90。

〔註7〕《左傳》襄公十三年，楊伯峻：《春秋左傳注》，頁1002。

〔註8〕《韓非子‧外儲說右上》，《四部叢刊初編》351冊。景上海涵芬樓藏景宋鈔校本，頁119。

楚莊王並不因為觸犯茅門法之人為太子而法外開恩，反而對嚴明執法的廷理欣賞有加，認為其為社稷之臣。在《說苑‧至公》篇中，楚莊王稱讚秉公執法之臣子：「老君在前而不逾，少君在後而不豫，是國之寶臣也。」〔註9〕

　　楚國君王賞罰分明、任賢使能，對挾勢自重、作威作福之臣子亦以重罰。《左傳》襄公二十二年：

> 楚觀起有寵於令尹子南，未益祿而有馬數十乘，楚人患之，王將討焉，子南之子棄疾為王御士，王每見之必泣，棄疾曰，君三泣臣矣，敢問誰之罪也，王曰，令尹之不能，爾所知也，國將討焉，爾其居乎，對曰，父戮子居，君焉用之，泄命重刑，臣亦不為，王遂殺子南於朝，轘觀起於四竟。〔註10〕

楚國令尹因為獨寵無能的部屬被楚康王處以極刑。由此可見，楚王賞罰分明。

　　楚國的經濟與政治氛圍與中原迥異，故楚國雖逐步強大，雄霸諸國數十年，但因為「楚為荊蠻」，依然無法像齊、晉一樣讓中原諸侯國徹底臣服。

　　對天道之重視是楚人一以貫之的傳統。楚武王將入齊國時，將身體不適告知王後鄧曼。鄧曼說出「天之道」的哲理，比老子要早一百多年，可見楚國對天道哲思深遠：

> 四年春，王三月，楚武王荊尸，授師子焉，以伐隨。將齊，入告夫人鄧曼曰：「余心蕩。」鄧曼歎曰：「王祿盡矣。盈而蕩，天之道也。先君其知之矣，故臨武事，將發大命，而蕩王心焉。若師徒無虧，王薨於行，國之福也。」王遂行，卒於樠木之下。令尹鬬祁、莫敖屈重，除道梁溠，營軍臨隨。隨人懼，行成。莫敖以王命入盟隨侯，且請為會於漢汭而還。濟漢而後發喪。〔註11〕

鄧曼這段關於天道盈虧的著名論述為其贏得了智者聲譽。西漢劉向的《列女傳》中鄧曼知天道的智慧得到了君子高度的評價，鄧曼的智慧可以稱為老莊道家思想之先驅，也是中原儒家文化罕言天道之補充：

> 君子謂鄧曼為知天道。易曰：「日中則昃，月盈則虧，天地盈虛，與

〔註9〕漢‧劉向撰：《說苑‧至公》，《四部叢刊初編》中331冊。景平湖葛氏傳樸堂藏明鈔本，頁29。
〔註10〕《左傳》襄公二十二年，楊伯峻：《春秋左傳注》，頁1069。
〔註11〕《左傳》莊公四年，楊伯峻：《春秋左傳注》，頁163～164。

時消息。」此之謂也。頌曰：楚武鄧曼，見事所興，謂瑕軍敗，知王將薨，識彼天道，盛而必衰，終如其言，君子揚稱。〔註12〕

《史記‧楚世家》記載：

楚之先祖出自帝顓頊高陽。高陽者，黃帝之孫，昌意之子也。高陽生稱，稱生卷章，卷章生重黎。重黎為帝嚳高辛居火正，甚有功，能光融天下，帝嚳命曰祝融。共工氏作亂，帝嚳使重黎誅之而不盡。帝乃以庚寅日誅重黎，而以其弟吳回為重黎後，復居火正，為祝融。〔註13〕

《史記‧天官書》：

昔之傳天數者：高辛之前，重、黎；於唐、虞，羲、和；有夏，昆吾；殷商，巫咸；周室，史佚、萇弘；於宋，子韋；鄭則裨灶；在齊，甘公；楚，唐昧；趙，尹臯；魏，石申。〔註14〕

據學者考證，祝融應為天文官名，楚國先祖古史記載或為「黎」、或為「重黎」，或分別以「南正重」、「火正黎」稱之，此先祖真正的職屬應為傳天數，負責觀象授時，因業績彪炳被授予「祝融」之稱號。〔註15〕火正的職責除了觀象授時外，還有點火燒荒和守燎祭天。〔註16〕

《國語‧楚語》記載了重黎絕地天通的傳說：

少昊之衰也，九黎亂德，民神雜糅，不可方物。夫人作享，家為巫史，無有要質。民匱於祀，而不知其福。烝享無度，民神同位。民瀆齊盟，無有嚴威。神狎民則，不蠲其為。嘉生不降，無物以享。禍災薦臻，莫盡其氣。顓頊受之，乃命南正重司天以屬神，命火正黎司地以屬民，使復舊常，無相侵瀆，是謂絕地天通。其後，三苗復九黎之德，堯復育重黎之後，不忘舊者，使復典之。以至於夏、商，故重、黎氏世敘天地，而別其分主者也。其在周，程伯休父其後也，當宣王時，失其官守，而為司馬氏。寵神其祖，以取威於民，

〔註12〕漢‧劉向撰：《烈女傳‧仁智》，《四部叢刊初編》266 冊，頁 7。景長沙葉氏觀古堂藏明刊本。

〔註13〕《史記‧楚世家》，卷 40，頁 2～3。

〔註14〕《史記‧天官書》，卷 27，頁 73～74。

〔註15〕武家璧：《觀象授時——楚國的天文曆法》（武漢：湖北教育出版社，2001），頁 3。

〔註16〕張正明：《楚史》，頁 8。

曰：「重實上天，黎實下地。」遭世之亂，而莫之能禦也。不然，夫
天地成而不變，何比之有？〔註17〕

九黎亂德之時，氏族平民均有祭神權，然顓頊氏隔絕了司天（觀測天象）與
司地（觀測日影）之間的關係，將民曆與神曆區別開來，此後直到春秋戰國
時期的推步曆，一直保持神曆與民曆各自運行之軌跡。〔註18〕所謂神曆與民
曆，即：

> 古人認為，不同的神祇，在不同的季節的活動時間和場所，並在相應
> 的時間和場合，獻上只在相應的季節才具有的新鮮潔淨而又上好的
> 祭品，神靈才會享用……在古人看來，有關神祇的出入活動，是與一
> 定天象的出沒規律相對應的，因此完全可以通過「司天」（觀測天象）
> 來制訂出用以指導祭祀各種神靈的曆法，這就是神曆。……小正曆法
> 主要依據不同的物候與氣象等季節性因素來指導相應的農事活動。
> 當然，小正曆法往往也包含一些天象內容，……例如對大火星（天蠍
> 座α）見、伏、中、流等現象的觀察，就與農事活動密切相關。由於
> 小正曆法主要用來指導農業生產……所以是一種民曆。〔註19〕

武家璧認為楚國始祖顓頊任命重制訂神曆，任命黎制訂民曆，其目的分別為
神化朝廷祭祀與便利民間農業生產生活。其中，神曆主要依靠觀測天象，民
曆為物候曆以及一些與農業生產密切相關的天象，如大火星的觀測等。

《尚書‧堯典》記載重黎之後的天文官工作情況：

> 乃命羲和，欽若昊天，曆象日月星辰，敬授人時。分命羲仲，宅嵎
> 夷，曰暘谷。寅賓出日，平秩東作。日中，星鳥，以殷仲春。厥民
> 析，鳥獸孳尾。申命羲叔，宅南交。平秩南訛，敬致。日永，星火，
> 以正仲夏。厥民因，鳥獸希革。分命和仲，宅西，曰昧谷。寅餞納
> 日，平秩西成。宵中，星虛，以殷仲秋。厥民夷，鳥獸毛毨。申命
> 和叔，宅朔方，曰幽都。平在朔易。日短，星昴，以正仲冬。厥民
> 隩，鳥獸氄毛。帝曰：「咨！汝羲暨和。朞三百有六旬有六日，以閏
> 月定四時，成歲。允釐百工，庶績咸熙。」〔註20〕

〔註17〕《國語‧楚語》，景杭州葉氏藏明嘉靖翻宋本，第二一卷，頁72～74。
〔註18〕武家璧：《觀象授時——楚國的天文曆法》，頁8。
〔註19〕武家璧：《觀象授時——楚國的天文曆法》，頁35～36。
〔註20〕《尚書‧堯典》，漢‧孔安國傳、唐‧孔穎達疏：《尚書正義》，《武英殿十三
　　　經注疏》本，頁102～106。

重黎之後的天文官羲和作為曆象日月星辰的天文官負責觀測四仲中星，以閏月定四時，他們夜觀天象，晝測晷影，採用璇璣中星觀測（司天）和土圭晷影測量（司地）兩種方法度求時節。〔註21〕《史記・楚世家》：「吳回生陸終。陸終生子六人，坼剖而產焉。其長一曰昆吾……」昆吾作為為楚國祖先，《史記・天官書》記載亦是夏朝司天數者，學者推測《夏小正》可能為昆吾氏為夏王朝制定的。〔註22〕由此可見，司天文一直是楚人的祖業。有意思的是，據學者考證，由於天圓地方為古人的宇宙觀，表示天頂位置的「昆吾」引申為圓形，後指有圓蓋形的器皿：「壺，昆吾，圓器也」（《說文》），「壺名康瓠，即壺名昆吾」（《爾雅・釋器》）。〔註23〕《莊子》中多次出現壺子、大瓠意象，深有意味。

　　祝融氏原處中原，《左傳》昭公十七年：「鄭，祝融之墟也」〔註24〕祝融氏可能是中國古代的以官職為氏的後裔。祝融後分為八姓，羋姓的一支在商周之際南遷荊山，其首領鬻熊相傳為文王師，而文王演周易，周易之乾卦、坤卦分別描述東方蒼龍七宿與房宿之星象。〔註25〕中原文化鮮見對天道之探討，作為中原文化代表的孔子罕言性與天道。〔註26〕《易》作為後世經典之首，可見楚國之天文學傳統對中原文化之影響力。武家璧認為繼重黎、羲和之後，夏商時巫史、西周時太史繼續典天官事，且重黎氏天文學通過「天子失官、學在四夷」、王子朝奉周之典奔楚、古唐國的天文傳統傳承不絕。〔註27〕楚國天文學家有楚甘德〔註28〕、鶡冠子、唐昧（或作唐眛、

〔註21〕武家璧：《觀象授時——楚國的天文曆法》，頁32。

〔註22〕武家璧：《觀象授時——楚國的天文曆法》，頁32。

〔註23〕葉舒憲：《中國神話哲學》，頁22。

〔註24〕《左傳》昭公十七年，楊伯峻：《春秋左傳注》，頁1391。

〔註25〕馮時：〈《周易》乾坤卦爻辭研究〉，《中國文化》，2010年02期。另外，武家璧也探討了包含在《易經・乾卦》爻辭中的六龍曆。詳參氏著：《觀象授時——楚國的天文曆法》，頁69～71。此外，認為《易經・乾卦》為星占記錄的尚有李鏡池《周易通義》，詳見氏著：《周易通義》（北京：中華書局出版，1981年9月第1版），頁1～4。不過，李鏡池也將龍占視為蛇孽之占，將「龍」視為西周貴族大人的譬喻，見同書頁7。

〔註26〕《論語・公冶長》：「子貢曰：夫子之文章，可得而聞也；夫子之言性與天道，不可得而聞也」《十三經注疏》，卷8，頁43。

〔註27〕武家璧：《觀象授時——楚國的天文曆法》，頁49～50。

〔註28〕也有一種說法，甘德為齊人，詳參張正明：《楚史》，頁321。戰國時期最有成就的天文家還有一位魏人石申夫，這不禁讓我們想起莊子的摯友惠施也在魏國為官。惠施有很多與天文學相關的學術見解。有學者考證「天與地卑」、「南

唐蔑）〔註29〕，楚人還創造發明渾天說和渾儀、「太一生水」的宇宙生成模式。〔註30〕戰國時期，楚國有許行為宗師的農家，見於《孟子・滕文公篇》：

> 有為神農之言者許行，自楚之滕，踵門而告文公曰：「遠方之人聞君
> 行仁政，願受一廛而為氓。」文公與之處，其徒數十人，皆衣褐，
> 捆屨、織席以為食。〔註31〕

許行雖為落後的農家，然楚國重視農業，自然會對與農業息息相關之天文學深諳熟稔。

　　楚地出土的文物之中，有許多都有天文崇拜的遺跡。如1973年5月出土於長沙子彈庫楚墓的〈人物御龍帛畫〉（見後文圖3-2），此圖畫描繪的正是傅說星官所在的尾宿天區，駕馭蒼龍尾宿的正是巫師傅說。四山鏡有天圓地方之縮影，虎坐立鳳是風神鳳之別種，荊門車橋戰國楚籍巴人墓出土的銅戚鑄的天神人形鱗身鳥足，雙腳踏著日月，與楚巫所作之《山海經》中的神人形象非常接近。〔註32〕土伯「鎮墓獸」之鹿和麒麟崇拜相關，麒麟曾是北方天區的取象。〔註33〕

　　綜上所述，楚國在春秋戰國國力強盛、文化繁榮，天文學發達。正是楚國獨特的風物與文明、天文學的發達給予了莊子以靈感，讓他成就了一本曠世奇書。

方無窮而有窮」、「今日適越而昔來」、「天下之中央燕之北越之南」皆就地圓立說。陳文濤亦推測惠施所論天地不墜不陷之故或為萬有引力之說。詳參陳文濤：《先秦自然學概論》，頁41～42。惠施「至大無外，謂之大一；至小無內，謂之小一」也在探討宇宙的空間性。惠子和莊子很多地方都講時空的相對性。不同在於惠施並沒有像莊子一樣追求「道」一類的形上本體，而是把時空看作主觀的東西。惠子也探討探討時空的間斷性與連續性：「飛鳥之景未嘗動也，鏃矢之疾而有不行不止之時」（詳參劉文英：《中國古代的時空觀念》，頁114。）此外，莊子書中屢次申述名家思想，如白馬非馬等，此亦說明莊子對名家思想的重視。名家非常重視知識，所以我們有理由相信，莊子的智慧並非來自於空談枯坐，而是通過學術和道德的雙重修養。

〔註29〕據李鏡池考證：「夢」、「蔑」，一聲之轉。李鏡池引用《穀梁傳・昭公二十年經》：「曹公孫會自夢出奔宋」《釋文》：「夢，本或作蔑」，此「夢」、「蔑」通借之證。唐蔑的命名，很明顯地顯現了其氏族的重巫術特色。參見李鏡池：《周易通義》，頁47。

〔註30〕武家璧：《觀象授時──楚國的天文曆法》，頁50～80。

〔註31〕《孟子・滕文公篇》，《十三經注疏》，卷8，頁97～98。

〔註32〕張正明：《楚史》，頁330。

〔註33〕馮時：《中國古代物質文化史──天文曆法》，頁110。

第二節　楚國始祖天文神話

　　本節將探討楚國始祖與天文神話的關聯。由此，我們可以看出楚國天文學發達的背景下，楚國的始祖觀念以及這種觀念是否被莊子作為編制自己寓言的一種天文譬喻？在《莊子》中有這樣一段話：

> 夫道，有情有信，無為無形；……豨韋氏得之，以挈天地；伏犧氏得之，以襲氣母；維斗得之，終古不忒；日月得之，終古不息；堪坏得之，以襲崑崙；馮夷得之，以遊大川；肩吾得之，以處太山；黃帝得之，以登雲天；顓頊得之，以處玄宮；禺強得之，立乎北極；西王母得之，坐乎少廣，莫知其始，莫知其終；彭祖得之，上及有虞，下及五伯；傅說得之，以相武丁，奄有天下，乘東維，騎箕尾，而比於列星。（〈大宗師〉，頁 177～178）

此處傅說得道之後比於列星涉及到我國古代的觀念，即帝王賢聖死而為星。前文已經探討商王死後歸靈於分星的觀念，以及楚國的祭星傳統，此也是天人合一之一端。按照我國封建社會的層級制度，我們理所當然地可以推出，越大越明亮的星代表越重要的人物。

　　要探討民族始祖神話，我們應先理清當時對人死後的觀念。《孔子家語‧哀公問政》篇曾記載古人對「鬼」、「神」、「氣」、「魄」之觀點：

> 宰我問於孔子曰：「吾聞鬼神之名，而不知所謂，敢問焉。」孔子曰：「人生有氣有魄。氣者，神之盛也。眾生必死，死必歸土，此謂鬼；魂氣歸天，此謂神。合鬼與神而享之，教之至也。骨肉斃於下，化為野土，其氣揚於上，此神之著也。聖人因物之精，制為之極，明命鬼神，以為民之則，而猶以是為未足也。」〔註34〕

此中認為「人」有「氣」有「魄」。此種對「人」的哲學思考，與漢人對「月」的思考很類似。東漢張衡《靈憲》：

> 懸象著明，莫大乎日月。其經當天周七百三十六分之一，地廣二百四十二分之一。日者，陽精之宗。積而成鳥，象鳥而有三趾。陽之類，其數奇。月者，陰精之宗。積而成獸，象兔。陰之類，其數耦。其後有馮焉者。羿請無死之藥於西王母，姮娥竊之以奔月。將往，枚筮之於有黃，有黃占之曰：「吉。翩翩歸妹，獨將西行，逢天晦芒，

〔註34〕《孔子家語‧哀公問政》，魏‧王肅注：《孔子家語》，《四部叢刊初編》309～311 冊。景江南圖書館藏明覆宋刊本，卷四，頁 40～41。

毋驚毋恐，後其大昌。」姮娥遂託身於月，是為蟾蠩。夫日譬猶火，
月譬猶水，火則外光，水則含景。故月光生於日之所照，魄生於日
之所蔽，當日則光盈，就日則光盡也。眾星被耀，因水轉光。當日
之衝，光常不合者，蔽於地也。是謂闇虛。在星星微，月過則食。
日之薄地，暗其明也。繇暗視明，明無所屈，是以望之若大。方於
中天，天地同明。繇明瞻暗，暗還自奪，故望之若小。火當夜而揚
光，在晝則不明也。〔註35〕

「月光生於日之所照，魄生於日之所蔽」，皆是將「人」與「月」以陰陽觀點
分視之。臺灣杜而未認為「道」字在史前古語中指「月」，此一古語也在其他
古民族語言中指「月」，莊書所言之「道」乃是南方農業文化中的至上神。〔註
36〕姑且不論莊子所言之「道」是否為「月」，如果只就「月」之哲學思考，漢
代人的「鬼」、「神」、「氣」、「魄」之觀點是與「月」同構的。

「氣」為「神」之著者，《莊子》中亦多次提及「氣」，且將「氣」放在一
個重要的位置。茲舉二三例：

顏回曰：「吾無以進矣，敢問其方。」仲尼曰：「齋，吾將語若！有
而為之，其易邪？易之者，皞天不宜。」顏回曰：「回之家貧，唯不
飲酒、不茹葷者數月矣。若此，則可以為齋乎？」曰：「是祭祀之齋，
非心齋也。」回曰：「敢問心齋。」仲尼曰：「若一志，無聽之以耳
而聽之以心，無聽之以心而聽之以氣。聽止於耳，心止於符。氣也
者，虛而待物者也。唯道集虛。虛者，心齋也。」（〈人間世〉，頁111
～112）

莊子妻死，惠子弔之，莊子則方箕踞鼓盆而歌。惠子曰：「與人居長
子，老身死，不哭亦足矣，又鼓盆而歌，不亦甚乎！」莊子曰：「不
然。是其始死也，我獨何能無概然！察其始而本無生，非徒無生也，
而本無形，非徒無形也，而本無氣。雜乎芒芴之間，變而有氣，氣
變而有形，形變而有生，今又變而之死，是相與為春秋冬夏四時行
也。人且偃然寢於巨室，而我噭噭然隨而哭之，自以為不通乎命，
故止也。」（〈至樂〉，頁423）

〔註35〕南朝宋·范曄撰、晉·司馬彪補志、唐·李賢等注：《後漢書·天文志上》（臺
北：鼎文書局，1991年標點新校本），卷10，頁3215～3217。
〔註36〕杜而未：《莊子宗教與神話》（臺北：學生書局，1985年），頁1。

據崔大華研究，莊子的自然哲學是人生哲學的基礎，是莊子進行人生哲學思考時的思想元素、理論依據或邏輯前提。作為莊子思想中的最高範疇、莊子思想整體基礎的「道」即是從自然哲學中推出的宇宙本體，而萬物構成的基始為「氣」。〔註37〕崔大華認為莊子言「氣」基本性質只有陰陽兩種，在具體事物中表現為不同的樣態，分別為陰陽的合成或者對立。「通天下一氣耳」是莊子氣論的萬物生成與運動理論。〔註38〕崔大華的研究言中莊子「氣」之哲學意涵，然缺陷在立基於唯物論之上，並沒有考慮到莊子的時代，純粹的唯物論思想家是不存在的。且辯證法只是論證哲學的方法，而非一種哲學思考，嚴格來講「氣」並無對立或者合成之形態，陰陽只是「氣」呈現出的原初氣質不同。

　　古人將天地的氣化宇宙觀下涉至對於人的思考。上文所舉之《孔子家語》與張衡《靈憲》可見一端。對於天地宇宙的氣化思考，戰國時期的楚文化顯然有先驅之勢。《史記‧孟子荀卿列傳》中有「楚有尸子、長盧」〔註39〕，楚國的這兩位學者的經典論述可以窺見楚人對於宇宙之認識，雖僅就「宇宙」之命名作出討論，但是影響了後世之界義：

> 「宇宙」一詞，源自戰國時代，《莊子》〈齊物論〉云：「旁日月，挾宇宙」，〈知北遊〉曰：「若是者，外不觀乎宇宙，內不知乎太初」，〈庚桑楚〉對「宇」與「宙」分別解釋為「有實而無乎處者，宇也；有長而無本剽者，宙也。」郭象注云：「宇者有四方上下而四方上下未有窮處。宙者有古今之長而古今之長無極。」戰國時代著作《尸子》曾說過：「天地四方曰宇，古往今來曰宙。」〔註40〕

> 杞國有人憂天地崩墜，身亡所寄，廢寢食者。又有憂彼之所憂者，因往曉之，曰：「天，積氣耳，亡處亡氣。若屈伸呼吸，終日在天中行止，奈何憂崩墜乎？」其人曰：「天果積氣，日月星宿，不當墜耶？」曉之者曰：「日月星宿，亦積氣中之有光耀者，只使墜，亦不能有所中傷。」其人曰：「奈地壞何？」曉之者曰：「地，積塊耳，充塞四虛，亡處亡塊。若躇步跐蹈，終日在地上行止，奈何憂其壞。」

〔註37〕崔大華：《莊學研究》，頁34。

〔註38〕崔大華：《莊學研究》，頁105～109。

〔註39〕《史記‧孟子荀卿列傳》，卷74，頁198。

〔註40〕曾春海、葉海煙、尤煌傑、李賢中：《中國哲學概論》（臺北：五南圖書出版公司，2005），頁45。

其人舍然大喜，曉之者亦舍然大喜。長盧子聞而笑之曰：「虹霓也，雲霧也，風雨也，四時也，此積氣之成乎天者也；山嶽也，河海也，金石也，火木也，此積形之成乎地者也。知積氣也，知積塊也，奚謂不壞？夫天地，空中之一細物，有中之最巨者，難終難窮，此固然矣；難測難識，此固然矣。憂其壞者，誠為大遠；言其不壞者，亦為未是。天地不得不壞，則會歸於壞。遇其壞時，奚為不憂哉？」子列子聞而笑曰：「言天地壞者亦謬，言天地不壞者亦謬。壞與不壞，吾所不能知也。雖然，此一也，彼一也，故生不知死，死不知生，來不知去，去不知來。壞與不壞，吾何容心哉！」〔註41〕（《列子·天瑞篇》）

尸子之時空觀、長盧子之天為「積氣」說，我們都可以在莊子中看到之間的關聯。此外，對於中華文化來說，天人合一的傳統使人們相信，有功德的人可以成為神。聖人、英雄、功臣的神格廣布於多神論信仰的古代中國。這是一種天人交通的民俗傳統。莊子應該深受這種傳統的影響。具體地講，這種天人交通的思維模式如何影響莊子的思想呢？

天人合一的思想起源於先秦。《莊子·山木》中「無始而非卒也，人與天一也」是天人合一的最早說法。對宇宙運作的闡釋模型，經常是文化系統中最深層次的存在，在正常平凡的生活裏，這種深層闡釋模型未必會顯現，但是在受到挫折而無所適從的危機時刻，這種建立在天人合一基礎上的宇宙運作闡釋模型會給與人極大的心理調適作用。〔註42〕敝履爛衫、需要向監河侯貸米的莊子應受到這種模型的深刻影響。莊子應該受到民間信仰傳統的影響，他是接近普通人的。「天人合一」是與西方主客二分完全不同的思維方式。西方主客二分的思維方式看待世界，造成了人與人，人與世界的間隔。正如日本哲學家阿部正雄所說：

作為人就意味著是一個自我，作為自我就意味著與其自身及其世界的分離；而與其自身及世界的分離，則意味著處於不斷的焦慮之中。這就是人類的困境。這一從根本上割裂主體與客體的自我，永遠搖盪在萬丈深淵裏，找不到立足之處。〔註43〕

〔註41〕《列子·天瑞篇》，晉·張湛注：《沖虛至德真經》，《四部叢刊初編》533冊。景常熟瞿氏鐵琴銅劍樓藏北宋刊本，卷1，頁14～15。

〔註42〕李亦園：〈和諧與均衡——民間信仰的宇宙詮釋與心靈慰藉模型〉，現代人心靈的真空及其補償研討會論文，中原大學，76年5月，頁24～25。

〔註43〕王乾坤：《一路「洋蔥皮」》（福建：福建教育出版社，1999年11月），頁6。

要實現天人合一，靠知識、靠邏輯思維是無法達到的，只能靠直覺法。所謂直覺法，即老子的「靜觀玄覽」、莊子的「墮肢體，黜聰明，離形去知，同於大通，此謂坐忘」達到這樣的主體消融與外化，需要經過「外天下」、「外物」、「外生」、「朝徹」、「見獨」、「無古今」、「不死不生」、「攖寧」這幾個階段。（《莊子·大宗師》：頁181）主體通過天人合一，達到一種至小無內，至大無外的物我共存境界，也即主體小我同時向精神超越界與現實實有界雙向敞開。通過主體自覺的內在精神超越逾越了事物的界限，以及世俗性道德評價有所差等的矛盾根源，起到了減免人生痛苦與不幸的作用，實現了物我和諧與人生安頓。達到這種精神境界，人就能「乘天地之正，而御六氣之辯，以遊無窮」、「與天地精神往來」，超脫是非，超越生死，實現絕對的精神自由。這是一種深層次的精神愉悅。它讓人把有限的肉體生命在天人合一中昇華成無限的本體生命，從而超越了人世的諸多煩惱苦難。

李亦園曾經認為民間信仰的三層次均衡和諧觀念可以從大傳統經典《莊子》中找到對應。[註44]《莊子》寫成之時寂寂無名，在魏晉《莊子》才成為一本暢銷書，且流傳在士大夫階層。故《莊子》在很長一段時間內並不是大傳統經典。《莊子》書中有民間信仰的遺蹤。李亦園條列民間信仰三層次系統中維持和諧的因素，為論述方便故，援引其圖如下：

圖 2-1

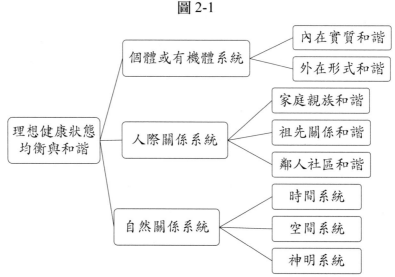

來自：李亦園：〈和諧與均衡——民間信仰的宇宙詮釋與心靈慰藉模型〉，頁5。

［註44］李亦園：〈和諧與均衡——民間信仰的宇宙詮釋與心靈慰藉模型〉，頁5～6。

依據上圖，我們很容易看到莊子曾在《莊子‧德充符》中探討人的內在實質和諧與外在形式和諧之間的關係：《莊子‧德充符》中塑造了一系列的醜人形象：臉藏在肚臍下、肩膀比頭高、髮髻朝天、五官長在頭上、大腿骨和肋骨相連的支離疏，曲腿、傴背、無唇的闉跂支離無脤，脖子上長著腫瘤的甕盎的商販，兀者王駘、兀者申徒嘉、叔山無趾，哀駘它等等。這些形態異常醜陋、畸形傷殘之人是莊子心目中與道合一的典範，因內在實質和諧反而能與外在形式和諧，並由此論證道通為一的氣化流行中美醜轉換之可能。疾病和死亡一樣，都是人人畏懼卻又無一人可免的。道家既然能達觀生死，自然能以萬物一體、天人合一的觀念消解對疾病殘疾的厭惡和恐懼。和身體上的疾病殘缺相比，道家更關注人們的心靈健康。身體有各種殘疾的人，卻真德內充，與天合一，是得道之人。《莊子‧大宗師》中的子輿得病，病到身體變形，異常醜陋「曲僂發背，上有五管，頤隱於齊，肩高於頂，句贅指天，陰陽之氣有沴」（頁185），然而他「心閒而無事，跰𨇤而鑒於井」，更對自然的造化萬端驚奇不已：「嗟乎！夫造物者又將以予為此拘拘也」（頁185）子輿並不厭惡這種因疾病而造成的容顏虧損，而是用近乎玩笑的方式表明自己對造化安之若素：「浸假而化予之左臂以為雞，予因以求時夜；浸假而化予之右臂以為彈，予因以求鴞炙；浸假而化予之尻以為輪，以神為馬，予因以乘之，豈更駕哉！」（頁186）安時而處順，順天應人，就能化解疾病帶來的痛苦。從現代醫學角度看，良好的心態有助於疾病的康復。莊子認為一些疾病是由於心靈受到攪擾造成的，「朝受命而夕飲冰，吾其內熱與」的葉公子高就是其中一例。（《莊子‧人間世》，頁116）傳統中醫也有類似的觀點，人的情志失調，會對五臟造成損害，怒傷肝，喜傷心，思傷脾，憂傷肺，恐傷腎。如果能做到天人合一，就能喜怒哀樂不入於靈府，身心協調，有利於養生。

在探討人際關係系統的和諧時，莊子寫到是非對錯的辯論是無意義的：

> 言者有言，其所言者特未定也。果有言邪？其未嘗有言邪？其以為異於鷇音，亦有辯乎，其無辯乎？道惡乎隱而有真偽？言惡乎隱而有是非？道惡乎往而不存？言惡乎存而不可？道隱於小成，言隱於榮華。故有儒、墨之是非，以是其所非，而非其所是。欲是其所非而非其所是，則莫若以明。（《莊子‧齊物論》，頁57）

莊子將名言以風吹作譬喻，成玄英疏為：「名言之與風吹，皆是聲法，而言者必有詮辯，故曰有言」（頁57）。莊子認為每個人的言論都有隱藏的部分，有

真有偽，各自的立場決定其互相攻訐，此與無心之風吹又異。莊子認為道的真諦就因為言辭的豐盛而隱沒了，而儒墨之互相攻擊並不會讓道顯現出來，最終還是要靠「以明」。

莊子對人心的複雜多變具有深刻的認識：「凡人心險於山川，難於知天。天猶有春秋冬夏旦暮之期，人者厚貌深情。故有貌願而益，有長若不肖，有順懷而達，有堅而縵，有緩而焊。故其就義若渴者，其去義若熱」（《莊子·列禦寇》，頁 726～727）人心的複雜加上名利智術的催化，就會形成人與人之間「與接為構，日以心鬥」的局面。正如莊子在《莊子·人間世》中所寫：「德蕩乎名，知出乎爭。名也者，相軋也；知也者，爭之器也。二者兇器，非所以盡行也」（頁 104）老子、莊子希望人心復樸，不爭名逐利、不爭大厭小、隨處而安、清靜自守，從而健全人的心身。人如果與道為一，自然就可以與身邊的人、事、物相互和諧。這種由不和諧到和諧的轉變，在莊子中通過陽子居的寓言（《莊子·寓言》，頁 657～658）表現了出來，陽子居開始未得到老子的指點，可以說未曾得道，「睢睢盱盱」、「其往也，舍者迎將，其家公執席，妻執巾櫛，舍者避席，煬者避灶」人際關係非常緊張。在聽聞老子「大白若辱，盛德若不足」的教訓之後，陽子居改變了以往「睢睢盱盱」的態度，隨之「舍者與之爭席」。和光同塵，不爭謙卑，總是受人歡迎的，而良好的人際關係可以說是道在現實社會落實的表現。

另外，與道相合的人還可以達到「未言而信，無功而親」的境界。莊子是反對「刻意尚行，離世異俗」的。他認為「有人之形，故群於人」。（《莊子·德充符》，頁 158）但「群於人」又要「不以好惡內傷其身，常因自然而不益生」（《莊子·德充符》，頁 160）也。不離棄人群，同時不以是非成心、喜樂愛好而傷害本來性靈，這樣的人與天合一，自然能得到人們的喜愛。《莊子·德充符》中的哀駘它就是這樣的例子。哀駘它相貌醜陋，但是同性不願意遠離他，異性思慕他寧願給他作小妾也不願意作別人的正室。莊子說這是因為他「才全而德不形」。所謂「才全而德不形」即是與天合一，隨順萬物「未嘗有聞其唱者也，常和人而已」。哀駘它之所以能得到眾人擁戴，並不是刻意追求的結果，而是主體與天合一的光芒產生的自然吸引。這種人格的魅力超越了外表的侷限，而使人人趨之若鶩。同時，與道相合的友情是感人至深的。《莊子·大宗師》中的子祀、子輿、子犁、子來四人皆是相造於道術之人。他們在瞭解彼此「以無為首，以生為脊，以死為尻，孰知生死存亡之一體」相同

的修養之後，「相視而笑，莫逆於心」可以說是與道為友，無需多言就同聲相應、同氣相求的朋友。子來病入膏肓之際，妻子哭泣甚哀，然而子犁卻和子來相談甚歡，無懼造化遷徙。二人之間的友情除了具有伯牙子期心有靈犀的特點外，還一同超越了生死，笑傲縱浪於大化之中。同篇中末尾一段，子輿與子桑友，霖雨十日，子輿記掛子桑的病情，攜飯食而往，後世文學「風雨故人來」主題當是發端於此。子桑在病痛中呼天搶地，並不懼在子輿面前展示自己的困頓疾病，一吐自己對天命的疑惑和思索。〔註45〕這種友情是溫暖的，也是深刻的。與天合一的得道之人總是寂寞的，所以莊子期望「萬世之後而一遇大聖知其解者，是旦暮遇之也」。可見，與道相合的友情是稀少的，因為它除了具有基本的人際溫情之外，更具有一份深邃的哲理情思。

　　以上論述了莊子對如何構建個體或有機體系統、人際關係系統理想健康狀態的觀點，至於莊子如何探討自然關係系統中的時間系統、空間系統、神明系統的平衡和諧是本文要研究的重點。因莊子運用的寓言之中有非常多的天文譬喻，而這些譬喻來源於民俗巫術傳統。我們首先要解決的就是莊子寓言中出現的始祖人物。正如前文所述，中國古代有一種人死昇天為星的信仰，天文學發達的楚國可能是這種祭星信仰的重要陣地。但是如何知道哪顆星代表哪位始祖神呢？借鑒李亦園的研究，其認為：

> 外在形式的均衡，也就是表現在個人名字的運用上……在傳統的「姓名學」中，卻視兩者有一種神秘的關聯關係，名字對個人而言實具有一種轉換的力量（transformation power，Watson，1986：619）。姓名的轉換力量大致可分為兩方面，其一是表現在五行因素上……〔註46〕當個體的五行因素有缺時，即可在名字上加上所缺的因素作為邊旁，因此就相信可得到應有的均衡……這就是基於符號學上「轉喻」（metonymy）的觀念而成，也就是部分代表全體的觀念（名字是個體的一部分，但反過來代表個體），在邏輯上……〔註47〕

〔註45〕值得注意的是子姓為殷商民族的主幹，此處四位子姓的友情是否是莊子心目中族群聚集的投射？且子犁之「犁」即耕作義，子祀之「祀」即祭祀義，子來之「來」即諸侯婚嫁義，子輿之「輿」或為戰車，是否是莊子以人名為譬喻概括人類生活之四部分？農業生產、祭祀、婚嫁、戰爭不正是中國古代社會最重要的四件大事嗎？

〔註46〕李亦園：〈和諧與均衡──民間信仰的宇宙詮釋與心靈慰藉模型〉，頁10。

〔註47〕李亦園：〈和諧與均衡──民間信仰的宇宙詮釋與心靈慰藉模型〉，頁11。部

李亦園認為姓名與五行有著傳統意義上的連結。〔註48〕同時，李亦園認為民間信仰觀念中的自然關係和諧可就三個系統加以說明：時間系統、空間系統和神靈系統。其論述時間系統認為每一民族有自己的一套時間觀念，這是他們對自然界理解的一部分，是文化宇宙觀重要的部分，就中國來說為干支紀年、生肖紀年。空間系統的觀念以陰陽為肇始，及於五行，再到八卦。神靈系統據李亦園研究在中國泛靈信仰和多神信仰的文化裏，超自然與自然本就屬同一範疇。〔註49〕故根據古代氣化哲學的宇宙觀結合中國古人之祖先神信仰，做一推想，即：有事功之祖先神魂氣歸天，即為此國之保護神。中國古史中，以五帝為核心的古帝王傳說流傳甚廣。戰國時期，上古帝王傳說常常用來表達某人或者某學派對理想政治領袖之期待，故在我國傳世文獻中，常常以五帝等傳說聖賢譬喻聖君明主，以他們的時代譬喻理想社會藍圖。春秋戰國時期的顯學為天文學，天人合一又為最神秘的思想。古代天文學的觀測有其巫術占卜的使用目的，陰陽五行思想又與我國古代觀（天）象立意的占卜密切相關。上文已經論述墨子回答日者不可以北行的問題，可見戰國時代陰陽五行理論已經成熟。筆者試著將天文、陰陽五行、古帝傳說聯繫起來思考。正如上文所述，譬喻的基本功能是提供一種經驗去局部解讀另外一種經驗，而這時候譬喻即為一種創意性，或者可理解為一種創造。若我們以星空圖的天文經驗理解古帝王傳說，將對古帝王的事蹟有全新的理解。本文以古代天文學知識、陰陽五行思想對上古帝王傳說進行全新詮釋，希望能從中理清古帝王傳說建構的理路和脈絡。這項工作的完成，將有助於下文理解《莊子》中頻繁出現的古聖帝王、得道古帝的譬喻。

近年來，對上古帝王傳說研究的顯著成果有陳泳超的研究：

> 綜合此時期的堯舜世系來看，首先，當時人關懷的熱點在上古，故只為堯舜的前代下工夫，而堯舜之後，鮮有述及，似不甚關心；其次，此時將堯舜世系皆上歸於黃帝，不單堯舜如此，帝顓頊、帝嚳

分即全體亦是一種神話思維，中國思維或許一直都保持著神話思維，此是中華文化與西方文化不同之處。前文所述商王的名字與時空觀念密切相關，有一種神秘的關聯。

〔註48〕在那些使用禁忌、避諱，也即避免直呼其名的原始民族中才大量使用隱喻。詳參〔美〕勒內‧韋勒克、〔美〕奧斯汀‧沃倫著，劉象愚、邢培明、陳聖生、李哲明譯：《文學理論》，頁188。

〔註49〕李亦園：〈和諧與均衡——民間信仰的宇宙詮釋與心靈慰藉模型〉，頁16、19、21。

亦均黃帝之後，因此，被推為正宗的「五帝」乃一脈相承。非但如此，連夏、商、周三代始祖亦均出此一脈。這樣一來，歷來盛傳的五帝三王，就變成同一血源了。這正是大一統國家建立前後的文人創舉，乃此時期整劃上古譜系的動機與目的。但是，這整劃工作做得並不太高明，許多疏忽是致命的，即以與本文堯舜有關的問題舉例來看：據《夏本紀》，禹為顓頊之孫，與堯算同輩，長舜四輩，何以反繼舜禪而有天下？……由此更可反證秦漢間的整劃世系乃出於文人臆造，未必有可靠的根據。〔註50〕

雖說上古帝王譜系為文人偽造，然回歸傳世文獻的查考，還是科學的研究法不可缺少的功課，司馬遷及其史學著作《史記》：

學者多稱五帝，尚矣。然尚書獨載堯以來；而百家言黃帝，其文不雅馴，薦紳難言之。孔子所傳宰予問五帝德及帝系姓，儒者或不傳。余嘗西至空桐，北過涿鹿，東漸於海，南浮江淮矣，至長老皆各往往稱黃帝、堯、舜之處，風教固殊焉，總之不離古文者近是。予觀春秋、國語，其發明五帝德、帝系姓章矣，顧弟弗深考，其所表見皆不虛。書缺有間矣，其軼乃時時見於他說。非好學深思，心知其意，固難為淺見寡聞道也。〔註51〕

司馬遷認為〈五帝德〉、〈帝系姓〉關於五帝的記載可以與當時各地傳說以及《春秋》、《國語》等傳世文獻相發明。然而，究竟文人或者文人集團是怎麼把繁雜的傳說有效的絀合在一起的呢？章太炎曾對文獻的五帝系統發表過深刻的看法：「自《帝系》、《世本》推跡民族，其姓氏並出五帝。……當是時，史籍較略，民無譜牒，仍世相習，則人人自謂出於帝子……」〔註52〕章太炎認為，姓氏出於五帝，可見古帝王之名對瞭解古帝王至關重要。章氏的發現正可與李亦園對姓名的研究相映襯。中國人對姓名的重視及對姓名持有神聖意涵的觀念一直為傳統文化之一端。五帝時代為中國古代天文學史上出現的第一個高峰：

傳說中的五帝時代，大約距今 4500～5000 年，是中國歷史上天文學最早發達的時代。這個時代孕育了以容成氏、重黎氏、羲和氏為

〔註50〕陳泳超：《堯舜傳說研究》（南京：南京師範大學出版社，2000 年 8 月版），頁 19～20。

〔註51〕《史記・五帝本紀》，卷 40，頁 2～3。

〔註52〕章太炎：《檢論・序種姓上》，《章太炎全集（三）》（上海人民出版社，1984 年），頁 365。

代表的天文學家，形成了中星觀測、觀象授時等天文學傳統，制訂
了觀象授時曆，從而在中國天文學史上出現第一個高峰時期。……
春秋戰國時期，隨著深刻的社會變革，天文學從宮廷走向民間，出
現了以楚人甘德、魏人石申為代表的一批優秀的民間天文學
家……〔註53〕

武家璧認為楚國始祖在五帝時代形成了中星觀測、觀象授時的天文傳統，制
定了曆法，是我國古代天文學發展的第一個高峰時期。同時，他認為春秋戰
國時期民間天文學家出現了。筆者認為，古帝王傳說正是春秋戰國以來，天
文學從宮廷走向民間過程中形成的系統傳說。正如童書業的主張，要研究一
個傳說的來源，必須要查考其政治背景和當時的學術思想，當時天文學作為
一種顯學，必然得到知識界的追捧。〔註54〕此也可說明，神話創作不是個人

〔註53〕武家璧：《觀象授時——楚國的天文曆法》，頁10。

〔註54〕童書業：「我們知道要考究一個傳說的來源，必須首先問明白這一個傳說出來
的時代，和那個時代的社會背景；然後觀察其歷史上的根據，和這傳說本身
演變的經過情形。這樣才能把問題徹底解決。我們中國上古史上的問題，盡
有許多只是中古史上的問題，研究上古傳說的人如果只在上古史裏打圈子，
哪裏會有解決一切問題的希望。所以我們要明白『五帝』的問題，必定要先
弄清楚戰國秦漢間的政治背景和那時代的學術思想；我們要明白『三皇』問
題，也一樣的必定要弄清楚戰國秦漢以至歷代的政治和宗教上的情形。」參
考氏著：〈三皇考序〉，《古史辨》第七冊（中），海南：海南出版社，2003年，
頁22～23。郭沫若認為戰國時期，關於天體構成的疑問，在當時的知識界是
有普遍關心的。參考氏著：《郭沫若古典文學論文集》（上海：上海古籍出版
社，1985），頁260。此外，日本學者藤原岩友也認為戰國時期對天的思考是
當時的熱潮，屈原之〈天問〉、莊子之〈天運〉即是當時理性自覺的設問文學
作品。詳參氏著：《巫系文學論》（東京：大學書房，1969）頁68～81，281～
297。李澤厚對巫史傳統論述最切：考古發現，仰韶早期墓葬中已有驚人的天
文知識。它本身與「巫術禮儀」相結合，是「巫」的重要內容。……《禮記‧
月令》中星座與祖先合祭。星宿變化可用占卜測之以定人事吉凶，凡此總總，
便是與祖先崇拜（祭祀）直接相關的巫術活動的遺跡。文獻大量記載「巫」
與「史」與「知天道」有關。「吾非瞽史，焉知天道。」（《國語‧周語下》）
「昔之傳天數者，高辛之前重黎，……殷商巫咸，周室史佚萇弘。」（《史記‧
天官書》）以及《尚書 舜典》記日月星辰歲時，《國語‧周語》記武王伐紂的
大量天文曆象，都是展示天象與人事，「天道」與人道直接關聯。所謂「爰有
大圜在上，大矩在下，汝能法之，為民父母」（《呂氏春秋‧序意》），天地、
政治、人事、鬼神通由卜筮數字互相牽連制約，而最終由王掌握。「知天」是
為了治人，天人相通合為一體，仍然是「巫的特質」的伸延。「堯則天，禹敷
土」是中國上古史的兩大事件。「禹敷土」顯示在治水前的年代便有對天象的
測定、遵循和使喚。「堯」作為儒家的第一聖君，正因為他是大巫師能「則天」。

作品，而是原始人類的集體思維方式、行為方式、情感和願望的結晶；當原始人從集體部落擴大到民族時，神話就變現為民族的思維方式和行為方式，體現民族精神風貌和文化心理。〔註55〕延續這一思考，當不同民族走向融合時，神話也會互相借鑒形成完整的體系，而主宰這一體系的當然是神話主角名字及其事蹟。此處的研究暫無找到研究文獻以為輔助，惟有人類學者的研究方法和本文作者有異曲同工之妙，姑引用如下：

> 人類學家，甚至當他被土著生活的具體時間所吸引時也力圖構擬出一種模式，使事件能夠獲得解釋。模式一旦構擬出來，那些具體事件就顯出了邏輯性，變得易於理解了。……構擬模式或規律是為了解釋事物，反過來，認識了的事物為構擬模式和規律提供基礎。〔註56〕

作為21世紀的人看待古人古書古事蹟，覺得其都似土著！如何理解古人，筆者一如人類學者一般，構擬模式。這種方式方法和下文運用結構敘事學檢視《莊子》文本的方法異曲同工。本文以古帝王之姓氏隱喻分析為主要研究方法，結合天文、陰陽五行知識，系統解析上古帝王傳說之演化。此處需要說明的是，傳統人名研究以《漢書・古今人表》、《左傳》等書籍為主，考辨國別、氏族，然而對《莊子》中的姓名卻甚少研究，乃是因為《莊子》以寓言為主要寫作手法，故多數研究者或將其中出現的人物姓名認為是哲學隱喻，或認為是莊子自造，毫無理路可追溯。〔註57〕本文以研究《莊子》中的譬喻性語言為主，《莊子》中出現的古帝王傳說不在少數，故先釋古帝王傳說的天文譬喻，以求有助於本文之研究。

一、黃帝

《山海經》中記載了早期黃帝神話。《山海經・海內經》載：

> 流沙之東，黑水之西，有朝雲之國、司彘之國。黃帝妻雷祖，生昌

「則天」當然有數字演算，因此又與曆法相連。這些都是顯示出原巫術活動通由數字演算而秩序化程式化的理性途徑。天象、曆數乃上古顯學。詳參氏著：《由巫到禮　釋禮歸仁》（北京：生活・讀書・新知三聯書店，2015 年 1月），頁 18～19。

〔註55〕劉秋固：〈莊子的神話思維與自我超越的文化心理及其民俗信仰〉，頁 182。

〔註56〕轉引自葉舒憲：《中國神話哲學》，頁 6。

〔註57〕關於莊子中人名研究，可以參考俞樾〈莊子人名考〉、潘雨廷〈莊子人名釋義〉。

意，昌意降處若水，生韓流。韓流擢首、謹耳、人面、豕喙、麟身、渠股、豚止，取淖子曰阿女，生帝顓頊。〔註58〕

關於此則神話的天文譬喻，葉舒憲曾提出一種看法：

> 從象徵意義來理解，黃帝即光帝，即東方日出之象徵，故其地為「朝雲之國」；昌意之「昌」字本義為光明盛大，乃南方之朱明神，即正午與盛夏之太陽的別號，故黃帝生昌意，說的是由晨至午或由春至夏，由東至南；昌意降處若水，說的是午後的太陽西落，故曰「降」，而若水在今四川省，為上古中國之西部，昌意所生之韓流，是由午至暮至秋的象徵表現，韓與寒通，由韓流再生出顓頊，說的是由秋入冬，從西到北，從暮至夜的時空轉換。〔註59〕

本文思路與葉舒憲以古帝之名解析其原型思路相同，但本文以為黃帝是軒轅星官的天文譬喻，則與葉舒憲認為黃帝為太陽的譬喻迥異。本文以星宿之狀來深挖此則神話的天文譬喻，發現亦有符合之處。流沙之東有朝雲之國，黑水之西有司彘之國。西北流沙，為西北天區。朝雲之國乃軒轅星官的天文譬喻，其似雲形，亦是因此「黃帝氏以雲紀，故為雲師而雲名」〔註60〕。司彘之國乃為奎宿的天文譬喻，《史記・天官書》：「奎曰封豕，為溝瀆」。〔註61〕奎宿在井宿西方。井宿即為天文譬喻「黑水」〔註62〕、「韓流」。嫘祖之子「昌意」為軒轅星官下翼宿的諧音。從音韻學角度看，若為日母字，若水乃黃道。古帝王的世系多是相鄰方位決定。翼宿屬南方朱雀天區，其生乃為同屬南方朱雀之井宿「韓流」：《史記・天官書》：「東井為水事」《說文》：「韓，井垣也」〔註63〕「擢首」即「長首」〔註64〕，此為井宿四和井宿八。「謹耳」乃因此二星亮度不夠。「人面」即井宿六、井宿七、井宿二、井宿三四星的排布很像危宿中人星官〔註65〕。「麟身」即井宿二、井宿三的排布很像北宮麒

〔註58〕《山海經・海內經》，袁珂：《山海經校注》（上海：上海古籍出版社，1980年），頁442～443。

〔註59〕葉舒憲：《中國神話哲學》，頁98。

〔註60〕《左傳》昭公十七年，楊伯峻：《春秋左傳注》，頁1386。

〔註61〕丁綿孫：《中國古代天文曆法基礎知識》（天津：天津古籍出版社，1989年），頁109。

〔註62〕筆者注：井宿位於黃道最北端，根據五行理論，北方色黑。

〔註63〕清・段玉裁：《說文解字注》（上海：上海古籍出版社，1981年），頁236。

〔註64〕《山海經・海內經》，袁珂：《山海經校注》，頁443。

〔註65〕丁綿孫：《中國古代天文曆法基礎知識》，頁102。

麟〔註66〕中虛宿的樣子。虛宿為麒麟之身。「渠股」，《淮南子‧氾論訓》：「渠幨以守」〔註67〕，「渠，漸也」〔註68〕井宿五橫跨黃道，黃道即為若水，此則為漸。同時，井宿亦為共工的天文譬喻原型。「共」字即為井宿的形狀。井宿所生之顓頊應為其臨近之鬼宿的天文譬喻。

〈五帝本紀〉記載：

> 黃帝居於軒轅之丘，而娶於西陵之女，是為嫘祖為黃帝正妃，生二子，其後皆有天下：其一曰玄囂，是為青陽，青陽降居江水；其二曰昌意，降居若水。昌意娶蜀山氏女，曰昌僕，生高陽，高陽有聖德焉。黃帝崩，葬橋山。其孫昌意之子高陽立，是為帝顓頊也。〔註69〕

《路史》說：「西陵氏殞於道式祀於行，以其始蠶故又祀先蠶」〔註70〕嫘祖教民養蠶治衣。此以織女星為天文譬喻原型。軒轅十四為獅子座α星，是獅子座最明亮的恒星，也是全天空最明亮的恒星中排行第二十一顆，是黃帝之原型。其妻子同樣應為亮星。織女星是天琴座中最明亮的恒星，在夜空中排名第五，是北半球第二明亮的恒星。嫘祖除了養蠶治絲之外，尚有遠遊之習，《宋書》：「祖者，道神。黃帝之子（妻）曰累祖，好遠遊，死道路，故祀以為道神」〔註71〕嫘祖之所以被尊為道路之神，因為牛宿織女星官旁有輦道星官，為王者出遊之馳道。《晉書‧天文志》：「織女西足五星四輦道，王者嬉遊之道也。」〔註72〕

根據上文《山海經‧海內經》及〈五帝本紀〉黃帝之妻妾有二人，雷祖、嫘祖。《漢書‧古今表》：「黃帝妃方雷氏，生玄囂，為青陽。妃累祖，生昌意。

〔註66〕麒麟是北方星宿取象的瑞獸，後被龜蛇玄武所取代。在曾侯乙墓漆箱蓋的星象圖中，可以看到兩隻相對的麒麟。《鶡冠子‧度萬篇》中，「驎麟者，玄枵之獸，陰之精也」（黃懷信：《鶡冠子匯校集注》，北京：中華書局，2004年，頁151。）玄枵之次虛宿、危宿附近的星宿取象原為麒麟。結合《說文解字‧鹿部》：「麒，麒麟，仁獸也。麖身，牛尾，一角」（清‧段玉裁《說文解字注》，頁470。）可知，麒麟的取象乃是以危宿為頭，所以一角。牛宿為尾。

〔註67〕《淮南子‧氾論訓》，何寧：《淮南子集釋》（北京：中華書局，1998年），頁929。

〔註68〕《淮南子‧氾論訓》，何寧：《淮南子集釋》，頁929。

〔註69〕《史記‧五帝本紀》，卷1，頁116～118。

〔註70〕宋‧羅泌：《路史‧卷十四》，《影印文淵閣四庫全書》第383冊（臺北：臺灣商務印書館，1986年），頁247。

〔註71〕梁‧沈約：《宋書‧律曆志中》（北京：中華書局，1974年10月），頁260。

〔註72〕丁綿孫：《中國古代天文曆法基礎知識》，頁95。

妃彤魚氏，生夷鼓。妃嫫母，生蒼林」〔註73〕《帝王世紀》曰：「黃帝四妃，生二十五子。元妃西陵氏累祖，次妃方雷氏曰女節，次曰彤魚氏，次曰嫫母」〔註74〕則黃帝之妃尚有方雷氏、彤魚氏。嫘祖前已述天文譬喻為織女星。方雷氏的天文譬喻原型為虛宿，虛宿下女宿形狀為方，虛宿所在的北方玄武天區內有雷電星官、霹靂星官、雲雨星官。此為「方雷氏」命名的原因。方雷氏之子玄囂本為嫘祖之子。《山海經‧西山經》：「又西七十里，曰羭次之山，漆水出焉，北流注於渭。其上多棫櫨，其下多竹箭，其陰多赤銅，其陽多嬰垣之玉。有獸焉，其狀如禺而長臂，善投，其名曰囂」〔註75〕此為西山之經，在多與西方白虎內的星官有關。「羭次」，《說文》：「羭，夏羊牡曰羭」〔註76〕西方白虎內畢宿形狀像羊的犄角。「狀如禺而長臂，善投」再結合「囂」字的字形，可知玄囂為畢宿南之參宿。《史記‧天官書》：「參為白虎。三星直者，是為衡石。下有三星，兌，曰罰，為斬艾事。其外四星，左右肩股也」〔註77〕玄囂與青陽不是同一個天文譬喻原型。《國語》：「黃帝之子二十五宗，其得姓者十四人，為十二姓：姬、酉、祁、己、滕、葳、任、荀、僖、姞、儇、衣是也。惟青陽與夷鼓同己姓」〔註78〕下文論述夷鼓的天文譬喻原型為房宿，屬東方蒼龍天區。同姓，則來源天區相近。《爾雅‧釋天》：「春為青陽」〔註79〕。東方蒼龍屬春。青陽降居之江水乃為銀河。

　　嫫母的天文譬喻原型亦是參宿。嫫母貌醜。唐代楊倞注《荀子》曰：「嫫母，醜女，黃帝時人」〔註80〕傳說中，黃帝因為其面目可怖，曾封嫫母為方相氏。《說文》：「方，並船也。象兩舟省、緫頭形。凡方之屬皆從方。汸，方或從水」〔註81〕。《爾雅‧釋天》：「七月為相」〔註82〕七月為實沈之次，其星

〔註73〕漢‧班固：《漢書‧古今表》（北京：中華書局，1962 年），頁 867。

〔註74〕晉‧皇甫謐：《帝王世紀》，《百部叢書集成》初編 54 輯，（臺北：藝文印書館，1967 年），頁 7。

〔註75〕《山海經‧西山經》，袁珂：《山海經校注》，頁 26。

〔註76〕漢‧許慎撰、宋‧徐鉉等奉敕校定：《說文解字》，《四部叢刊初編》第 66 冊，頁 130。

〔註77〕《史記‧天官書》，卷 27，頁 23～24。

〔註78〕《國語‧晉語》，《四部叢刊初編》253 冊，頁 39。

〔註79〕清‧郝懿行：《爾雅義疏》（臺北：河洛圖書出版社，1975 年），頁 736。

〔註80〕清‧王先謙：《荀子集解》（北京：中華書局，1988 年），頁 484。

〔註81〕清‧段玉裁：《說文解字注》，頁 404。

〔註82〕清‧郝懿行：《爾雅義疏》，頁 751。

宿「觜、參」〔註83〕。根據「並船」的樣子，可知為參宿。《周禮·夏官·方相氏》：「掌蒙熊皮、黃金四目、玄衣朱裳、執戈揚盾，帥百隸而時難，以索室驅疫。大喪，先柩；及墓，入壙，以戈擊四隅，驅方良」〔註84〕鄭玄曰：「蒙，冒也。冒熊皮者，以驚驅疫癘之鬼，如今魌頭也。時難，四時作方相氏以難卻兇惡也」〔註85〕《爾雅·釋獸》：「熊，虎醜」〔註86〕參宿屬西方白虎天區。參宿四顏色為紅色，為「朱裳」。其四目分別為參宿二、參宿五、參宿六、參宿七。參宿所執之戈為畢宿的形狀：《史記·天官書》：「畢曰罕車，為邊兵，主弋獵。其大星旁為小星附耳」〔註87〕〈月令〉鄭玄注：「季春……日行歷昴，昴有大陵積屍之氣，氣伏則厲鬼隨而出行，命方相氏帥百隸索室驅疫以逐之。……（仲秋之月）宿直昴畢，昴畢亦得大陵積屍之氣……（季冬之月）日歷虛危，虛危有墳墓四司之氣，為厲鬼隨強陰將出害人也」〔註88〕鄭玄說明此方相氏所驅逐之鬼乃參宿附近的日行昴歷時的大陵積屍氣〔註89〕、虛宿內「司命、司祿、司危、司非」〔註90〕之氣。嫫母所生蒼林，乃昴宿下之天苑星官。《晉書·天文志》：「昴畢南，天子是苑囿，養獸之所也。」〔註91〕

彤魚氏的天文譬喻原型為魚宿星官，魚宿星官在尾宿之下，靠近心宿二紅色，所以為彤。其生子夷鼓，即舜之父瞽叟。《周易》中有地火明夷卦，夷即夷滅，為瞽。《禮記·明堂位》：「瞽宗，殷學也」〔註92〕，「樂師，瞽矇之所宗，故謂瞽宗」〔註93〕房宿「近心，為明堂」〔註94〕瞽叟的天文譬喻原型為房宿，其正位於心宿附近。

昌意之妻淖子曰「阿女」，即蜀山氏女昌僕，其天文譬喻原型為翼宿、軫

〔註83〕丁綿孫：《中國古代天文曆法基礎知識》，頁 205。
〔註84〕漢·鄭玄注、唐·陸德明音義：《周禮》，《四部叢刊初編》12 冊。景長沙葉氏觀古堂藏明翻宋岳氏刊本，頁 74。
〔註85〕漢·鄭玄注、唐·陸德明音義：《周禮》，《四部叢刊初編》12 冊，頁 3003。
〔註86〕清·郝懿行：《爾雅義疏》，頁 1282。
〔註87〕丁綿孫：《中國古代天文曆法基礎知識》，頁 117。
〔註88〕〈禮記〉，《十三經注疏》，卷 5，頁 305、326、347。
〔註89〕丁綿孫：《中國古代天文曆法基礎知識》，頁 114。
〔註90〕丁綿孫：《中國古代天文曆法基礎知識》，頁 100。
〔註91〕丁綿孫：《中國古代天文曆法基礎知識》，頁 116。
〔註92〕〈禮記〉，《十三經注疏》，卷 5，頁 582。
〔註93〕〈禮記〉，《十三經注疏》，卷 5，頁 582。
〔註94〕丁綿孫：《中國古代天文曆法基礎知識》，頁 71。

宿：《史記·天官書》：「翼為羽翮，主遠客」〔註95〕、「軫為車，主風。其旁有一小星，曰長沙」〔註96〕「昌」，乃因翼宿星目眾多。御車曰僕。《論語》：「冉有僕」軫宿為車，此處昌僕取名於此。《爾雅·釋地》：「大陵曰阿」〔註97〕翼宿廣大，故為「阿」。

《山海經》中保留的關於黃帝的神話，現尚有：

> 東海之渚中，有神，人面鳥身，珥兩黃蛇，踐兩黃蛇，名曰禺虢。黃
> 帝生禺，禺虢生禺京，禺京處北海，禺虢處東海，是惟海神。〔註98〕

「虢」標識了西方白虎之象。「珥兩黃蛇，踐兩黃蛇」為參宿之取象。其「鳥身」乃因古代觀測天文用風鳥，故鳥的意象與天文觀測密不可分。禺虢原型為虛宿，此取「虢」字右半部分為標識。禺京原型為危宿。「京」，甲骨文字形，像築起的高丘形，上為聳起的尖端。符合危宿的特徵，且其方位在虛宿之上，「禺虢生禺京」符合帝王世系按照方位排布的基本造帝規則。

> 東海中有流波山，入海七千里。其上有獸，狀如牛，蒼身而無角，
> 一足，出入水則必風雨，其光如日月，其聲如雷，其名曰夔。黃
> 帝得之，以其皮為鼓，橛以雷獸之骨，聲聞五百里，以威天下。
> 〔註99〕

楊儒賓認為夔是一切山神的原型。〔註100〕夔的天文譬喻原型為畢宿。畢宿形狀像牛宿，一足為畢宿五。畢宿主雨，《詩經·小雅·漸漸之石》：「月離于畢，俾滂沱矣」〔註101〕朱熹注：「離，月所宿也。畢，星名……月離畢，將雨之驗也」〔註102〕畢宿既主雨，自然與風、雷聯繫密切。此外，《山海經》中，尚有一種神鳥名「畢方」，同樣為一足：「有鳥焉，其狀如鶴，一足，赤文青質而白喙，名曰畢方，其鳴自叫也，見則其邑有訛火」〔註103〕「畢方鳥在其東，青水西，其為鳥人面一腳。一曰在二八神東」〔註104〕，此鳥直

〔註95〕丁綿孫：《中國古代天文曆法基礎知識》，頁138。

〔註96〕丁綿孫：《中國古代天文曆法基礎知識》，頁139。

〔註97〕清·郝懿行：《爾雅義疏》，頁839。

〔註98〕《山海經·大荒東經》，袁珂：《山海經校注》，頁350。

〔註99〕《山海經·大荒東經》，袁珂：《山海經校注》，頁361。

〔註100〕楊儒賓：《儒門內的莊子》，頁79。

〔註101〕程俊英：《詩經譯注》，頁361。

〔註102〕丁綿孫：《中國古代天文曆法基礎知識》，頁118。

〔註103〕《山海經·西山經》，袁珂：《山海經校注》，頁52。

〔註104〕《山海經·海外南經》，袁珂：《山海經校注》，頁188。

接取自畢宿之名。「有北狄之國。黃帝之孫曰始均，始均生北狄」〔註105〕北狄之國乃描述北方玄武天區。始均之始標誌天文冬至之始，即虛宿。虛宿的形狀乃二星均平之狀。

神農氏、帝俊等上古帝王的傳說也可以用上文的辦法，依樣畫葫蘆地用陰陽五行和星宿找到其譬喻緣由：

> 又西北四百二十里，曰峚山，其上多丹木，員葉而赤莖，黃華而赤實，其味如飴，食之不飢。丹水出焉，西流注於稷澤，其中多白玉，是有玉膏，其源沸沸湯湯，黃帝是食是饗。是生玄玉。玉膏所出，以灌丹木。丹木五歲，五色乃清，五味乃馨。黃帝乃取峚山之玉榮，而投之鍾山之陽。瑾瑜之玉為良，堅粟精密，濁澤有而光。五色發作，以和柔剛。天地鬼神，是食是饗；君子服之，以御不祥。自峚山至於鍾山，四百六十里，其間盡澤也。是多奇鳥、怪獸、奇魚，皆異物焉。〔註106〕

此段之中的「稷澤」應是后稷之澤，后稷即神農氏，以牛宿為天文譬喻原型。牛宿之狀似禾，且此處天區是天上的田園景觀，有天田星官、河鼓星官、九坎星官、羅堰星官。《山海經·海內經》：「帝俊生三身，三身生義均，義均是始為巧倕，是始作下民百巧。后稷是播百穀。稷之孫曰叔均，是始作牛耕。大比赤陰，是始為國。禹鯀是始布土，均定九州島。」〔註107〕帝俊為《山海經》中至上神的名稱，其妻生十日〔註108〕，生十二月〔註109〕，日月超乎星辰。後世將帝俊的神跡分化給帝嚳。從此帝俊位置在史書中不顯，其神跡保留在了《山海經》中。「三身」即參宿三星。「義均」、「巧倕」即「工倕」、「有倕」，其以井宿為天文譬喻原型。《淮南子·本經訓》：「周鼎著倕，使銜其指，以明大巧之不可為也」〔註110〕則可知工倕的形象被斷指，為井宿五橫跨黃道之象。井宿同時也是共工的原型。叔均的天文譬喻原型為河鼓三星，其靠近后稷牛

〔註105〕《山海經·大荒西經》，袁珂：《山海經校注》，頁395。

〔註106〕《山海經·西山經》，袁珂：《山海經校注》，頁41。

〔註107〕袁珂：《山海經校注》，頁469。

〔註108〕《山海經·大荒南經》：「東南海之外，甘水之間，有羲和之國。有女子名曰羲和，方浴日於甘淵。羲和者，帝俊之妻，生十日」（袁珂：《山海經校注》，頁381。）

〔註109〕《山海經·大荒西經》：「有女子方浴月。帝俊妻常羲，生月十有二，此始浴之」（袁珂：《山海經校注》，頁404。）

〔註110〕何寧：《淮南子集釋》，頁572。

宿天區，且遠離黃道，在黃道北。黃道為日行之道，為赤，山南水北為陰，此為「大比赤陰」。

> 有係昆之山者，有共工之臺，射者不敢北向。有人衣青衣，名曰黃帝女魃。蚩尤作兵伐黃帝，黃帝乃令應龍攻之冀州之野。應龍畜水，蚩尤請風伯、雨師，縱大風雨。黃帝乃下天女曰魃。雨止，遂殺蚩尤。魃不得復上，所居不雨。叔均言之帝，後置之赤水之北，叔均乃為田祖。魃時亡之。所欲逐之者，令曰：「神北行！」先除水道，決通溝瀆。〔註111〕

前文已述，共工乃是以井宿為天文譬喻原型。袁珂認為「共工諸侯，炎帝之後，姜姓也……共工與顓頊之爭，亦黃炎之爭之餘緒」〔註112〕。《國語·晉語》載：「昔少典娶於有蟜氏，生黃帝、炎帝。黃帝以姬水成，炎帝以姜水成。成而異德，故黃帝為姬，炎帝為姜。二帝用師以相濟也，異德之故也」〔註113〕黃帝乃是黃道之神，炎帝乃是牛宿的天文譬喻原型，在銀河渡口，為銀河之神。黃炎之爭乃黃道和銀河之爭的天文譬喻。共工之臺為鬼宿。鬼宿離黃道最遠，乃是古人想像中最北之處。「陰陽和而為雨」〔註114〕鬼宿為陽絕之地，所以此地為「不雨」。「女魃」之「魃」鬼字也標明此天文譬喻的星宿原型。《初學記》記載：「蚩尤出自羊水，八肱八趾疏首」〔註115〕此為井宿八星，參考前文「韓流」的形象注解。《龍魚河圖》記載：

> 黃帝攝政前，有蚩尤兄弟八十一人，並獸身人語，銅頭鐵額，食沙石子，造立兵仗刀戟大弩，威振天下，誅殺無道，不仁不慈。萬民欲令黃帝行天子事。黃帝仁義，不能禁止蚩尤，遂不敵，乃仰天而歎。天遣玄女下，授黃帝兵信神符，制伏蚩尤，以制八方。蚩尤沒後，天下復擾亂不寧，黃帝遂畫蚩尤形象，以威天下。天下咸謂蚩尤不死，八方萬邦，皆為殄伏。〔註116〕

此蚩尤形象「食沙石子」，西北流沙，乃靠近西北天區。其「兵仗」乃為畢宿之形，畢宿亦為《晉書·天文志》所記載之「蚩尤旗」。「大弩」乃為井宿附屬

〔註111〕《山海經·大荒北經》，袁珂：《山海經校注》，頁430。
〔註112〕袁珂：《山海經校注》，頁234。
〔註113〕《國語》，《四部叢刊初編》253冊，頁41。
〔註114〕清·趙在瀚：《七緯·春秋緯》（北京：中華書局，2012年9月），頁410。
〔註115〕轉引自袁珂：《山海經校注》，頁432。
〔註116〕袁珂：《山海經校注》，頁432。

之弧矢星官。「玄女」為軒轅星官下之御女星,「兵信神符」為軒轅星官下張宿之狀。《路史》卷十三「阪泉氏,蚩尤,姜姓,炎帝裔也,兄弟八十人……」〔註117〕「泉,人原也。象水流出成川形。字亦作洤」〔註118〕蚩尤姓氏亦是取象井宿之狀。兄弟眾多乃是因為此處星宿眾多。關於蚩尤被殺之地,袁珂寫到:

> 郝懿行云:「《史記·五帝紀》索隱引皇甫謐云:『黃帝使應龍殺蚩尤
> 於凶黎之谷。』即此。黎、犂古字通。」珂案:唐王瓘〈軒轅本紀〉
> (見《雲笈七籤》卷一百)云:「(黃帝)殺蚩尤於黎山之丘。」說
> 本此。然蚩尤被殺之地,或又傳在南方。〈大荒南經〉云:「有宋山
> 者,有木生山上,名曰楓木。楓木,蚩尤所棄其桎梏,是謂楓木。」
> 郭璞注云:「蚩尤為黃帝所得,械而殺之,已摘其械,化而為樹也。」
> 或又傳在東方。《初學記》卷九引歸藏啟筮云:「蚩尤出自羊水,八
> 肱、八趾、疏首,登九淖以伐空桑,黃帝殺之於青丘。」青丘,東
> 方地名也。或又傳在中冀。《周書·嘗麥篇》云:「蚩尤乃逐帝(赤
> 帝),爭於涿鹿之河(阿),赤帝大慴,乃說於黃帝,執蚩尤殺之於
> 中冀,用名之曰絕轡之野。」中冀蓋即大荒北經所記冀州之野,亦
> 即涿鹿之河(阿)也。然〈路史後紀四〉云:「(黃帝)傳戰執尤於
> 中冀而殊之,爰謂之解。」解者,宋之解州,今山西之解縣也。沈
> 括《夢溪筆談》卷三云:「解州鹽澤,鹵色正赤,俚俗謂之『蚩尤
> 血』。」則解州雖不必如路史所附會之中冀,後世固亦有蚩尤被殺於其地之
> 神話也。〔註119〕

「應龍」處於南極,為北極鬼宿對應下之星宿,經查,鬼宿內有一天社星官,為后土句龍,此為應龍的天文譬喻原型。《山海經·大荒南經》所記載之「宋山」,根據古代分野理論,宋的分野「氐、房、心」〔註120〕。《史記·天官書》:「氐為天根,主疫」〈索隱〉:「角下繫於氐,若木之有根」此顯示出,在古人的想像中,此處有一木,加上心宿二為紅色,所以為「楓木」。心宿二同樣為「赤帝」、「蚩尤血」。房宿為天馬:《史記·天官書》:「房為府,曰天駟」所以

〔註117〕宋·羅泌:《路史》,《影印文淵閣四庫全書》第 383 冊(臺北:臺灣商務印
　　　　書館,1986 年),頁 109～110。
〔註118〕清·段玉裁:《說文解字注》,頁 569。
〔註119〕袁珂:《山海經校注》,頁 359。
〔註120〕丁綿孫:《中國古代天文曆法基礎知識》,頁 214。

此乃「絕轡之野」的由來。

> 大荒之中，有山名曰融父山，順水入焉。有人名曰犬戎。黃帝生苗
> 龍，苗龍生融吾，融吾生弄明，弄明生白犬，白犬有牝牡，是為犬
> 戎，肉食。有赤獸，馬狀無首，名曰戎宣王屍。〔註121〕

融父山，即參宿。融，《說文》：「炊氣上出也」〔註122〕，參宿之形。赤獸，為
參宿四的天文譬喻。參宿為晉分野〔註123〕，即西北犬戎所在。此處天狼星為
全天一等亮星，色白，為白犬。苗屬荊州，分野為「翼、軫」〔註124〕。則此
苗龍為翼宿上軒轅星官之象。古人對天區的分化，基本上遵循北方玄武「食
黍」（故麒麟為仁獸），西方白虎「肉食」的原則。戎宣王屍與刑天是同樣的
「無首」之狀。此亦以參宿為天文譬喻原型。《山海經·海外西經》：「形天與
帝至此爭神，帝斷其首，葬之常羊之山，乃以乳為目，以臍為口，操干戚以
舞」〔註125〕常羊之山即畢宿之狀，畢宿像羊角。形天之「乳為目」為參宿四、
參宿五。「以臍為口」為參宿一、參宿二、參宿三。參宿天區在古代星占裏為
軍隊駐紮之地，參宿星形狀又似舞干戚。

> 有九丘，以水絡之：名曰陶唐之丘、有叔得之丘、孟盈之丘、昆吾
> 之丘、黑白之丘、赤望之丘、參衛之丘、武夫之丘、神民之丘。有
> 木，青葉紫莖，玄華黃實，名曰建木，百仞無枝，有九欘，下有九
> 枸，其實如麻，其葉如芒，大皞爰過，黃帝所為。〔註126〕

《山海經·海內南經》：「有木，其狀如牛，引之有皮，若纓、黃蛇。其葉如
羅，其實如欒，其木若蓲，其名曰建木。在窫窳西弱水上」〔註127〕此木狀如
牛，則在牛宿附近。經考索，在斗宿內有建六星，《史記·天官書》：「南斗為
廟，其北建星，建星者，旗也」〔註128〕〈正義〉：「建六星在斗北，臨黃道，
天之都關也，斗建之間，七曜之道，亦主旗輅」〔註129〕弱水，即若水，乃黃
道的天文譬喻。建六星形狀似羅網，「其葉如羅」。此九丘可以確定的是「參

〔註121〕《山海經·大荒北經》，袁珂：《山海經校注》，頁434。
〔註122〕清·段玉裁：《說文解字注》，頁111。
〔註123〕丁綿孫：《中國古代天文曆法基礎知識》，頁215。
〔註124〕丁綿孫：《中國古代天文曆法基礎知識》，頁214。
〔註125〕袁珂：《山海經校注》，頁214。
〔註126〕《山海經·海內經》，袁珂：《山海經校注》，頁448。
〔註127〕袁珂：《山海經校注》，頁279。
〔註128〕丁綿孫：《中國古代天文曆法基礎知識》，頁84。
〔註129〕丁綿孫：《中國古代天文曆法基礎知識》，頁84。

衛之丘」為參宿的天文譬喻,「武夫之丘」為畢宿的天文譬喻。

「黃帝生駱明,駱明生白馬,白馬是為鯀。」〔註130〕此處黃帝所生駱明之駱,馬字部首。且鯀為魚字部首。此處應為東方蒼龍之心宿、尾宿天區。《爾雅·釋天》:「天駟,房也」〔註131〕,「龍為天馬,故房四星,謂之天駟。」〔註132〕則東方蒼龍有龍馬之象。心宿二是此天區最明亮的恒星,稱其為明,即「駱明」的天文譬喻。鯀之命名取象自尾宿附近魚宿星官。

黃帝的發明創造亦是以星宿為天文譬喻原型:「黃帝始穿井」〔註133〕此取象井宿。「黃帝始烝穀為飯」〔註134〕、「黃帝始烹穀為粥」〔註135〕、「黃帝始疆灶」〔註136〕此即《五帝本紀》中黃帝「北逐葷粥」之所。張宿「為廚,主觴客」〔註137〕為其天文譬喻原型。「黃帝始燔肉為炙」〔註138〕此取象昂宿,昂宿星團似肉,即《山海經》中的「視肉」。「黃帝始作宮室」〔註139〕此取象室宿營造宮室之象。

春秋時期,尚未有典籍把黃帝與軒轅氏聯繫在一起。戰國典籍中關於黃帝的傳說眾多,比較成體系的為《大戴禮記·五帝德》、《帝系》、《世本》。《史記·五帝本紀》主要依據《大戴禮記·五帝德》材料改寫。先秦諸子多依據自己學派需要製造黃帝傳說,但其中尚保有黃帝以軒轅星官為天文譬喻原型的遺跡。《大戴禮記·五帝德》中,孔子對「黃帝三百年」的神話進行了歷史化的解讀,實際上,「黃帝三百年」只是人類對星空亙古長遠之思。道家學說運用天文譬喻最多,黃帝的天文學神話保存最多,《莊子》略舉一二例:

> 黃帝立為天子十九年,令行天下,聞廣成子在於空同之上,故往見之,曰:「我聞吾子達於至道,敢問至道之精。吾欲取天地之精,以

〔註130〕《山海經·海內經》,袁珂:《山海經校注》,頁465。
〔註131〕清·郝懿行:《爾雅義疏》,頁764。
〔註132〕丁緜孫:《中國古代天文曆法基礎知識》,頁71。
〔註133〕黃懷信、張懋鎔、田旭東:《逸周書匯校集注》(上海:上海古籍出版社,2007年),頁1140。
〔註134〕黃懷信、張懋鎔、田旭東:《逸周書匯校集注》,頁1140。
〔註135〕黃懷信、張懋鎔、田旭東:《逸周書匯校集注》,頁1140。
〔註136〕黃懷信、張懋鎔、田旭東:《逸周書匯校集注》,頁1141。
〔註137〕丁緜孫:《中國古代天文曆法基礎知識》,頁137。
〔註138〕黃懷信、張懋鎔、田旭東:《逸周書匯校集注》,頁1141。
〔註139〕黃懷信、張懋鎔、田旭東:《逸周書匯校集注》,頁1141。

佐五穀，以養民人；吾又欲官陰陽，以遂群生。為之奈何？」廣成
子曰：「而所欲問者，物之質也；而所欲官者，物之殘也。自而治天
下，雲氣不待族而雨，草木不待黃而落，日月之光益以荒矣。而佞
人之心翦翦者，又奚足以語至道！……當我，緡乎！遠我，昏乎！
人其盡死，而我獨存乎！」(《莊子・在宥》，頁267～270)

此段文字出自《莊子・在宥篇》，黃帝向廣成子問道。「黃帝令行十九年」，
十九年七閏是春秋時代制定的曆法〔註140〕。以十九為一個時間單位是四分
曆的標誌。《墨子・明鬼》中勾芒執行帝命賜壽鄭穆公即為十九年為一個單
位：

非惟若書之說為然也，昔者鄭穆公，當晝日中處乎廟，有神入門而
左，鳥身，素服三絕，面狀正方。鄭穆公見之，乃恐懼奔，神曰：
「無懼！帝享女明德，使予錫女壽十年有九，使若國家蕃昌，子孫
茂，毋失。」鄭穆公再拜稽首曰：「敢問神名？」曰：「予為勾芒。」
若以鄭穆公之所身見為儀，則鬼神之有，豈可疑哉？〔註141〕

《莊子》中庖丁解牛十九年(《莊子・養生主》，頁93)、申徒嘉與夫子游十九
年(《莊子・德充符》，頁146)，「參日而後能外天下；已外天下矣，吾又守之，
七日而後能外物；已外物矣，吾又守之，九日而後能外生」(《莊子・大宗師》，
頁181)的修煉過程加起來也是十九日。同樣是道家戰國末年著書《鶡冠子》
其也為十九章。廣成子自述：「吾與日月參光，吾與天地為常」，三光日月星，
則其為星宿的天文譬喻。黃帝的天文譬喻原型為軒轅星官，根據「廣成子南
首而臥，黃帝順下風膝行而進」的描述，則廣成子的天文譬喻原型應為軒轅
星官下南方朱雀之翼宿。翼宿為「天之樂府」〔註142〕，《康熙字典》：「凡樂一
終為一成。《書・益稷》簫韶九成」〔註143〕則為其取名之緣由。又，成玄英疏
為「廣成，即老子別號也」《經典釋文》引《爾雅》：「北戴斗極為空同」，故此
段的天文譬喻內蘊濃重。

黃帝將見大隗乎具茨之山，方明為御，昌寓驂乘，張若、諝朋前馬，
昆閽、滑稽後車。至於襄城之野，七聖皆迷，無所問途。適遇牧馬

〔註140〕丁緜孫：《中國古代天文曆法基礎知識》，頁291。
〔註141〕清・孫詒讓：《定本墨子閒詁》，頁141～142。
〔註142〕丁緜孫：《中國古代天文曆法基礎知識》，頁138。
〔註143〕清・張玉書：《康熙字典》(上海書店出版，1985年)，頁449。

童子，問途焉，曰：「若知具茨之山乎？」曰：「然。」「若知大隗之
所存乎？」曰：「然。」黃帝曰：「異哉小童！非徒知具茨之山，又
知大隗之所存。請問為天下。」小童曰：「夫為天下者，亦若此而已
矣，又奚事焉？予少而自遊於六合之內，予適有瞀病，有長者教予曰：
『若乘日之車，而遊於襄城之野。』今予病少痊，予又且復遊於六合
之外。夫為天下，亦若此而已。予又奚事焉？」黃帝曰：「夫為天下
者，則誠非吾子之事。雖然，請問為天下。」小童辭。黃帝又問。小
童曰：「夫為天下者，亦奚以異乎牧馬者哉？亦去其害馬者而已矣。」
黃帝再拜稽首，稱天師而退。(《莊子‧徐無鬼》，頁 570～572)

此則寓言中，《山海經‧大荒南經》：「大荒之中，有不姜之山，黑水窮焉。又
有賈山，汜水出焉。又有言山。又有登備之山。有恝恝之山。又有蒲山，澧水
出焉。又有隗山，其西有丹，其東有玉。又南有山，漂水出焉。有尾山。有翠
山」〔註144〕《山海經‧大荒南經》乃描述南方天區的星宿，則「大隗」是南
方天區之一宿。「具茨」之「具」甲骨文字形，上面是「鼎」，下面是雙手，參
宿像鼎，結合諧音，應為參宿的天文譬喻。「方明」為南方朱雀之鬼宿，《晉
書‧天文志》：「輿鬼五星，天目也」〔註145〕且鬼宿四方之狀。「昌宇」為井
宿，井宿八星，四面八方，符合古人對宇宙的方位認識。「張若」為南方朱雀
之張宿，「諮朋」寓意眾多，為南方朱雀之翼宿。此處亦與《莊子》鵬鳥音義
相近：「鵬，即古鳳字，非來儀之鳳也。《說文》云：朋及鵬，皆古文鳳字也。
朋鳥象形。鳳飛，群鳥從以萬數，故以朋為朋黨字。《字林》云：鵬，朋黨也，
古以為鳳字。」(《莊子集釋，頁 17》)「昆閽」為崑崙山（軒轅星官）之下之
星宿的天文譬喻，「滑稽」為星宿附近之柳宿的天文譬喻。《說文》：「稽，從
禾，象樹木曲頭止住不上長的樣子」〔註146〕。牧馬之襄城為房宿的天文譬喻，
上文已引，房宿為天馬。小童「乘日之車」，房宿內有一日星官。此地稱為襄
城，《說文》：「解衣而耕謂之襄」〔註147〕。房宿亦被稱為農祥星。《莊子》稱
小童為「天師」，乃是指出，其寓言架構乃取法於天。

　　在先秦諸子的學說中，諸子各取所需，製造黃帝神話。值得注意的是《韓

〔註144〕袁珂：《山海經校注》，頁 369。
〔註145〕丁綿孫：《中國古代天文曆法基礎知識》，頁 132。
〔註146〕清‧段玉裁：《說文解字注》，頁 275。
〔註147〕清‧段玉裁：《說文解字注》，頁 394。

非子‧外儲說左上》：「鄭人有相與爭年者，一人曰：『吾與堯同年。』其一人曰：『我與黃帝之兄同年。』訟此而不決，以後息者為勝耳。」〔註148〕上文論述，堯的天文譬喻原型為軒轅星官，與黃帝同一原型。此處「爭年」的緣由就是因為二帝為同一星宿的天文譬喻。

此外，《楚辭‧九歌》中的「雲中君」：

> 靈連蜷兮既留，爛昭昭兮未央。
>
> 蹇將憺兮壽宮，與日月兮齊光。
>
> 龍駕兮帝服，聊翱遊兮周章。
>
> 靈皇皇兮既降，猋遠舉兮雲中。〔註149〕

「雲中君」與軒轅星官占星意涵相符合，描述的正是軒轅星官之意象：

> 《史記‧天官書》：「軒轅，黃龍體。」〈集解〉：「孟康曰：『形如騰龍。』」〈索隱〉：「《援神契》曰：『軒轅十二星，後宮所居。』」。石氏《星贊》以軒轅龍體，主后妃也。〈正義〉：「軒轅十七星，在七星北，黃龍之體，主雷雨之神，後宮之象也。陰陽交感，激為雷電，和為雨，怒為風，亂為霧，凝為霜，散為露，聚為雲氣，立為虹蜺，離為背璚，分為抱珥。二十四變，皆軒轅主之。」〔註150〕

圖 2-2、軒轅黃帝座

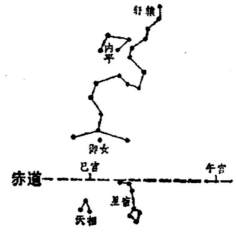

圖片來自丁綿孫：《中國古代天文曆法基礎知識》，頁 136。

〔註148〕清‧王先慎：《韓非子集解》（北京：中華書局，1998 年 7 月），頁 270。

〔註149〕《四部叢刊初編》577～581 冊，景江南圖書館藏明覆宋本，卷二，頁 10～11。

〔註150〕丁綿孫：《中國古代天文曆法基礎知識》，頁 136。

　　關於黃帝神話的研究，葉舒憲引用《尸子》與長沙馬王堆三號漢墓《十六經》的文獻，研究了黃帝四面的神話。其認為黃帝廟的形象即是以黃帝自身為畫像。〔註151〕《十六經》記述：

> 昔者黃宗（帝）質始好信，作自為象（像），方四面，傅一心。四達
> 自中，前參後參，左參右參，踐立（位）履參，是以能為天下宗。
> 〔註152〕

葉舒憲引用金春峰和郭元興的研究認為《十六經》的文獻更為古樸、原始，是《尸子》文獻的源頭。郭元興還提出古今的質疑：若是黃帝四方四面的話，應該是十六面，且對「前參後參，左參右參，踐立（位）履參」表示頗難理解。若是我們參照軒轅星官十七星或十二星的古記載，則不難理解。或者古人是在一種時空混同的巫術理則之下，一定要將軒轅星官之象與黃帝的權職統治宇宙空間結合起來。故四面四方為十六，加上宇宙之心的形象共計十七星；又根據軒轅星官的樣子前三後三左三右三認為共有十二星。這應該是這段文字理解的一種可能性。值得我們肯定的是葉舒憲對神秘數字「四」的研究。〔註153〕葉舒憲認為「四」作為模式數不約而同地出現在中國黃帝神話、印度梵天神話、立陶宛四聯神話、希伯來上帝顯靈神話、古印第安人「羽蛇」神話、臺灣排灣族四面神像，古希臘畢達哥拉斯學派對聖數「四」的崇拜，因為「四」負載著標誌原始初民關於四方位空間分割的宇宙觀念。〔註154〕四面之神是神話思維對二維空間進行抽象概括所持有的直觀表象。黃帝的四張臉具有統治宇宙空間的意涵。同時，葉舒憲認為黃帝的形象應該是來源於太陽是時間和空間的管理者，時間觀念的發生是外在的直觀的空間表象內化的結果。本文雖不贊同黃帝為太陽的神格化，但也錄用此段說法，其對我們瞭解古人的時空觀有一定的啟發性。

二、炎帝

　　炎帝與神農氏之糾葛由來已久。清代崔述在《補上古考信錄卷之上》中說：

〔註151〕葉舒憲：《中國神話哲學》，頁 177～183。

〔註152〕國家文物局古文獻研究室編《馬王堆漢墓帛書》，文物出版社 1980 版，第 61 頁。

〔註153〕葉舒憲：《中國神話哲學》，頁 188。

〔註154〕葉舒憲：《中國神話哲學》，頁 200。

〈易傳〉曰「庖犧氏沒，神農氏作；神農氏沒，黃帝、堯、舜氏作」，
是庖犧、神農在黃帝之前也。《春秋傳》曰：「黃帝氏以雲紀，故為
雲師而雲名；炎帝氏以火紀，故為火師而火名；共工氏以水紀，故
為水師而水名；太暤氏以龍紀，故為龍師而龍名。」是炎帝太暤在
黃帝之後也。庖義神農在黃帝之前，炎帝太暤在黃帝之後，然則庖
義氏之非太暤，神農氏之非炎帝也明矣！〔註155〕

此段中庖犧氏與《莊子·養生主篇》中之庖丁殊類。其天文譬喻原型為河鼓
三星，即民間所說的牛郎星。庖丁解牛的寓言源於此處靠近天市垣之屠肆〔註
156〕。三垣的創設年代，最遲在戰國時代。〔註157〕且神農氏「日中為市，致
天下之民，聚天下之貨，交易而退，各得其所」〔註158〕此即描寫天市垣之狀
況。神農氏的天文譬喻原型牛宿亦在天市垣附近。袁珂認為：「炎帝與神農在
先秦古籍本不相謀，至漢以後始合而為一也」〔註159〕。炎帝的天文譬喻原型
為心宿，神農的天文譬喻原型為牛宿。上古將大火即心宿二作為農作耕種之
授時主星，故二者逐漸合為一神。現將《山海經》中關於炎帝的且有天文譬
喻思維的記載條分縷析如下：

炎帝之孫伯陵，伯陵同吳權之妻阿女緣婦，緣婦孕三年，是生鼓、

延、殳。始為侯，鼓、延是始為鐘，為樂風。〔註160〕

《說文》：「緣，衣純也。」〔註161〕，衣服為星宿之占星意涵。《說文》：「延，
長行也。」〔註162〕「鼓、延是始為鐘，為樂風。」張宿形狀似鼓，翼宿為「天
之樂府」，形狀曼長，為「延」。「殳」為「射侯」〔註163〕，則其天文譬喻原型
為參宿。

炎帝之妻，赤水之子聽訞生炎居，炎居生節並，節並生戲器，戲器生

〔註155〕清·崔述：《崔東壁遺書》，（上海：上海古籍出版社，1983年），頁38。
〔註156〕陝西靖邊縣楊橋畔鎮渠樹壕漢代磚室壁畫墓，在前後室的拱形券頂繪製了一
幅天文圖，時代為東漢中晚期，圖中描繪了伏義女媧人首蛇身，手執規矩等
形象，顯示伏義星象為天市垣、女媧星象為牛郎織女等。參考段毅、武家璧：
〈靖邊渠樹壕東漢壁畫墓天文圖考釋〉，《考古與文物》，2017年第1期。
〔註157〕丁綿孫：《中國古代天文曆法基礎知識》，頁169。
〔註158〕《易·繫辭下》，《十三經注疏》，卷1，頁167。
〔註159〕袁珂：《山海經校注》，頁415。
〔註160〕袁珂：《山海經校注》，頁464。
〔註161〕清·段玉裁：《說文解字注》，頁654。
〔註162〕清·段玉裁：《說文解字注》，頁77。
〔註163〕袁珂：《山海經校注》，頁464。

祝融，祝融降處於江水，生共工，共工生術器，術器首方顛，是復土
穰，以處江水。共工生后土，后土生噎鳴，噎鳴生歲十有二。〔註164〕

此段文字中，赤水為黃道，江水為銀河的天文譬喻。共工為井宿，「共工生術
器，術器首方顛，是復土穰」，「術器」為鬼宿，其形狀為方。且鬼宿下有天社
星官，為后土所在。值得注意的是祝融。其亦是上古神話中重要人物。其作
為南方夏季火神，《左傳》有記載：

九年，春，宋災，……晉侯問於士弱曰，吾聞之，宋災，於是乎知
有天道，何故，對曰，古之火正，或食於心，或食於咮，以出內火，
是故咮為鶉火，心為大火，陶唐氏之火正閼伯，居商丘，祀大火，
而火紀時焉，相土因之，故商主大火，商人閱其禍敗之釁，必始於
火，是以日知其有天道也，公曰，可必乎，對曰，在道，國亂無象，
不可知也。〔註165〕

《爾雅‧釋天》：「咮謂之柳」〔註166〕。則此為鶉火之柳宿，即祝融原型，「祝
融」即「咮」之分讀。祝融為楚國先祖，楚國崇鳳，分野屬翼、軫，這些都與
南方朱雀天區密不可分。也有一種說法，祝融先為火神，後為雷神，在漢朝
轉變為灶神。〔註167〕因祝融觀象多觀測大火和鶉火，且有燒火開荒之責，故
為火神可以理解。另外，在《莊子‧達生》：「戶內之煩壤，雷霆處之」（頁448）
則可見先秦時期雷霆所居戶內之地為「煩壤」，「煩」字也與「火」相關。

「神農」最主要的神話傳說記載在《淮南子‧脩務訓》中：「古者，民茹
草飲水，採樹木之實，食蠃蟺之肉。時多疾病毒傷之害，於是神農乃始教民
播種五穀，相土地宜，燥濕肥磽高下，嘗百草之滋味，水泉之甘苦，令民知所
辟就。當此之時，一日而遇七十毒。」〔註168〕《爾雅‧釋魚》：「蠃，小者蜬。」
《注》：「蠃，大者如斗，出日南漲海中，可以為酒杯。」〔註169〕若以天文譬
喻思維，此為南斗。古人常將斗宿與「酒漿」聯想到一起，如《詩‧小雅‧大
東》：「維南有箕，不可以簸揚。維北有斗，不可以挹酒漿。」〔註170〕《莊子‧

〔註164〕《山海經‧海內經》，袁珂：《山海經校注》，頁471。
〔註165〕楊伯峻：《春秋左傳注》，頁961～964。
〔註166〕清‧郝懿行：《爾雅義疏》，頁774。
〔註167〕張正明：《楚史》，頁14。
〔註168〕何寧：《淮南子集釋》，頁1311～1312。
〔註169〕清‧郝懿行：《爾雅義疏》，頁1191。
〔註170〕程俊英：《詩經譯注》，頁310。

達生》中有「觸深之淵」亦與此天文譬喻相關。南斗在東方蒼龍之末，所以為「蠪」。此處靠近牛宿神農氏的原型。《搜神記》亦有記載：「神農以赭鞭鞭百草，盡知其平毒寒溫之性，臭味所主，以播百穀。」〔註171〕神農氏「赭鞭」之紅色來源於心宿二，鞭子之狀來自於尾宿。心宿、尾宿皆靠近牛宿天區。

《五帝本紀》記載黃帝、神農氏、炎帝、蚩尤之戰：

> 軒轅之時，神農氏世衰。諸侯相侵伐，暴虐百姓，而神農氏弗能征。……於是黃帝乃徵師諸侯，與蚩尤戰於涿鹿之野，遂禽殺蚩尤。
>
> 而諸侯咸尊軒轅為天子，代神農氏，是為黃帝。天下有不順者，黃帝從而征之，平者去之，披山通道，未嘗寧居。〔註172〕

歷來學者都用原始部族相互征討戰爭來解釋此段文獻。但是黃帝、神農、炎帝三者關係在不同的材料中卻時敵時友，蚩尤一直作為負面形象存在，黃帝總為最後的勝利者。還有蚩尤作為炎帝臣子、做過炎帝的記載：

> 祝融造市，高辛臣也。蚩尤造兵，炎帝臣也。〔註173〕（《紺珠集》引張華《博物志》佚文）
>
> 蚩尤阪泉氏，姜姓，炎帝之裔也。炎帝參盧曰榆岡，居空桑，命蚩尤居小顥臨四方。蚩尤作亂，伐空桑，逐榆岡居涿鹿，涿鹿一云濁鹿，自以為炎帝之後，篡號炎帝。〔註174〕

如此齟齬不合的記載很難以歷史的認識論去理解，若以天文譬喻的思維觀之，蚩尤原型的井宿在天空的西北戰場，神農和炎帝原型的牛宿和心宿在天空的北方戰場。所以發生戰爭是常然，參戰的都是星宿。

三、顓頊

顓頊是《史記・五帝本紀》記載的第二位上古帝王。《說文》：「顓，頭顓顓謹兒。」〔註175〕，「頊，頭頊頊謹兒。」〔註176〕以天文譬喻思維看，顓頊為黃帝之孫，其在黃道附近，其為冬天之帝且為頭部，應為黃道最高處，即

〔註171〕晉・干寶：《搜神記》（北京：中華書局，1979年），頁1。

〔註172〕《史記・五帝本紀》，卷1，頁107～111。

〔註173〕宋・朱勝非：《紺珠集》，《影印文淵閣四庫全書》第872冊（臺北：臺灣商務印書館，1986年），頁357。

〔註174〕元・梁益：《詩傳旁通》，《影印文淵閣四庫全書》第76冊（臺北：臺灣商務印書館，1986年），頁923。

〔註175〕清・段玉裁：《說文解字注》，頁419。

〔註176〕清・段玉裁：《說文解字注》，頁419。

鬼宿所在。《晉書‧天文志》：「輿鬼五星，天目也。」〔註177〕則此鬼宿為南方朱雀之頭，亦是天目，處於頭部位置。關於顓頊的天文譬喻，條分縷析之。

> 東海之外大壑，少昊之國。少昊孺帝顓頊於此，棄其琴瑟。有甘山者，甘水出焉，生甘淵。〔註178〕

少昊氏以鳥名官，為南方朱雀天區。琴瑟為翼宿「天之樂府」之意涵。

> 又有成山，甘水窮焉。有季禺之國，顓頊之子，食黍。有羽民之國，其民皆生毛羽。有卵民之國，其民皆生卵。〔註179〕

上文已經引用「凡樂一終為一成」，此為翼宿「天之樂府」之天文譬喻。羽民之國、卵民之國，皆為南方朱雀星宿的天文譬喻。

> 有國曰顓頊，生伯服，食黍。有鼬姓之國。有苕山。又有宗山。又有姓山。又有壑山。又有陳州山。又有東州山。又有白水山，白水出焉，而生白淵，昆吾之師所浴也。〔註180〕

《易‧繫辭》：「服牛乘馬」〔註181〕。則此「伯服」應為河鼓三星，屬顓頊所管轄之北方天區。「鼬姓之國」應為危宿。危宿、室宿相連，危宿形狀像老鼠頭，危宿內有「杵、臼」〔註182〕二星官象徵糧食。室宿占星含義乃為房屋。此片天區古人想像為老鼠偷食房間內的糧食。玄枵之次為齊國分野〔註183〕，且齊國星分「虛、危」〔註184〕。十二生肖以鼠為首，地支配子，為玄枵之次，此為古代數術家結合星象制定而成。「有苕山。又有宗山。又有姓山。又有壑山。又有陳州山。又有東州山。」應該也以星宿為原型，因學力有限，不敢妄下判斷。可以試解的是「又有白水山，白水出焉，而生白淵，昆吾之師所浴也。」《大戴禮記‧帝系》：「昆吾者，衛氏也。」〔註185〕根據《周禮‧春官‧保章氏鄭注》：「諏訾，衛也」〔註186〕。再根據十二次與二十八星宿交錯情況，

〔註177〕　丁綿孫：《中國古代天文曆法基礎知識》，頁132。

〔註178〕　《山海經‧大荒東經》，袁珂：《山海經校注》，頁338。

〔註179〕　《山海經‧大荒南經》，袁珂：《山海經校注》，頁368。

〔註180〕　《山海經‧大荒南經》，袁珂：《山海經校注》，頁377。

〔註181〕　《史記》，卷1，頁168。

〔註182〕　丁綿孫：《中國古代天文曆法基礎知識》，頁102。

〔註183〕　丁綿孫：《中國古代天文曆法基礎知識》，頁215。

〔註184〕　丁綿孫：《中國古代天文曆法基礎知識》，頁214。

〔註185〕　漢‧戴德撰、北周‧盧辯注：《大戴禮記》。《四部叢刊初編》第49冊，頁10。景無錫孫氏小綠天藏明袁氏嘉趣堂刊本。

〔註186〕　丁綿孫：《中國古代天文曆法基礎知識》，頁211。

諏訾之次分屬「危、室、壁、奎」〔註187〕，則「昆吾之師」應屬天空北方戰場，北方玄武天區有羽林軍四十五星〔註188〕，應是此處天區。「白水」應指銀河的天文譬喻。

> 有國名曰淑士，顓頊之子。〔註189〕

按照帝王世系以星宿順序相生原則，顓頊為鬼宿，此淑士以柳宿為原型。柳下惠「坐懷不亂」是其主要傳說。坐其懷的是御女星官。柳宿下是星宿，星宿上方正好為御女星官。「有芒山。有桂山。有榣山。其上有人，號曰太子長琴。顓頊生老童，老童生祝融，祝融生太子長琴，是處榣山，始作樂風。」〔註190〕前文已論述祝融天文譬喻原型為柳宿。太子長琴「始作樂風」，其原型應該為「天之樂府」翼宿。關於顓頊、老童與祝融的神話意蘊，葉舒憲認為老童作為北方之神的兒子和南方之神的父親，可與東方和春天相認同，此則文字即表現嚴冬過後春夏相接的深層象徵意蘊。〔註191〕此也是天文譬喻深層文理的一種看法。

> 大荒之中，有山名曰日月山，天樞也。吳姬天門，日月所入。有神人面無臂，兩足反屬頭上，名曰噓。顓頊生老童，老童生重及黎，帝令重獻上天，令黎邛下地，下地是生噎，處於西極，以行日月星辰之行次。〔註192〕

「吳姬天門，日月所入。」《山海經‧大荒西經》「金門之山有人，名曰黃姬之屍。」〔註193〕則「吳姬」與「黃姬」同樣來源，此星宿位於大荒西，應為西方白虎天區，顏色為黃色，是日月出入。《史記‧天官書》：「昴、畢間為天街。」〔註194〕昴、畢間為日月五星出入要道，且畢宿五顏色為黃色。「噓」的形象類似於前文之「韓流」，也與《莊子》中支離疏類似，應該以井宿為原型。重、黎神話涉及到我國古代大曆、小曆之區分，即官曆與民曆觀象授時的區分，也屬天文譬喻。

> 有池名孟翼之攻顓頊之池。〔註195〕

〔註187〕丁綿孫：《中國古代天文曆法基礎知識》，頁207。
〔註188〕丁綿孫：《中國古代天文曆法基礎知識》，頁106。
〔註189〕《山海經‧大荒西經》，袁珂：《山海經校注》，頁388。
〔註190〕《山海經‧大荒西經》，袁珂：《山海經校注》，頁395。
〔註191〕葉舒憲：《中國神話哲學》，頁100。
〔註192〕《山海經‧大荒西經》，袁珂：《山海經校注》，頁402。
〔註193〕袁珂：《山海經校注》，頁406。
〔註194〕丁綿孫：《中國古代天文曆法基礎知識》，頁118。
〔註195〕《山海經‧大荒西經》，袁珂：《山海經校注》，頁406。

「孟翼」即「昌意」，都是描述翼宿之大。

> 大荒之中，有山名曰大荒之山，日月所入。有人焉三面，是顓頊之
> 子，三面一臂，三面之人不死，是謂大荒之野。〔註196〕

此「三面人」為參宿三星的天文譬喻，由此可見參宿為「日月所入」之重要標
記，亦被稱為「大荒之野」。

> 有魚偏枯，名曰魚婦。顓頊死即復蘇。風道北來，天乃大水泉，蛇
> 乃化為魚，是謂魚婦。顓頊死即復蘇。〔註197〕

「偏枯」意為「半身不遂」。「大水泉」應為銀河，「蛇」為螣蛇星官的天文譬
喻。則考索穿過銀河之星宿，只有五車座橫跨銀河。想來古人將此想像為「半
身不遂」之魚。「顓頊死即復蘇」應是鬼宿取象死亡。郭璞曰：《淮南子》曰：
『后稷龍在建木西，其人死復蘇，其中為魚。』蓋謂此也。」其實不然。后稷
龍應該指東方蒼龍與北方玄武銜接之處，建木為斗宿之建星官，魚為尾宿之
魚宿星官的天文譬喻。

> 有叔歜國。顓頊之子，黍食，使四鳥：虎、豹、熊、羆。有黑蟲，
> 如熊狀，名曰獵獵。〔註198〕

《說文》：「獵，放獵逐禽也。」〔註199〕其字形為與犬、鼠類似，屬北方天區
的天文譬喻。北方玄武內有狗星官〔註200〕且如前文所述，危宿為老鼠之牙取
象，此為「獵獵」。

> 西北海外，流沙之東，有國曰中輻，顓頊之子，食黍。〔註201〕

《康熙字典》：「輻，《集韻》婢善切，音扁。《玉篇》小車也。又國名。《山海
經》流沙之東有國名曰中輻。」〔註202〕此為南方朱雀之尾部軫宿的天文譬喻。

> 西北海外，黑水之北，有人有翼，名曰苗民。顓頊生驩頭，驩頭生
> 苗民，苗民百姓，食肉。有山名曰章山。〔註203〕

《山海經·海外南經》載：「讙頭國在其南，其為人人面有翼，鳥喙，方捕魚。

〔註196〕《山海經·大荒西經》，袁珂：《山海經校注》，頁413。
〔註197〕《山海經·大荒西經》，袁珂：《山海經校注》，頁416。
〔註198〕《山海經·大荒北經》，袁珂：《山海經校注》，頁423。
〔註199〕清·段玉裁：《說文解字注》，頁476。
〔註200〕丁綿孫：《中國古代天文曆法基礎知識》，頁85。
〔註201〕《山海經·大荒北經》，袁珂：《山海經校注》，頁436。
〔註202〕清·張玉書：《康熙字典》，頁1391。
〔註203〕《山海經·大荒北經》，袁珂：《山海經校注》，頁436。

一曰在畢方東。或曰讙朱國。」〔註204〕《山海經・大荒南經》:「有人焉,鳥喙,有翼,方捕魚於海。大荒之中,有人名曰驩頭。鯀妻士敬,士敬子曰炎融,生驩頭。驩頭人面鳥喙,有翼,食海中魚,杖翼而行。維宜芑苣,穋楊是食。有驩頭之國。」〔註205〕「畢方」前文已述,天文譬喻原型為畢宿。苗民位處西南。畢方之東,丹朱色為參宿四。此「讙頭國」以參宿為天文譬喻原型,其所捕之魚正是上文「有魚偏枯」之五車座。

《史記・五帝本紀》記載:「顓頊氏有不才子,不可教訓,不知話言,天下謂之檮杌。」〔註206〕此不才之子,最早記載在《左傳・文公十八年》文公十八年:「顓頊氏有不才子,不可教訓,不知話言,告之則頑,舍之則嚚,傲很明德,以亂天常,天下之民,謂之檮杌。」〔註207〕《孟子・離婁下》:「王者之跡熄而詩亡,詩亡然後春秋作。晉之乘,楚之檮杌,魯之春秋,一也。其事則齊桓、晉文,其文則史。孔子曰:『其義則丘竊取之矣。』」〔註208〕楚之分野在翼、軫。「長沙一星在軫中,主壽命。」〔註209〕杌:「《玉篇》木無枝也。《集韻》木短出貌。」〔註210〕以上諸條結合,則「檮杌」的天文譬喻原型應該為軫宿。楚國莊嚴之史書,居然用了一個不才之人的名字,可見楚國審美取向與中原迥然有別。《莊子・德充符》中描繪了很多身體殘缺但是有道之士,即可能是楚國文化影響。

四、共工

上文已經寫到共工的天文譬喻原型為井宿。除了上文論述黃帝、炎帝、顓頊涉及到的共工神話,現在詳細考索古代文獻中關於共工的其他神話。《山海經》中關於共工的記載尚有:

> 共工之臣曰相柳氏,九首,以食於九山。相柳之所抵,厥為澤溪。禹殺相柳,其血腥,不可以樹五穀種。禹厥之,三仞三沮,乃以為眾帝之臺。在崑崙之北,柔利之東。相柳者,九首人面,蛇身而青。

〔註204〕 袁珂:《山海經校注》,頁436。
〔註205〕 袁珂:《山海經校注》,頁378~379。
〔註206〕 《史記》,卷1,頁151。
〔註207〕 楊伯峻:《春秋左傳注》,頁639~640。
〔註208〕 楊伯峻:《孟子譯注》(臺北:漢京文化事業有限公司,1987年),頁192。
〔註209〕 丁綿孫:《中國古代天文曆法基礎知識》,頁139。
〔註210〕 清・張玉書:《康熙字典》,頁511。

不敢北射，畏共工之臺。臺在其東，臺四方，隅有一蛇，虎色，首沖南方。〔註211〕

共工臣名曰相繇，九首蛇身，自環，食於九土。其所歍所尼，即為源澤，不辛乃苦，百獸莫能處。禹湮洪水，殺相繇，其血腥臭，不可生穀，其地多水，不可居也。禹湮之，三仞三沮，乃以為池，群帝是因以為臺。在崑崙之北。〔註212〕

上二段之「相柳」和「相繇」為語音之轉，以柳宿為天文譬喻原型。其神話描述突出「食」，乃是因為柳宿本為「咮」，為南方朱雀之鳥嘴。禹殺相柳之血應為鬼宿內之積屍氣〔註213〕。上文論黃帝之女旱魃時，曾論證鬼宿陰陽不合，不可為雨，不可種穀。《山海經‧海內北經》：「帝堯臺、帝嚳臺、帝丹朱臺、帝舜臺，各二臺，臺四方，在崑崙東北。」〔註214〕則此鬼宿四方之狀正可為天上之「眾帝之臺」。「西北海之外，大荒之隅，有山而不合，名曰不周負子。有兩黃獸守之。有水曰寒暑之水，水西有濕山，水東有幕山。有禹攻共工國山。」〔註215〕共工為井宿，井宿天區附近突出的兩顆黃色星為畢宿五和五車二。古人將其想像為兩黃獸的天文譬喻。「寒暑之水」即古人用來作為天文寒暑二十四節氣的黃道天文譬喻。「濕山」應為井宿，占星意涵主水。「幕山」為軒轅星官，其在井宿之東，且其形狀似歷代帝王所用「冕」。共工與顓頊爭帝的故事散見於古籍：

昔者共工與顓頊爭為帝，怒而觸不周之山。天柱折，地維絕。天傾西北，故日月星辰移焉；地不滿東南，故水潦塵埃歸焉。天道曰圓，地道曰方。方者主幽，圓者主明。〔註216〕（《淮南子‧天文訓》）

然則天地亦物也。物有不足，故昔者女媧氏練五色石以補其闕；斷鼇之足以立四極。其後共工氏與顓頊爭為帝，怒而觸不周之山，折天柱，絕地維，故天傾西北，日月星辰就焉；地不滿東南，故百川水潦歸焉。〔註217〕（《列子‧湯問》）

〔註211〕《山海經‧海外北經》，袁珂：《山海經校注》，頁233。
〔註212〕《山海經‧大荒北經》，袁珂：《山海經校注》，頁428。
〔註213〕丁緜孫：《中國古代天文曆法基礎知識》，頁132。
〔註214〕袁珂：《山海經校注》，頁313。
〔註215〕《山海經‧大荒西經》，袁珂：《山海經校注》，頁387。
〔註216〕何寧：《淮南子集釋》，頁167～168。
〔註217〕楊伯峻：《列子集釋》（北京：中華書局，2010年），頁150～151。

《集韻》：「媧，姑華切，音瓜。義同。亦姓。」〔註218〕《說文》：「古神聖女，化萬物者也。」〔註219〕女媧為三皇之一，根據古人對古代天文星空的設想可知，三皇、五帝均為星空中亮度最強之星。女媧所補蒼天之裂痕應該為銀河，則女媧的原型星宿必然靠近銀河，且其命名既然與「瓜」相近，則考索古代天文星官名稱，匏瓜星官和敗瓜星官附近最亮之星乃為織女星。其斷鼇足補蒼天，則鼇應該為橫跨銀河之五車座。五車座的樣子取象烏龜。由此可知，共工與顓頊爭帝的神話故事，本就是古人對古天文的想像，其在女媧補天之前或者之後本無關緊要。「天傾西北，故日月星辰移焉；地不滿東南，故水潦塵埃歸焉。天道曰圓，地道曰方。方者主幽，圓者主明。」是古人天文地理觀。因為共工與顓頊的神話來自於古天文星空圖之幻想，則與此類似尚有與舜爭帝〔註220〕、與高辛氏爭帝〔註221〕的故事版本。

五、帝嚳

關於帝嚳，《大戴禮記·五帝德》載：

> 宰我曰：「請問帝嚳。」孔子曰：「元囂之孫，蟜極之子也，曰高辛。……其色鬱鬱，其德嶷嶷，其動也時，其服也士。春夏乘龍，秋冬乘馬，黃黼黻衣，執中而獲天下；日月所照，風雨所至，莫不從順。」〔註222〕

> 黃帝產元囂，元囂產蟜極，蟜極產高辛，是為帝嚳。〔註223〕

> 帝嚳產放勳，是為帝堯。〔註224〕

> 帝嚳卜其四妃之子，而皆有天下。上妃有邰氏之女也，曰姜原，氏產后稷；次妃有娀氏之女也，曰簡狄，氏產契；次妃曰陳隆氏，產帝堯；次妃陬訾氏，產帝摯。〔註225〕

根據以上記載可知，帝嚳「春夏乘龍，秋冬乘馬，黃黼黻衣，執中而獲天下」

〔註218〕清·張玉書：《康熙字典》，頁 267。
〔註219〕清·張玉書：《康熙字典》，頁 267。
〔註220〕何寧：《淮南子集釋》，頁 578～579。
〔註221〕何寧：《淮南子集釋》，頁 44～45。
〔註222〕《大戴禮記》。《四部叢刊初編》第 49 冊，頁 5。
〔註223〕《大戴禮記》。《四部叢刊初編》第 49 冊，頁 737。
〔註224〕《大戴禮記》。《四部叢刊初編》第 49 冊，頁 737。
〔註225〕《大戴禮記》。《四部叢刊初編》第 49 冊，頁 738。

且其有四妃的傳說與黃帝四妃的傳說正相映襯，其為天地之中軒轅星官下之星宿。《史記・天官書》：「七星，頸，為員官，主急事」〔註226〕《說文》：「嚳，急告之甚也。從告，學省聲」〔註227〕正應星宿占星之義。「元囂」即「玄囂」。上文已經論證玄囂為畢宿南之參宿。「蟜極」為軒轅星官，「《韻會》夭蟜，龍貌」〔註228〕。根據帝王世系傳說按照星宿方位臨近原則，帝嚳為軒轅星官下之星宿正合星空圖。

　　帝嚳之四妃，姜姓出自炎帝，黃帝乃是黃道之神，炎帝乃是以牛宿為原型，在銀河渡口，為銀河之神。由此推知，「有邰氏之女也，曰姜原」，此妃原型為靠近銀河之織女星，其下有漸臺星官，為「有邰氏」。周之先祖后稷即神農氏，以牛宿為原型。《楚辭・天問》中：「稷維元子，帝何竺之？投之於冰上，鳥何燠之？」〔註229〕牛宿所在為北方天區，按照古代天文劃分，位於冬至附近，所以有冰雪之象。《詩經・大雅・生民》：「履帝武敏歆」〔註230〕，此大人跡取象奎宿。《石氏星經》：「奎十六星，形如破鞋底」〔註231〕。

　　帝嚳之次妃簡狄及其子商祖契的傳說在《詩經》、《楚辭》中多有存留，高辛為其中之星宿，在南方朱雀天區，所以商人神話多與鳥有關。簡狄的天文譬喻原型為翼宿。簡狄最早的文獻記載中寫作簡翟。《說文》：「翟，山雉尾長者。從羽從隹」〔註232〕則簡翟取象為鳥。簡姓起源，一為姬姓之後，乃因黃帝姬姓，翼宿在黃道附近；一為源於芈姓，出自戰國時期楚簡王熊中之後，屬以先祖諡號為氏。楚國分野為「翼、軫」〔註233〕。契，《尚書》、《詩經》、《左傳》、《國語》、《孟子》、《荀子》、《世本》等古籍中都有記載。《史記・殷本紀》中：「殷契，母曰簡狄，有娀氏之女，為帝嚳次妃。三人行浴，見玄鳥墮其卵，簡狄取吞之，因孕生契」玄鳥為何？與《詩經》密切相關的《毛傳》寫到：「春分玄鳥降，湯之先祖有娀氏女簡狄，配高辛氏帝，帝率與之祈於郊禖而生契，故本為

〔註226〕丁綿孫：《中國古代天文曆法基礎知識》，頁135。

〔註227〕清・段玉裁：《說文解字注》，頁53。

〔註228〕清・張玉書：《康熙字典》，頁1097。

〔註229〕漢・王逸章句、宋・洪興祖補注：《楚辭》，《四部叢刊初編》，第578冊，頁118～119。景江南圖書館藏明覆宋本。

〔註230〕程俊英：《詩經譯注》，頁391。

〔註231〕丁綿孫：《中國古代天文曆法基礎知識》，頁109。

〔註232〕清・段玉裁：《說文解字注》，頁138。

〔註233〕丁綿孫：《中國古代天文曆法基礎知識》，頁214。

天所命，以玄鳥至而生焉」〔註234〕、「玄鳥，燕也，一名鳦，音乙」〔註235〕《毛傳》是將玄鳥解釋為燕的重要的文獻說法。同樣是《詩經》，在《邶風·燕燕》中：「燕燕于飛，差池其羽……燕燕于飛，頡之頏之……燕燕于飛，下上其音」〔註236〕毛傳同樣認為：「燕燕，鳦也」〔註237〕燕、鳦、玄鳥在毛亨看來是同一種鳥。後儒根據毛傳的記載通常認為玄鳥是燕，即是人類房檐屋下最常見的黑色小鳥。《說文》：「玄，黑而有赤色者為玄，象幽而又復之也」〔註238〕這裡解釋古人的觀念「玄」並非單單只有黑色，且有赤色。「象幽而又復之也」正是天黑而明的自然現象。由此可知，「玄」字義與天有關。《廣雅·釋言》：「乾、玄，天也」〔註239〕玄鳥理所應當也與天有關，玄鳥與南方朱雀天區密不可分。

　　古代天文將一年內太陽在黃道上的變化和引起地面氣候演變的情況劃分為二十四節氣。最重要的為春分、秋分、夏至、冬至。《周禮·春官·馮相氏》載：「馮相氏：掌十有二歲、十有二月、十有二辰、十日、二十有八星位，辨其敘事，以會天位。冬夏致日，春秋致月，以辨四時之敘」〔註240〕鄭玄對「冬夏致日，春秋致月，以辨四時之敘」的解釋為：

　　　　冬至日在牽牛，景丈三尺；夏至日在東井，景尺五寸，此長短之極。
　　　　極則氣至，冬無愆陽，夏無伏陰。春分，日在婁；秋分，日在角，
　　　　而月弦於牽牛東井，亦以其景知氣至不。春、秋、冬、夏氣皆至，
　　　　則四時之敘正矣。〔註241〕

此段敘述以圭表測影的方式來確定分至點，值得注意的是日月運行的星空背景。古人是以二十八星宿標記分至點，以此可以推測「以鳥名官」正與《山海經》傳說中的「使四鳥」相關。《易·繫辭》：「上古結繩而治，後世聖人易之以書契」〔註242〕簡翟既以翼宿為原型，則其子取象應為翼宿附近之張宿。張宿的形狀類似古文「文」字，其也是倉頡造書之天文譬喻。《七緯·春秋緯》：

　　　　倉帝史皇氏名頡，姓侯剛。龍顏侈哆，四目靈光，實有睿德，生而

〔註234〕《十三經注疏》，卷2，頁793。
〔註235〕《十三經注疏》，卷2，頁792。
〔註236〕《十三經注疏》，卷2，頁77。
〔註237〕《十三經注疏》，卷2，頁77。
〔註238〕清·段玉裁：《說文解字注》，頁159。
〔註239〕清·錢大昭：《廣雅疏義》（北京：中華書局，2016年3月），頁354。
〔註240〕《十三經注疏》，卷3，頁404〜405。
〔註241〕《十三經注疏》，卷3，頁405。
〔註242〕《十三經注疏》，卷1，頁168。

能書。及受河圖錄字，於是窮天地之變，仰觀奎星圓曲之勢，俯察
龜文、鳥羽、山川，指掌而創文字，天為雨粟，鬼為夜哭，龍乃潛
藏，治百有一十載，都於陽武，終葬衞之利鄉亭。〔註243〕

侯姓出自姬姓，原因同樣為張宿在黃道附近。倉頡四目，乃是因為張宿一至
四成組成菱形為張宿的主要構成。《孟子・滕文公上》上：「聖人有憂之，使契
為司徒，教以人倫：父子有親，君臣有義，夫婦有別，長幼有序，朋友有信」
〔註244〕契的職責就是倫理教化，使民眾講禮儀，生活行為有秩序。此即「觀
乎人文，以化成天下」之文教功能。在《史記・殷本紀》中「契長而佐禹治水
有功」前文已經引用李澤厚的說法，其認為「禹敷土」顯示在治水前的年代
便有對天象的測定，下文將論證大禹以南斗為天文譬喻原型，為大禹治水的
契應該為星宿無疑。帝堯原型為軒轅星官。〈五帝本紀〉載：「帝堯者，放勳。
其仁如天，其知如神。就之如日，望之如雲」〔註245〕軒轅星官雲形。生帝堯
之陳隆氏，一寫作陳鋒氏。陳姓最早出自媯姓或姚姓，舜帝的後裔。下文會
詳細論證帝舜天文譬喻原型為大火，為銀河上較明亮之大星，則陳鋒氏必然
同出自銀河，且有刀兵之象，亮度超越普通星宿。查考天文圖，則此陳鋒氏
女可能取象參宿四。「陬訾氏」即「少女建疵」。「諏訾」，《爾雅・釋天》：「娵
觜之口，營室東壁也」〔註246〕摯姓出自妊姓，為夏禹時車正奚仲的後人，以
國名為氏。古代星空圖中有奚仲星官，靠近室、壁二宿。此為帝嚳之第四妃
及其子摯的傳說。帝摯在上古帝王中並不重要，《史記》記載：「帝嚳崩，而摯
代立。帝摯立，不善，而帝放勳立，是為帝堯」〔註247〕職司車正的奚仲星官
在上古的一段時間內可能為天文觀測的重要參照，所以被傳說為帝嚳四子之
一。

《山海經》中尚保有關於帝嚳的兩則神話：

狄山，帝堯葬於陽，帝嚳葬於陰。爰有熊、羆、文虎、蜼、豹、離
朱、視肉。籲咽、文王皆葬其所。一曰湯山。一曰爰有熊、羆、文
虎、蜼、豹、離朱、鴟久、視肉、㐔交。其范林方三百里。〔註248〕

〔註243〕清・趙在翰：《七緯・春秋緯》（北京：中華書局，2012年），頁421。
〔註244〕《十三經注疏》，卷8，頁98。
〔註245〕《史記》，卷1，頁123。
〔註246〕丁綿孫：《中國古代天文曆法基礎知識》，頁204。
〔註247〕《史記・五帝本紀》，卷1，頁122～123。
〔註248〕《山海經・海外南經》，袁珂：《山海經校注》，頁202～203。

帝堯、帝嚳、帝舜葬於嶽山。爰有文貝，離俞、鴟久、鷹、賈、延
維、視肉、熊、羆、虎、豹；朱木，赤支，青華，玄寶。有申山
者。〔註249〕

此「狄山」即簡翟的天文譬喻。帝堯之原型軒轅星官與帝嚳之原型星宿分立
黃道兩側，此為陰陽之別。隨葬之珍奇寶物亦是星宿取象。《說文》：「蜼，如
母猴，卬鼻，長尾」〔註250〕兩則神話對應，我們知道「申山」之申地支對應
的生肖正為猴。「鸇咽」為張宿，張宿為朱雀之嗉，為「鸇咽」之所。張宿「為
廚，主觸客」則此亦是「湯山」。「湯」與「張」音近似。「宓交」之「宓」水
流盛之貌，則應該是以井宿為原型。「鷹」為南方朱雀天區。《說文》：「賈，市
也。一曰坐賣售也」〔註251〕此為星空之天市垣。《山海經·海內經》：「有人曰
苗民。有神焉，人首蛇身，長如轅，左右有首，衣紫衣，冠旃冠，名曰延維，
人主得而饗食之，伯天下」〔註252〕苗民位處西南。《淮南子·天文訓》：「西南
方曰朱天，其星觜嶲、參、東井」〔註253〕則畢方之東，丹朱色為參宿四。
左右二首為畢宿之形狀類似分開兩叉。《史記·天官書》：「畢曰罕車」〔註
254〕，則畢宿「長如轅」。「朱木，赤支，青華，玄寶」應為靠近畢宿之參宿。
參宿四為紅色，參宿其他各星為青白色。

高辛，即帝嚳的神話還見於《左傳》：

高辛氏有才子八人，伯奮，仲堪，叔獻，季仲，伯虎，仲熊，叔豹，
季狸，忠、肅、共、懿、宣、慈、惠、和，天下之民，謂之八元。
〔註255〕（《左傳》文公十八年）

昔高辛氏有二子，伯曰閼伯，季曰實沈，居於曠林，不相能也，日
尋干戈，以相征討。后帝不臧，遷閼伯於商丘，主辰。商人是因，
故辰為商星。遷實沈於大夏，主參，唐人是因，以服事夏、商。〔註
256〕（《左傳》昭公元年）

〔註249〕《山海經·大荒南經》，袁珂：《山海經校注》，頁380。
〔註250〕清·段玉裁：《說文解字注》，頁673。
〔註251〕清·段玉裁：《說文解字注》，頁282。
〔註252〕袁珂：《山海經校注》，頁456。
〔註253〕何寧：《淮南子集釋》，頁182。
〔註254〕《史記》，卷27，頁22。
〔註255〕楊伯峻：《春秋左傳注》，頁637。
〔註256〕楊伯峻：《春秋左傳注》，頁1217～1218。

高辛氏之八才子，虎、熊、豹如上文所論述之星宿取象。《說文》：「奮，翬也。從奞在田上」〔註257〕則伯奮取象鳥。《莊子·大宗師》：「堪壞得之，以襲崑崙」（頁177）即此仲堪。崑崙為天地之中，仲堪即堪壞，為軒轅星官所在。《前漢·王莽傳》：「建華蓋，立斗獻」〔註258〕師古曰：「獻音犧，謂斗魁及杓末如勺之形也」〔註259〕季仲應為奚仲星官〔註260〕。「伯奮，仲堪，叔獻，季仲」四者按照從南方朱雀天區到北方玄武天區的星象取象，符合星空圖的順序。「季狸」應該為尾宿取象，狐九尾是其最重要特徵。《山海經·大荒東經》：「有青丘之國，有狐，九尾」〔註261〕《山海經·南山經》：「又東三百里，曰青丘之山，其陽多玉，其陰多青䨼。有獸焉，其狀如狐而九尾，其音如嬰兒，能食人，食者不蠱」〔註262〕。位於東方蒼龍的尾宿，正有九星。「伯虎，仲熊，叔豹，季狸」取象從西方白虎到南方朱雀再到東方蒼龍，符合星空圖的順序。

　　閼伯的天文譬喻原型為心宿二，《左傳》襄公九年：「古之火正，或食於心，或食於咮，以出內火，是故咮為鶉火，心為大火，陶唐氏之火正閼伯居商丘，祀大火，而火紀時焉。相土因之，故商主大火……」〔註263〕此處「閼伯」為帝堯火正，時代之錯亂不能簡單以關於人的傳說定義，應該是天文譬喻的歷代口傳所致。根據古代分野學說：《左傳》昭公十七年：「宋，大辰之虛也，陳，大皞之虛也，鄭，祝融之虛也，皆火房也，星孛及漢，漢，水祥也，衛，顓頊之虛也，故為帝丘，其星為大水，水，火之牡也」〔註264〕宋國分野於心宿二。心宿二又稱大火星、商星、大辰。商丘曾為宋國國都，商丘是大火的分野。現在河南省商丘市睢陽區商丘古城南二公里處，尚有天文臺遺址名閼伯臺，又名火神臺、火星臺、商丘。「遷實沈於大夏，主參」則實沈原型為參宿。實沈同時為十二星次之名。

六、帝堯、帝舜、禹

　　上文已經論述帝堯天文譬喻原型為軒轅星官，現將關於帝堯之其他神話

〔註257〕清·段玉裁：《說文解字注》，頁138。
〔註258〕漢·班固：《漢書》，卷99下，頁89，《武英殿二十四史》本。
〔註259〕漢·班固：《漢書》，卷99下，頁89，《武英殿二十四史》本。
〔註260〕丁綿孫：《中國古代天文曆法基礎知識》，頁99。
〔註261〕袁珂：《山海經校注》，頁6。
〔註262〕袁珂：《山海經校注》，頁347。
〔註263〕楊伯峻：《春秋左傳注》，頁963～964。
〔註264〕楊伯峻：《春秋左傳注》，頁1391。

傳說搜集整理，《山海經·海內東經》：「嗟丘，爰有遺玉、青馬、視肉、楊柳、甘柤、甘華，甘果所生。在東海，兩山夾丘，上有樹木。一曰嗟丘，一曰百果所在，在堯葬東」〔註265〕「遺玉、青馬、視肉、楊柳、甘柤、甘華，甘果」皆為天文譬喻取象。《書·洪範》：「土爰稼穡……稼穡作甘」〔註266〕〈傳〉：「甘味生於百穀」〔註267〕則「甘柤、甘華，甘果」所在接近黃帝之原型（黃帝在五行五帝中屬中央土），即帝堯之原型軒轅星官。「兩山夾丘」則星宿、張宿兩個星宿夾帝堯天文譬喻原型軒轅星官。「上有樹木」為柳宿取象。「一曰嗟丘，一曰百果所在」是取象張宿，《史記·天官書》：「張，素，為廚，主觴客」〈索引〉：「素，嗉也」〔註268〕則張宿為發出諮嗟聲之鳥嗉，同時占星意義上的廚房，也是百果所在。

　　《淮南子》、《論衡》、《述異記》、《帝王世紀》中保留了帝堯與十日以及祥瑞的傳說，其天文曆法色彩濃厚：

　　　　逮至堯之時，十日並出，焦禾稼，殺草木，而民無所食。猰㺄、鑿齒、九嬰、大風、封豨、修蛇皆為民害。堯乃使羿誅鑿齒於疇華之野，殺九嬰於凶水之上，繳大風於青丘之澤，上射十日而下殺猰㺄，斷修蛇於洞庭，禽封豨於桑林，萬民皆喜，置堯以為天子。〔註269〕（《淮南子·本經訓》）

　　　　《淮南書》又言：「燭十日。堯時十日並出，萬物焦枯，堯上射十日。」以故不並一日見也。世俗又名甲乙為日，甲至癸凡十日；日之有十，猶星之有五也。〔註270〕（《論衡·說日》）

堯射十日的神話反映了我國古代人民對抗旱災的想像。《論衡》中已經指出十日來自天文曆算之十天干。下文的猛獸妖怪都為天文譬喻取象。「猰㺄」即「窫窳」〔註271〕，《山海經·海內西經》中有記載：「貳負之臣曰危，危與貳負殺窫窳。帝乃梏之疏屬之山，桎其右足宿，反縛兩手與髮，繫之山上木。在開題

〔註265〕袁珂：《山海經校注》，頁251。
〔註266〕《十三經注疏》，卷1，頁169。
〔註267〕《十三經注疏》，卷1，頁169。
〔註268〕《史記》，卷27，頁20。
〔註269〕何寧：《淮南子集釋》，頁574～577。
〔註270〕漢·王充：《論衡》，《四部叢刊初編》436冊，頁31。景上海涵芬樓藏明通津草堂刊本。
〔註271〕袁珂：《山海經校注》，頁285。

西北」〔註272〕貳負與危分別以心宿和危宿為天文譬喻原型。危宿自不待言，心宿是帝舜的天文譬喻原型，詳參下文，這裡簡單說一下，心宿的樣子類似於背著扁擔，是為「貳負」。「窫窳」以參宿為原型，參宿下之玉井星官為參宿右足之桎梏。《山海經・海外南經》記載：「羿與鑿齒戰於壽華之野，羿射殺之。在崑崙墟東。羿持弓矢，鑿齒持盾。一曰戈」〔註273〕后羿射箭神話來自於天狼星下之弧矢星官，根據弧矢星官之方向，可推斷持戈而立的鑿齒是畢宿，且畢宿五亮度大，全天星空中明顯。「九嬰」為尾宿，尾宿九星。九嬰所在之「凶水」為銀河，尾宿正好在銀河上。「大風」為箕宿，「箕主八風……月宿其野，主風起」〔註274〕「青丘之澤」因箕宿屬東方蒼龍天區，東方色青，且箕宿也靠近銀河，為澤。「斷修蛇於洞庭」取象翼宿。洞庭、湘的分野是「翼、軫」〔註275〕，翼宿像斷開的蛇天文譬喻。「封豨」取象自奎宿，「奎曰封豕，為溝瀆」。〔註276〕奎宿下有天苑星官，為蒼林天文譬喻。

《莊子・逍遙遊》中有「堯讓天下於許由」的寓言，此處成玄英的疏為：

> 堯者，帝嚳之子，姓伊祈，字放勳，母慶都，（嚳）感赤龍而生，身長一丈，兌上而豐下，眉有八彩，足履翼星，有聖德。（頁31）

許由隱於箕山，東方蒼龍七宿有一為箕宿，不能不說是一種有趣的巧合。且「逍遙」二詞為連綿詞，「招搖」本亦「逍遙」之義，是同一連綿詞轉化而生。〔註277〕莊子可能為宋國莊族後裔，宋為殷遺族，在戰國以列國分配星宿，宋之星宿中有氐宿。巧合的是，氐宿中最上一顆星名為「招搖」。〔註278〕《莊子・天地》載：「堯之師曰許由，許由之師曰齧缺，齧缺之師曰王倪，王倪之師曰被衣」（頁290）根據包山簡199有貞人石被裳。〔註279〕則從此寓言不難看出戰國時期對巫卜之重視。

星象更迭可能為政治家、思想家所用，天人合一為禪讓說提供了最有利的立足點。《五帝本紀》載帝堯將天下禪讓給帝舜，既然是傳說，也不妨有其

〔註272〕袁珂：《山海經校注》，頁285。

〔註273〕袁珂：《山海經校注》，頁198。

〔註274〕丁綿孫：《中國古代天文曆法基礎知識》，頁80。

〔註275〕丁綿孫：《中國古代天文曆法基礎知識》，頁214。

〔註276〕丁綿孫：《中國古代天文曆法基礎知識》，頁109。

〔註277〕陳致：〈「逍遙」與「舒遲」：從連綿詞的幾種特別用法看傳世經典與出土文獻的解讀〉，《簡帛研究二〇一五（春夏卷）》，頁7。

〔註278〕丁綿孫：《中國古代天文曆法基礎知識》，頁68。

〔註279〕劉釗：《出土簡帛文字叢考》（臺灣書房，2004），頁258。

他版本，比如《古本竹書紀年》中保留的「舜囚堯」傳說：「堯之末年，德衰，為舜所囚」〔註280〕、「舜囚堯，復偃塞丹朱，使不與父相見也」〔註281〕《史記・五帝本紀》正義引「后稷放帝子丹朱」〔註282〕后稷即神農氏，原型為牛宿。此為星空神話之另一版本。丹朱原型為參宿四，參宿四為紅色，參宿所在分野屬西北，所以占星含義以及天文譬喻中，與參宿相關的天文譬喻多為負面星象，如上文之「猰貐」。舜天文譬喻原型為心宿二，亦為紅色，所以有二者候選為帝之傳說。關於帝舜的父親，即黃帝與肜魚氏之子夷鼓。

舜的家庭很不幸，其父疼愛同父異母弟象，後母對舜很差。其弟象幾次三番預謀謀害舜。舜的家庭傳說，來自於心宿和河鼓三星。民間傳說銀河上有兩根扁擔，第一根扁擔是前妻所生之子，挑石頭，所以憋紅了臉。此為心宿二紅色。心宿天文譬喻是舜。第二根扁擔是河鼓三星，也在銀河之上，後母心疼自己的孩子，讓他挑燈草，此為象，民間稱其為挑燈草星。〔註283〕象，即罔象。《莊子・達生》：「水有罔象」（頁448）象原型為牛郎星所在之河鼓三星，在銀河附近。「舜耕歷山」，「歷山」為牛宿附近天區，此處為天上田園，且牛宿附近為四至點之一的冬至，有著天文曆法的重要地位。「漁雷澤」，為室宿、壁宿附近，此處有雷電星官、雲雨星官、霹靂星官。「陶河濱，作什器於壽丘，就時於負夏」。此處取象南方朱雀天區，南方朱雀屬夏，軒轅星官為帝堯原型，帝堯，陶唐氏。《史記・正義》：「長沙一星在軫中，主壽命」〔註284〕軫宿即壽丘。「堯乃賜舜絺衣，與琴，為築倉廩，予牛羊」絺衣取象南方朱雀之星宿占星意涵，琴取象翼宿。瞽叟縱火焚廩欲殺舜的傳說，〈正義〉載《通史》云：「瞽叟使舜滌廩，舜告堯二女，女曰：『時其焚汝，鵲汝衣裳，鳥工往。』舜既登廩，得免去也」〔註285〕此處「鳥工」為南方朱雀化身。瞽叟又使舜穿井殺舜，〈正義〉載《通史》云：「舜穿井，又告二女。二女曰：『去汝裳衣。龍工往。』入井，瞽叟與象下土實井，舜從他井出去也」〔註286〕此

〔註280〕范祥雍編：《古本竹書紀年輯校訂補》（上海：上海古籍出版社，2011年），頁2。

〔註281〕范祥雍編：《古本竹書紀年輯校訂補》，頁2。

〔註282〕漢・司馬遷：《史記》，頁20。

〔註283〕徐剛、王燕平：《星空帝國——中國古代星宿揭秘》（北京：人民郵電出版社，2016年8月第1版），頁117。

〔註284〕丁綿孫：《中國古代天文曆法基礎知識》，頁139。

〔註285〕《史記》，卷1，頁148。

〔註286〕《史記》，卷1，頁148。

處「龍工」為東方蒼龍化身。

舜的政績斐然，流放了四凶族：

> 昔帝鴻氏有不才子，掩義隱賊，好行兇慝，天下謂之渾沌。少皞氏有
> 不才子，毀信惡忠，崇飾惡言，天下謂之窮奇。顓頊氏有不才子，不
> 可教訓，不知話言，天下謂之檮杌。此三族世憂之。至於堯，堯未能
> 去。縉雲氏有不才子，貪於飲食，冒於貨賄，天下謂之饕餮。〔註287〕

《史記》中的材料認為帝鴻之惡子為渾沌。關於渾沌為何？有一種說法是莊
子採用《山海經》中帝江的形象轉換為他的渾沌思維。〔註288〕《山海經・西
山經》中記載：「有神焉，其狀如黃囊，赤如丹火，六足四翼，渾敦無面目，
是識歌舞，實惟帝江也」〔註289〕據袁珂考證即為黃帝：

> 古神話必以帝鴻即此「渾敦無面目」之怪獸也。帝鴻者何？《左傳》
> 文公十八年杜預注：「帝鴻，黃帝」。《莊子・應帝王》：「中央之帝為
> 渾沌」。正與黃帝在「五方帝」中為中央天帝符，以知此經帝江即帝
> 鴻亦即黃帝也。〔註290〕

> 南海之帝為儵，北海之帝為忽，中央之帝為渾沌。儵與忽時相與遇
> 於渾沌之地，渾沌待之甚善。儵與忽謀報渾沌之德，曰：「人皆有七
> 竅，以視聽食息，此獨無有，嘗試鑿之。」日鑿一竅，七日而渾沌
> 死。(《莊子・應帝王》) (頁220)

袁珂以為「渾沌」即黃帝。則此黃帝與信仰語言的聖人不同，且袁珂的解釋
亦是採用了陰陽五行的古帝方位說。顏崑陽論證更詳：

> 其中角色尚含有象徵之意，南海於五行屬火，是顯明之象，用以象
> 徵「有」；北海於五行為水，是幽冥之象，用以象徵「無」。中央於
> 五行為土，混沌一片清濁未分，用以象徵「非有非無」。〔註291〕

顏崑陽之解讀，與程以寧甚類似。程以寧《南華真經注疏》全書多數章節的
闡釋忠實於莊子原義，部分章節以丹書道經和陰陽五行解莊是其在莊學史上
的最大特色。程以寧認為〈逍遙遊〉的主旨乃是以鯤鵬變化闡釋丹術修行之

〔註287〕《史記》，卷1，頁150～152。
〔註288〕張亨：〈莊子哲學與神話思維──道家思想溯源〉，《東方文化》，第21卷第
　　　　2期，頁117。
〔註289〕袁珂：《山海經校注》，頁55。
〔註290〕袁珂：《山海經校注》，頁56。
〔註291〕顏崑陽：《莊子的寓言世界》，頁179。

道。在〈應帝王〉闡釋中，程以寧運用了五行學說，認為：

> 南帝識主，火德也。火能明，亦能燥，故名儵。北帝情君，水德也。
> 水能澤，亦能流，故名忽。中央黃帝，正位居體，土德也。旺於四
> 季，火得之則熄，水得之則止，故其名為混沌。人身之水火會合於
> 中官之土，故曰甚善。〔註292〕

據上文，顏氏之說，以陰陽五行解說此寓言雖觸及到了其天文譬喻之思維，
然逐字逐句考釋，似更能與天文譬喻相契合。《說文》：「儵，青黑繒發白色」
〔註293〕此為銀河之象。「忽」，通作「習」。《前漢·揚雄傳》：「時人皆習之」
〔註294〕〈注〉：「與忽同」〔註295〕「習」字形表示此為太陽運行軌跡，為黃道
之象。「混沌」為昴宿。昴宿狀如黃囊，七顆星，為七竅。且同為戰國時期《尸
子》：「地右闢而起昴畢」，〔註296〕道家認為混沌為宇宙之開始，與昴宿為地
動之開始相合。

　　若是以哲學思維看待渾沌寓言，則學者的研究可以說盡善盡美，如劉秋
固認為：

> 混沌是非間接性的邏輯思維，而是一種直感性的思維，是借助直覺
> 來傳感與領悟的一種思維活動，表現著人與物混而為一的觀念。渾
> 沌的整體觀，就是莊子所強調的「未始有封」的整體認識。……以
> 回歸到宇宙本根的方式來安頓生命的存在，這是道家最主要的精神
> 修養主張。〔註297〕

　　舜流放的四凶族之一為窮奇。在《淮南子·墜形訓》中：「窮奇，廣莫
風之所生也」〔註298〕高誘注曰：「窮奇，天神也。在北方道，足乘兩龍，其
形如虎也」〔註299〕《山海經·海內北經》：「窮奇狀如虎，有翼，食人從首
始，所食被髮，在蜪犬北。一曰從足」〔註300〕《山海經·西山經》：「又西
二百六十里，曰邽山。其上有獸焉，其狀如牛，蝟毛，名曰窮奇，音如獋狗，

〔註292〕方勇：《莊子學史》，卷二，頁698。

〔註293〕清·段玉裁：《說文解字注》，頁138。

〔註294〕漢·班固撰：《漢書》卷八十七下，頁215，《武英殿二十四史》本。

〔註295〕漢·班固撰：《漢書》卷八十七下，頁3583。

〔註296〕陳文濤：《先秦自然學概論》，頁42。

〔註297〕劉秋固：〈莊子的神話思維與自我超越的文化心理及其民俗信仰〉，頁186。

〔註298〕何寧：《淮南子集釋》，頁370。

〔註299〕何寧：《淮南子集釋》，頁370。

〔註300〕袁珂：《山海經校注》，頁312。

是食人」〔註301〕《史記‧卷二十五‧律書第三》:「廣莫風居北方。廣莫者,言陽氣在下,陰莫陽廣大也,故曰廣莫」〔註302〕《淮南子‧天文訓》:「不周風至四十五日,廣莫風至……廣莫風至,財閉關梁,決刑罰」〔註303〕結合上述引文,窮奇為廣莫風所生,廣莫風屬北方,「財閉關梁,決刑罰」。窮奇「狀如牛,蝟毛」為畢宿取象,「狀如虎」為觜宿〔註304〕虎頭取象。畢宿和觜宿相鄰,位置為西北天區,是窮奇的天文譬喻原型。上文已經論證「檮杌」天文譬喻原型為軫宿。《左傳》文公十八年:「縉雲氏有不才子,貪於飲食,冒於貨賄,侵欲崇侈,不可盈厭;聚斂積實,不知紀極;不分孤寡,不恤窮匱。天下之民以比三凶,謂之饕餮」〔註305〕上文已及張宿天之廚房、南方朱雀嗉/吞咽之所的含義。縉雲氏為軒轅星官,張宿在其附近,饕餮天文譬喻原型為張宿。

舜啟用的賢臣創造了升平之世,不難推定,這些賢臣也都為星宿的天文譬喻:

> 皋陶為大理,平,民各伏得其實;伯夷主禮,上下咸讓;垂主工師,百工致功;益主虞,山澤闢;棄主稷,百穀時茂;契主司徒,百姓親和;龍主賓客,遠人至;十二牧行而九州島莫敢闢違;唯禹之功為大,披九山,通九澤,決九河,定九州島,各以其職來貢,不失厥宜。〔註306〕

〈離騷〉:「解佩纕以結言兮,吾令謇修以為理」〔註307〕理為法官,修為肉脯。《論衡‧是應》:「儒者說云:觟䚦者、一角之羊也,性知有罪。皋陶治獄,其罪疑者,令羊觸之。有罪則觸,無罪則不觸。斯蓋天生一角聖獸,助獄為驗,故皋陶敬羊,起坐事之。此則神奇瑞應之類也」〔註308〕此羊應為畢宿天文譬喻,一角乃為畢宿五天文譬喻,謇修即皋陶應為昴宿天文譬喻。《後漢書‧五行六》:「昴為獄事」〔註309〕上文已證契天文譬喻原型為張宿。伯夷,堯舜時

〔註301〕袁珂:《山海經校注》,頁63。

〔註302〕《史記》,卷25,頁131。

〔註303〕何寧:《淮南子集釋》,頁197～199。

〔註304〕丁綿孫:《中國古代天文曆法基礎知識》,頁124。

〔註305〕楊伯峻:《春秋左傳注》,頁640。

〔註306〕《史記‧五帝本紀》,卷1,頁463。

〔註307〕《楚辭》,《四部叢刊初編》,第577冊,頁71。

〔註308〕漢‧王充:《論衡》,《四部叢刊初編》,第437冊,頁132～133。

〔註309〕南朝宋‧范曄:《後漢書》,《武英殿二十四史》本,卷28,頁69。

人，他與商末孤竹君長子伯夷從年代來看並非一人，兩人的生活年代相距一千多年。但同為傳說，本就是同一個天文譬喻原型來源，即虛宿。《石式星經》稱：「虛為天節」〔註310〕夜半虛星位於南中天時，為冬至之節。虛宿兩顆星，一為伯夷，一為叔齊。虛宿形狀似孤竹，冬至時節，萬物閉藏，卒餓死。《世本》：「祝融曾孫生伯夷，封於呂，為舜四嶽」〔註311〕齊國分野為玄枵之次，星宿為虛宿、危宿，正相符合。「有倕」即「義均」、「工倕」。上文已經論證過其以井宿為天文譬喻原型。《孟子・滕文公上》：「舜使益掌火，益烈山澤而焚之，禽獸逃匿」〔註312〕《漢書・地理志》：「伯益知禽獸」〔註313〕《後漢書・蔡邕傳》：「伯翳綜聲於鳥語」〔註314〕伯益即伯翳。《說文》：「古者伯益初作井」〔註315〕。由以上可知，伯益與南方火、鳥有關，南方朱雀之首即井宿，與伯益作井的傳說正相符合。

　　《史記・五帝本紀》之「虞舜者，名曰重華。重華父曰瞽叟，瞽叟父曰橋牛，橋牛父曰句望，句望父曰敬康，敬康父曰窮蟬，窮蟬父曰帝顓頊，顓頊父曰昌意：以至舜七世矣。自從窮蟬以至帝舜，皆微為庶人」〔註316〕「橋牛」其為北方玄武之牛宿天文譬喻。根據帝王世系依照天區星宿方位排布的特徵，勾望為南斗，取其勾曲之形。敬康之敬乃會意字，其從攴，以手執杖或執鞭，表示敲打。康為糠星之同音。敬康為箕宿天文譬喻。箕宿為南斗前之星宿，亦符合帝王世系方位就近排布的規則。

　　大禹治水的傳說流傳甚久。大禹之父鯀曾在帝堯時治理洪水。《孟子・滕文公下》：「當堯之時，水逆行，泛濫於中國。蛇龍居之，民無所定。下者為巢，上者為營窟」〔註317〕上文已證鯀之命名取象自尾宿附近魚宿星官天文譬喻。洪水取象自銀河，按照帝王世系依據天區方位臨近相生原則，尾宿附近

〔註310〕丁綿孫：《中國古代天文曆法基礎知識》，頁99。

〔註311〕漢・宋衷：《世本八種・張澍稡集補注本》（中華書局，2008年8月），頁89。

〔註312〕楊伯峻：《孟子譯注》，頁124。

〔註313〕漢・班固撰：《漢書》卷二十八，頁142，《武英殿二十四史》本。

〔註314〕南朝宋・范曄：《後漢書》，《武英殿二十四史》本，卷91，頁47。據袁珂論證，伯益本人即是玄鳥燕子，「益」通「嗌」，「嗌」籀文為一隻張口分尾的燕子形象。參見氏著：《古神話選釋》（臺北：大安出版社，1986），頁324。朱雀、鳳凰、燕子似乎有著纏雜不清的關聯，筆者百思不得其解，此處待來日繼續研究。

〔註315〕清・段玉裁：《說文解字注》，頁216。

〔註316〕《史記》，卷1，頁144。

〔註317〕楊伯峻：《孟子譯注》，頁124。

斗宿為銀河渡口，為大禹天文譬喻原型。《山海經・海內經》：「洪水滔天。鯀竊帝之息壤以堙洪水，不待帝命。帝令祝融殺鯀於羽郊。鯀復生禹。帝乃命禹卒布土以定九州島」〔註318〕《國語・晉語》：「昔者鯀違帝命，殛之於羽山，化為黃能，以入於羽淵，實為夏郊，三代舉之」〔註319〕鯀因為盜用息壤治理洪水，被處死化為黃熊。羽山，即南方朱雀所在，羽淵，即南方朱雀下之黃道天文譬喻。黃熊，取象軒轅星官。軒轅星官為黃帝的天文譬喻原型，黃帝，有熊氏。鯀死後，大禹子承父業，舜之時洪水，《淮南子・本經訓》：「舜之時，共工振滔洪水，以薄空桑，龍門未開，呂梁未發，江、淮通流，四海溟涬，民皆上丘陵，赴樹木。舜乃使禹疏三江五湖」〔註320〕禹受命治水途中，《國語・魯語下》：「丘聞之：昔禹致群神於會稽之山，防風氏後至，禹殺而戮之，其骨節專車。此為大矣」〔註321〕會稽地屬吳越，其在天分野為斗牛，大禹是吳越始祖。則此是大禹以斗宿為天文譬喻原型證據之一。防風氏取象箕宿。上文已經論證，箕宿主風。箕宿下正為斗宿。《尸子》載：「禹理洪水，觀於河，見白面長人，魚身，出曰：『吾河精也』。授禹河圖，而還於淵中」〔註322〕此處之魚與大禹之父鯀同樣取象東方蒼龍之心宿、尾宿天區，且其在銀河之內。河圖乃是天文圖。魚宿位於東方蒼龍之末，魚跳龍門的傳說與此天象相合。其中《史記・夏本紀》記載大禹治水以身為度，則又與天文測量圭表以人腿骨測影計時形成隱喻。

　　《書・益稷》：「（禹）娶於塗山，辛壬癸甲。啟呱呱而泣，予弗子，惟荒度土功」〔註323〕《楚辭・天問》：「禹之力獻功降省下土四方，焉得彼塗山女而通之於台桑？閔妃匹合厥身是繼，胡維嗜不同味而快晁飽？」〔註324〕《呂氏春秋・音初》：「禹行功，見塗山之女，禹未之遇而巡省南土。塗山氏之女乃令其妾待禹於塗山之陽，女乃作歌，歌曰『候人兮猗』，實始作為南音。周公及召公取風焉，以為〈周南〉、〈召南〉」〔註325〕《吳越春秋・越王無餘外傳》：

〔註318〕袁珂：《山海經校注》，頁472。

〔註319〕《國語》，第253冊，頁149。

〔註320〕何寧：《淮南子集釋》，頁578～579。

〔註321〕《國語》，《四部叢刊初編》252冊，頁60。

〔註322〕戰國・尸佼：《尸子》（上海：華東師範大學出版社，2009年），頁96。

〔註323〕《十三經注疏》，卷1，頁71。

〔註324〕《楚辭》，《四部叢刊初編》，第578冊，頁88～90。

〔註325〕漢・高誘注：《呂氏春秋》，《四部叢刊初編》，第420冊，頁145～146。景上海涵芬樓藏明刊本。

禹三十未娶，行到塗山，恐時之暮，失其度制，乃辭云：「吾娶也，
必有應矣。」乃有白狐有尾造於禹。禹曰：「白者，吾之服也。其九
尾者，王之證也。塗山之歌曰：『綏綏白狐，九尾痝痝。我家嘉夷，
來賓為王。成家成室，裁造彼昌。天人之際，於茲則行。』明矣哉！」
禹因娶塗山，謂之女嬌。取辛壬癸甲，禹行。十月，女嬌生子啟。
啟生不見父，晝夕呱呱啼泣。〔註 326〕

白狐九尾，取象尾宿天區。《爾雅·釋天》：「十二月為塗」〔註 327〕，尾宿靠近
十二月冬季北方玄武天區，此為塗山氏的天文譬喻。天干「辛壬癸甲」標識
了此則神話與天文有關。此處星空亦是織女星所在，所以《楚辭》中有「通之
於台桑」之語。《山海經·海外東經》：「帝命豎亥步，自東極至於西極，五億
十選九千八百步。豎亥右手把算，左手指青丘北。一曰禹令豎亥。一曰五億
十萬九千八百步」〔註 328〕此為大禹步天的天文譬喻。《山海經》是一部含有
天文常識的巫書。

第三節　《莊子》中的其他古帝

　　關於《莊子》中的古帝王研究和寓言人物研究，前人不乏成果，如俞樾
〈莊子人名考〉和潘雨廷〈莊子人名釋義〉兩篇專論。因上博楚簡〈容成氏〉
中的古帝系統與《莊子》中的古帝系統相近，故《莊子》之古帝傳說受到研究
者重視。延續上文以天文譬喻來思考《莊子》的古帝命名，發現亦有可通之
處，權且提供一種思維理路。

一、狶韋氏

　　《莊子》一書中出現「狶韋氏」、「狶韋」各一次，所在篇目《莊子·知北
遊》、《莊子·則陽》：

顏淵問乎仲尼曰：「回嘗聞諸夫子曰：『無有所將，無有所迎。』回
敢問其遊。」仲尼曰：「古之人，外化而內不化；今之人，內化而外
不化。與物化者，一不化者也。安化安不化，安與之相靡，必與之

〔註 326〕漢·趙曄撰、元·徐天祐音注：《吳越春秋》，《四部叢刊初編》，第 283 冊，
　　　　頁 9～11。
〔註 327〕清·郝懿行：《爾雅義疏》，頁 751。
〔註 328〕袁珂：《山海經校注》，頁 258。

莫多。狶韋氏之囿，黃帝之圃，有虞氏之宮，湯武之室。君子之人，若儒、墨者師，故以是非相䪡也，而況今之人乎！……」（《莊子・知北遊》，頁527～528）

此處之「狶韋氏」為與黃帝一樣的位階之古帝王，按照上文的思路，許慎在其《說文解字注》中寫道：「狶，豕走狶狶也。狶狶、走皃。以其走皃名之曰狶。方言。豬、北燕朝鮮之間謂之豭。關東西謂之彘。或謂之豕。南楚謂之狶」〔註329〕則狶為楚語大豬之名。《左傳》昭公十一年有「歲在豕韋」一語，其下註引《廣雅》以為豕韋即營室。〔註330〕此外，奎宿在古人的觀念中為「封豕」：

《史記・天官書》：「奎曰封豕，為溝瀆」。〈正義〉曰：「奎，天之府庫，一曰天豕，亦曰封豕，主溝瀆，西南大星，所謂天豕目」。〔註331〕

《莊子》中尚有官名為「狶韋」的寓言：

仲尼問於大史大弢、伯常騫、狶韋曰：「夫衛靈公飲酒湛樂，不聽國家之政；田獵畢弋，不應諸侯之際。其所以為靈公者何邪？」……狶韋曰：「夫靈公也死，卜葬於故墓不吉，卜葬於沙丘而吉。掘之數仞，得石槨焉，洗而視之，有銘焉，曰：『不馮其子，靈公奪而裏之。』夫靈公之為靈也久矣，之二人何足以識之？」（《莊子・則陽》，頁621～622）

此中的「狶韋」為太史，太史的官職兼涉天文占卜，晉靈公不君眾所周知，莊子獨為之辯，為重其名謚「靈」耳。此段我們也可以看出莊子重視巫術的通靈作用。

二、泰氏

古帝「泰氏」出現在《莊子・應帝王》中，據郭象注，泰氏即太昊伏羲。（頁205）

三、赫胥氏

古帝「赫胥氏」出現在《莊子・馬蹄》和《莊子・胠篋》中，據郭慶藩集釋，赫胥氏即華胥氏：

〔註329〕清・段玉裁：《說文解字注》，頁455。
〔註330〕《左傳》昭公十一年，楊伯峻：《春秋左傳注》，頁1322。筆者注：營室與奎宿不同，可能是楚人之星占取象與中原取象不同。此處待查考。
〔註331〕丁綿孫：《中國古代天文曆法基礎知識》，頁109。

俞樾曰：《釋文》引司馬云，赫胥氏上古帝王也，此為允當。又曰，
一云有赫然之德，使民胥附，故曰赫胥，蓋炎帝也。此望文生訓，
殊不足據。炎帝，即神農也。〈胠篋篇〉既云赫胥氏，又云神農氏，
其非一人明矣。赫胥，疑即《列子》書所稱華胥氏。華與赫，一聲
之轉耳。《廣雅·釋器》：赫，赤也。而古人名赤者多字華。羊舌赤
字伯華，公西赤字子華，是也。是華亦赤也。赤謂之赫，亦謂之華，
可證赫胥之即華胥矣。（頁241～242）

郭氏之考證甚契。然本文想更深入地探討這位古帝的面目。「胥」為古代的樂
官。《禮記·王制》：「小胥大胥」。〔註332〕注：「皆樂官屬也」〔註333〕南方天
區，五行屬火，五色為赤，為光明之象。洞庭、湘的分野是「翼、軫」，即楚
國大致區域。《史記·天官書》：「翼為羽翮，主遠客」〔註334〕、「翼二十二星，
軫四星，長沙一星，轄二星，合軫七星皆為鶉尾，於辰在巳，楚之分野。翼二
十二星為天樂府，又主夷狄，亦主遠客」〔註335〕關於巫覡與樂官之關聯，前
人論述甚詳，如林富士在〈巫覡與樂舞〉一文中所言歷史文獻已載巫覡是樂
舞、文學、醫學、卜筮、戲劇的起源。〔註336〕綜合以上可見，赫胥氏這位古
帝與楚的天文譬喻關聯。

四、容成氏

古帝容成氏在戰國的典籍中以創作曆法為名，且為老子之師：

大橈作甲子，黔如作虜首，容成作曆，羲和作占日，尚儀作占月，……
巫咸作筮，此二十官者，聖人之所以治天下也。〔註337〕（《呂氏春
秋·勿躬》）

冉相氏得其環中以隨成，與物無終無始，無幾無時。日與物化者，
一不化者也，闔嘗舍之！夫師天而不得師天，與物皆殉，其以為事
也若之何？夫聖人未始有天，未始有人，未始有始，未始有物，與

〔註332〕《禮記·王制》，《十三經注疏》，卷5，頁256。
〔註333〕《禮記·王制》，《十三經注疏》，卷5，頁256。
〔註334〕丁綿孫：《中國古代天文曆法基礎知識》，頁138。
〔註335〕丁綿孫：《中國古代天文曆法基礎知識》，頁138。
〔註336〕林富士：《小歷史——歷史的邊陲》（臺北：三民書局，2000年1月），頁14
～25。
〔註337〕《呂氏春秋·勿躬》，《四部叢刊初編》，423冊，頁20～21。

世偕行而不替，所行之備而不洫，其合之也若之何？湯得其司御門尹登恒為之傅之，從師而不囿，得其隨成；為之司其名之名，嬴法得其兩見。仲尼之盡慮，為之傅之。容成氏曰：「除日無歲，無內無外。」（《莊子・則陽》，頁 606～607）

　　清人俞樾在〈莊子人名考〉中對容成氏之身份做過具體而微的辨析：

《漢書・藝文志》陰陽家有《容成氏》十四篇，房中家又有《容成陰道》二十六卷，即老子之師也。《列子・湯問》篇黃帝與容成子居空峒之上，同齋三月，當是別一人。《淮南・本經篇》：「昔容成氏之時，道路雁行列處，託嬰兒於巢上，置餘糧於畝首。虎豹可尾，虺蛇可蹍，而不知其所由然。」此則當為上古之君，即《莊子・胠篋》之容成氏，與大庭、伯皇、中央、栗陸諸氏並稱者也。而高誘注乃云，容成氏，黃帝時造曆日者，則以為黃帝之臣矣。〔註338〕

俞樾將古籍中容成氏形象做了歸類處理。王夫之認為容成氏之渾天說為莊子悟道之機：「環中者，天也。六合，一環也；終古，一環也。一環圓合，而兩環交運，容成氏之言渾天，得之矣！」〔註339〕賈學鴻考證認為容成氏即廣成子，二者同為莊子心目中善於攝生的隱士，「容」與「廣」本義都為遮蔽、覆蓋，都是「因隱而成」，此外「容」具包容意涵，「廣」具「廣大」意涵，都為得道者之品格象徵。〔註340〕可見，容成氏與天文曆法關係密切，也是道家哲學以天文譬喻建構的重要人物。

五、冉相氏

　　冉相氏在《莊子》中出現一次，見上文所引。王夫之注解中多認為冉相氏與容成氏的渾天說是《莊子》喻根。〔註341〕「冉」字為龜甲的邊緣，見《漢書・卷二四・食貨志下》：「元龜岠冉長尺二寸」〔註342〕此突出其占卜意涵。同時，「冉」字與老子之名「聃」有著關聯，故此冉相氏可能為莊子根據老子之名所造。

〔註338〕轉引自賈學鴻：《莊子名物研究》，頁 64。

〔註339〕王夫之：《莊子解》（臺北：里仁書局，1984），頁 229。

〔註340〕賈學鴻：《莊子名物研究》，頁 68。

〔註341〕王夫之：《莊子解》，頁 229～230。

〔註342〕東漢・班固：《前漢書・食貨志下》，《武英殿二十四史》本，卷二十四下，頁 139。

六、其他古帝

《莊子·胠篋》篇中尚有幾位古帝：

> 子獨不知至德之世乎？昔者容成氏、大庭氏、伯皇氏、中央氏、栗
> 陸氏、驪畜氏、軒轅氏、赫胥氏、尊盧氏、祝融氏、伏羲氏、神農
> 氏，當是時也，民結繩而用之，甘其食，美其服，樂其俗，安其居，
> 鄰國相望，雞狗之音相聞，民至老死而不相往來。（頁252～253）

《莊子》列舉了十二位古帝，寄寓莊子對至德之世的嚮往。其中的容成氏、
軒轅氏、赫胥氏、祝融氏、伏羲氏、神農氏上文已經做了天文譬喻思維分析。
十二位古帝的數量也與一年十二月巧合，與黃帝下分十二姓巧合。成玄英注：
「已上十二氏，並上古帝王也。當時既未有史籍，亦不知其次第前後。刻木
為契，結繩表信，上下和平，人心淳樸。故《易》云，上古結繩而治，後世聖
人易之以書契」（頁253）宋代林希逸關於十二世古帝只認可軒轅、伏羲、神
農出自於經：

> 十二個氏，只軒轅、伏羲、神農見於經。自此以上，吾書中無之。
> 或得於上古之傳，或出於《莊子》自撰，亦未可知。亦猶佛言我於
> 過去某劫也。雖若大言，然以天地間觀之，自伏羲以來，載籍可考
> 者，三千餘年，豈有許大天地方有三千餘年！伏羲以前，必有六籍
> 所不傳者。但言之則近於怪妄，然亦不可不知。〔註343〕

值得注意的是，根據《左傳》記載的周文化有自己的人名命名規則：

> 九月丁卯，子同生，以大子生之禮舉之，接以大牢，卜士負之，士妻
> 食之，公與文姜、宗婦命之。公問名於申繻。對曰：「名有五，有信，
> 有義，有象，有假，有類。以名生為信，以德名為義，以類命為象，
> 取於物為假，取於父為類。不以國，不以官，不以山川，不以隱疾，
> 不以畜牲，不以器幣，周人以諱事神，名，終將諱之。故以國則廢名，
> 以官則廢職，以山川則廢主，以畜牲則廢祀，以器幣則廢禮。晉以僖
> 侯廢司徒，宋以武公廢司空，先君獻、武廢二山，是以大物不可以命。」
> 公曰：「是其生也，與吾同物，命之曰同。」〔註344〕

楊伯峻根據「周人以諱事神」，認為此句明言殷商無避諱之禮俗。〔註345〕以

〔註343〕 宋·林希逸撰、周啟成校注：《莊子鬳齋口義校注》，頁158。
〔註344〕 《左傳》桓公六年，楊伯峻：《春秋左傳注》，頁114～117。
〔註345〕 楊伯峻：《春秋左傳注》，頁116。

上所討論的古帝王，或者以官名，如祝融；或者以國名，如大庭氏；其中保留著有周文化禮儀風度完全不同的文化特色，也可以看出莊子思想中較親近商楚文化。

　　以上各節，以天文圖和陰陽五行思想重新詮釋了中國古帝傳說。王國維曾經探討中國上古史中傳說與史實問題：

> 研究中國古史為最糾紛之問題。上古之事，傳說與史實混而不分：史實之中固不免有所緣飾，與傳說無異；而傳說之中亦往往有史實為之素地。二者不易區別，此世界各國之所同也。〔註346〕

此確為的論。中國古史中神話與傳說很難區分，加上中國古史向來有神化統治者和民族領袖的傾向，其中道家著作，更加玄虛縹緲，以至於後世的民族英雄轉變為一種信仰語言，神跡日繁，廟宇林立。浦安迪也認為中國「史的傳統」既包含歷史敘述，又包含虛構敘述。浦教授認為歷史和虛構文學一樣具有一定的「外形」。〔註347〕在這裡，我們必須要申明中國神話與西方神話的不同。浦安迪認為西方神話常有「神本位」（divine-oriented）的傾向，而中國神話則有「人本位」（human-oriented）的傾向。〔註348〕在中國神話的舞臺上，神話和人的歷史卻常常混為一談，即英文所謂的 euhemerization。在中國，正是這種「混為一談」的神話把「前文字時代」的關於神的口傳知識轉化成人的功業。〔註349〕與上文的觀點類似，有學者認為帝王世系是按照時空循環變易模式構造出來的，是歷史的神話化，即按照神話的原型模式構擬出的歷史。〔註350〕葉舒憲引用了王國維、吳其昌、白川靜的研究認為商朝先王先公的名字為時間象徵，包含著開天闢地（商王契的「契」具有開闢之意）、大地造成、人類初生的神話思維。具體而言，即湯（玄王）以下的人王為第一系，六示第二系，夔以下為第三系。〔註351〕葉舒憲由此推論，中國上古創世神話可以追溯到商朝，為北方中原人所創造。〔註352〕然神話的內容是商朝先王先公，未必代表創作神話的人即為中原人，神話的內容與楚國文化有較深的聯結。我們在讀這些古代典籍時，雖不可

〔註346〕王國維：《古史新證——王國維最後的講義》（北京：清華大學出版社，1994年12月版），頁1。

〔註347〕浦安迪：《中國敘事學》，頁59。

〔註348〕浦安迪：《中國敘事學》，頁38。

〔註349〕浦安迪：《中國敘事學》，頁38。

〔註350〕葉舒憲：《中國神話哲學》，頁98。

〔註351〕葉舒憲：《中國神話哲學》，頁320～321。

〔註352〕葉舒憲：《中國神話哲學》，頁322。

信其全有，亦不可一概否認。古代的社會巫術祭祀禮天尊神構成文化最重要的一部分，就像學者研究考證月份名得自於祭祀。〔註353〕「神話」像詩一樣，是一種真理，或者是一種相當於真理的東西，當然，這種真理並不與歷史的真理或者科學的真理相抗衡，而是對它們的補充。〔註354〕神話以圖畫的、直覺的具象與理性的抽象相對立。〔註355〕隱喻、神話的作用是一方面，它們把詩歌拉向「外在圖像」和「世界」；另一方面，又把詩歌拉向宗教和「世界觀」。〔註356〕時空循環背景下龐雜紛紜的諸神事蹟是如何被編制在一起是本文研究的關懷所在。坎貝爾認為，好的隱喻使用「可感知事物」來暗指「純理性事物」。〔註357〕本文以中國古代天文和陰陽五行方術視角，結合星空圖的天文譬喻來解讀，聊備一說，也為下一章《莊子》文本的研究打下基礎，《莊子》文本中出現很多的古帝形象。由天文譬喻來看，莊子沒有使用粗糙的大眾的隱喻，而是運用了擴張的意象。在這種最高級的隱喻形式中，比喻的雙方互相依存、互相改變對方，從而引出一種新的關係，也就是新的理解，即具有旺盛的綜合繁殖能力。擴張的意象是「強烈的感情和有獨創性的沉思」的意象，這類意象可以形成包含廣大的哲學與宗教的隱喻，比喻的雙方都給人的想像以廣闊的餘地，它們彼此強烈地限制、修飾、互相作用、互相滲透。

表 2-1　帝王與星宿對照表

傳說人物	星　宿	傳說人物	星　宿
黃帝	軒轅十四	嫘祖	織女星
方雷氏	虛宿	玄囂／元囂	參宿
昌意	翼宿	嚧／韓流	井宿
共工	井宿	淖子／阿女	翼宿

〔註353〕葉舒憲：《中國神話哲學》，頁 100。
〔註354〕〔美〕勒內·韋勒克、〔美〕奧斯汀·沃倫著，劉象愚、邢培明、陳聖生、李哲明譯：《文學理論》，頁 180。
〔註355〕〔美〕勒內·韋勒克、〔美〕奧斯汀·沃倫著，劉象愚、邢培明、陳聖生、李哲明譯：《文學理論》，頁 181。
〔註356〕〔美〕勒內·韋勒克、〔美〕奧斯汀·沃倫著，劉象愚、邢培明、陳聖生、李哲明譯：《文學理論》，頁 183。此處的詩歌領域應也可以擴充到整個文學領域。
〔註357〕〔美〕勒內·韋勒克、〔美〕奧斯汀·沃倫著，劉象愚、邢培明、陳聖生、李哲明譯：《文學理論》，頁 189。

顓頊	鬼宿	夷鼓／瞽叟	房宿
青陽	東方蒼龍	嫫母	參宿
彤魚氏	魚宿	夔／窮奇	畢宿
始均	虛宿	神農氏	牛宿
叔均	河鼓三星	后土勾龍	天社星官
駱明	心宿二	大禹	斗宿
鯀	心宿、尾宿	蚩尤	井宿
廣成子	翼宿	庖犧氏／庖丁	河鼓三星
炎帝	心宿	伯益	井宿
帝嚳	星宿	帝舜	心宿
淑士	柳宿	太子長琴	翼宿
相柳	柳宿	女媧	織女星
簡翟	翼宿	契／倉頡	張宿
帝堯	軒轅星官	陳鋒氏	參宿
帝摯	奚仲星官	蹇修／皋陶	昴宿
工倕／義均	井宿		

第三章 《莊子》中的天文譬喻

　　莊子對掌管天文觀測與記錄的史官傳統有何瞭解與認識？《莊子》一書中有哪些關節可以看出莊子對天文觀測與占星、相面、擇日、相六畜等巫術的重視？本章注重引用《莊子》中的佚文資料，從而探討一直被忽視的《莊子》中的民間巫術材料。這些問題的理清將有助於我們認識到莊子本人對天文與巫術傳統問題的關注，理解《莊子》文中的天文譬喻。同時本章將重點探討《莊子》中的鯤鵬之寓所蘊含的天文譬喻，進而擴大到《莊子》全書的魚鳥之寓書寫。本章還對河伯與海神的寓言以及其他與天文相關之寓言理解提出自己的思考，對《莊子》之「道」的研究架設在時空問題之下。

第一節 「數度」與「巫咸」

一、「數度」與史官傳統

　　《莊子・天下篇》中曾感歎道術為天下裂：

> 天下之治方術者多矣，皆以其有為不可加矣。古之所謂道術者，果惡乎在？曰：「無乎不在。」曰：「神何由降？明何由出？」「聖有所生，王有所成，皆原於一。」
>
> 不離於宗，謂之天人。不離於精，謂之神人。不離於真，謂之至人。以天為宗，以德為本，以道為門，兆於變化，謂之聖人。……
>
> 古之人其備乎！配神明，醇天地，育萬物，和天下，澤及百姓，明於本數，係於末度，六通四辟，小大精粗，其運無乎不在。其明而

在數度者，舊法世傳之史尚多有之。其在於《詩》、《書》、《禮》、《樂》者，鄒、魯之士、搢紳多能明之。《詩》以道志，《書》以道事，《禮》以道行，《樂》以道和，《易》以道陰陽，《春秋》以道名分。其數散於天下而設於中國者，百家之學時或稱而道之。（頁734~736）

莊子感慨古之人「明於本數，係於末度，六通四辟，小大精粗，其運無乎不在。其明而在數度者，舊法世傳之史尚多有之」此處的數度，成玄英認為為「仁義名法」。（頁736）本文以為可能為天文數度。在同為道家的戰國著書《鶡冠子·夜行》中：「度數，節也」，其下陸佃注：「天地之節，蓋有度數存焉」；吳世拱注：「度數，即周天三百六十五度四分度之一及一至九與干支也，所以定四時，辨方位」。〔註1〕同書中尚有「時有分於數」、「數有分於度」的說法。〔註2〕無論是「數度」還是「度數」都與天文測算有關。戰國末年的《經法》：「四時有度，天地之李（理）也；日月星晨（辰）有數，天地之紀也」即認為天文的變化有其規律（度、數）可尋，可以通過記錄和計算日月星辰的運行變化，得到正確的參數。這就是「天地之理」的表現。〔註3〕

這種天文記錄與測量又與史官的職能有關。《莊子·天下篇》如此感慨數度之失落，放在開篇的位置，可見對數度，即天文測算知識的重視。李零認為：

古代的大部分官文書，即所謂「典冊」，都是由祝宗卜史系統的文職官員來掌守（大體與《周禮·春官》相當）。祝、宗掌祭祀神祖，有相應的儀文祀典。而卜掌占卜，史掌天文曆法、記錄史事和官爵冊命，也有相應的占卜記錄和史冊譜牒。當時的學術主要是集中於這一系統（中國史書中的禮樂、律曆、天文、郊祀各志與此直接有關），特別是史官（亦稱「記府」）手中。這一系統的官員有個重要特點，就是他們並不參加行政管理，是獨立於行政系統之外。例如史官就是只管「天」，不管「民」，帶有「旁觀」的性質。這使他們在記錄史事上能比較客觀。他們記錄史事是以曆法為綱目，既載天象，又列史事，並雜以占卜預言，是一個整體。劉向、劉歆以「數術家」出於「明堂義和史卜之職」（《漢志·數術略》），大體說是正確的。〔註4〕

〔註1〕黃懷信：《鶡冠子校注》，頁3。
〔註2〕黃懷信：《鶡冠子校注》，頁58。
〔註3〕劉文英：《中國古代的時空觀念》，頁63。
〔註4〕李零：《中國方術正考》（北京：中華書局，2016年3月），頁6。

李零認為史官職能是以天文曆法、占卜預言、史事記錄為一整體。〔註5〕此亦是中國文化的巫術傳統。關於中國文化的巫傳統，林富士論述甚詳：巫術傳統來源已經不可考證，張光直認為至少在仰韶文化的半坡遺址和半山遺址已經可以在彩陶的紋飾上找到古代巫師的形象，殷商甲骨卜辭上記載殷人常用巫術來治療疾病和祈雨，戰爭中也需要占卜，周朝巫師的職能愈加細化，《周禮》中對巫師的分類及其職屬記載甚確。〔註6〕星占是中國古代天文中最重要的內容之一，在天人感應思想影響下，星占基本上是人間的投射，從星宿的命名隨著官僚組織而增加或變化，以及星占解釋的日趨複雜，可以看出占星術是配合國家機構的發展，及政治的需要更系統化，因此，除了天象觀測與曆法的計算之外，古代天文透過星占影響政治，是中國天文學相當突出的特質。〔註7〕中國星占學的特色在於以戰爭勝負、水旱災害、君臣安危等國家大事為主要預卜內容，其中又以軍事占辭所佔比重最大。〔註8〕戰國時期，《左傳》中的史墨即幾次使用天文星占：

> 十二月辛亥朔，日有食之。是夜也，趙簡子夢童子羸而轉以歌……
> 對曰：「六年及此月也，吳其入郢乎，終亦弗克。入郢必以庚辰，日
> 月在辰尾。庚午之日，日始有謫。火勝金，故弗克。」〔註9〕（《左
> 傳》昭公三十一年）

> 夏，吳伐越，始用師於越也。史墨曰：「不及四十年，越其有吳乎！
> 越得歲而吳伐之，必受其凶。」〔註10〕（《左傳》昭公三十二年）

> 十二月，公疾，徧賜大夫，大夫不受。……對曰：「物生有兩、有
> 三、有五，有陪貳。故天有三辰，地有五行，體有左右，各有妃
> 耦，王有公，諸侯有卿，皆有貳也。天生季氏，以貳魯侯，為日
> 久矣。民之服焉，不亦宜乎！魯君世從其失，季氏世修其勤，民
> 忘君矣。雖死於外，其誰矜之？社稷無常奉，君臣無常位，自古

〔註5〕此外，陳夢家言：「由巫而史，而為王者的行政官吏；王者自己雖為政治領袖，同時仍為群巫之長」見氏著：〈商代的神話與巫術〉《燕京學報》第二十期，1936年12月，頁535。

〔註6〕林富士：《小歷史——歷史的邊陲》，頁1。

〔註7〕黃一農：《社會天文學史十講》（上海：復旦大學出版社，2004年12月），頁2。

〔註8〕黃一農：《社會天文學史十講》，頁75。

〔註9〕楊伯峻：《春秋左傳注》，頁1513～1514。

〔註10〕楊伯峻：《春秋左傳注》，頁1516。

以然，故〈詩〉曰：『高岸為谷，深谷為陵』，三後之姓於今為庶，
主所知也，在〈易〉卦，雷乘乾曰大壯䷡，天之道也……」〔註11〕
（《左傳》昭公三十二年）

晉趙鞅卜救鄭，遇水適火，占諸史趙、史墨、史龜。史龜曰：「『是
謂沈陽，可以興兵，利以伐姜，不利子商。』伐齊則可，敵宋不吉。」
史墨曰：「盈，水名也；子，水位也。名位敵，不可幹也。炎帝為
火師，姜姓其後也。水勝火，伐姜則可」。史趙曰：「是謂如川之滿，
不可遊也。鄭方有罪，不可救也。救鄭則不吉，不知其他。」陽虎
以〈周易〉筮之，遇泰䷊之需䷄曰：「宋方吉，不可與也。微子啟，
帝乙之元子也。宋、鄭，甥舅也。祉，祿也。若帝乙之元子歸妹而
有吉祿，我安得吉焉？」乃止。〔註12〕（《左傳》哀公九年）

史墨即蔡墨，為晉國大夫。史墨的占驗，有星占、夢占、周易卜卦且其思想中
有五行生剋理論。作為史官職蔡墨的陰陽五行生剋思想與天文之結合與《莊
子·外物篇》中「木與木相摩則然，金與火相守則流。陰陽錯行，則天地大
絯，於是乎有雷有霆，水中有火，乃焚大槐。有甚憂兩陷而無所逃，螴蜳不得
成，心若縣於天地之間，慰暋沈屯，利害相摩，生火甚多，眾人焚和。月固不
勝火，於是乎有僓然而道盡」（頁 630）相近。《莊子》佚文中包含陰陽觀念
與天文有關的語句更多，如認為陰陽之理無窮：「假令十寸之杖，五寸屬夜。
晝主陽，夜主陰；陽主生，陰主死。之晝復夜，生復死，雖一尺之杖，陰陽
生死之理無有窮時」（58 條）〔註13〕解釋「夢」、「雷」、「風」、「電」、「虹」、
「火」的形成：「夢者陽氣之精也。心之喜惡，則精氣從之」（91 條）、「陰陽
交爭為雷」（36 條）、「以谷通氣曰飄風」（51 條）、「陰氣伏於黃泉，陽氣上
通於天，陰陽分爭故為電，玉女投壺，天為之笑則電」（102 條）、「陽炙陰則
虹」（103 條）、「陽燧見日則燃為火」（124 條）；此外，尚有以陰陽解釋醫理
者：「流脈並作，則為驚怖；陽氣獨上，則為癲病」（137 條）。老莊為代表的
道家來源，《漢書·藝文志》中記載：「道家者流，蓋出於史官，歷記成敗存
亡禍福古今之道，然後知秉要執本，清虛以自守，卑弱以自持，此君人南面

〔註11〕楊伯峻：《春秋左傳注》，頁 1519～1520。
〔註12〕楊伯峻：《春秋左傳注》，頁 1563～1564。
〔註13〕本文所引用之《莊子》佚文皆出自王叔岷：《莊子校詮》，為節省行文故，只
標注序號，不再單獨出注。

之術也」〔註14〕故莊子所歎，可能為包含天文曆法、巫術等史官傳統的失落。與「數度」相關的詞「度數」在莊子中亦出現三次。〈天道〉：「禮法度數，形名比詳，治之末也」、「禮法度數，形名比詳，古人有之，此下之所以事上，非上之所以畜下也」（頁325）；〈天運〉：「老子曰：『子惡乎求之哉？』曰：『吾求之於度數，五年而未得也。』」（頁329）。「度數」應是計算丈尺。

在同是戰國時期的《易》中〈節〉卦彖傳記載：「節，亨，剛柔分，而剛得中。苦節不可貞，其道窮也。說以行險，當位以節，中正以通。天地節而四時成，節以制度，不傷財，不害民」〔註15〕其象傳記載「澤上有水，節；君子以制數度，議德行」〔註16〕則此「數度」為依據天地四時而制定。在《周禮·春官宗伯》篇也記載了「數度」為一種數學計算：「凡為樂器，以十有二律為之數度，以十有二聲為之齊量。凡和樂亦如之。」〔註17〕《玉海》引《通曆》：少昊「用度量作樂器」。〔註18〕在古人的世界觀中，天文與樂律有著對應關係，此二種學門也同屬巫的工作職權。先秦道家著作《鶡冠子·度萬》中將音樂與天文的重要性相對比：「音者，天之三光也；聲者，地之五官也」〔註19〕《莊子·天運》北門成問樂於黃帝，黃帝將音樂之奏與天地合理、四時調暢、萬物太和的與道同載情狀描寫的惟妙惟肖：

> 北門成問於黃帝曰：「帝張咸池之樂於洞庭之野，吾始聞之懼，復聞之怠，卒聞之而惑，蕩蕩默默，乃不自得。」
>
> 帝曰：「女殆其然哉！吾奏之以人，徵之以天，行之以禮義，建之以太清。夫至樂者，先應之以人事，順之以天理，行之以五德，應之以自然，然後調理四時，太和萬物。四時迭起，萬物循生；一盛一衰，文武倫經；一清一濁，陰陽調和，流光其聲；蟄蟲始作，吾驚之以雷霆；其卒無尾，其始無首；一死一生，一僨一起；所常無窮，而一不可待。女故懼也。吾又奏之以陰陽之和，燭之以日月之明；其聲能短能長，能柔能剛；變化齊一，不主故常；在谷滿谷，在坑滿坑；塗郤守神，以物為量。其聲揮綽，其名高明。是故鬼神守其

〔註14〕東漢·班固：《前漢書》，《武英殿二十四史》本，卷三十，頁86。
〔註15〕《十三經注疏》，卷1，頁132。
〔註16〕《十三經注疏》，卷1，頁132。
〔註17〕《十三經注疏》，卷3，頁360。
〔註18〕王應麟：《玉海》（臺北：華聯出版社，1964）卷8，頁1。
〔註19〕黃懷信：《鶡冠子校注》，頁135。

幽，日月星辰行其紀。吾止之於有窮，流之於無止。予欲慮之而不能知也，望之而不能見也，逐之而不能及也，儻然立於四虛之道，倚於槁梧而吟。目知窮乎所欲見，力屈乎所欲逐，吾既不及已夫！形充空虛，乃至委蛇。汝委蛇，故怠。吾又奏之以無怠之聲，調之以自然之命，故若混逐叢生，林樂而無形；布揮而不曳，幽昏而無聲。動於無方，居於窈冥；或謂之死，或謂之生；或謂之實，或謂之榮；行流散徙，不主常聲。世疑之，稽於聖人。聖也者，達於情而遂於命也。天機不張而五官皆備，此之謂天樂，無言而心說。故有焱氏為之頌曰：『聽之不聞其聲，視之不見其形，充滿天地，苞裹六極。』汝欲聽之而無接焉，而故惑也。

樂也者，始於懼，懼故祟；吾又次之以怠，怠故遁；卒之於惑，惑故愚；愚故道，道可載而與之俱也。樂也者，始於懼，懼故祟；吾又次之以怠，怠故遁；卒之於惑，惑故愚；愚故道，道可載而與之俱也。」（頁 348〜354）

《莊子》佚文中尚有一條關於音樂家師曠作樂與天象同聲相應的記載：「師曠為晉平公作清角，一奏，有白雲從西北起；再奏，大風大雨隨之，裂帷幕，破俎豆，墮廊瓦。平公懼，伏於室內」（140 條）。《論語》中也有描述音樂變換從初起到高潮的過程：「子語魯大師樂。曰：『樂其可知也：始作，翕如也；從之，純如也，皦如也，繹如也，以成。』」漢代，十二樂律與四時的配比關係漸漸明朗，正如《呂氏春秋·音律篇》記載：

> 天地之氣，合而生風，日至則月鐘其風，以生十二律。仲冬日短至，則生黃鐘，季冬生大呂；孟春生太蔟，仲春生夾鐘，季春生姑洗；孟夏生中呂，仲夏日長至，則生蕤賓，季夏生林鐘；孟秋生夷則，仲秋生南呂，季秋生無射；孟冬生應鐘。天地之風氣正，則十二律定矣。〔註20〕

在莊子後學黃老學派的文章《管子·宙合篇》中，我們可以看到：「世用器械：規矩繩準，稱量數度，品有所成，故曰人不一事。此各事之儀，其詳不可盡也」〔註21〕此處的「數度」為計量用法。在西漢賈誼的《新書·六術》

〔註20〕《呂氏春秋》，《四部叢刊初編》420 冊，卷六，頁 142。
〔註21〕唐·房玄齡注：《管子》，《四部叢刊初編》第 344 冊，景常熟瞿氏鐵琴銅劍樓藏宋刊本，卷 4，頁 102。

中，我們可以看到其認數度「以六為法」：「數度之道，以六為法，數加於少，而度出於居。數度之始，始於微細。有形之物，莫細於毫。是故立一毫以為度始，十毫為髮，十髮為釐，十釐為分，十分為寸，十寸為尺，備於六。故先王以為天下事用也。」〔註22〕在《漢書‧揚雄傳》中，記載「數度」為天文測量之專用語：「其用自天元推一晝一夜陰陽數度律曆之紀，九九大運，與天終始。」〔註23〕「以六為法」即把一年劃分為六個季節的古老曆法，此曆法根據東方蒼龍所在的六個太陽位置對應的六龍位置而制定觀象授時曆。〔註24〕《莊子‧逍遙遊》中亦有「御六氣之辯」的說法，郭慶藩認為：

> 《左傳》述醫和之言，天具有六氣（注云：陰陽風雨晦明也），降生五味。即〈素問〉五六之數（全祖望云：天五地六，見於大易。天六地五，見於《國語》。故《漢志》云，五六天地之中合。然左氏之說，又與〈素問〉不同）（頁30）

故數字六與天文曆法有關，形成一種根深蒂固的數字思維。同時我們應該注意空間有六個向度，即六合，古人在六合的基礎上發展出六極、六幽的空間概念。〔註25〕地數五和五方有關。時間和空間觀念的形成密不可分。在時空理論方面，「宇中有宙，宙中有宇」是中國古代哲學頗有特色的一種辯證觀念。〔註26〕人們總是借助空間的某種特徵、變化和關係來表示時間，如星宿在天上位置的空間變化、日晷上日影長短的變化等。〔註27〕此即Lakoff-Johnson 認為概念譬喻隱於我們的抽象思維之中，人類是譬喻性動物，我們概念系統的大部分是由譬喻系統建構的，而這些譬喻系統都在我們有意識的知覺層之下自動運作，由文化傳承而來的譬喻形塑了我們思維的內容以及思維方式。

二、以「咸」為名之巫

　　《莊子》中屢次出現一位神巫季咸。根據陸德明的釋文：「女曰巫，男曰

〔註22〕漢‧賈誼撰：《新書》，《四部叢刊初編》第 321 冊，景江南圖書館藏明正德乙亥吉藩刊本，卷八，頁 73～74。

〔註23〕漢‧班固：《前漢書》，《武英殿二十四史》本，卷八十七下，頁 202。

〔註24〕武家璧：《觀象授時──楚國的天文曆法》，頁 69～71。

〔註25〕劉文英：《中國古代的時空觀念》，頁 136。

〔註26〕劉文英：《中國古代的時空觀念》，頁 6。

〔註27〕劉文英：《中國古代的時空觀念》，頁 135。

覡」〔註 28〕其應為一位女巫。《莊子・應帝王》說她:「鄭有神巫曰季咸,知人之生死存亡,禍福壽夭,期以歲月旬日,若神」(頁 212)以咸為名的巫師尚有巫咸。巫咸卜筮工夫一流,在戰國時期名氣很大,在《韓非子・說林下》中亦有記載:「巫咸雖善祝,不能自祓也」〔註 29〕《呂氏春秋・勿躬》中記載:「巫咸作筮」。〔註 30〕《竹書紀年》記載:「十一年,命巫咸禱於山川」〔註 31〕《周禮・春官宗伯》記載:

> 筮人:掌三易以辨九筮之名,一曰「連山」,二曰「歸藏」,三曰「周易」。九筮之名,一曰巫更,二曰巫咸,三曰巫式,四曰巫目,五曰巫易,六曰巫比,七曰巫祠,八曰巫參,九曰巫環。以辨吉凶。凡國之大事,先筮而後卜。上春,相筮。凡國事,共筮。〔註 32〕

莊子文中雖對季咸進行了嘲諷,莊子可能對周文化中卜筮之技藝不屑。無論是宋還是楚,都被視為蠻夷。這並不能說明莊子對巫術傳統具有當代人理性的認識。莊子對楚國的巫術傳統可能還是懷有原始的熱忱。《楚辭・離騷》中記載巫咸「巫咸將夕降兮,懷椒糈而要之」〔註 33〕在《莊子・天運篇》中,巫咸解釋天地運行之理有六極五常,且帝王應順天而行:

> 「天其運乎?地其處乎?日月其爭於所乎?孰主張是?孰維綱是?孰居無事推而行是?意者其有機緘而不得已邪?意者其運轉而不能自止邪?雲者為雨乎?雨者為雲乎?孰隆施是?孰居無事淫樂而勸是?風起北方,一西一東,有上彷徨,孰噓吸是?孰居無事而披拂是?敢問何故?」巫咸袑曰:「來!吾語女。天有六極五常,帝王順之則治,逆之則凶。九洛之事,治成德備,監照下土,天下戴之,此謂上皇。」〔註 34〕

〔註 28〕清・郭慶藩:《莊子集釋》,頁 212。陸德明的說法來自《戰國策》觀射父:「古者民神不雜。民之精爽不攜貳者,而又能齊肅衷正,其智慧上下比義,其聖能光遠宣朗,其明能光照之,其聰能聽徹之,如是則明神降之,在男曰覡,在女曰巫」《國語》,《四部叢刊初編》254 冊,頁 70〜71。

〔註 29〕《韓非子》,《四部叢刊初編》第 351 冊,景上海涵芬樓藏景宋鈔校本卷八,頁 7。

〔註 30〕《呂氏春秋》,《四部叢刊初編》第 423 冊,卷十七,頁 21。

〔註 31〕《竹書紀年》,《四部叢刊初編》第 86 冊,景上海涵芬樓藏明天一閣刊本,頁 51。

〔註 32〕《十三經注疏》,卷 3,頁 376。

〔註 33〕《楚辭》,《四部叢刊初編》577 冊,頁 82。

〔註 34〕清・郭慶藩:《莊子集釋》,頁 343〜345。

在《尚書》、《史記》中巫咸的形象為政事官，典天官王事：

伊陟相大戊，亳有祥桑穀共生於朝。伊陟贊於巫咸，作《咸乂》四篇。〔註35〕（《尚書‧咸有一德》）

公曰：「君奭！我聞在昔成湯既受命，時則有若伊尹，格於皇天。在太甲，時則有若保衡。在太戊，時則有若伊陟、臣扈，格於上帝；巫咸乂王家。」〔註36〕（《尚書‧君奭》）

昔之傳天數者：高辛之前，重、黎；於唐、虞，羲、和；有夏，昆吾；殷商，巫咸；周室，史佚、萇弘；於宋，子韋；鄭則裨灶；在齊，甘公；楚，唐昧；趙，尹皋；魏，石申。（《史記‧天官書》）

《山海經》中亦多保留巫咸神話，巫咸為山名。《莊子‧應帝王篇》中季咸雖然敗於得道之人壺子，但其對壺子所用之占卜之術應為望氣，故壺子可以三次不同顯示地文、天壤、太沖莫勝。〔註37〕同時此二人之鬥法，亦可以與《莊子》佚文「小巫見大巫，拔茅而棄，此其所以終身弗如」（109條）相參照。壺子之名，深具意趣。除了上文表示天頂位置的「昆吾」引申為圓形，後指有圓蓋形的器皿「壺，昆吾，圓器也」（《說文》），「壺名康瓠，即壺名昆吾」之外，楊儒賓認為聞一多已研究匏瓜神話可追溯到伏羲神話，此為道教以葫蘆為法器之源頭；此外，郊祭與婚禮都用陶匏，此重要之生命禮儀形式使得匏瓜有象徵創生之意涵。楊儒賓通過聯想認為《莊子》中尊盧氏為匏瓜的神格化，尚有疑義。尊盧氏可能即是盧地之領袖，而盧地盛產醫生，扁鵲即是盧人。醫生和巫師在古代有著糾纏不清的關係，故此尊盧氏可能為備受尊重之巫醫。此外，《周禮》中有專職在軍務和喪禮中計量時間的官職「挈壺氏」。〔註38〕故此官職至少與天文有關。莊子的寓言人名起名為壺子，是一種天文譬喻，以咸為名之巫咸、季咸以及《易》中咸卦為下經之始，「咸」字可能標識一種天地交感的狀態，故常有巫以咸為名，符合自己的職業特性為神人溝通、與天地宇宙同流。《莊子》佚文中關於巫咸的職能有更具體的記載：

〔註35〕《十三經注疏》，卷1，頁122。

〔註36〕《十三經注疏》，卷1，頁245。

〔註37〕根據吳怡先生的研究，地文杜德機即杜絕生機；天壤善者機即陰陽相遇，氣機萌發；太沖莫勝衡氣機即陰陽之氣和諧，沒有優劣分別；盧與委蛇之境界即心與萬物周流同化為一的境界。詳參氏著：《逍遙的莊子》（三民書局，2009年7月），頁174～177。

〔註38〕馮時：《中國古代物質文化史——天文曆法》，頁328。

> 游鳧問雄黃曰：「今逐疫出魅，擊鼓呼噪，何也？」曰：「昔黔首
> 多疾，黃〔帝〕氏立巫咸，教黔首，使之沐浴齋戒，以通九竅；
> 鳴鼓振鐸，以動其心；勞形趨步，以發陰陽之氣；春月毗巷飲酒
> 茹蔥，以通五臟。夫擊鼓呼噪，非以逐疫出魅，黔首不知，以為
> 魅祟也。」〔註39〕

巫咸為黃帝的教民官，其也掌管樂教、民俗禮儀、驅逐病疫。此段文字中巫咸的形象較為人文理性化，看不出有巫師的跡象，反而記載了黔首凡夫因為不理解此種國家儀式，而猜測為鬼魅作祟。由此可見，隸屬於國家之祭儀很容易被民俗解讀蒙上靈異色彩。關於巫醫的記載，《莊子》佚文中尚有一則近似於中醫針灸的記載：

> 牧馬小童謂黃帝曰：「熱艾宛其聚氣。」雄黃亦云：「熻金熱艾，以
> 炙其聚氣。」（27條）

佚文中亦有以求醫為譬喻，認為在多元差異的局面下，應該存在一元論的追求，此正是老子曰「道生一，一生二，二生三，三生萬物」，莊子曰「道通為一」，「其一也一，其不一也一」的哲學見解：

> 百醫守痛，適足致疑，義所驅也。（167條）

> 道生之，一而不一，教言無及，指而不離，是謂自純之一也。（87條）

關於望氣之巫術，《墨子・迎敵祠》中記載：

> 凡望氣，有大將氣，有小將氣，有往氣，有來氣，有敗氣，能得
> 明此者可知成敗、吉凶。舉巫、醫、卜有所，長具藥，宮之，善
> 為舍。巫必近公社，必敬神之。巫卜以請守，守獨智巫卜望氣之
> 請而已。其出入為流言，驚駭恐吏民，謹微察之，斷，罪不赦。
> 望氣舍近守官。牧賢大夫及有方技者若工，弟之。舉屠、酤者置
> 廚給事，弟之。〔註40〕

《墨子・號令篇》中亦有類似記錄。此望氣未明言具體操作方法。《史記・孝武本紀》記載望氣可能有星象曆法有關：「其秋，有星茀於東井。後十餘日，有星茀於三能。望氣王朔言：候獨見其星出如瓠，食頃復入焉」〔註41〕此可見東漢望氣是據星體之形象預測吉凶，且採用了日常譬喻，將星之形

〔註39〕王叔岷：《莊子校詮》（臺北：臺聯國風，1972），頁1389。
〔註40〕清・孫詒讓：《定本墨子閒詁》，頁339～340。
〔註41〕《史記》，卷十二，頁215。

狀與瓠相譬喻。

古人望氣之法，分屬術數類的形法，其中包括「望氣」、「相地形」、「相宅」、「相墓」、「相人」、「相笏」、「相六畜」等。〔註42〕「望氣」可能與古代星占之學有關，同時包含地理、水文等風水預測之術。此為這則寓言的深層紋理。同時不難看出，神巫季咸此對壺子本人所採用占卜方法外在表象為「相人」，即俗稱的看相之學。在《莊子・徐無鬼篇》以及佚文中亦出現「相人」之術：

> 子綦有八子，陳諸前，召九方歅曰：「為我相吾子，孰為祥？」九方歅曰：「梱也為祥。」子綦瞿然喜曰：「奚若？」曰：「梱也將與國君同食以終其身。」……無幾何而使梱之於燕，盜得之於道，全而鬻之則難，不若刖之則易，於是乎刖而鬻之於齊，適當渠公之街，然身食肉而終。（頁587～588）

> 盧敖見若士，深目鳶肩。（126條）

> 田光答太自曰：「竊觀太子客，無可用者。夏扶血勇之人，怒而面赤；宋臆脈勇之人，怒而面青；武陽骨勇之人，怒而面白；光所知，荊軻神勇之人，怒而色不變。」（128條）

> 孔子舍於沙丘，見主人，曰：「辯士也。」子路曰：「夫子何以識之？」曰：「其口窮踦，其鼻空大，其服博戲，其睫流撝，其舉足也高，其踐地也深，鹿與而牛舍。」（132條）

《莊子》中還多次出現「相六畜」相關的片段：

> 少焉，徐無鬼曰：「嘗語君，吾相狗也。下之質，執飽而止，是狸德也；中之質，若視日；上之質，若亡其一。吾相狗，又不若吾相馬也。吾相馬，直者中繩，曲者中鉤，方者中矩，圓者中規，是國馬也，而未若天下馬也。天下馬有成材，若恤若失，若喪其一，若是者，超軼絕塵，不知其所。」武侯大悅而笑。（相狗、相馬）（《莊子・徐無鬼》，頁563）

> 紀渻子為王養鬥雞。十日而問：「雞已乎？」曰：「未也。方虛憍而恃氣。」十日又問。曰：「未也。猶應向景。」十日又問。曰：「未也。猶疾視而盛氣。」十日又問。曰：「幾矣。雞雖有鳴者，已無變

矣，望之似木雞矣，其德全矣，異雞無敢應者，反走矣。」（相雞）

（《莊子‧達生》，頁 450～451）

莊子之相馬、相雞皆脫離日常買賣之相雞、相馬技術。試問農場主，誰會買神氣不備之馬、雞？不怕損失嗎？站在實用立場上，大家都會挑選活潑神氣的雞、馬。故我們可以知道，莊子用相馬中的天下馬、相雞中的呆若木雞來譬喻一種哲學境界。或許有人會疑惑，如此睿智之哲人又怎會相信陰陽五行方術？這並不是什麼問題。愈是透脫之哲人愈敬畏宇宙自然。因敬畏而去瞭解，當時包含經驗科學的巫術傳統受到莊子之關注。根據莊子「道在屎溺」的哲學圖景，莊子關注巫術傳統，下學而上達，應是不難理解的心路歷程。《莊子》佚文中記錄了很多民間與巫俗信仰的內容，如：「咸者不作，而欲飲食之，夜必夢飲三冷」（34 條）、「有鬥雞於其戶，懸葦灰於其上，插桃其旁，連灰其下，而鬼畏之」（26 條）、「童子夜嘯，鬼數若齒」（105 條）、「插桃枝於戶，連灰其下，童子入而不畏，而鬼畏之，是鬼智不如童子也」（110 條）、「羌人死，燔而揚其灰」（141 條）這些記載都顯示了莊子對民俗巫術傳統的關切。此外，《莊子‧德充符》中出現的眾多兀者，何以莊子會將眾多兀者當作德全之人倍加推崇？《鶡冠子》：「積往生跂，工以為師」，孫詒讓認為「跂」當作「跛」，「工」當作「巫」。陸佃認為，根據《荀子》的記載，先秦巫步多禹，則巫師多跛。〔註43〕莊子多述兀者即是對巫師的職業崇拜。《莊子‧人間世》中支離疏作為以天合天、終其天年的典範，其職業也為「鼓筴播精」，「鼓筴播精」即占卦賣卜。〔註44〕《莊子‧德充符》中還提到了民俗巫術的「擇日」之術。《莊子‧人間世》「牛之白顙者，與豚之亢鼻者，與人有痔病者，不可以適河。此皆巫祝以知之矣」也表明莊子對巫祝巫術的關注。

莊子對自然宇宙之重視，從莊子將死可以看出：

> 莊子將死，弟子欲厚葬之。莊子曰：「吾以天地為棺槨，以日月為連璧，星辰為珠璣，萬物為齎送。吾葬具豈不備邪？何以加此！」弟子曰：「吾恐烏鳶之食夫子也。」莊子曰：「在上為烏鳶食，在下為螻蟻食，奪彼與此，何其偏也！」〔註45〕（《莊子‧列禦寇》）

莊子設想自己的喪禮以天地為棺槨、以日月為連璧，星辰為珠璣，萬物為齎

〔註43〕黃懷信：《鶡冠子校注》，頁 82。

〔註44〕王叔岷：《莊子校詮》，第一卷，頁 166。

〔註45〕郭慶藩：《莊子集釋》，頁 732。

送，固可以看出莊子對死生之風輕雲淡，然不難推斷莊子對宇宙天文之重視。此外，《莊子》佚文尚有一條記載觀天星的內容：「闞奕之棣，與殷翼之孫，遏氏之子，三士相與謀致人於造物，共之元天之上。元天者，其高四見列星」（61條）〔註46〕

　　本節從史官為中國先秦文化巫術傳統官職到以巫咸為核心的包含天文學的術數文化論證了莊子對中國巫術傳統的關切。此種巫術傳統在先秦可能為上層統治階級、知識分子所統有，流傳至今可從臺灣民間術數信仰中一窺其包羅萬象。

第二節　魚鳥之變與龍鳳之喻

　　本節將集中探討《莊子》一書中鯤鵬寓言，「鳥」的圖騰意涵及其天文譬喻。如上所言，此種譬喻較多陰陽五行的巫術色彩，前人已經偶見論述，期能更進一步。

　　《莊子》強調變動不居。〔註47〕《莊子・寓言篇》中寫到「萬物皆種也，以不同形相禪，始卒若環，莫得其倫，是謂天均。天均者，天倪也」即認為萬物在道的環中生成變換，與道不離。《莊子・至樂篇》以及《莊子》佚文將萬物以不同形相禪的過程具體化：

> 種有幾，得水則為䰰？得水土之際則為蛙蠙之衣，生於陵屯則為陵舄，陵舄得鬱棲則為烏足。烏足之根為蠐螬，其葉為蝴蝶。蝴蝶胥也化而為蟲，生於灶下，其狀若脫，其名為鴝掇。鴝掇千日為鳥，其名曰乾余骨。乾余骨之沫為斯彌，斯彌為食醯。頤輅生乎食醯，黃軦生乎九猷，瞀芮生乎腐蠸。羊奚比乎不箰，久竹生青寧，青寧生程，程生馬，馬生人，人又反入於機。萬物皆出於機，皆入於機。（頁430）

> 朽瓜化為魚，物之變也。（111條）

> 馬血之為磷也，人血之為野火也，大鴗之為鷳，鷳之為布穀，布穀之

〔註46〕楊儒賓根據此條記載認為元天為戰國時期渾天學說「九天」分野之說之證。詳參氏著：《儒門內的莊子》，頁 279。下文對分野學說多有引用。故特此標注。

〔註47〕關於莊子哲理與「變」的相關性，可參王小滕：〈莊子「變」的哲思探析〉，《東華人文學報》，第十八期，2011 年元月，頁 1～30。

復為鴝也，燕之為蛤也，田鼠之為鶉也，老菲（當作韭）之為莞（當作莧）也，老羭之為猨也。魚卵之為蟲也，此皆物之變者。（148 條）

童子埋蜻蛉頭而化為珠。（153 條）

老槐生火，久血為磷，人弗怪也。（154 條）

萬物出入於機的蛻變描述，讓學者認為《莊子》中存在「變形神話」，或者稱為「變化神話」——人與萬物、萬物之間可以流轉變形。學者多將此類神話研究建立在卡西勒《人論》中神話思維與變化神話的關係論述上：

> 神話的真正基礎不是思想而是感覺。它們並不缺少常識或者理性，但更依賴感覺的統一性，而不依賴邏輯規則。這統一性是初民思想的也最深邃的衝動。從後世科學觀點，生命被分割為一些隔離的領域，彼此之間截然有別。在植物、動物、人類之間的界限，種、類之間的區別是不容抹除的。但初民的心靈根本不理會這一切，甚至加以拒絕。它的生命觀是一個綜合的觀念，而非分析的觀點。生命不被分為類和次類，它被感受為一個不斷連續的全體，不容許任何清楚明晰和截然的分別。不同領域之間的限制並不是不能超越的障礙，它們是流動的和波蕩的。不同生命領域之間沒有種類的區別。沒有任何事物具有一定的、不變的和固定的形狀。由一種突然的變形，一切事物可能轉化為一切事物。如果神話世界有任何突出的性格，有任何統治支配它的律則的話，那就是變形的律則了（principle of metamorphosis）……〔註48〕

學者多立足中華民族自身的泛靈信仰，並吸收西方研究神話的成果，研究中國經典中的變形／變化神話。李豐楙認為中國古代的變化神話都為「非常情境」下的「非常變化」，通過神話隱喻思維試圖解決生命的終極關懷問題，反映出民族文化的共同心理結構。〔註49〕劉秋固認為莊子吸收轉化了古代變化神話，發展出自我超越的自力生命哲學，這與西方文化靠他力實現救贖的觀念上有著根本不同。莊子的自我超越理論，相當於一種神話治療理論。〔註50〕

〔註48〕卡西勒著、劉述先譯：《人論》（臺中：東海大學，1959），頁 94。

〔註49〕李豐楙：〈先秦變化神話的結構性意義——一個「常與非常」觀點的考察〉，《中國文哲研究集刊》，1994 年 3 月，頁 287～318。

〔註50〕劉秋固：〈莊子的神話思維與自我超越的文化心理及其民俗信仰〉，頁 191～192。

劉秋固在同篇中認為莊子已經擺脫對「假瑪那人格」（pseudo-Mana-personality）的神棍、巫師的迷信態度，但是仍然保有對原始宗教超自然神靈力的民俗信仰，且發展出自己的神話思維的超越進路。然而，超越應建立在熟悉的基礎之上。莊子學問未精深之前必然對民俗信仰的巫祝產生過強烈的好奇心，且如現在的學者一樣，通過文獻資料、實地調查想找出巫祝的真相。莊子非為市井小民，作為受過良好教育的知識分子（從其優美的文風即可知道），其理解吸收知識的能力應是高超的。莊子應該是上學而下達的通儒，其懂得天文學及其涵攝下的俗學（巫祝之學），也善於將之創造性地轉化，完成自己的鴻文巨著。莊子強調隨著人知言的發展、德的下替，造成世喪道、道喪世的惡果。那麼莊子會否定知識嗎？莊子的「亡其知」應不是否認知識系統的建構，余英時曾經把道家思想定位為反智論，而把莊子的基本立場稱為「超越的反智論」（transcendental anti-intellectualism）。從未鑿七竅到被鑿七竅而死的混沌寓言來檢討莊子的知，很容易發現，莊子並非主張無知論，而是主張一種去中心主義、在文化符號認同之前的知。莊子認為這種知有三種限制，如《莊子‧秋水篇》中所論：「井蛙可語於海者，拘於虛也；夏蟲不可以語於冰者，篤於時也；曲士不可以語於道者，束於教也」人受到環境、時空和教育背景的規訓，會形成成心。「夫隨其成心而師之，誰獨且無師乎？奚必知代而心自取者有之？愚者與有焉？未成乎心而有是非，是今日適越而昔至也」人以自己的成心為知就會有是非之分，去除這種成心，需要一定的工夫，即莊子所說的喪我〔註51〕、以明〔註52〕、坐忘〔註53〕。莊子並不主張拋棄人間世去與道合一，莊子哲學思想中永遠存在著人間關懷，這可以從他對「渾沌之術」內外兼修的描述中窺測。故下文的魚龍之變、鳳凰麗天著力於研究中國巫術傳統下的神話變形，即未脫中國民俗傳統，又具有知識理性，試圖做到聖與俗的結合。

〔註51〕語出《莊子‧齊物論篇》，「吾喪我」，「吾」代表自我，「我」代表被名言符號化的主體意識，去除這種主體意識，即呈現無器官身體的虛懷若谷的柔軟主體，可以接納他者。

〔註52〕《莊子‧齊物論篇》中三見「以明」，皆與是非有關。莊子認為摒棄是非之心才可「以明」。

〔註53〕語出《莊子‧大宗師篇》，莊子強調去除仁義禮樂等道德符號的規訓，去掉理知名言。

一、魚龍之變

〈逍遙遊〉開篇即為「鯤鵬」之寓。以易解莊起自宋儒，王雱在《南華真經新傳》中引用易學象數派的理論闡釋莊子，呂惠卿《莊子義》中也有引易注莊傾向，如對〈逍遙遊〉首段的注解：「通天下一氣也，陽極生陰，陰極生陽，如環之無端，萬物隨之以消息，盈虛者莫非是也。北冥之鯤，化為南冥之鵬，由陰而入陽也」〔註54〕林自《莊子解》更是用易陰陽五行解莊，對〈逍遙遊〉中鯤鵬變化作出精彩闡釋：

> 北者水之方，冥者明之藏，北冥則陰陽之所出入也。莊子以鯤鵬陰陽變化，故以北冥為始。鯤，陰物也。鵬，陽物也……鯤之初化為鵬，雖曰陽類而未離幽眇，故不知幾千里。次言三千里，數之未遂也；終言九萬里，動必有極也。蓋有體之物，雖至遠至大，亦不逃乎陰陽之數，故動則九，止則六也。去以六月息，乃反歸於陰，陰陽迭運，相為無窮，而不可致詰者也。〔註55〕

清代吳峻認為莊子齊小大而篇中獨貴大以是知其釋易也。〔註56〕其對鯤鵬寓言做了細緻分析，認為：鯤與坤同音，則悟莊子之鯤即周易之坤矣，鵬與鯤對文，既悟鯤之為坤，則又悟莊子之鵬即周易之乾矣；因鵬背而悟其為艮；因羊角而悟其為兌；因積水而悟其為坎；因培風而悟其為巽；因爝火而悟其為離，因封地而悟其為震。無一字一句非釋易也，而且因三千里而悟其為釋三爻；因九萬里而悟其為釋用九；因六月息而悟其為釋用六；因無所至極而悟其為釋太極；因往見四子而悟其釋四象。〔註57〕其釋「摶扶搖」為數蓍草以占卜吉凶的具體過程：

> 摶扶搖者，象揲蓍之狀，初以兩手合併為摶，次以兩手輔助為扶，復以兩手進退為搖。〔註58〕

民國鍾泰吸取前人成說，擴大了以易解莊的規模，《莊子發微》中以易解莊非常精彩，有以易象解莊，有以易理解莊。以易象解莊，最精彩處仍在〈逍遙遊〉，其認為北於《易》為坎，南為離，離南為明，坎北為暗。鯤化鵬，象

〔註54〕方勇：《莊子學史》，頁37。

〔註55〕方勇：《莊子學史》，頁56。

〔註56〕清·吳峻撰：《莊子解》，《昭代叢書》本，頁2。

〔註57〕清·吳峻撰：《莊子解》，《昭代叢書》本，頁9。

〔註58〕清·吳峻撰：《莊子解》，《昭代叢書》本，頁2。

徵昭昭生於冥冥。取魚為喻，因為〈中孚〉「豚魚吉」一爻。化而為鳥，取象
於小過卦「有飛鳥之象」。〈中孚〉旁通〈小過〉，故魚化而為鳥。〈中孚〉大象
為離，〈小過〉大象為坎，是陰陽互根之證。「鵬」取象於〈坤〉「利西南得朋」，
言鵬之背，即「艮」卦之象，「怒而飛」是「震」卦之義，「海運」為風，即
「巽」卦，「天池」者澤，即「兌」卦。後文「乘天地之正，御六氣之辯」即
總之以〈乾〉、〈坤〉之義。這樣乾、坤、震、巽、坎、離、艮、兌八卦就全了。
〔註59〕鍾泰又進一步闡述說，若是以乾卦六爻解釋此段文字，則：

> 則鯤者，初爻之潛龍；化者，二爻之見龍；怒者，四爻之或躍在淵；
>
> 飛者，五爻之飛龍在天；後言飛而有待於風之積，則三爻之終日乾
>
> 乾；去以六月而必息，又所以免於上爻之亢而至悔也。〔註60〕

以上是以易解莊的精彩論述。以易學解釋莊子，已與天文相關，因《易》學與
天文學相關。〔註61〕本文詳細考察了魚鳥寓言的天文譬喻。《爾雅·釋魚》：
「鯤，魚子」〔註62〕莊子筆下的鯤合小大之體，前人多認為莊子用「鯤」字
是含有由小變大的歷程，取其能生長、變化的意思。〔註63〕清杭世駿的說法
亦非常巧妙：

> 鯤本魚子，見《爾雅》。其細如蠶，《莊子》系寓言，往往反物理而
>
> 言之，故曰鯤之大不知其幾千里。猶偈所謂龜毛兔角，石女懷胎，
>
> 一口吸盡西江水，新羅日午打三更，皆反言以喻之也。〔註64〕

杭世駿認為莊子「鯤」寓言乃是小大之反言。此種解讀方法代表了學術界的
另外一種觀點。除了上述兩種解讀「鯤」的論調，孫永健〈鯤字音義考辨〉歸
納認為「鯤」計有鯨、大魚、魚子、青魚、古企鵝五種說法。〔註65〕鯨、青
魚、古企鵝這幾種說法都甚為罕見，也不具有可靠度，姑存錄之。

　　「鯤」合小大之體，乃因為此「鯤」為托勒密星團 M7〔註66〕，其在中
國古代稱為魚宿星官。M7 是最大、最明亮的星群，很容易用肉眼觀測到。

〔註59〕鍾泰：《莊子發微》，頁四～頁五。

〔註60〕鍾泰：《莊子發微》，頁五。

〔註61〕詳參盧央：《易學與天文學》（中國書店出版，2003 年）。

〔註62〕《十三經注疏》，卷 8，頁 165。

〔註63〕吳怡：《新譯莊子內篇解義》（臺北：三民書局，2009.10），頁 15。

〔註64〕轉引自肖捷飛：《莊子寓言探析》（四川師範大學碩士論文，2007.04），頁 11。

〔註65〕孫永健：〈鯤字音義考辨〉，《安徽廣播電視大學學報》，2006 年第一期，頁 82。

〔註66〕齊銳、萬昊宜：《漫步中國星空》（北京：科學普及出版社，2017 年），頁 41。

〔註67〕M7 星團像魚子。星宿在宇宙之中無窮之大，然卻凝聚如同魚子，此正為合小大之體，是莊子之直觀心解、慧心巧見。其化而為鳥乃是化作南方朱雀，「鵬，即古鳳字，非來儀之鳳也。《說文》云：朋及鵬，皆古文鳳字也。朋鳥象形。鳳飛，群鳥從以萬數，故以朋為朋黨字。《字林》云：鵬，朋黨也，古以為鳳字」（頁 17）關於朱雀四像是否即為鳳糾纏不清，學力有限，又鑒於神話的特殊性（歷代口傳、想像），故另文再做討論。姑且將宋代沈括的《夢溪筆談》卷七的考辨援引如下：「四方取象，蒼龍、白虎、朱雀、螣蛇，唯朱雀莫知何物，但謂鳥而朱者，羽族赤而翔上，集必附木，此火之象也。或謂之長離……或云，鳥即鳳也，故謂之鳳鳥」〔註68〕若以天文譬喻思維觀之，則南方天區之七個星宿古人譬喻為一隻扶搖九萬里的大鵬是可能的。利用「海運」徙往南溟天池，天池即銀河的天文譬喻。銀河在魚宿、南方朱雀之南。關於「海運」，「運，行也。渾天儀云：天運如車轂，謂天之行不息也」（頁 18）《文選·江文通雜體詩注》引司馬彪云：「搏，圓也。扶搖，上行風也，圓飛而上行者若扶搖也」（頁 19）《淮南子·天文訓》：「天道曰圓，地道曰方」〔註69〕莊子用一「搏」字標識此為天象。成玄英疏謂：「化魚為鳥，自北徂南者，鳥是凌虛之物，南即啟明之方；魚乃滯溺之蟲，北蓋幽冥之地；欲表嚮明背暗，捨滯求進，故舉南北鳥魚以示為道之經耳」（頁 18）魚宿位於東方蒼龍之末，屬寅春分點附近。〔註70〕在天文測量中距離代表夏季星象的南方朱雀為六個月的距離，此所以「去以六月息者也」、「天之蒼蒼，其正色邪？其遠而無所至極邪？其視下也，亦若是則已矣」是莊子對天之遠而無極之思索。除了大鵬外，〈逍遙遊〉中還有一種鵲名為學鳩。根據陸德明《釋文》：「學」又作「鷽」，《說文》：「鷽……山鵲，知來事鳥」。（頁 22）中國古代的巫術中有鳥占，且古人往往將星占、夢占、鳥占等不同占術合參。〔註71〕《周易》離

〔註67〕托勒密星團（也稱為 M7 或 NGC 6475）是位於天蠍座的一個疏散星團。托勒密在公元 130 年就已經觀測過這個星團，但將它記錄為星雲；在 1654 年之前，Giovanni Batista Hodierna 也觀測過這個星團，並計算出他擁有 30 顆恒星。梅西爾在 1764 年將他收錄為疑似彗星的梅西爾星表內的 M7。這個星團位在天蠍尾端的「尖螯」上，很容易就能以肉眼看見。資料來自網頁 https://zh.wikipedia.org/wiki/托勒密星團。檢索日期：2019 年 8 月 28 日。

〔註68〕宋·沈括：《夢溪筆談》（上海書店出版社，2003 年 3 月），頁 65～66。

〔註69〕何寧：《淮南子集釋》，頁 169。

〔註70〕丁綿孫：《中國古代天文曆法基礎知識》，頁 78。

〔註71〕李鏡池：《周易通義》，頁 2。

卦六二爻辭：「黃離，元吉」即被學者認為是鳥占。〔註72〕此外，《左傳》襄公三十年記載一則鳥占：「或叫於宋大廟曰：『嘻嘻！出出！』鳥鳴於亳社，如曰『嘻嘻』。甲午，宋大災」〔註73〕由此可見，莊子所在的宋國已有鳥占、諧音預測的傳統。

莊子以尾宿天區魚鳥之寓，寄言宇宙蒼穹之遼遠，人生之渺小可歎，以洪荒宇宙之萬古長久解脫生之瑣屑煩惱，與天地遊，此似也為「逍遙」真義之一種。如果按照上文的解析，則魚鳥之寓言並不是「道、理」的載體，而是魚鳥之寓的編制就是按照宇宙之「道、理」來編制。下文對莊子寓言的編制考察基本上都是這一思路。我們來考察向子期、郭子玄之「逍遙」義：「夫小大雖殊，而放於自得之場，則物任其性，事稱其能，各當其分，逍遙一也，豈容勝負於其間哉！」（頁16）恐非莊子原義。湯一介先生也認為莊周之義與郭象不同：

> 莊周認為「無為」只是「任物之性」，人不能對它作什麼；郭象則認為「無為」也包含「任物之性而使之」的意思在內，只要順著所謂的「物性」去做，那無論作什麼都可以。〔註74〕

吳怡更認為向、郭注沒有分清莊子寓言內的大鵬小鳩畢竟為物，而莊子所要傳達寓意的對象為人。大鵬小鳩之物性與人性不同，人性向上開展才是逍遙。〔註75〕我們再來看影響較之向郭注不相上下的支道林〈逍遙論〉：

> 夫逍遙者，明至人之心也。莊生建言大道，而寄指鵬鷃。鵬以營生之路曠，故失適於體外；鷃以在近而笑遠，有矜伐於心內。至人乘天正而高興，遊無窮於放浪。物物而不物於物，則遙然不我得；玄感不為，不疾而速，則逍然靡不適。此所以為逍遙也。若夫有欲，當其所足，足於所足，快然有似天真，猶饑者一飽，渴者一盈，豈忘烝嘗於糗糧，絕觴爵於是醪醴哉！苟非至足，豈所以逍遙乎！（頁16）

支道林認為鵬、鷃皆不及至人放浪逍遙，大鵬因營生路曠，需奔波勞碌；鷃因眼界低窄，內心蓬茅。此皆是以人生智慧體認莊子哲學。然而，在義理層面，莊子自身追求無待之逍遙是我們應甄別處。

〔註72〕李鏡池：《周易通義》，頁60。
〔註73〕楊伯峻：《春秋左傳注》，頁1174。
〔註74〕湯一介：《郭象與魏晉玄學》（臺北：谷風出版社，1987），頁168。
〔註75〕吳怡：《逍遙的莊子》，頁12～17。

　　莊子作尾宿天區魚鳥之寓,從東方蒼龍尾部開始設天文譬喻,也正符合其繼承老子哲學「執後」、「處下」的主張。〔註76〕且按照《晉書·天文志》的記載:

> 天漢起東方,經尾箕之間,謂之漢津。乃分為二道。其南經傅說、魚、天鑰、天弁、河鼓。其北經龜貫箕下,次絡南斗魁、左旗,至天津下而合南道。乃西南行,又分夾瓠瓜,絡人星,杵、造父、滕蛇、王良、傳路、閣道北端、大陵、天船、捲舌而南行,絡五車,經北河之南,入東井水位而東南行,絡南河、闕丘、天狗、天紀、天稷、在七星南而沒。〔註77〕

銀河即是起自魚宿附近之尾箕,至於南方朱雀天區之七星,此為「河圖」,〔註78〕為天文圖,也是莊子建立自己哲學寓言的參照。

　　按照上文的研究,則我們應重視莊子對天文知識的運用。若不懂得天文知識,恐怕無法讀懂莊子之寓言。這也正說明莊子對逍遙境界的體認不是不落實跡、毫無著力處,而是有一套切實可行的方法,即通過對天文知識的掌握,而觸摸宇宙的脈搏。正如學者所論:

> 我們自己一般來說也很難將客觀現實與指稱它們的語言符號完全分開;對事物、性狀、事件的認識大多依其名稱而定。對於一個正常人來說,所有實際或潛在的經驗都充滿言辭。因此,許多熱愛自然的人只有在掌握了眾多花卉和樹木的名稱之後,才真正感覺到自己與大自然的接觸。就好像第一現實世界是語言的。就好像人們必須先掌握奇妙地表述自然的術語,才能接近自然。〔註79〕

當時的天文知識還不似今天一樣,被當作一門獨立的科學,而是有著相當多的民俗占卜面向。但是我們不應否認中國的天文學發展是居於當時世界前列的。正是帶有神秘色彩的天文學知識,打開了莊子探索宇宙奧妙之道,且將其編制為神妙莫測的寓言。

　　另,「悳」為古「德」字。〔註80〕此「悳」字造字正與東方蒼龍之象符合。

〔註76〕嚴靈峰編著:《莊子》,頁一七。
〔註77〕轉引自馮時:《中國古代物質文化史——天文曆法》,頁179。
〔註78〕馮時:《中國古代物質文化史——天文曆法》,頁179。
〔註79〕(美)愛德華·薩丕爾(Edward Sapir)著,高一虹等譯,〈語言〉,《薩丕爾論語言、文化與人格》(北京:商務印書館,2017),頁5~6。
〔註80〕嚴靈峰編著:《莊子》,頁二八。

徐復觀曾從哲學的角度論證「道」、「德」、「天」在莊子思想體系中為同一內涵：

> 莊子所說的天，即是道，所說的德，即是在萬物中內在化的道。不僅道、天、德三者在實質是一個東西；並且如前所述，莊子主要係站在人生立場來談這些問題，而將「道」、「天」，都化成了人生德境界；所以三者常常是屬一個層次的互用名詞。〔註81〕

徐復觀認為莊子站在人生立場上談「道」、「德」、「天」，故三者都含有人生境界義。此與支道林所論一樣抒發人生感慨。「道」作為莊子之核心思想，當代對於「道」的詮釋以簡光明之研究不脫四種面相：

> 一、方東美主張「道之雙迴向」，同意道有實體性與非實體性兩個範疇；二、牟宗三認為道是主觀境界型態的形而上學，是透過無為的工夫所達到的境界；三、徐復觀所意識的道是實有型態的形上學，即為實有義的道；四、唐君毅提出「無之二義」，道有「無形」與「空無」二義，晚年則主張從「純現象主義」來詮釋莊子的道。〔註82〕

以上為義理之研究，雖精微但忽略了老子莊子之「道」的時空意涵。南懷仁〔註83〕〈妄擇辯〉、〈妄占辯〉、〈妄推吉凶辯〉將中國哲學之「道」架設在天文學之下，認為中國的「道」即是西方「時間」與「空間」的議題，「天」、「地」即為物質實體，其論述了「天」即為春夏秋冬、氣候寒暑之自然表象。此研究甚愜。翻檢數據發現劉文英曾對「道」即是西方「時間」與「空間」的

〔註81〕徐復觀：《中國人性論史・先秦篇》，頁329。

〔註82〕簡光明：〈近二十年來之莊子學〉，《諸子學刊》第三輯，頁436。

〔註83〕南懷仁（P.Ferdinand Verbiest，1623～1688），又作懷爾比司特，字敦伯，原字勳卿。1623年10月9日出生於比利時古托萊城附近的畢登，1641年入耶穌會，1658年奉教會命，同衛匡國來華，其先在陝西傳教，後奉詔進京協助湯若望修訂中國曆法。南懷仁長期司職欽天監，主持製作黃道經緯儀、赤道經緯儀、象限儀、紀限儀、地平經儀、天體儀等六大件儀，設計製作歐式火炮，編制《康熙永年曆》。因南懷仁功勳卓著，故被加封太常寺卿、通政使、工部右侍郎等銜。歷經曆獄，南懷仁繼湯若望之後，任職欽天監，成為康熙帝之師，以〈妄擇辯〉、〈妄占辯〉、〈妄推吉凶辯〉對陷害湯若望入獄之楊光先所特選擇術進行了批駁，意欲徹底為康熙曆獄翻案，撕毀楊光先所用的占測理論和實踐。康熙二十七年南懷仁在京逝世，卒諡勤敏。詳參崔廣社：〈南懷仁在華事蹟考〉，《文獻季刊》，2000年1月第2期。其所著〈妄擇辯〉、〈妄占辯〉、〈妄推吉凶辯〉見鐘鳴旦、杜鼎克、蒙曦主編：《法國國家圖書館明清天主教文獻》（臺北利氏學社，第十六冊，2009年）。

議題做過細緻的研究，今援引其研究成果如下：

> 談到中國古代時空理論的特色和貢獻，我認為最突出的有三點：一
> 是從統一的「道」來看時空的本質，認為時空是道的表現，並自覺
> 地探求時空推移變化之「理」，因之這種時空論具有很高的哲理
> 性；……〔註84〕

以天文譬喻、天文成象角度推測「德」為東方蒼龍之象，「道」之「首」字構
字也與東方蒼龍星象之角宿、亢宿、氐宿、房宿構型類似。因為中國傳統的
思維方式即是名象交融，概念與意象相結合。〔註85〕

圖 3-1　東方蒼龍

圖片來自丁綿孫：《中國古代天文曆法基礎知識》，頁 156。

此種推測前人未有。關於《莊子》中「道」字的研究只找了杜而未認為
「道」字在史前古語中指「月」，此一古語也在其他古民族語言中指「月」，莊
書所言之「道」乃是南方農業文化中的至上神。〔註86〕此外，葉舒憲認為鯤
鵬寓言與太陽運動相關：

> 「北冥」在象徵意義上等同於地底冥界之水，已如前論，而「南冥」，
> 在莊子的本文中說明是「天池」，顯係上界即天界的象徵，所以從北
> 冥到南冥的水平運動也就是自下界到上界的垂直運動。鯤，有的注

〔註84〕劉文英：《中國古代的時空觀念》，頁 3。
〔註85〕劉文英：《中國古代的時空觀念》，頁 2。
〔註86〕杜而未：《莊子宗教與神話》，頁 1。

家說是鯨魚，也有人考據為龍，當屬水族動物無疑；鵬乃飛行動物，
與鷹同類。水族動物化為飛行動物，從黑暗的北極向光明的南極運
行，這正是「道」的運動、太極的運動。當然也是太一即太陽的運
動模式，因為太陽是能以其循環運動而貫通上中下、海陸空三界的
死而復生的象徵。〔註87〕

葉舒憲認為「道」的原型即是太陽的運動。〔註88〕莊子強調直觀之認識，故
「道」字直接描述東方蒼龍之龍體的研究可能更接近（老子）莊子之原初發
想，也符合前文的構想，即道家以天文知識構築自己的哲思。「道」字直接描
述東方蒼龍之龍體，也與馮時研究周易乾卦描繪東方蒼龍星象映襯。「乾為
天」，則莊子思考的也是「道」與「天文」的關係。

上文論述莊子天文譬喻始自東方蒼龍之尾宿。關於「龍」之敘述，《莊子》
中尚有數段，均與天文有關：

（一）《莊子‧在宥篇》記載：「故君子苟能無解其五藏，無擢其聰明，尸
居而龍見，淵默而雷聲，神動而天隨，從容無為而萬物炊累焉。吾又何暇治
天下哉！」此中的君子以龍譬喻形、以雷譬喻聲，皆許為「天」，則不難將其
與天文相聯結。「炊累」一詞，郭象注為「若遊塵之自動」，成玄英疏為「從容
自在，無為虛淡，若風動細塵，類空中浮物，陽氣飄搖，任運去留而已」（頁
262）則此境界又與《莊子‧逍遙遊》中大鵬扶搖直上，視萬物「野馬也，塵
埃也」之境相通。與《莊子‧在宥》類似，《莊子‧天運篇》記載孔子將老子
譬喻為「龍」，此處更清晰的描繪了龍的樣子為「合而成體，散而成章，乘乎
雲氣而養乎陰陽」。

（二）《莊子‧在宥》有「崔瞿問於老聃」的寓言。上文已述，老子為
「龍」，而此寓言中的「崔瞿」二字構字皆有「隹」部，《說文解字》：「鳥之
短尾總名也」〔註89〕此亦是魚鳥龍鳳之喻的變形。同篇中，有「黃帝立為
十九年天子」的寓言，其中之「廣成子」據成玄英疏為「老子別號也」（頁
267），陸德明認為此則寓言中之「空同」為北斗下山也，根據為《爾雅》中
「北戴斗極為空同」。（頁268）此「空同山」應為古代之「璇璣」。「璇璣」

〔註87〕葉舒憲：《中國神話哲學》，頁57。

〔註88〕葉舒憲認為中國哲學中的最高範疇「道」有兩個不同來源，其中道家的「道」
　　　　來自於太陽和水的運動所體現出的循環往復一般法則或原理。詳參氏著《中
　　　　國神話哲學》，頁141。

〔註89〕《說文解字》，《四部叢刊初編》第66冊，頁126。

採用江曉原之考證：

> 「璇璣」，在天上是指「北極」在天上所畫出的圓；但這個圓又垂直
> 對應到大地之上，故「璇璣」又指矗立於「北極樞」正下方、垂直
> 於平面大地的柱形體，此柱上尖下粗，其底面為一個直經 23000 里
> 的圓，其高為 60000 里。在「璇璣」範圍內，是「陽絕陰彰，不生
> 萬物」的陰寒死寂之地。〔註90〕

楊儒賓認為空同即為崑崙山之分化，為戰國時著名的宇宙山，黃帝之下都，
以之登雲山。〔註91〕此崑崙可能即為「璇璣」。崔大華認為莊子神話多屬崑崙
神話而非蓬萊神話，若是將崑崙視為天文「璇璣」則此說可通。〔註92〕此寓
言中之「十九年」亦是天文常用之數位，十九年七閏是春秋時代制定的曆法
〔註93〕。以十九為一個時間單位是四分曆的標誌。另外，廣成子所述之「天
地有官」據成玄英疏「天官，謂日月星辰，能照臨四方，綱維萬物，故稱官
也。地官，謂金木水火土，能維持動植，運載群品，亦稱官也」（頁270）此
皆是《莊子》一書與天文密切相關之處。

　　向老子問道的寓言尚有：《莊子・天道篇》士成綺見老子，《釋名》：「綺，
攲也。其文攲邪，不順經緯之縱橫也。有杯文，形似杯也」〔註94〕士成綺之
名，含有「一」的音素，為道通為一隱喻，又同道在螻蟻之「蟻」，其向老子
問道為小大之辯的哲學議題，一如《莊子・逍遙遊篇》中「湯之問棘」，「湯，
廣大也，棘，狹小也」（頁26）且其似杯形，如北斗或南斗之形，與天文譬喻
思維相符。容器譬喻為老莊最常用的譬喻類型，除了杯之外，橐龠、陶鈞也
是容器譬喻。〔註95〕

〔註90〕江曉原：《周髀算經新論・譯注》（上海：上海交通大學出版社，2015），頁
　　　　19。
〔註91〕楊儒賓：《儒門內的莊子》，頁 85～88。
〔註92〕崔大華：《莊學研究》，頁 28。至於崑崙為璇璣的說法，馮時也認為如此。參
　　　　見氏著：《中國古代物質文化史——天文曆法》，頁 304。
〔註93〕丁綿孫：《中國古代天文曆法基礎知識》，頁 291。
〔註94〕漢・劉熙：《釋名》，《四部叢刊初編》第 65 冊。景江南圖書館藏明翻宋書棚
　　　　本，頁 79。
〔註95〕楊儒賓：《儒門內的莊子》，頁 290～293。此外，楊儒賓在同書 238～243 頁
　　　　還總結歸納了莊子愛用的渾圓譬喻，包含「陶甄」、「天均」、「天倪」（大石臼
　　　　或轆轤臺）、「道樞」（此以門戶喻道，楊儒賓以《周易》中乾坤二卦為易之門，
　　　　認為莊易譬喻同源。正如前文所述，乾坤二卦已經被馮時考證為星象描述，
　　　　則此譬喻正是天文譬喻）、「環中」、「漩渦」、「車輪」、「瓠」、「鏡」、「摶而飛」

（三）《莊子・知北遊篇》：

　　妸荷甘與神農同學於老龍吉。神農隱几闔戶畫瞑，妸荷甘日中㸓戶
　　而入，曰：「老龍死矣！」神農隱几擁杖而起，曝然放杖而笑，曰：
　　「天知予僻陋慢訑，故棄予而死。已矣！夫子無所發予之狂言而死
　　矣夫！」弇堈弔聞之，曰：「夫體道者，天下之君子所繫焉。今於道，
　　秋豪之端，萬分未得處一焉，而猶知藏其狂言而死，又況夫體道者
　　乎！視之無形，聽之無聲，於人之論者，謂之冥冥，所以論道，而
　　非道也。」（頁519～520）

其中「妸荷甘」之名，深有意涵。「妸：女字也。從女可聲，讀若阿」〔註96〕
即體現了道為萬物之母的雌柔特色。「甘，美也。從口含一。一，道也。凡甘
之屬皆從甘」〔註97〕則「甘」字含道。其中的神農可以視為農業之象徵。「老
龍吉」即為農業常用以計算天時之東方蒼龍。同時，「吉，善也」〔註98〕結合
前面的「甘」字，顯現了道的美善特色。弔唁老龍吉之「弇堈」之名同樣有著
天文意涵。「弇」字據《康熙字典》：

　　〈釋天〉弇日為蔽雲。〈注〉暈氣五彩覆日也。《冬官・考工記》
　　侈弇之所由興。〈疏〉由鐘口侈弇，所興之聲，亦有柞有鬱。《呂
　　氏春秋》其器宏以弇。〈注〉宏大弇深，象冬閉藏也。〔註99〕

老龍吉之「死」被象以日被雲隱蔽，一如道之閉藏。同時：「堈」古時同「缸」。
據《說文解字》：「瓦也。從缶工聲」〔註100〕此為老莊最愛用之容器譬喻。不
禁讓我們想起莊子妻死鼓盆而歌的寓言。鼓盆與鼓瓦，殊為相似。

　　（四）《莊子・列禦寇篇》記載：「朱泙漫學屠龍於支離益，單千金之家，
三年技成，而無所用其巧」（頁721）根據《春秋左傳正義》記載：「支離，陳
名」〔註101〕老子即陳國人，則此支離益即是老子之譬喻。「益，饒也。從水、

　　「萬物運行軌道」、「古聖王之相」、「渾沌」。楊儒賓認為此十三種譬喻皆有三
　　個共同特色：具有一不變的核心，而核心落於中央；超越相對，而又成全相
　　對；能隨時與無變化。見同書頁243～244。此十三種譬喻似乎都可以作為天
　　文譬喻來思考。
〔註96〕《說文解字》，《四部叢刊初編》第69冊，卷十三，頁22。
〔註97〕《說文解字》，《四部叢刊初編》卷四，頁28。
〔註98〕《說文解字》，《四部叢刊初編》卷三，頁57。
〔註99〕清・張玉書：《康熙字典》，頁386。
〔註100〕《說文解字》，《四部叢刊初編》卷六，頁46。
〔註101〕楊伯峻：《春秋左傳注》，頁1726。

皿」〔註102〕、「泙，谷也」〔註103〕則朱泙漫與支離益之名暗含老子關於道的譬喻：「譬道之在天下，猶川谷之與江海」屠龍之術應該與《左傳》中記載的劉累學擾龍於豢龍氏〔註104〕一樣，即通過學習加入天文學家的行列。〔註105〕楊寬認為：「鳳鳥即玄鳥，玄鳥即燕，燕又即益，則句芒亦即益」〔註106〕燕、勾芒皆為春季時令之物象、祭祀之神，此為「益」的另外一重天文譬喻。

此外，與尾宿天區有關的天文寓言尚有任公子釣魚的寓言。任公子釣魚的地點在會稽，關於會稽所在地，學者考證可能在泰山。〔註107〕然若是從天文譬喻的角度理解，在越似乎可通。任公子之名，壬在天干中排第九，九在古代為極數，君王會被稱為九五至尊。《周易》中也以九為陽數之極。故任公子身份尊貴，可釣「牽巨鉤錎沒而下，鷖揚而奮鬐，白波若山，海水震盪，聲侔鬼神，憚赫千里」之魚。壬為北方天干，會稽之分野在牽牛（北方天區），此處近尾宿天區，尾宿形似釣魚器材，可釣到魚宿。由此可見，任公子釣魚也可以視為天文譬喻的一則寓言。

二、鳳凰麗天

誠如上文所言，利瓦伊斯陀（Levi-Strass）1962 年出版的專著《野性思維》（The Savage Mind）一書中更明確指出譬喻性思維與其所表現的社會現實之間具模擬關係，認為野蠻人為應付環境而「臨場發揮」（improvised）或「拼湊」（made-up）的神話結構，是為了在自然秩序和社會秩序之間建立模擬關係（analogies）。依其本族「社會邏輯」（socio-logic），通過以圖騰方式展開的譬喻性「變形」而進行運作。〔註108〕本節將探討《莊子》一書中鳥意象眾多的原因。《莊子》一書中鳥意象眾多且作為莊子理想人生境界的傳遞者，因莊子受到商遺族玄鳥生商的祖先神傳說的影響，也受到楚文化以鳳為圖騰的影響。

〔註102〕 《說文解字》，《四部叢刊初編》卷六，頁 36。

〔註103〕 《說文解字》，《四部叢刊初編》，卷十二，頁 113。

〔註104〕 《左傳》昭公二十九年，詳參楊伯峻：《春秋左傳注》，頁 1500～1504。

〔註105〕 武家璧：《觀象授時——楚國的天文曆法》，頁 68～69。

〔註106〕 楊寬：〈玄鳥、鳳鳥、九鳳與句芒即益〉，《楊寬古史論文選》（上海：上海人民出版社，2003），頁 302。

〔註107〕 另有會稽在遼西、在越兩種說法。詳參楊儒賓：《儒門內的莊子》，頁 83。

〔註108〕 雷可夫（George Lakoff）、約翰遜（Mark．Johnosn）合著，周世箴譯注：《我們賴以生存的譬喻》，頁 16～17。

（一）玄鳥的原型——燕子

莊子是宋國人，而宋國是商朝之遺。《詩經・商頌・玄鳥》：「天命玄鳥、降而生商、宅殷土芒芒」〔註109〕玄鳥生商的神話記載在我國第一部詩歌總集《詩經》中。「神話傳說自有其歷史的根據，起源甚遠，主要是人類處於蒙昧時代理性被遮蔽的情況下，巫術等活動同樣遮蔽了事實，而將事實神聖化」〔註110〕既然神話具有歷史事實依據，只要細心考索，一定可以撥開歷史的迷霧，觸摸遠古祖先所處的宇宙洪荒世界。商朝的玄鳥信仰如何影響到了莊子，是否簡單的就是一種民族圖騰的無意識集體記憶？

與《詩經》密切相關的〈毛傳〉寫到：「春風玄鳥降，湯之先祖有娀氏女簡狄，配高辛氏帝，帝率與之祈於郊禖而生契，故本為天所命，以玄鳥至而生焉」〔註111〕、「玄鳥，鳦也，一名燕，音乙」〔註112〕〈毛傳〉是將玄鳥解釋為燕的重要的文獻說法。同樣是《詩經》，在《邶風・燕燕》中：「燕燕于飛，差池其羽。之子于歸，遠送于野。瞻望弗及，泣涕如雨。燕燕于飛，頡之頏之。之子于歸，遠于將之。瞻望弗及，佇立以泣。燕燕于飛，下上其音。之子于歸，遠送于南。瞻望弗及，實勞我心。」〔註113〕毛傳同樣認為：「燕燕，鳦也」〔註114〕燕、鳦、玄鳥在毛亨看來是同一種鳥。〈鄭箋〉：「天使鳦下而生商者，謂鳦遺卵，娀氏之女簡狄吞之而生契，為堯司徒，有功封商」〔註115〕可以看出鄭箋也將玄鳥認作鳦。後儒根據毛傳鄭箋的記載通常認為玄鳥是燕，即是人類房檐屋下最常見的小鳥。

受到《詩經》和〈毛傳〉影響，玄鳥為燕子的說法深入人心。《說文・玄部》：「玄：幽遠也。黑而有赤色者為玄。象幽而入覆之也。凡玄之屬皆從玄」〔註116〕《詩經・豳風・七月》：「載玄載黃，我朱孔陽」〔註117〕〈毛傳〉：「玄，

〔註109〕 《十三經注疏》，卷2，頁793。
〔註110〕 劉毓慶、郭萬金著，李蹊評點：《從文學到經學》（上海：華東師範大學出版社，2009），頁426。
〔註111〕 《十三經注疏》，卷2，頁793。
〔註112〕 《十三經注疏》，卷2，頁792。
〔註113〕 《十三經注疏》，卷2，頁78。
〔註114〕 《十三經注疏》，卷2，頁77。
〔註115〕 《十三經注疏》，卷2，頁793。
〔註116〕 段玉裁：《說文解字注》，頁159。
〔註117〕 《十三經注疏》，卷2，頁282。

黑而有赤色」〔註118〕。這裡解釋古人的觀念「玄」並非單單只有黑色，且有赤色。「象幽而又復之也」正是天黑而明的自然現象。由此可知，「玄」字義與天有關。《易‧坤》：「天玄而地黃」〔註119〕玄鳥理所應當也與天有關，這也是玄鳥在後世為何演化為神鳥的原因。晉朝崔豹《古今注》：「燕，一名天女，一名鷙鳥」〔註120〕這裡崔豹也認為燕與天息息相關。

《說文》：「乙：玄鳥也。齊魯謂之乙。取其鳴自呼。象形。凡乙之屬借從乙。」〔註121〕此處將玄鳥認定是乙，玄鳥善鳴，許慎認為乙為象形字，在鳴叫的時候呈現一種「乙」的形狀。段玉裁認為：「既得其聲而像其形，則為乙。燕篆像其籥口、布翅、枝尾，全體之形。乙篆像其子飛之形。故二篆皆曰象形也。乙像翅開首竦，橫看之乃得」〔註122〕此處，段玉裁認為乙篆是燕子飛翔時的象形字，橫著看即可。

（二）「玄鳥生商」的流衍

戰國時期，「玄鳥生商」的神話傳說繼續衍生，在《呂氏春秋‧音初》中，我們找到如下記載：

> 有娀氏有二佚女，為之九成之臺，飲食必以鼓。帝令燕往視之，鳴若謚隘。二女愛而爭搏之，覆以玉筐，少選，發而視之，燕遺二卵，北飛，遂不反，二女作歌一終，曰「燕燕往飛」，實始作為北音。〔註123〕

《呂氏春秋》為戰國雜家合集，此處《呂氏春秋》描繪了有娀氏二女爭奪燕卵的神話。值得注意的是：一、爭奪的人物為二人。二、爭奪的地點為九成之臺、臺上有飲食和鍾鼓。三、燕為帝使，且其鳴叫聲音為謚隘。四、燕遺二卵。五、二女作歌，為北音之始。同是在《呂氏春秋》中，有玄鳥之歌：

> 昔葛天氏之樂，三人操牛尾投足以歌八闋：一曰載民，二曰玄鳥，三曰遂草木，四曰奮五穀，五曰敬天常，六曰達帝功，七曰依地德，八曰總萬物之極。〔註124〕（《呂氏春秋‧古樂》）

〔註118〕《十三經注疏》，卷2，頁282。
〔註119〕《十三經注疏》，卷1，頁21。
〔註120〕晉‧崔豹：《古今注》，叢書集成初編本，（北京：中華書局，1985年），頁一二。
〔註121〕段玉裁：《說文解字注》，頁584。
〔註122〕段玉裁：《說文解字注》，頁584。
〔註123〕《呂氏春秋》，《四部叢刊初編》，420冊，頁147。
〔註124〕《呂氏春秋》，《四部叢刊初編》，420冊，頁130～131。

玄鳥為候鳥，在《呂氏春秋》中也有記載：

> 是月也，玄鳥至。至之日，以太牢祀於高禖。天子親往，后妃率九
> 嬪御，乃禮天子所御，帶以弓韣，授以弓矢於高禖之前。〔註125〕
> （《呂氏春秋・仲春紀》）

> 仲秋之月：日在角，昏牽牛中，旦觜巂中。其日庚辛。其帝少皞。
> 其神蓐收。其蟲毛。其音商。律中南呂。其數九。其味辛。其臭腥。
> 其祀門。祭先肝。涼風生。候鳥來。玄鳥歸。群鳥養羞。〔註126〕（《呂
> 氏春秋・仲秋紀》）

玄鳥是一種仲春來，仲秋歸的候鳥，其物候曆特徵明顯。

學術界對商族起源地大多採用以丁山、鄒衡、李伯謙為大表的太行山以
東平原的河北中南部說。九成之臺應該與我國古代天文觀測有關，紅山文化
石壇既有學者認為與天文觀測相關。同時，我們在古籍中也可以找到夏商周
三代天文觀測的天文臺記錄。天文臺各個朝代名稱不一，夏為清臺，殷為神
臺，周為靈臺。〔註127〕周為靈臺的說法值得我們注意。《莊子》中多次以靈
臺譬喻人心，此亦為天文譬喻的一種：

> 工倕旋而蓋規矩，指與物化，而不以心稽，故其靈臺一而不桎。（《莊
> 子・達生》，頁455）

> 備物以將形，藏不虞以生心，敬中以達彼，若是而萬惡至者，皆天
> 也，而非人也，不足以滑成，不可內於靈臺。靈臺者有持，而不知
> 其所持，而不可持者也。（《莊子・庚桑楚》，頁546）

在《楚辭》中我們也可以找到「玄鳥生商」這一神話的流傳：

> 望瑤臺之偃蹇兮，見有娀之佚女。吾令鴆為媒兮，鴆告余以不好。
> 雄鳩之鳴逝兮，余猶惡其佻巧。心猶豫而狐疑兮，欲自適而不可。
> 鳳皇既受詒兮，恐高辛之先我。〔註128〕（《楚辭・離騷經》）

> 簡狄在臺，嚳何宜？玄鳥致貽，女何喜？〔註129〕（《楚辭・天問》）

在這裡同樣出現了瑤臺（九成之臺）、同時值得注意的是，屈原將玄鳥等同於

〔註125〕《呂氏春秋》，《四部叢刊初編》，420 冊，頁 47～48。
〔註126〕《呂氏春秋》，《四部叢刊初編》，421 冊，頁 24～25。
〔註127〕馮時：《中國古代物質文化史——天文曆法》，頁 337。
〔註128〕《楚辭》，《四部叢刊初編》，第 577 冊，頁 73～76。
〔註129〕《楚辭》，《四部叢刊初編》，第 578 冊，頁 104。

鳳凰，且有娀氏之女和帝嚳聯繫在一起。

在《竹書紀年·殷商成湯》記載：

> 初，高辛氏之世，妃曰簡狄，以春分玄鳥至之日，從帝祀郊禖，與
> 其妹浴於玄丘之上。有玄鳥銜卵而墜之，五色甚好。二人競取，覆
> 之以二筐。簡狄先得而吞之，遂孕。胸剖而生契。長為堯司徒，成
> 功於民，受封商。〔註130〕

這裡，有娀氏之女名為簡狄，身份是高辛氏之妃。將玄鳥與春風聯繫起來，
體現玄鳥為候鳥的天文含義。《竹書紀年》將玄鳥生商的地點從瑤臺改在簡狄
和其妹沐浴的玄丘。這裡我們可以看到歷史記載的變化由九層之臺到玄丘。
玄丘還是與天有關，相信也是天文臺的內涵。

漢代儒家和史學家對「玄鳥生商」的神話做出了自己的詮釋。根據《呂
氏春秋》「是月也，玄鳥至。至之日，以太牢祀於高禖」的記載，毛亨用「郊
禖」之祭祀來解釋「玄鳥生商」的神話：「春風玄鳥降，湯之先祖有娀氏女簡
狄，配高辛氏帝，帝率與之祈於郊禖而生契，故本為天所命，以玄鳥至而生
焉。」「郊禖」即「高禖」。用這一祭祀之說解釋「玄鳥生商」的神話得到了絕
大多數漢儒的認可。

《禮記·月令》記載：

> 是月也，玄鳥至。至之日，以太牢祠於高禖，天子親往，后妃帥九
> 嬪御。乃禮天子所御，帶以弓韣，授以弓矢，於高禖之前。是月也，
> 日夜分，雷乃發聲，始電，蟄蟲咸動，啟戶始出。先雷三日，奮木
> 鐸以令兆民曰：「雷將發聲，有不戒其容止者，生子不備，必有凶
> 災。」〔註131〕

鄭玄注：「高辛氏之出，玄鳥遺卵，娀簡吞之而生契，後王以為媒官嘉祥而立
其祠焉」〔註132〕可見，鄭玄認可「高禖之祭」的說法。上文提到的《呂氏春
秋·仲春紀》：「是月也，玄鳥至。至之日，以太牢祀於高禖。天子親往，后妃
率九嬪御。乃禮天子所御，帶以弓韣，授以弓矢，於高禖之前。」高誘注：「王
者后妃於玄鳥至日，祈繼嗣於高禖」〔註133〕可見高誘也採用高禖之祭的說法。

〔註130〕《竹書紀年》，收入景明刻本《古今逸史》31卷，卷上。
〔註131〕《十三經注疏》，卷5，頁299～300。
〔註132〕《十三經注疏》，卷5，頁299～300。
〔註133〕《呂氏春秋》，《四部叢刊初編》，卷二六。

　　這一說法後世後儒附和者眾多。如歐陽修在《詩本義》中寫到：「毛氏之說，以今人情物理推之，事不為怪，宜其有之。而鄭謂吞鳦卵而生契者，怪妄之說也」〔註134〕。歐陽修摒棄了鄭玄的「吞鳦卵而生契」的說法，認為此種說法荒誕不經。「以今人情物理推之」的毛亨的說法得到了歐陽修的贊成。殊不知，以今臆古，以今日之制度妄測古代之制度，實乃大忌。日本中井積德在《古詩逢源》中寫到：

　　　作《毛傳》者以吞卵之說為不經，而深求諸理，故作高禖之解，然堯舜之世，高禖之有無，不可知也。抑玄鳥之至，有定時，而無定日。其玄鳥至之日，祀於高禖者，《月令》始言之，上世豈有此乎哉？竊疑《月令》云云，玄鳥生商之詳，設此事也，況《月令》作於秦之呂氏矣，惟周且不保有此禮也，乃據以為唐虞以上有此禮，不亦謬乎？〔註135〕

也有學者從其他角度論證了高禖祭祀作為始祖神話的不合理性，如民國焦琳《詩蠲》卷十二曰：

　　　舊或謂簡狄行浴，見燕墮卵，取而吞之，因生契，為商始祖，固失之怪妄，或謂簡狄以玄鳥至之日祀高禖，而生契，故本其為天所命，言天命玄鳥使下生商也，又太無奇。高禖之禮，年年御者皆與，然則何人不可謂玄鳥降而生乎？總之此等事，固不得真信妖王之說，然必有略異尋常之事，然後人樣之而道之耳，但付諸莫考可也。〔註136〕

這些看法確有見的。丁山在《中國古代宗教與神話考》中認為是高禖句芒音轉，句芒為東方之神，為春風之神。「玄鳥生商」不是祭祀「高禖」，其祭祀的對象為東方之神「句芒」。此解釋最接近「玄鳥生商」的神話真相。〔註137〕

　　司馬遷的《史記・殷本紀》中對「玄鳥生商」的記載較之前人又有了新的變化：

〔註134〕宋・歐陽修：《詩本義卷十三》，文淵閣四庫全書第70冊（臺北：商務印書館，1986），頁70～286。

〔註135〕日・中井積德：《古詩逢源》，靜嘉堂文庫藏明治寫本，山西大學國學研究院複印本。

〔註136〕民國・焦琳：《詩蠲卷十二》（太原：范華製版印刷廠，1935年）。

〔註137〕丁山：《中國古代宗教與神話考》（上海：上海書店出版社，2011年1月），頁50～52。

> 殷契，母曰簡狄，有娀氏之女，為帝嚳次妃。三人行浴，見玄鳥墮
> 其卵，簡狄取吞之，因孕生契。契長而佐禹治水有功。帝舜乃命契
> 曰：「百姓不親，五品不訓，汝為司徒而敬敷五教，五教在寬。」封
> 於商，賜姓子氏。契興於唐、虞、大禹之際，功業著於百姓，百姓
> 以平。〔註138〕

在司馬遷筆下，延續了有娀氏之女名曰簡狄的說法，不過將簡狄變為帝嚳的
次妃，這與尊周抑商的觀念有關。同時，司馬遷將爭奪玄鳥卵的人數，由姊
妹二人變為三人。這與《呂氏春秋》記載「遺二卵」的傳說不無相關。因為二
卵，所以為保留爭奪的傳說，只好將爭奪的人數增加，因為二人的話可以均
分，所以不如增加一人。而爭奪的地點依然是行浴時，為沼澤旁。

《史記·三代世表》中褚少孫曰：

> 湯之先為契，無父而生契，母與姊妹浴於元邱水，有燕銜卵墮之，
> 契母得故含之，誤吞之，即生契。契生而賢，堯立為司徒，姓之曰
> 子氏。子者，茲茲益大也，詩人美而頌之曰，殷社芒芒，天命玄鳥，
> 降而生商，商質殷號也。〔註139〕

此處可見，褚少孫通過自己的分析得出「玄鳥生商」神話由母系氏族社會「民
知其母，不知其父」的神話到人為安上一個「帝嚳」為父的神話演變過程。

與司馬遷、褚少孫同時代的劉向被學者認為整理過《莊子》，其自著之《列
女傳》中同樣記載了「玄鳥生商」的神話：

> 契母簡狄者，有娀氏之長女也。當堯之時，與其妹娣浴於玄丘之水。
> 有玄鳥銜卵，過而墜之。五色甚好，簡狄與其妹娣競往取之。簡狄得
> 而含之，誤而吞之，遂生契焉。簡狄性好人事之治，上知天文，樂於
> 施惠。及契長而教之理順之序。契之性聰明而仁，能育其教，卒致其
> 名。堯使為司徒，封之於亳。及堯崩，舜即位，乃敕之曰：「契！百
> 姓不親，五品不遜，汝作司徒，而敬敷王教在寬。」其後世世居亳，
> 至殷湯興為天子。君子謂簡狄仁而有禮。《詩》云：「有娀方將，立子
> 生商。」又曰：「天命玄鳥，降而生商。」此之謂也。〔註140〕

〔註138〕《史記》，卷3，頁62～63。

〔註139〕《史記》，《摛藻堂四庫全書薈要》卷三千五百八十一。

〔註140〕漢·劉向：《古烈女傳》，《四部叢刊初編》265冊，頁40～41。景長沙葉氏
觀古堂藏明刊本。

此處劉向將神話傳說化的痕跡更加明顯,其將有娀氏之佚女變成有娀氏之長女,並將故事發生時間設置在堯之時。劉向繼承了《竹書紀年‧殷商成湯》玄鳥「五色」的記載,並沒有寫明共有幾個人爭奪玄鳥之卵。其也用了褚少孫的鳥卵含而吞之的記載。值得注意的是,劉向突出了簡狄的「上知天文」、「理順之序」的天文學背景,從一定意義上可以看出玄鳥神話與天文密切相關。

「玄鳥生商」的神話是由簡單到複雜,不斷地有所變化,這些傳說,雖然有詳有略,逐漸演變,或有不同,但說商朝的始祖契,是由玄鳥而生,這一點,始終還是一致的。正如呂大吉所說,原始氏族社會,「人類由於受到社會生產力水平和人類認識水平的限制,不僅不可能把與自己生存攸關的自然力量和社會力量作為支配的對象,而且反把它們當作支配自己生存和生活的神秘力量。這兩種力量就在原始人的觀念中表現為對超自然的自然力量和對超人間的氏族祖先的崇拜,這兩種宗教觀念是原始宗教的基本觀念,由此觀念而象徵化為兩種基本的崇拜對象。」〔註141〕鳥崇拜與太陽崇拜密不可分,如仰韶文化、大汶口文化遺址出土的文物上鳥形圖飾與太陽圖飾經常相伴而行。在《山海經‧大荒東經》中我們也可以找到載日之烏的神話:「大荒之中,有山名曰孽搖頵羝,上有扶木,柱三百里,其葉如芥。有谷曰溫源谷,湯谷上有扶木。一日方至,一日方出,皆載於烏。」〔註142〕關於鳥神話與太陽崇拜有關之資料時,林振湘之研究足資參考,故援引如下:

> 將卵與太陽聯繫,在許多民族的神話中都可以找到例子。古埃及人認為,太陽是一隻由神鵝每天生出的蛋;在芬蘭的神話中,太陽則是一顆鳥蛋的蛋黃變成的;在印度梵天誕生的神話中,梵天從中而生的那顆金色的巨卵,也被比作「燦爛的太陽」。可見,將卵與太陽相比,是上古神話中一個非常普遍的現象。由此可以推測,這很有可能是因為日出,特別是海上日出容易給原始人類以海中浮著巨卵的直觀聯想,按照原始人的模擬思維,他們便很自然地將卵與太陽等同起來。因而這巨卵很有可能就是最早把鳥與太陽聯繫起來的媒介。〔註143〕

〔註141〕呂大吉:《宗教學通論新編》(北京:中國社會科學院出版社,2010年9月),頁475。

〔註142〕袁珂:《山海經校注》,頁354。

〔註143〕林振湘:《莊子神話意象研究——兼論莊子神話與山海經之關係》,福建師範大學碩士論文,2003年,頁17。

此外，張存釗認為《山海經》中神鳥帝江之狀為太陽的外形特徵，此是中國古代神話神鳥與太陽的相互聯繫之處。〔註144〕然而，同篇文章中，張存釗認為渾沌、鳳鳥（鵬）就是太陽。〔註145〕按照本文的研究，渾沌為昴宿，姑存此說，以啟來哲。

玄鳥生商的祖先神話，流淌在每個商族子孫的血液裏。身為宋——商遺族的莊子，在周文疲敝之時，夢想如同祖先神的那只玄鳥一樣掙脫煩擾的世間，回歸清明無礙無遮蔽的性靈世界。

（三）玄鳥與鳳凰

將鳳凰與玄鳥聯結起來最早的人是楚國屈原。〈離騷〉：「望瑤臺之偃蹇兮，見有娀之佚女。吾令鴆為媒兮，鴆告余以不好。雄鳩之鳴逝兮，余猶惡其佻巧。心猶豫而狐疑兮，欲自適而不可。鳳皇既受詒兮，恐高辛之先我。」〔註146〕〈天問〉：「簡狄在臺，嚳何宜？玄鳥致貽，女何喜？」〔註147〕〈離騷〉和〈天問〉中「玄鳥」和「鳳皇」是同一身份，做同樣的事情，可見二者是可以代換的關係。

五四新文化運動之後，學者借鑒西方人類學「圖騰」學說，認為鳳是殷人的圖騰，玄鳥即是鳳。〔註148〕圖騰意指一個氏族的標誌和圖徽，又是氏族的神。聞一多在《神話與詩》中指出：「鳳是原始殷人的圖騰」〔註149〕和聞一多同時期的郭沫若結合《山海經》，認為《山海經》中的「惟帝俊下友」的「五彩之鳥」即是鳳凰。〔註150〕有學者根據《左傳》昭公十七年的「郯子來朝」的記載，認為鳳鳥與玄鳥不是同一種鳥：

> 秋，郯子來朝，公與之宴，昭子問焉，曰，少皡氏鳥名官，何故也，
> 郯子曰，吾祖也，我知之，昔者黃帝氏以雲紀，故為雲師而雲名，

〔註144〕張存釗：〈《莊子‧逍遙遊》中大鵬之神話溯源〉，《重慶科技學院學報》，2010年第8期，頁69。
〔註145〕張存釗：〈《莊子‧逍遙遊》中大鵬之神話溯源〉，頁71。
〔註146〕《楚辭》，《四部叢刊初編》，第577冊，頁73～76。
〔註147〕《楚辭》，《四部叢刊初編》，第578冊，頁104。
〔註148〕甲骨文學家從文字考釋的角度出發，認為商人以鳥為圖騰。詳參胡厚宣：〈甲骨文商族鳥圖騰的遺跡〉，《歷史論叢》（中華書局，1964）第1輯。胡厚宣：〈甲骨文所見商族鳥圖騰的新證據〉，《文物》，1977，第2期。
〔註149〕聞一多：《神話與詩》（上海：上海人民出版社，2006年），頁58。
〔註150〕郭沫若：〈先秦天道觀之進展〉，收入《青銅時代》（北京：科學出版社，1957年），頁11。

炎帝氏以火紀，故為火師而火名，共工氏以水紀，故為水師而水名，大皞氏以龍紀，故為龍師而龍名，我高祖少皞，摯之立也，鳳鳥適至，故紀於鳥，為鳥師而鳥名，鳳鳥氏歷正也，玄鳥氏司分者也，……，仲尼聞之，見於郯子而學之，既而告人曰，吾聞之，天子失官，學在四夷，猶信。〔註151〕

上文，郯子將鳳鳥氏作為歷正，統領分至啟閉四氏，而司分者為玄鳥氏。學者由此推出鳳鳥與玄鳥不同。

天文四象朱雀與鳳凰之關聯，戰國道家著作《鶡冠子·度萬》：「鳳凰者，鶉火之禽，陽之精也。」〔註152〕古人根據恒星在天球上的位置，將黃道、天赤道附近的星空劃分為二十八個星空區，稱為二十八宿。東、南、西、北各占七宿，其中南宮之象為朱雀，五色配以紅色，朱雀即是鶉、鳳凰。南方七宿包括，井宿、鬼宿、柳宿、星宿、張宿、翼宿、軫宿：

《博雅》：東井謂之鶉首。〔註153〕

《觀象玩占》：鬼四星為輿鬼，為朱雀頭眼。〔註154〕

《爾雅·釋天》：咮謂之柳。柳，鶉火也。郭璞注：咮，朱鳥之口。鶉，鳥名，火屬南方。〔註155〕

《史記·天官書》：七星，頸，為員官，主急事〈索隱〉：頸，朱鳥頸也。員官，喉也。物在喉嚨，終不久留，故主急事也。〔註156〕

《史記·天官書》：張，素，為廚，主觴客。〈索隱〉：素，嗉也。《爾雅》云：鳥張嗉。郭璞云：嗉，鳥受食之處也。〔註157〕

《史記·天官書》：翼為羽翮，主遠客。〈正義〉：翼二十二星，軫四星，長沙一星，轄二星，合軫七星皆為鶉尾，於辰在巳，楚之分野。

翼二十二星為天樂府，又主夷狄，亦主遠客。〔註158〕

根據前文的文獻引證和星圖實際情形可知，在天上的這只朱雀是長喙（柳宿）、

〔註151〕楊伯峻：《春秋左傳注》，頁1386～1389。

〔註152〕宋·陸佃解：《鶡冠子》，《四部叢刊初編》第418冊。景江陰繆氏藝風堂藏明覆宋刊本，頁75。

〔註153〕丁綿孫：《中國古代天文曆法基礎知識》，頁128。

〔註154〕丁綿孫：《中國古代天文曆法基礎知識》，頁132。

〔註155〕丁綿孫：《中國古代天文曆法基礎知識》，頁134。

〔註156〕丁綿孫：《中國古代天文曆法基礎知識》，頁135。

〔註157〕丁綿孫：《中國古代天文曆法基礎知識》，頁137。

〔註158〕丁綿孫：《中國古代天文曆法基礎知識》，頁138。

長頸（星宿）、翅膀寬大（翼宿）、尾巴與翅膀重迭（合軫七星皆為鶉尾）。
針對朱雀的形狀，沈括在《夢溪筆談》中提到：「南方朱鳥七宿，有喙、有
嗉、有翼而無尾」〔註159〕此一形象應該是最初始的天文朱雀形象。由於我
國天文曆法起源較早，由此可知，最開始的神鳥長喙、長頸、寬翅、無尾的
特徵。

《莊子‧人間世》中有一個寓言：

> 孔子適楚，楚狂接輿遊其門曰：「鳳兮鳳兮，何如德之衰也！來世不
> 可待，往世不可追也。天下有道，聖人成焉；天下無道，聖人生焉。
> 方今之時，僅免刑焉。福輕乎羽，莫之知載；禍重乎地，莫之知避。
> 已乎已乎，臨人以德！殆乎殆乎，畫地而趨！迷陽迷陽，無傷吾行！
> 吾行卻曲，無傷吾足！」（頁136）

楚狂人以「鳳」起興，可見「鳳」在楚國人心目中的崇高地位。

由以上我們可知，殷商與楚文化系統都尊崇鳳（玄鳥），而晉喜歡以龍蛇
為喻。〔註160〕莊子身為宋國人，又多受楚文化薰染，受到商楚文化影響，故
文章中多用鳥意象。

（四）《莊子》中的其他鳥類

上文已經說明《莊子》中的大鵬即為鳳，莊子用的鳥類形象還有鵷鶵、
鷽鳩、意怠、莽眇之鳥：

> 惠子相梁，莊子往見之。或謂惠子曰：「莊子來，欲代子相。」於是
> 惠子恐，搜於國中三日三夜。莊子往見之，曰：「南方有鳥，其名為
> 鵷鶵，子知之乎？夫鵷鶵發於南海而飛於北海，非梧桐不止，非練
> 實不食，非醴泉不飲。……」（《莊子‧秋水篇》）（頁416～417）

> 仲尼曰：「……故曰：鳥莫知於鷽鳩，目之所不宜處，不給視，雖落
> 其實，棄之而走。其畏人也，而襲諸人間，社稷存焉爾。」（《莊子‧
> 山木篇》）（頁476）

> 孔子圍於陳、蔡之間，七日不火食。大公任往弔之……任曰：「予嘗
> 言不死之道。東海有鳥焉，其名曰意怠。其為鳥也，翂翂翐翐，而
> 似無能；引援而飛，迫脅而棲；進不敢為前，退不敢為後；食不敢

〔註159〕宋‧沈括：《夢溪筆談》，頁66。
〔註160〕張正明：《楚史》，頁17。

先嘗，必取其緒。是故其行列不斥，而外人卒不得害，是以免於
患。……」(《莊子・山木篇》)(頁 467～468)

天根遊於殷陽，至蓼水之上，適遭無名人而問焉，曰:「請問為天
下。」無名人曰:「去!汝鄙人也，何問之不豫也!予方將與造物者
為人，厭則又乘夫莽眇之鳥，以出六極之外，而遊無何有之鄉，以
處壙埌之野。汝又何帛以治天下感予之心為?」(《莊子・應帝王篇》)
(頁 208～210)

莊子以鵷鶵自喻，鵷鶵是鳳屬。鵷鶵在陸德明和成玄英的疏中同樣為燕子。
(頁 476)意怠，據楊儒賓考證「怠」與「鶵」韻母同為之部，聲母一為舌
頭音定母，一為舌上音日母，音近相通，且意怠與鵷鶵的性格極為相似，故
推論莊子借用了東夷民族圖騰鳥燕子。〔註 161〕寓言天根向無名人求問為天
下之道的寓言，發生地在殷陽，宋為殷遺族，故此地點之編設或為莊子之故
意。在戰國以列國分配星宿，宋之星宿中有氐宿。〔註 162〕巧合的是，氐宿
又名「天根」。故由此可見此則寓言之天文譬喻，莽眇之鳥超越時空之哲思
意象化。莊子將理想的聖人生活狀態稱為「鶉居而鷇食」、「鳥行無彰」，以
鳥之居處飛跡喻天人合一之野處，以言合於鳥鳴像德合於天地。(頁 294～
296)

　　《莊子・天運》中出現「鵠不日浴而白」，據陸德明《經典釋文》:「鵠」
本又作「鶴」。(《莊子・天運》，頁 363)據陳文濤考證，鵠為鳳的一種，多白
色。〔註 163〕此可能與殷人尚白有關，也可證實莊子對鳳之喜愛，無論是赤鳳，
還是白鳳。《莊子》佚文中，尚有三則對鳳之稱讚記載:

鳳，羽族之美。(123 條)

惠子始與莊子相見而問焉。莊子曰:「今日自以為見鳳皇，而徒遭燕
雀耳。」坐者俱笑。(133 條)

南方有鳥，其名為鳳，所居積石千里。天為生食，其樹名瓊枝，高
百仞，以璆珠琅玕為食。天又為生離珠，一人三頭，遞臥遞起，以
伺琅玕。鳳鳥之文，戴聖嬰仁，右智左賢。(113 條)

《莊子・天運》中尚有「白鶂之相視，眸子不運而風化」此種靠互相對視即可

〔註 161〕楊儒賓:《儒門內的莊子》，頁 102。
〔註 162〕丁綿孫:《中國古代天文曆法基礎知識》，頁 214。
〔註 163〕陳文濤:《先秦自然學概論》，頁 147。

繁衍後代之鳥類，據學者考證也為燕子圖騰的分化。〔註164〕離朱其原型也為神鳥。〔註165〕此外，《莊子·至樂》中記載了「海鳥止於魯郊，魯侯御而觴之於廟，奏九韶以為樂，具太牢以為善。鳥乃眩視憂悲，不敢食一臠，不敢飲一杯，三日而死」（頁428）的寓言。同為戰國文獻之《國語·魯語》記載：

> 海鳥曰爰居，止於路東門之外三日，臧文仲使國人祭之。展禽曰：
>
> 「越哉，臧孫之為政也！夫祀，國之大節也；而節，政之所成也。
>
> 故慎制祀以為國典。今無故而加典，非政之宜也。」〔註166〕

莊子從祭祀海鳥戕害海鳥本性出發批判了魯國國君之行為，展禽則認為祭祀海鳥為越禮行為，不符合節政慎祀的理想政治圖景。

本節探討了《莊子》的魚龍之變與龍鳳之喻。楊國強借鑒陳夢家在《古代的神話與巫術》中的古音遞變規律，認為鯤神話與鯀神話同屬一系，是宇宙創生神話。楊國強也綰合了玄鳥為商始祖的民族創世神話，認為鯤鵬神話為商民族南遷的隱喻。〔註167〕確有可取之處，無論是鯤還是鯀的神話，都可以用天空中之魚宿天文譬喻理解，故將此研究成果節錄下來。魚龍之變與龍鳳之喻都具有天象的譬喻，是莊子時空觀的意象化處理。魚鳥之變，正是以空間之動感象徵時間之變化。

第三節　河伯與海神

《莊子》一書中除了著名的鯤鵬之變，還有哪些與天文密切相關的譬喻變形呢？河伯是黃河之神？可否視為傅說星呢？北海若又與天文譬喻有何關聯呢？

按照常識，古代黃河之神為河伯。然而在天文譬喻的背景下，銀河之神也可以稱為河伯。《莊子·外物篇》中出現「河伯」的蹤影：

> 宋元君夜半而夢人被髮窺阿門，曰：「予自宰路之淵，予為清江使河
>
> 伯之所，漁者余且得予。」元君覺，使人占之，曰：「此神龜也。」
>
> 君曰：「漁者有餘且乎？」左右曰：「有。」君曰：「令余且會朝。」

〔註164〕楊儒賓：《儒門內的莊子》，頁102～104。

〔註165〕楊儒賓：《儒門內的莊子》，頁86。

〔註166〕《國語》，《四部叢刊初編》252冊，頁19。

〔註167〕楊國強：〈莊子鯤鵬原型新探〉，《韶關大學學報》，第21卷第3期，2000.06，頁30。

明日，余且朝。君曰：「漁何得？」對曰：「且之網，得白龜焉，其圓五尺。」君曰：「獻若之龜。」龜至，君再欲殺之，再欲活之，心疑，卜之，曰：「殺龜以卜，吉。」乃刳龜，七十二鑽而無遺筴。（頁638～639）

《爾雅·釋天》：「四月為餘」〔註168〕《史記·曆書》：「夏正以正月，殷正以十二月，周正以十一月。蓋三王之正若循環，窮則反本」〔註169〕以亥月為歲首，故四月為寅月。查考天文圖，此處正有龜五星，主卜吉凶。〔註170〕龜五星隸屬於尾宿。此處正是銀河經過之途，顧名思義，為「宰路之淵」。與此處天區相關之星宿尚有傳說星官。《莊子·大宗師》中記載：「傅說得之，以相武丁，奄有天下，乘東維，騎箕尾，而比於列星」傅說星：

《左傳》僖公五年：「天策焞焞」〈注〉：「天策，傅說星，時近日，星微，焞焞，無光耀也。」〔註171〕

《晉書·天文志》：「傅說一星，在尾後，傅說主章祝，巫官也。」〔註172〕

傅說所在天區，即東方蒼龍尾宿之後，其被稱為「天策」即被視為駕馭東方蒼龍之神巫。《楚辭·九歌·河伯》所稱「駕兩龍兮驂螭」的河伯即此傅說星。此「兩龍」非兩條龍，乃是東方蒼龍角宿二星之分說。《楚辭·九歌·河伯》「魚鱗屋兮龍堂，紫貝闕兮朱宮。靈何為兮水中，乘白黿兮逐文魚」描述了傅說附近的魚宿星官，稱此處為「龍堂」以譬喻東方蒼龍之體，「朱宮」即心宿天文譬喻，心宿二顏色為紅色。此處亦有龜五星，即詩歌中的「白黿」譬喻。

1973 年 5 月出土於長沙子彈庫楚墓的〈人物御龍帛畫〉，描畫的正是傅說星官所在的尾宿天區，駕馭蒼龍尾宿的正是巫師傅說。細觀此帛畫，蒼龍之形為尾宿之形，其下之魚為魚宿天文譬喻，其後的白鶴為南方朱雀。將帛畫與尾宿星空圖對照，可以看出人物御龍帛畫實乃古人對此處天區想像之圖畫，寄寓希望墓主人死後靈魂昇天之願望。

〔註168〕晉·郭璞注、唐·陸德明音義、宋·邢昺疏：《爾雅注疏》，《武英殿十三經注疏》本，卷三，頁91。
〔註169〕《史記》，卷26，頁161。
〔註170〕丁綿孫：《中國古代天文曆法基礎知識》，頁77～78。
〔註171〕丁綿孫：《中國古代天文曆法基礎知識》，頁78。
〔註172〕丁綿孫：《中國古代天文曆法基礎知識》，頁78。

圖 3-2　人物御龍帛畫

圖片來自王建勇：〈人物御龍帛畫略考〉，《中原文物》2014 年第 6 期

圖 3-3　尾宿

圖片來自丁綿孫：《中國古代天文曆法基礎知識》，頁 78。

　　與河伯有關之神尚有「馮夷」。《山海經・海內北經》郭璞注：「冰夷，馮夷也，《淮南》云：『馮夷得道，以潛大川。』即河伯也」[註 173]《莊子・大

〔註 173〕袁珂：《山海經校注》，頁 316。

宗師》:「馮夷得之,以遊大川」陸德明引司馬彪注:

> 《清泠傳》曰:馮夷,華陰潼鄉隄首人也。服八石,得水仙,是為
> 河伯。一云以八月庚子浴於河而溺死,一云渡河溺死。(頁179)

「馮夷」一直都被視為河伯,屈原《楚辭·天問》更記載了河伯與後羿因洛嬪而衝突的傳說:「帝降夷羿,革孽夏民,胡射夫河伯,而妻彼雒嬪?」〔註174〕,王逸注曰:

> 傳曰:河伯化為白龍,遊於水旁,羿見射之,眇其左目。河伯上訴
> 天帝,曰:「為我殺羿。」天帝曰:「爾何故得見射?」河伯曰:「我
> 時化白龍,出遊。」天帝曰:「使汝深守神靈,羿何從得犯汝?今為
> 蟲獸,當為人所射,固其宜也,羿何罪歟?」〔註175〕

學者考證,多以為馮夷意謂不用舟楫渡水而平安無事。〔註176〕《周禮·春官宗伯》中有「馮相氏」:「掌十有二歲、十有二月、十有二辰、十日、二十有八星之位,辨其敘事,以會天位。冬夏致日,春秋致月,以辨四時之敘」〔註177〕則馮夷之姓,以官為氏,似從此出,與天文亦有關聯。

　　《莊子·秋水篇》中北海若與河伯七問七答,前已述「若」為日母字,代表黃道。則此北海若之名,與天文譬喻依舊相關。北海若作為一個體道者對河伯諄諄教誨,其汪洋無極的形象正如《莊子·齊物論》所述:「孰知不言之辯,不道之道?若有能知,此之謂天府。注焉而不滿,酌焉而不竭,而不知其所由來,此之謂葆光。」且據學者考證,「葆光」應為「搖光」,即北斗第七星,位於北斗七星之杓端,「搖光」為三代曆法建子、建寅、建丑「斗建」的指示星。〔註178〕當然,此處若是以義理觀之,「天府」象徵「自然之府,即至人藏道之心竅」。〔註179〕「葆光」即「光而不耀」之義。〔註180〕

　　與此處相關的寓言尚有《莊子·天地篇》:

> 諄芒將東之大壑,適遇苑風於東海之濱。苑風曰:「子將奚之?」曰:
> 「將之大壑。」曰:「奚為焉?」曰:「夫大壑之為物也,注焉而不

〔註174〕《楚辭》,《四部叢刊初編》第578冊,頁93。
〔註175〕《楚辭》,《四部叢刊初編》第578冊,頁93。
〔註176〕賈學鴻:《莊子名物研究》,頁15。
〔註177〕漢·鄭玄注、唐·陸德明音義:《周禮》,《四部叢刊初編》第11冊。景長沙葉氏觀古堂藏明翻宋岳氏刊本,頁183。
〔註178〕楊儒賓:《儒門內的莊子》,頁282~283。
〔註179〕蔣錫昌語,轉引自錢穆:《莊子纂箋》(臺北:東大圖書公司,1985),頁19。
〔註180〕王叔岷:《莊子校詮》,頁77。

滿，酌焉而不竭，吾將遊焉。」苑風曰：「夫子無意於橫目之民乎？
願聞聖治。」……「願聞神人。」曰：「上神乘光，與形滅亡，此謂
照曠。天地樂而萬事銷亡，萬物復情，此之謂混冥。」（頁306～309）

此則寓言，學者認為背景是秋冬換季之時，春天——東風大神諄芒來到神秘
的時空轉換樞紐（歸墟）附近的海濱，遇到仍滯留的東風——冬神鶹，由此
展開玄理的對話。〔註181〕且不論「苑風」為「扶搖大風」還是「小風」（頁
307），在東海之風，對應東方蒼龍之箕宿，箕宿主風，且箕宿主「口舌」，符
合「諄」言字偏旁。此為莊子建構寓言人物的內在理路。

　　此外，《莊子》中記載的「尾生與女子期於梁下，女子不來，水至不去，
抱樑柱而死」可能是天文神話牛郎織女故事的原型。此則寓言只在《莊子》
中保留，在同時代作品中並無重現，故尾生何以成為守信的代表與伯夷、叔
齊、鮑焦、申徒狄、介子推同列賢士？故正如前文所述，尾生與伯夷、叔齊同
樣為天文譬喻。牛郎星近銀河，且織女星西腳下有漸臺星官主「晷漏、律呂、
陰陽」〔註182〕故整則故事的天文理路是牛郎與織女約，織女未至，而尾生期
信（晷漏），銀河為大水。此或可作為理解此一故事的角度之一。

　　本章從史官為中國先秦文化巫術傳統官職到以巫咸為核心的包含天文學
的術數文化論證了莊子對中國巫術傳統的關切。本章集中探討了《莊子》一
書中鯤鵬寓言所蘊含的天文譬喻，莊子身為宋國人，又多受楚文化薰染，受
到商楚文化影響較多，殷商與楚文化系統都尊崇鳳（玄鳥），故「鳥」的意象
多具有圖騰意涵。河伯與海神的天文譬喻又可與出土文物相參照。本章將文
字訓詁、天文星圖與陰陽五行術數文化相結合，多方搜集相關論述，加上自
己的創意研究，此種譬喻較多陰陽五行的巫術色彩，前人已經偶見論述，期
能更進一步，為讀者打開新的閱讀莊子的視角。本章從歷史、文本意象的宏
觀方面談《莊子》文本中的天文譬喻，下一章將從《莊子》文本的形式構成探
討與天文息息相關之處。

〔註181〕楊儒賓：《儒門內的莊子》，頁295。
〔註182〕丁綿孫：《中國古代天文曆法基礎知識》，頁95。

第四章 《莊子》敘事書寫與天文之關聯

前幾章已經探討了巫術傳統，莊子應該是上學而下達的通儒，其非但懂得天文學及其涵攝下的俗學（巫祝之學），也善於將之創造性地轉化，運用譬喻、反諷[註1]、雙關語和文字遊戲等修辭完成自己的鴻文巨著。敘事學研究敘事文的共時狀態，而不是敘事文的演變。敘事文也不研究作者創作過程，避免對作家的研究。巴爾特甚至提出「作者之死」，以標明敘事學與作家研究的決裂。[註2]第一章曾詳細梳理關於莊子其人其書其思想的歷史研究。這些研究在常規的學術研究中非常必要，但是在敘事學研究中卻非為必需。[註3]古帝傳說與《莊子》文本的形成有一個由口傳到文士書寫、編制的過程，在

〔註 1〕所謂反諷分為三種：一是曲筆、隱筆、史筆。二是：舊瓶裝新酒，引用原來並不適用於新作的文藝原料；三是作者的長篇議論。詳參浦安迪：《中國敘事學》，頁 116。
〔註 2〕胡亞敏：《敘事學》，頁 23～24。
〔註 3〕《莊子》文本作者，即莊子本人是否對中國古代星占天文特別喜愛？據學者研究，我們也常對自己喜愛的東西，對自己期望、流連、沉思的東西採用隱喻的說法，目的始從不同的角度，在一個特殊的焦點上，由所有類似的東西反映出的不同的光線中去觀察它。（詳參：〔美〕勒內·韋勒克：《文學理論》，頁 188）莊子一再以天文星象為譬喻是否就是上述的心理呢？然而亦有另外一種完全相反的研究觀點，即詩歌意象的研究無法探尋作者的內心世界。（詳參〔美〕勒內·韋勒克：《文學理論》，頁 204）二者似乎都有道理。我們至少可以確認，即若是一位作者反覆使用一種隱喻的意象，則至少作者對該意象十分感興趣且具有認知瞭解的欲望。

敘述學研究框架下，我們也無需理會《莊子》文本為何人所作，是否為一人所作，是否有偽作。敘事學研究方法採用演繹法，不再只是敘事文的經驗總結，而是一種理論建構，是對敘事文的共同規律和結構的把握。這種演繹研究強調分類，它試圖通過提出有限數量的敘述模式、結構模式及閱讀類型以說明敘事文的隱蔽的秩序。〔註4〕前幾章我們運用陰陽五行天文譬喻結構將不同時期流衍的古帝傳說聯繫起來進行譬喻深層結構的研究，也做了《莊子》中可用陰陽五行天文譬喻重新理解《莊子》寓言的閱讀嘗試。這些研究都可以算作敘事學研究的一部分。本章將深入探討《莊子》寓言，重點放在《莊子》敘事受到天文影響方面。

第一節　《莊子》與「敘中夾評」的史官書寫

前文曾論述中國史官職能是以天文曆法、占卜預言、史事記錄為一整體，中國敘事作品基本由史官群體創作，史官創作具有「敘中夾評」的敘事體例、多視角的敘述觀念。〔註5〕這種特色影響了《莊子》的創作。

敘事文是一種能以較大的單元容量傳達時間流中人生經驗的文學體式或類型。〔註6〕胡亞敏認為：

> 文學有多種劃分，經典的劃分是敘事文、戲劇文學和抒情詩。敘事文與戲劇文學相比，他們都有故事情節，但敘事文有敘事者以及以敘事者為中心的一套敘述方式，而戲劇文學只有人物臺詞和舞臺說明沒有敘述者；敘事文與抒情詩相比，他們都有某種意義上的講述人，但敘事文有一系列的事件，而抒情詩雖有詩人或歌手吟唱卻沒有完整的故事情節。經過比較，我們可以初步界定，敘事文的特徵是敘述者按一定敘述方式結構起來傳達給讀者（或聽眾）的一系列事件。〔註7〕

由以上的定義，我們可以看出敘事文應當有故事情節、敘述者以及敘事者為中心的一套敘述方式三個要素。《莊子》中寓言，具備以上的三要素，故我們可以將其視為敘事文。

〔註4〕胡亞敏：《敘事學》，頁25。
〔註5〕浦安迪：《中國敘事學》，頁16。
〔註6〕浦安迪：《中國敘事學》，頁8。
〔註7〕胡亞敏：《敘事學》頁22～23。

「小說」一詞來自《莊子‧外物》:「飾小說以干縣令,其於大達亦遠矣」(頁633)莊周將「小說」與「大達」相對照,指的是淺薄而不中義理難於經世的學說。宋人黃震認為:「莊子以不羈之才,肆跌宕之說,創為不必有之人,設為不必有之物,造為天下所必無之事,用以眇末宇宙,戲薄聖賢,走弄百出,茫無定蹤,故千萬世詼諧小說之祖也。」〔註8〕依照他的說法,《莊子》更是敘事文中的小說之祖了,且黃震之說突出《莊子》一書藝術虛構的特徵,戲薄聖賢、以文為戲的反諷特徵。關於《莊子》一書藝術虛構的特徵,莊子自己也寫到:

> 以謬悠之說,荒唐之言,無端崖之辭,時恣縱而不儻,不以觭見之也。以天下為沈濁,不可與莊語;以卮言為曼衍,以重言為真,以寓言為廣。獨與天地精神往來,而不敖倪於萬物,不譴是非,以與世俗處。其書雖瑰瑋而連犿無傷也,其辭雖參差而諔詭可觀。(《莊子‧天下》,頁647~649)

莊子重複了自己「三言」的寫作手法,同時闡述了自己的哲學追求,因天下沉濁,故以謬悠之說,荒唐之言,無端崖之辭言說胸臆。司馬遷對莊子的藝術虛構說得更為透徹:

> 故其著書十餘萬言,大抵率寓言也。作漁父、盜跖、胠篋,以詆訿孔子之徒,以明老子之術。畏累虛、亢桑子之屬,皆空語無事實。然善屬書離辭,指事類情,用剽剝儒、墨,雖當世宿學不能自解免也。其言洸洋自恣以適己,故自王公大人不能器之。〔註9〕(《史記‧老子韓非列傳》)

司馬遷認為莊子的藝術追求是「適己」非「適人」,莊子之文本「屬書離辭,指事類情,用剽剝儒、墨」與當時的同時代文本形成互文,同時莊子採用了反諷的寫作手法。由此可見,古人對莊子之文的藝術理解並不比今人差,今人何曾勝古人!此也正說明《莊子》為文學文本,非史官直錄的徵實文獻。故我們以西方敘事學理論研究《莊子》文本更應該注重其文學特色。

《莊子》自述的敘事策略:

> 寓言十九,重言十七,卮言日出,和以天倪。寓言十九,藉外論之。

〔註8〕宋‧黃震,《黃氏日鈔‧續諸子‧莊子》(卷55),見《古今圖書集成》(卷440),北京:中華書局,頁72310。

〔註9〕《史記》,卷63,頁106~108。

親父不為其子媒。親父譽之，不若非其父者也；非吾罪也，人之罪
也。與己同則應，不與己同則反，同於己為是之，異於己為非之。
重言十七，所以已言也，是為耆艾。年先矣，而無經緯本末以期年
耆者，是非先也。人而無以先人，無人道也；人而無人道，是之謂
陳人。卮言日出，和以天倪，因以曼衍，所以窮年。（《莊子·寓言》，
頁 647～649）

所謂寓言，郭象注曰：「寄之他人，則十言而九見信。」成玄英疏：「世人愚
迷，妄為猜忌，聞道己說，則起嫌疑，寄之他人，則十言而九信矣。」（頁 647）
重言：郭象注：「世之所重，則十言而七見信。」成玄英注：「重言，長老鄉閭
尊重者也。老人之言，猶十信其七也。」（頁 648）莊子自述為了免於表達自
己的思想引起他人的不信任，故採取中立客觀的寓言敘述體式，同時藉重聖
賢尊長之言，加深論證的可靠度。此外，還會採取卮言這種非敘事性話語。
莊子經常在一篇文章中點明此篇文章寓意，為所有寓言作點睛之筆的評論，
如〈養生主〉中第一段即指出文中庖丁解牛、公文軒見右師、澤雉十步一啄、
老聃死的寓言都在論證莊子自己「為善無近名，為惡無近刑，緣督以為經」
的養生思想。也有一些非敘述性話語對議論性語言的痕跡旋生旋掃。這些即
所謂卮言：「夫卮滿則傾，卮空則仰，空滿任物，傾仰隨人。無心之言，即卮
言也，是以不言，言而無係傾仰，乃合於自然之分也」（頁 648）。此種敘事話
語模式與非敘事話語模式相互穿插的方式，和史官創作具有「敘中夾評」的
敘事體例具有一脈相承的關聯。林雲銘也曾評論莊子的文章結構：

篇中忽而敘事，忽而引證，忽而譬喻，忽而議論，以為斷而非斷，以
為續而非續，以為復而非復，只見雲氣空蒙，往返紙上，頃刻之間，
頓成異觀。陸方壺云：「縫中線引，草裏蛇眠」嘻！得之矣！〔註10〕

顯然，其注意到莊子文章敘事話語模式與非敘事話語模式相互穿插，只是
其運用地理之法譬喻。從上文莊子自述的敘述追求，我們不難發現基於莊
子宣揚自己哲學的這一立場，寓言以全知全能的非聚焦型敘述視角為主，
以客觀實錄寓言形象雙方的對話和行動為方法，將寓言故事客觀呈現在讀
者面前。

接下來分析《莊子》文本受到史官創作影響對敘事視角和敘事聲音的影
響。首先，我們來分析《莊子》的敘事視角。非聚焦型視角被稱為「上帝的眼

〔註10〕方勇：《莊子學史》，卷三，頁 65。

睛」〔註11〕在這種敘事視角中，觀察者知曉每個人物的家世背景所思所想，在人物所構成的現實環境和內心世界自由出入，知己知彼。敘述者自己知道得比故事中的人物和讀者都多。如在〈秋水〉篇中，敘述者知曉河伯與海若各自的身份，甚至還描寫了秋水時至，百川灌河之後，河伯那種驕然自喜的心理，其後河伯旋其面目，望洋向若而感慨自己原來只是未曾見過更廣大的境界，徒然如同井底之蛙。在具體的寓言之中，莊子又會隨著人物（或寓言主角）對話和情節的進行，轉換為不定內聚焦型視角進行敘述。如河伯和北海若會面之後的論道之語，就各自依據自己的視角描寫，河伯成為一個求道者的形象，北海若作為得道者的形象，各自的話語編織符合各自的身份特徵。再如〈至樂〉中莊子之楚見骷髏的寓言。此則寓言雖然莊子本人出現在寓言中，卻與其他莊子出現的寓言不同，莊子並不是一個得道者的形象。此則寓言的敘述採取了非聚焦型視角，敘述者知道莊子的身份背景，也知道莊子之楚的行跡，其遇到骷髏之後的各種作為和議論。骷髏入夢後，敘述者採取了內聚焦型的視角，從骷髏的角度看，骷髏對莊子的印象為「辯士」，莊子與骷髏的夜談也各自依據自己的視角描寫。其中莊子還表達了對骷髏言談「不信」的心理，這種敘述超過了內聚焦型視角的敘述範圍，披露了寓言人物莊子當時的心理，闖入了人物的意識，推動了故事情節的波折發展。此則寓言中雖出現莊子，但是並沒有我們期待的同敘述者應該產生的敘述風格，考慮到《莊子》中不少篇幅為後人編撰，故此則寓言我們也很難說是同敘述者視角之作。因《莊子》一書獨特的編制體例，我們會發現其並不是一個完整故事，甚至各個故事之間也沒有一定的情節連接。《莊子》一書多是為了闡發一個哲理，進而將與此哲理相關之寓言編串在一篇之中。莊子及其弟子本人出現在《莊子》一書的寓言中，其形象與諸多得道之士並無不同，大都以傳道的形象出現，闡發自己的哲學理念與思考。可以說，《莊子》全書採用了異敘述者的視角。

　　文本中的敘述者類型尚可從內敘述者與外敘述者來劃分。莊子寓言中故事中有故事的多層次敘述較少。〈秋水〉中「公孫龍問於魏牟」的寓言，公子牟面對公孫龍不解莊子之言的狀況用「埳井之蛙謂東海之鱉」的故事譬喻小道難以大達。在「埳井之蛙謂東海之鱉」的寓言中，魏牟是內敘述者，「公孫龍問於魏牟」寓言的建構者為外敘述者，其敘述了魏牟與公孫龍的問對。這種雙層次的

敘述結構值得我們注意，這是敘述結構的複雜化和敘述技巧的精緻化。此外，鑒於《莊子》一書原為宣傳道家思想而作，所以敘述者顯然是具有「自我意識的敘述者」，從莊子自述「三言」的創作手法即可以看出其對讀者的提示。莊子也經常提醒讀者自身的存在，「嘗試言之」、「嘗試論之」、「予嘗為女妄言之」，都標識了敘述者的存在。莊子在敘述寓言過程中也經常在寓言之下寫出自己所要表達的寓意，具有解釋和評論的功能，由此可見其為干預敘述者。此種情況在下文非敘事性話語的分析中還要進一步討論。《莊子》敘事的接受者我們可以從莊子上文自述的敘述策略中看出，莊子一再強調自己採用「三言」的敘述策略，是因為自己的敘述接受者大多為「與己同則應，不與己同則反，同於己為是之，異於己為非之」的俗人，這些敘述接受者具有相信耆老之言、他人之言的認知慣性，並不是多麼睿哲的哲人。這是敘述者對敘述接收者的考慮，而莊子的敘述顯然是要宣傳自己的道家思想，並得到敘述接受者的同意和同情。此外，從敘述者對事件、人物的介紹、說明、解釋和比較中可以感受敘述接受者的信號。敘述者的介紹、解釋總是為了給敘述接受者提供信息。〔註12〕如〈應帝王〉中「鄭有神巫曰季咸」的寓言，敘述者先給我們介紹了這個神巫的本領：「知人之生死存亡，禍福壽夭，期以歲月旬日，若神。鄭人見之，皆棄而走」，由此可以提起敘述接受者對神巫的好奇心和求知欲，接著敘述者又告訴我們列子曾親見這位神巫，結果被神巫之神奇驚呆，並告訴了自己的老師壺子。由此開展了一系列壺子三見神巫的寓言情節。莊子的描述即是對敘述接受者的介紹與解釋。莊子的敘述接受者是「潛在的敘述接受者」，是群體同質的接受者。楊玉成曾研究認為「戰國文本的明顯特徵是強烈的語用傾向，作者明顯默認閱讀對象的接受，成為中國語言傳統的長久特徵。戰國既是作者（和著作）觀念形成也是讀者（聽者）開始登上歷史舞臺的時期，閱聽關係迭經重大的改變：從啟蒙大眾、對話辯論、游說王侯、貴遊文學，各種詮釋理論就在這個劇烈變遷的過程中產生」、「作者試圖操控語言並影響讀者成為戰國文本顯著特徵」〔註13〕顯然，其言中諸子百家著作之初心。

敘述接受者也可以分為外敘述接受者和內敘述接受者。正如上文《莊子・秋水》中「公孫龍問於魏牟」的寓言，公子牟面對公孫龍不解莊子之言的狀

〔註12〕胡亞敏：《敘事學》，頁64。
〔註13〕楊玉成，〈戰國讀者：語言的爆炸與文學閱讀〉，收入東華大學中文系主編：《文學研究的新進路：傳播與接受》，臺北：洪葉文化事業公司，2004，頁148。

況用「埳井之蛙謂東海之鱉」的故事譬喻小道難以大達。東海之鱉為「埳井之蛙謂東海之鱉」語言的內敘述接受者，公孫龍為外敘述接受者，他與敘述者一道，走完故事的全程。《莊子》一文基本為宣揚道家思想而作，故敘述者總是向敘述接受者講述哲理，兜售金玉良言，只是莊子自敘不想讓自己處於尷尬的敘述位置，所以採用「三言」的敘述策略。

我們對於莊子及其弟子的真實寫作者的形象是模糊不清的，然而我們在《莊子》一書中還是能體察到敘述者的聲音。除了上文引用的「三言」的敘述策略，敘述者的聲音常常採用理智的認知視角，如〈逍遙遊〉中敘述者的聲音：

> 野馬也，塵埃也，生物之以息相吹也。天之蒼蒼，其正色邪？其遠
> 而無所至極邪？其視下也亦若是，則已矣。且夫水之積也不厚，則
> 負大舟也無力。覆杯水於坳堂之上，則芥為之舟，置杯焉則膠，水
> 淺而舟大也。風之積也不厚，則其負大翼也無力。故九萬里則風斯
> 在下矣，而後乃今培風；背負青天而莫之夭閼者，而後乃今將圖南。
> （頁 18～20）

這些對天地物理現象的思考可以說代表了敘述者本人的思想。此外，《莊子·齊物論》中莊周夢蝶的寓言也出現了敘述者自己的聲音：

> 昔者莊周夢為蝴蝶，栩栩然蝴蝶也，自喻適志與！不知周也。俄然
> 覺，則蘧蘧然周也。不知周之夢為蝴蝶與，蝴蝶之夢為周與？周與
> 蝴蝶，則必有分矣。此之謂物化。（頁 90）

此段關於莊周內心的描寫「不知周之夢為蝴蝶與，蝴蝶之夢為周與？周與蝴蝶，則必有分矣。此之謂物化」可以算是自白，也體現了敘述者的聲音。此敘述者的聲音執行了敘述功能、見證功能、評論功能。

以上分析了《莊子》的敘述者、敘述接受者、敘述視角、敘述聲音等方面。接下來我們要探討《莊子》敘事時間問題。首先來看一下《莊子》敘事的時序問題。鑒於《莊子》全書的體例由一個又一個獨立寓言串聯起來，其大部分敘事是非時序的時間關係。即，故事時間處於中斷或凝固狀態，敘述表現為一種非線性型運動。在這類故事作品中，不存在完整的故事線索，共時敘述代替了歷時敘述。〔註14〕這些寓言連接在一起的基礎是語義，或者說某

〔註14〕胡亞敏：《敘事學》，頁 71。

個主題。在具體的寓言敘述中，我們也可以找到一些逆時序的敘事時間。如：《莊子・逍遙遊》「肩吾問於連叔」的寓言，敘述者採用了外部閃回的方式追述了肩吾向連叔問學故事發生之前，肩吾與接與討論藐姑射之山神人的故事。這種追敘擴展了故事的時空，交代了故事發生的起因。《莊子・應帝王》「鄭有神巫曰季咸」的寓言，採取了填充閃回的方式，追述了壺子三見季咸的經過，填補了故事的空白，也解釋了為何季咸三次見壺子對壺子的相面判斷都不同。這種時序的記述方式會弔足讀者的胃口，讓故事一波三折，充滿敘事魅力。莊子在〈寓言〉陽子居南之沛見老子的寓言中，採用了對比閃回的敘述方法，描寫了陽子居見老子先後的變化：「其往也，舍者迎將其家，公執席，妻執巾櫛，舍者避席，煬者避灶。其反也，舍者與之爭席矣。」由此種情境的反差，表現得道前後的鮮明對照。值得注意的還有史官書寫中內部閃前的敘述技巧，《左傳》中多次運用到此種敘述技巧。如蹇叔對秦穆公偷襲鄭國的戰爭預測，鄧曼對楚武王身隕敗亡的論斷，三家分晉的預言等等。《莊子》一書中也出現了類似內部閃前的敘述技巧。內部閃前指對敘事文中將要發生的事件的提示，它可用於故事開端對故事梗概的介紹和對故事結局的預言，使讀者對故事有一個大致的瞭解，並在閱讀中獲得求證的快感。〔註15〕〈徐無鬼〉「子綦有八子」的寓言中，九方歅預測「梱也將與國君同食以終其身」，其後的故事情節發展雖然哲理寓意較多，但是梱的結局確實是因為盜賊綁架梱砍其雙腳鬻之於齊，最後梱當渠公之街，與國君同食以終其身。可見史官的敘述技巧可能影響了《莊子》的文本創作。

其次，我們來探索一下《莊子》寓言的時限問題。《莊子》寓言多採用「概述＋等述」敘述節奏，同時莊子也有干預性的敘述、發表自己哲理見解的靜述部分。我們舉一個例子來具體說明一下莊子寓言的敘述時限：

> 鄭人緩也呻吟裘氏之地。祇三年而緩為儒，潤河九里，澤及三族，使其弟墨。儒、墨相與辯，其父助翟。十年而緩自殺。其父夢之，曰：「使而子為墨者，予也。闔胡嘗視其良，既為秋柏之實矣！」夫造物者之報人也，不報其人而報其人之天。彼故使彼。夫人以己為有以異於人，以賤其親，齊人之井，飲者相捽也。故曰：「今之世皆緩也。」自是，有德者以不知也，而況有道者乎！古者謂之遁天之刑。（〈列禦寇〉，頁718～719）

〔註15〕胡亞敏：《敘事學》，頁75。

此則寓言敘述鄭人緩在裘氏之地的功勞採取了概述的方式，其與弟墨的爭論長達十年，本應有很多精彩的片段，但是莊子並沒有描寫具體場面，而是採取了省略的技巧，加快了故事發展的節奏，造成了敘述的空白，這應該是建立在莊子對自己的敘述接受者充分信任的基礎上，可能因為當時社會儒墨為顯學，儒墨兩家的爭論司空見慣，人所共知。緩死後入其父之夢，莊子採取了等述的描寫，既有畫面感，又突出緩的不平之鳴。最後是莊子本人的論述，郭象注解認為「夫造物者之報人也」以下，為莊子辭也。（頁719）莊子的寓意是「言緩自美其儒，謂己能有積學之功，不知性之自然也。夫有功以賤物者，不避其親也，無其身以平性者，貴賤不失其倫也」、「仍自然之能以為己功者，逃天者也，故刑戮及之」。（頁720）莊子的言論為靜述。這些敘述運動的變換形成了寓言多種多樣的節奏，宛如樂曲有疾徐起伏。

　　第三，我們來看以下《莊子》寓言的敘述頻率。敘述頻率可以分為四種類型：敘述一次發生一次的事件、敘述幾次發生幾次的事件、多次敘述發生一次的事件、敘述一次發生多次的事件。〔註16〕《莊子》中較多敘述一次發生一次的事件的單一性敘述。《莊子》中也有敘述幾次發生幾次的事件。此種情況用於敘述多次發生的相同或相似的事件，可以參考下文對《莊子》寓言情節序列的研究。《莊子》中也存在多次敘述發生一次的事件，如鯤鵬之寓在〈逍遙遊〉中兩次出現，莊子拒絕楚國的聘用也出現在〈列禦寇〉、〈秋水〉兩篇中，孔子被圍困於陳蔡之間的寓言和惠子據梧而瞑的寓言情節也多次出現。這種敘述頻率的情況在敘事學上稱為「違重複」，金聖歎稱為「犯」。〔註17〕莊子的情節相似不能與《水滸傳》中作者刻意安排的情節相似兩相比較，一來《莊子》產生於我國文學早期初創時代，敘事技巧尚未發展到明清時期成熟階段；二來《莊子》之寓言內容服務於其哲學思想，故情節重複只是加深哲學論證的一種方式。

　　探討完莊子文章的敘事時間相關問題，我們來看《莊子》寓言中的話語模式。莊子認為應該以天為師，則師徒之間常採用問對形式，此種結構也受到巫術占問的結構影響。《莊子》敘事話語模式多為直接引語。直接引語包括人物對話和獨白。人物對話是直接引語中最常見的形式，分為交流型和含混型。《莊子》中多交流型人物對話，值得注意的是「話中有話」、「弦外有音」、

〔註16〕胡亞敏：《敘事學》，頁89。
〔註17〕胡亞敏：《敘事學》，頁255。

「答非所問」、「旁敲側擊」等含混型話語。〔註18〕如《莊子・知北遊》中的寓言：

> 知北遊於玄水之上，登隱弅之丘，而適遭無為謂焉。知謂無為謂曰：
> 「予欲有問乎若：何思何慮則知道？何處何服則安道？何從何道則
> 得道？」三問而無為謂不答也，非不答，不知答也。知不得問，反
> 於白水之南，登狐闋之丘，而睹狂屈焉。知以之言也問乎狂屈。狂
> 屈曰：「唉！予知之，將語若，中欲言而忘其所欲言。」知不得問，
> 反於帝宮，見黃帝而問焉。黃帝曰：「無思無慮始知道，無處無服始
> 安道，無從無道始得道。」
>
> 知問黃帝曰：「我與若知之，彼與彼不知也，其孰是邪？」黃帝曰：
> 「彼無為謂真是也，狂屈似之，我與汝終不近也。夫知者不言，言
> 者不知，故聖人行不言之教。道不可致，德不可至。仁可為也，義
> 可虧也，禮相偽也。故曰：『失道而后德，失德而後仁，失仁而後義，
> 失義而後禮。禮者，道之華而亂之首也。』故曰：『為道者日損，損
> 之又損，以至於無為，無為而無不為也。』今已為物也，欲復歸
> 根，不亦難乎！其易也，其唯大人乎！生也死之徒，死也生之始，
> 孰知其紀！人之生，氣之聚也，聚則為生，散則為死。若死生為徒，
> 吾又何患！故萬物一也，是其所美者為神奇，其所惡者為臭腐；臭
> 腐復化為神奇，神奇復化為臭腐。故曰：『通天下一氣耳。』聖人故
> 貴一。」
>
> 知謂黃帝曰：「吾問無為謂，無為謂不應我，非不我應，不知應我也。
> 吾問狂屈，狂屈中欲告我而不我告，非不我告，中欲告而忘之也。
> 今予問乎若，若知之，奚故不近？」黃帝曰：「彼其真是也，以其不
> 知也；此其似之也，以其忘之也；予與若終不近也，以其知之也。」
> 狂屈聞之，以黃帝為知言。（頁503～507）

面對知之提問，無為謂知而不應是有弦外之意，狂屈答非所問，黃帝則是旁敲側擊、話中有話。這些敘事性話語都是莊子運用的含混型話語，用來突出道的不可言說特性。那麼莊子有採用獨白的話語模式嗎？若是莊子在寓言中出現，有一種情況是其作為問答雙方的解答者，占盡上風，此種情況我們可以視為莊子的內心獨白。如《莊子・逍遙遊》中莊子與惠子討論無用之用，

〔註18〕胡亞敏：《敘事學》，頁95。

《莊子‧德充符》中莊子與惠子討論人有情無情議題等等。第二種情況是莊子也以自白的形式闡發自己的思想，如《莊子‧天道》：

> 莊子曰：「吾師乎！吾師乎！齏萬物而不為戾，澤及萬世而不為仁，長於上古而不為壽，覆載天地、刻雕眾形而不為巧，此之謂天樂。故曰：知天樂者，其生也天行，其死也物化；靜而與陰同德，動而與陽同波。故知天樂者，無天怨，無人非，無物累，無鬼責。故曰：其動也天，其靜也地，一心定而王天下；其鬼不祟，其魂不疲，一心定而萬物服。言以虛靜推於天地，通於萬物，此之謂天樂。天樂者，聖人之心，以蓄天下也。」（頁322）

莊子此段直接直接闡發自己對道的理解，對天人合一境界形成的天樂的嚮往。《莊子‧天地》、《莊子‧天道》中更有三段「夫子曰」的獨白：

> 夫子曰：「夫道，覆載萬物者也，洋洋乎大哉！君子不可以不剖心焉。無為為之之謂天，無為言之之謂德，愛人利物之謂仁，不同同之之謂大，行不崖異之謂寬，有萬不同之謂富。故執德之謂紀，德成之謂立，循於道之謂備，不以物挫志之謂完。君子明於此十者，則韜乎其事心之大也，沛乎其為萬物逝也。若然者，藏金於山，藏珠於淵；不利貨財，不近貴富；不樂壽，不哀夭；不榮通，不醜窮；壽夭俱忘，窮通不足言矣。不拘一世之利以為己私分，不以王天下為己處顯。顯則明，萬物一府，死生同狀。」（《莊子‧天地》，頁285）

> 夫子曰：「夫道，淵乎其居也，漻乎其清也。金石不得，無以鳴。故金石有聲，不考不鳴。萬物孰能定之！夫王德之人，素逝而恥通於事，立之本原而知通於神。故其德廣，其心之出，有物採之。故形非道不生，生非德不明。存形窮生，立德明道，非王德者邪！蕩蕩乎！忽然出，勃然動，而萬物從之乎！此謂王德之人。視乎冥冥，聽乎無聲。冥冥之中，獨見曉焉；無聲之中，獨聞和焉。故深之又深，而能物焉；神之又神，而能精焉。故其與萬物接也，至無而供其求，時騁而要其宿，大小、長短、修遠。」（《莊子‧天地》，頁287~288）

> 夫子曰：「夫道，於大不終，於小不遺，故萬物備。廣廣乎其無不容也，淵乎其不可測也。形德仁義，神之末也，非至人孰能定之！夫至人有世，不亦大乎！而不足以為之累。天下奮柄而不與之偕，審乎無假而不與利遷，極物之真，能守其本，故外天地，遺萬物，而

神未嘗有所困也。通乎道，合乎德，退仁義，賓禮樂，至人之心有

所定矣。」（《莊子・天道》，頁 338）

上述三段都直接論說莊子心目中的「道」。莊子的獨白集中於《莊子・天地》、
《莊子・天道》兩篇之中，可以看出莊子對天之重視。當然也有人認為「夫子
曰」為莊子弟子追述其師的言論。無論如何，這兩種形式下的敘述，敘述者同
時也是敘述接受者，其都在記敘自己的經歷，以求得到讀者的認同。《莊子》中
出現的「夫子曰」的格式，可能對後代作者產生影響，如《史記》作者司馬遷
在書中出現「太史公曰」來表達自己的觀點，《聊齋》作者蒲松齡經常用「異史
氏曰」傳遞自己的聲音。莊子在自己出場的寓言裏多闡發人生哲理，其形象衣
冠落魄，氣度偉岸，拒斥王侯，屬福斯特所歸類的扁形人物。此較接近生活的
一面，與其編造的寓言故事中散發的神話氣質不同。莊子多與惠子一同出現，
二者形成「轉變型故事」〔註19〕，莊子代表道家思想，惠子則是被貶斥的對象。
有趣的是，莊子在一則寓言中表現了對惠子的珍惜。〔註20〕無論是莊子自身出
現在寓言中，還是以「夫子曰」獨白，都傳遞了敘述者自身的聲音。

正如上文所述，敘事話語模式與非敘事話語模式相互穿插的方式，和史
官創作具有「敘中夾評」的敘事體例具有一脈相承的關聯，其中《莊子》中的
非敘事話語包含：一、公開的評論：解釋、議論（指點、抒發、揭示）二、隱
蔽的評論：（一）、戲劇性的評論。在有些觀念派作家筆下，主人公本身就是
一種議論，在他身上體現對自身、對世界的一種觀點和看法。〔註21〕（二）、
修辭性評論。修辭的本意為語言的巧妙運用及由此達到的對讀者、聽眾的藝
術控制。修辭性評論指敘述者通過各種敘述手段暗示其意義的方式。〔註22〕
作者常採用象徵、對比的敘述手段。（三）、含混的評論。〔註23〕

我們在《莊子》文本中經常能看到直接公開的評論起到解釋時間的時代
背景、人物身份、故事梗概和結局等作用。如《莊子・盜跖》首先介紹孔子能
見到盜跖的機緣是其與盜跖之兄柳下季為友，其後又介紹了盜跖的所作所為
「從卒九千人，橫行天下，侵暴諸侯，穴室樞戶，驅人牛馬，取人婦女，貪得

〔註19〕「轉變型故事」按照胡亞敏的定義為從不平衡到平衡的故事類型，在《莊子》
中多表現為道的承載者對無道之士的啟蒙。
〔註20〕詳參《莊子・徐無鬼》。
〔註21〕胡亞敏：《敘事學》，頁 114。
〔註22〕胡亞敏：《敘事學》，頁 115。
〔註23〕胡亞敏：《敘事學》，頁 116。

忘親，不顧父母兄弟，不祭先祖。所過之邑，大國守城，小國入保，萬民苦之」。這些介紹都顯示了敘述者控制故事的能力，加快了敘述節奏，給敘述接受者以固定信息。《莊子》公開的評論中較多議論的部分。莊子自述「三言」的寫作策略即是指點人們自己為何採用一定的寫作方式，如何更好的閱讀理解自己的作品。莊子常常直接抒發對寓言中人物的情感和傾向，如〈逍遙遊〉鯤鵬之寓中，莊子直接對蜩與學鳩的狹隘表達自己的看法「之二蟲又何知」，充滿了不屑與鄙夷。此外，莊子常在寓言之下附上評論性的文字，解釋寓言寓意，也表達敘述者對人生、社會的看法。此為揭示的公開評論方法，如〈外物〉：

> 任公子為大鉤巨緇，五十犗以為餌，蹲乎會稽，投竿東海，旦旦而釣，期年不得魚。已而大魚食之，牽巨鉤錎沒而下，騖揚而奮鬐，白波若山，海水震盪，聲侔鬼神，憚赫千里。任公子得若魚，離而臘之，自制河以東，蒼梧以北，莫不厭若魚者。已而後世輇才諷說之徒，皆驚而相告也。夫揭竿累，趣灌瀆，守鯢鮒，其於得大魚難矣；飾小說以干縣令，其於大達亦遠矣。是以未嘗聞任氏之風俗，其不可與經於世亦遠矣。（頁 633）

此段莊子講述了任公子釣魚的寓言，其下說明自己認為經世者當志於大達的看法。關於《莊子》中隱蔽的評論，正如上文所論主人公本身就是一種議論，在他身上體現作者對自身、對世界的一種觀點和看法。我們以上文知問無為謂、狂屈、黃帝的寓言為例，無為謂這個名字就代表了體道者最高的境界：無為、無言；狂屈這個名字代表了體道、然體道不真的境界：與世委屈，似狂若瘋；黃帝則一直是《莊子》書中無為而治的聖王形象。三個人物形象對比體現了體道的三種境界。這也是作者對世人三種狀態的觀點和看法，顯然無為謂寄託了莊子的理想追求。

莊子將天設定為神聖之所在，其瞭解當時的天文學，用來編撰寓言，且其認為天道杳杳冥冥，非常神秘，故多採用天文譬喻或象徵。如〈天道〉：

> 昔者舜問於堯曰：「天王之用心何如？」堯曰：「吾不敖無告，不廢窮民，苦死者，嘉孺子而哀婦人。此吾所以用心也。」舜曰：「美則美矣，而未大也。」堯曰：「然則何如？」舜曰：「天德而出寧，日月照而四時行，若晝夜之有經，雲行而雨施矣。」堯曰：「膠膠擾擾乎！子，天之合也；我，人之合也。」夫天地者，古之所大也，而

> 黃帝、堯、舜之所共美也。故古之王天下者,奚為哉?天地而已矣。
> (頁330~332)

此段寓言之中,舜求問如何治理天下,堯告之以具體做法,然而舜卻並不認為是至樂之世。其用「天德而出寧,日月照而四時行,若晝夜之有經,雲行而雨施矣」的天文象徵來表現治世之最高境界,寄託了莊子自身的政治理想,是運用象徵來表達自己的修辭性評論。其下文莊子也揭示治世君王共美天地的理念,是公開的評論。修辭性評論的另外一種表達方式對比,也出現在《莊子》中。以〈逍遙遊〉為例,無論是鯤鵬與蜩與學鳩的對比,還是莊子與惠子的對比,敘述者所要顯揚的以大為美、無用之用的哲學議題都在反差中不言自明。

含混的評論介於公開的評論與隱蔽的評論之間,其特徵為敘述語言的歧義性和意義的多重性。它既可以是公開的評論中的話中有話,也可以是隱蔽的評論中的言外之意。含混評論的主要形式是反諷。〔註24〕反諷要求敘述者保持一種超然、平和的態度,敘述要適度,真意最好隱而不露。在有些情況下,敘述者可以不露聲色,通過場景和人物的言談舉止顯示出言與意的差異和對立。〔註25〕如〈田子方〉:

> 溫伯雪子適齊,舍於魯。魯人有請見之者,溫伯雪子曰:「不可。吾聞中國之君子,明乎禮義而陋於知人心,吾不欲見也。」至於齊,反舍於魯,是人也又請見。溫伯雪子曰:「往也蘄見我,今也又蘄見我,是必有以振我也。」出而見客,入而歎。明日見客,又入而歎。其僕曰:「每見之客也,必入而歎,何邪?」曰:「吾固告子矣:『中國之民,明乎禮義而陋乎知人心。』昔之見我者,進退一成規,一成矩;從容一若龍,一若虎;其諫我也似子,其道我也似父。是以歎也。」
> 仲尼見之而不言。子路曰:「吾子欲見溫伯雪子久矣,見之而不言,何邪?」仲尼曰:「若夫人者,目擊而道存矣,亦不可以容聲矣。」
> (頁484~486)

此則寓言極具反諷效果。首先我們來看寓言的主人公,其名即蘊含了反差極大的「溫」與「雪」(冷)兩種元素。再來看這位溫伯雪子的作為,其不欲見

〔註24〕胡亞敏:《敘事學》,頁116。
〔註25〕胡亞敏:《敘事學》,頁117。

孔子卻又連見兩次，鄙薄中國之君子「明乎禮義而陋於知人心」，卻說「是必有以振我也」；其接受孔子之「進退一成規，一成矩；從容一若龍，一若虎；其諫我也似子，其道我也似父」的禮儀，卻並不欣賞孔子。孔子則為溫伯雪子所傾倒，認為其「目擊而道存，亦不可以容聲矣」。由此可見，孔子並非「陋於知人心」。此則寓言多方展現了言與意、行之間的反諷，需要讀者做閱讀上的配合。

　　本節研究了《莊子》的兩大問題，敘述者、敘述接受者和怎樣敘述。怎樣敘述包括敘述視角、敘事時間、話語模式和非敘事性話語。這些都是《莊子》寓言表達的形式研究。

第二節　《莊子》寓言內容的形式

　　此節，我們主要研究《莊子》寓言內容的形式，即故事的構成因素和構成形態。此部分主要從情節、人物、環境三個方面進行研究和探討。

一、情節

　　在敘事學研究中，故事被視為從敘述信息中獨立出來的結構，情節則是被定義為事件的系列或語義系列。情節可分為功能、序列、情節三個層次來分析。〔註26〕功能被視為人物的行動，由其在情節發展過程中的意義來確定。〔註27〕羅蘭‧巴特將功能分為分布類和綜合類，其中對於敘事分析，具有行動性質的分布類功能才是情節分析的重點。分布類功能分為核心功能與催化功能，核心功能是故事中最基本的單位，是情節結構的既定部分，具有抉擇作用，引導情節向規定的方向發展。附屬功能則起著填充、修飾、完善核心功能的作用。〔註28〕以《莊子‧山木》中莊周遊乎雕陵之樊的故事來看，核心功能是莊周遊乎雕陵之樊，見大鵲執彈而留，見螳螂捕蟬，異鵲在後而悟道「物固相累，二類相召也」。後莊周也成為這一物類相召事件中的一環，他因貪留異鵲而被虞人驅逐唾罵。此段故事的附屬功能是莊周回到家中，受到自己此段遭遇的影響三月不庭，藺且迷惑不解，莊周將自己所悟之道傳授給藺且的情節。此附屬功能並不構成核心功能必不可分的一部分，核心功能已

〔註26〕胡亞敏：《敘事學》，頁120～121。
〔註27〕胡亞敏：《敘事學》，頁122。
〔註28〕胡亞敏：《敘事學》，頁123。

將莊子所要傳達之哲理敘述圓融，此段附屬功能只是起到了回顧核心功能的作用。

序列是由功能組成的完整的敘事句子，它通常具有時間和邏輯關係，序列有基本序列和複雜序列之分。西方敘事學中以序列的概念來深入剖析小說的情節結構，具有其理論的獨特性。基本序列由三個核心功能組成，分別是起因、過程、結果。基本序列可因不同方式組合，產生多種不同結構形態的複雜序列，其中又以「鏈狀」、「嵌入」及「並列」三種結構的複雜序列最具代表性。〔註29〕若是我們細讀《莊子》文本，會發現莊子的寓言有一種模式，可以歸納為一個序列：

　　　X 求道於 Y　→　Y 給予解答（序列 1）

這種序列的寓言即是前文顏崑陽所歸納的莊子寓言中的設問式寓言和借敘事以寓理的寓言。其中的 Y 為得道人士，如小童、南伯子綦、許由等，X 為不知道之人，經過向 Y 求道，大徹大悟，生活得到了改善，如向東郭子綦問道的顏成子游「一年而野，二年而從，三年而通，四年而物，五年而來，六年而鬼入，七年而天成，八年而不知死、不知生，九年而大妙」（《莊子·寓言》，頁654），向老子問道的陽子居「其往也，舍者迎將其家，公執席，妻執巾櫛，舍者避席，煬者避灶。其反也，舍者與之爭席矣。」（《莊子·寓言》，頁658）等等。這些 X 或者修得了道的真諦，或者因順應道的規律而改變了現實生活狀態。因為這個敘事模式存在於很多寓言中，我們可以將其稱為一個序列。當然，也有寓言節省了 X 向 Y 請教後的改變，而只把寓言重點放在 Y 傳述的道上。這些序列演繹的寓言有些簡短，有些漫長，成為一篇文章的主要敘述內容，如《莊子·說劍》、《莊子·漁父》、《莊子·秋水》中河伯向北海若問道。毫無疑問，這些都是單線的情節建構，人物有限，結構簡單。X 向 Y 問對的寓言形式，正是莊子以天為師的內在理念的外顯，也顯示了天人溝通。在這一寓言形式下，莊子採用明顯的場景敘述，故事時間等於文本時間，且敘事的視角隨著故事的進行，在 X/Y 的對話實現視角與聚焦的轉換。莊子對求道後 X 的生活轉變採取省敘的方式，此變換了敘述節奏，突出了得道對於 X 人生的改變迅速徹底。

在《莊子》的部分單篇文章中，我們也可以歸納出一定的序列。如《莊子·讓王》中的序列為：

―――――――――――――

〔註29〕胡亞敏：《敘事學》，頁123～124。

　　　　X 讓王或封官於 Y　→　Y 辭而不受並傳道於 X（序列 2）

文章中的 X 是堯、舜、楚昭王等位階較高的賢王聖帝，Y 是許由、子州支伯、善卷、石戶之農、大王亶父等重生輕利固不接受君位的隱士高人。全篇十五段寓言都統合於此序列之下。這裡 X 和 Y 的角色不斷變換，但是基本動作卻是相同的。這些動作在敘事學中稱為功能。此一序列屬基本序列中的鏈狀序列。再如《莊子・德充符》中的序列為：

　　　　X 形殘名望　→　Y 驚於其形終於瞭解才全形忘（序列 3）

兀者王駘、兀者申屠嘉、兀者叔山無趾、哀駘它惡駭天下、闉跂支離無脤、甕𤬪大癭都是形體殘缺之人 X，他們或者可以教學天下，或者可以與政事官同堂為學，或者可以得到周遭親友、長官君主的信任尊重，這些 X 的形象是扁形雷同的。Y 為常季、子產、仲尼、魯哀公等人，Y 對形殘之人聲譽日隆表示不解，甚至嘲諷，最終經過第三人或者 X 的現身說法，明白了才全德不形的道理。在這一寓言形式下，莊子採用明顯的場景敘述，故事時間等於文本時間，且敘事的視角隨著故事的進行，在 X/Y 的對話中實現視角與聚焦的轉換。《莊子・人間世》也有一個序列：

　　　　X 將有事於君主向 Y 求處事之道　→　Y 傳道於 X（序列 4）

其中 X 為顏回、葉公子高、顏闔，其將出仕之國世道混亂，其君主都殘暴不仁、性情乖戾，故 X 向 Y 尋求處世之道。Y 給出的解答「心齋」、「遊心」、「養中」都為「方今之時，僅免刑焉」的避禍之法。在這一寓言形式下，莊子採用明顯的場景敘述，故事時間等於文本時間，且敘事的視角隨著故事的進行，在 X/Y 的對話實現視角與聚焦的轉換。其中對 X 所要出仕之國的昏亂狀況，莊子採用簡單傳神的省敘，是敘述節奏的調整。《莊子・達生》篇的序列為：

　　　　見到技藝精湛之人 Y 而 X 問技　→　Y 回答以道進於技（序列 5）

其中 Y 分別為承蜩的痀僂者、操舟津人、養鬥雞的紀渻子、遊於呂梁一丈夫、梓慶削木為鐻、御馬東野稷、工倕畫圖，這些技工都因為與天合一的凝神工夫而技藝出神入化。「心於一藝，即凡天下之事，目所接觸，無不若為吾藝設者。必如是能會萬物於一己，而後其藝乃能擅天下之奇，而莫之能及。」〔註30〕在這一寓言形式下，作者常採用倒敘的方式，先展現神技的效果，後揭密神技的形成過程。

〔註30〕鍾泰：《莊子發微》，上海：上海古籍出版社，2012，頁 68。

　　此外，以天為師的求道模式尚有一個「自化」的序列：

　　　X 求道於 Y → X 求而不得自省改進 → Y 傳道於 X（序列6）

此一過程說明求道的艱辛，不但需要 Y 的點化，還需要 X 的自身工夫將自己修煉為一個很好的接受體，如《莊子・庚桑楚》中南榮趎的求道，其面見老子求道，老子第一次見面並沒有傳道於他，而是提醒南榮趎並沒有做好接受道的自身修養，「南榮趎請入就舍，召其所好，去其所惡，十日自愁，復見老子」後，老子才對南榮趎的提問進行了一一解答。《莊子・寓言》中陽子居向老子求教，老子先讚歎其不可教，後陽子居「進盥漱巾櫛，脫屨戶外，膝行而前」這種改變自己睢睢盱盱的儀態的自化過程終於讓陽子居獲得了老子的指點。《莊子・在宥》中，黃帝向空同山廣成子的問道第一次也遭到了拒絕回答，「黃帝退，捐天下，築特室，席白茅，閒居三月，復往邀之。廣成子南首而臥，黃帝順下風膝行而進，再拜稽首而問」後，才得到了廣成子的傳道。同篇中雲將東遊適遭鴻蒙的寓言，鴻蒙面對雲將提問「朕願有問也」直接以吾弗知回絕，又三年，雲將不再站在朕的立場提問，而是提出「天忘朕邪？天忘朕邪？」的提問，三年之中，雲將化除了以自我為中心的思維模式，願意以探討天的議題。此次，鴻蒙將自己的求道之法向雲將傾囊相授。《莊子・天道》篇士成綺見老子的寓言，老子對首次見面即諷刺其的士成綺漠然不應，士成綺明日復見，老子才解釋其的疑惑。《莊子・田子方》中孔子見老聃，老聃新沐，孔子便而待之，過了一會兒才得到了老子的教導，也可以算作本序列。《莊子・應帝王》中天根至蓼水之上向無名人請問為天下，無名人不欲告之，復問才告之，也可以屬這一序列。

　　「以天為師」的求道過程中，經常出現求道者 X 舉出一種才華、富貴權力、仁義、知書等俗世標榜的觀念，得道者 Y 即給與不同意見批駁的序列模式：

　　　X 提出世俗觀念 → Y 給與批駁（序列7）

此種序列見於〈應帝王〉陽子居見老聃，老聃批駁了「向疾強梁，物徹疏明，學道不倦」的勞形怵心行為，並提出自己對明王之治的觀點。〈天地〉夫子問於老聃「有人治道若相放，可不可，然不然。辯者有言曰：『離堅白若縣宇。』若是，則可謂聖人乎？」（頁298），老聃認為此種做法並不是聖人，而是「胥易技繫，勞形怵心者也」，老子認為正確的做法是忘己而入於天。〈大宗師〉將閭葂見季徹討論世俗所謂的帝王之德，將閭葂認為帝王應該「必服恭儉，

拔出公忠之屬，而無阿私」，季徹認為按照其的做法帝王將不勝任，且會危及自身。季徹提出自己的看法，認為帝王應該「同乎德而心居」。〈天道〉昔者舜問於堯曰：「天王之用心何如？」，堯之所為舜認為美則美矣，而未大也」，是人之合，舜認為最好的做法是「天德而出寧，日月照而四時行，若晝夜之有經，雲行而雨施矣」的天之合。〈天道〉孔子西藏書於周室翻十二經以說老子，老子認為「夫子亦放德而行，循道而趨，已至矣，又何偈偈乎揭仁義，若擊鼓而求亡子焉？意！夫子亂人之性也！」〈大宗師〉商太宰蕩問仁於莊子，莊子認為「孝悌仁義，忠信貞廉，此皆自勉以役其德者也，不足多也」，應該追求「至仁無親」。〈天運〉孔子見老聃而語仁義，老聃認為「仁義憯然，乃憤吾心，亂莫大焉」，不若「放風而動，總德而立」。〈天道〉桓公讀書於堂上，輪扁認為「君之所讀者，古人之糟魄」，真正精微的道是「得之於手而應於心，口不能言，有數存焉於其間」。〈大宗師〉孔子謂老聃曰「丘治《詩》、《書》、《禮》、《樂》、《易》、《春秋》六經，自以為久矣，孰知其故矣，以奸者七十二君，論先王之道而明周、召之跡，一君無所鉤用。甚矣夫！人之難說也，道之難明邪！」老聃認為「性不可易，命不可變，時不可止，道不可壅。苟得其道，無自而不可；失焉者，無自而可」，即認為孔子不應該汲汲營營，而應該順道而行。

　　莊子寓言的序列模式尚有兩種，一種是自以為是的小者見到大道之後而被震驚，此是從接受端描寫道之廣大；另外一種是從道的發送端描寫傳道擇機緣根器，逗機接物，有道之士要考慮寡聞之民不可告以至人之德：

　　　　X 小道 → Y 傳大道於 X，X 以小見大（序列 8）

　　　　Y 傳道於 X → Y 擔憂寡聞之民不可告以至人之德（序列 9）

屬序列 8 的寓言有：〈逍遙遊〉肩吾問於連叔、〈秋水〉河伯見北海若、〈秋水〉公孫龍問於魏牟；屬序列 9 的寓言有：〈大宗師〉南伯子葵問乎女偊、〈達生〉孫休者踵門而詫子扁慶子。此兩個序列皆是突出迷惑於宇宙，形累不知太初的小知與大道遭遇時的窘境。

　　在莊子以孔子思想作為靶的論道時，通常會採用一種得道者不認識孔子，詢問此何人哉，最後得知其人是孔子或者孔門弟子，進而對儒家思想進行批判的序列結構：

　　　　有道之士 Y 不認識孔子（或其弟子）X → 孔子（或其弟子）X 自
　　　　陳身份 → Y 批評 X 的思想和作為（序列 10）

此一序列的寓言代表〈天地〉子貢南遊於楚、〈漁父〉。

《莊子》寓言中有一個序列的人物都為清貧之士，然而在貧困中因為對道的持守而窮通皆樂：

> 有道之士 Y 與富貴人士 X 遭遇 → X 嘲笑 Y → Y 解釋自己窮通皆樂，認為 X 無道（序列 11）

此一序列的寓言包括〈徐無鬼〉徐無鬼因女商見魏武侯、〈讓王〉原憲居魯、〈山木〉莊子衣大布而補之、〈讓王〉孔子窮於陳、蔡之間、〈列禦寇〉宋人有曹商者、人有見宋王者。其中有道之士 Y 的形象為徐無鬼、原憲、莊子、孔子，X 則為富貴的武侯、子貢、魏王、曹商、見宋王者等。

《莊子》中尚有一些寓言情節結構相似，都可以將其歸結為各自的序列。如莊子尚十分注意隨著時間的流逝，人們思維行動方式的改變，這一系列的寓言故事可以歸納為一個序列：

> X 行年六十而六十化（序列 12）

此一序列的寓言包括有：〈則陽〉蘧伯玉行年六十而六十化、〈寓言〉莊子謂惠子曰。X 分別為蘧伯玉和孔子。六十年在古人看來是一個完整的天文時間單位，故有六十甲子的紀年。此亦是《莊子》一書中與天文相關的細微處。《莊子》中還有一個序列探討生死存亡為一體的寓言，皆是以群體友情為依託，一人得病，另外一個朋友去探望，最後得病者認為無懼於死生變化的情節：

> XYZD 為好友 → Y 得病，X 探病 → Y 表示順化自然，無懼死生（序列 13）

此一序列集中於〈大宗師〉中，分別為子祀、子輿、子犁、子來四人相與語曰；子桑戶、孟子反、子琴張三人相與友；子輿與子桑友。

以上討論了莊子寓言中的序列。這些序列的存在讓我們閱讀《莊子》時經常覺得莊子的寓言情節相似。

莊子寓言以人物簡單、結構單一為特徵，故我們發現以情節的序列研究即可以涵蓋大部分莊子寓言的情節構成。這些序列以基本序列為主，較少複雜序列。《莊子》中不乏按照事件發生的因果聯繫和事件順序組織起來的事件，形成典型的基本鏈狀序列。如：《莊子・養生主》中老聃死 → 秦失弔之，三號而出 → 老聃弟子不解 → 秦失認為安時而處順，哀樂不能入也，古者謂是帝之縣解。此段寓言完全按照事件順序描述，採用了場景描述，形成鏈狀結構。《莊子》一書中也有些寓言按照時間順序記敘時採用了閃回的寫作手法，如《莊子・

逍遙遊》中「肩吾問於連叔」的寓言，基本就採用外部閃回的方式追述了肩吾
與接輿在本寓言發生之前的故事。這些序列基本為同一層次的序列，借助闡述
同一個哲思而作平行連接。序列之間沒有因果連結，也沒有嵌入連接，都為獨
立的寓言故事。這樣這些序列就形成了並列式環形情節類型，他們基於莊子哲
理的思索被編制在一定的篇目中，用來傳達莊子的哲理。這些序列的組合，我
們發現唯一可以參照的連接方式即空間連接方式。即通過序列與序列的平行、
對照、循環、較多乃至序列本身的重複等互相參照以獲得一種音樂和詩歌所具
有的效果。而這種空間連接方式，更加體現在作品的內容上，而不是結構形式
中。〔註31〕下面我們著重探索《莊子》寓言內容中的空間連接方式。這樣的情
節結構具有中國獨特的敘事的非敘述性與空間化特色。

　　此敘事特色來源於浦安迪的研究。浦教授研究了奇書中以時空為框架的
布局法。其詳細論述了自己在《金瓶梅》、《西遊記》、《三國演義》、《水滸傳》
中發現的作者對時間節令的精巧設計，認為《西遊記》把五行之說用於作品
美學的空間模式設計，這一寫作布局手法在《紅樓夢》中也清晰可見。〔註32〕
浦安迪通過對中國奇書的研究，認為奇書多用陰陽五行結綴故事，中國美學
追求布局整齊、章法均衡的結構。〔註33〕浦安迪對中國神話結構的研究也與
筆者關注於中國神話情節的空間結構相關。浦安迪認為中西神話的一大重要
分水嶺在於希臘神話可歸入「敘述性」的原型，而中國神話則屬「非敘述性」
的原型。前者以時間性（temporal）為架構的原則，後者以空間（spatial）化
為經營的中心，旨趣有很大的不同。〔註34〕浦安迪認為中國神話缺乏與西方
類似的「頭、尾、身」結構的原則，而發展出具有「非敘述性」作為自己的美
學原則的特殊原型。中國神話因建構於殷商重禮制祭祀傳統，以空間為宗旨，
故重本體而善於畫圖案：

> 殷商時代的神話與祭祀有密切的關係……殷商文化把行禮的順序
> （order）空間化了，成為一種滲入時代精神的各個角落的基本觀
> 念，因而也就影響到神話的特色。中國神話傾向於把儀禮的形式範
> 型，諸如陰陽的更替循環、五行的周旋和四時的交替等等，作為某

〔註31〕胡亞敏：《敘事學》，頁127。
〔註32〕浦安迪：《中國敘事學》，頁86。
〔註33〕浦安迪：《中國敘事學》，頁130。
〔註34〕浦安迪：《中國敘事學》，頁39。

種總體的原則，而與西方神話敘事的時間化傾向構成一個同異對比。〔註35〕

筆者雖不認同浦教授關於「中國時間性的神話敘事的傳統似乎早已亡於周代，甚至在殷商以前就已失傳」的假想，〔註36〕卻很認同浦教授關於中國神話素材空間化、神話的敘事重心是宇宙的順序和方位的判斷。浦教授認為非敘述性和空間化是中國古代神話的特有美學原型可謂切中肯綮。本文之研究以天文星圖、天文現象為結構模型探討古帝王傳說與《莊子》寓言的敘事結構正可論證中國神話敘事的非敘述性與空間化特色。

《莊子》中屢次提到「數度」即標識其書的布局方法與天文曆法所計量的天地之理密切相關。如上文，〈逍遙遊〉鯤鵬之由北海遷移到南溟，學者普遍認為此則寓言蘊含的五行陰陽方位即是北—坎—陰，南—離—陽。本文以為「鯤」合小大之體，此「鯤」為魚宿星官。其化而為鳥乃是化作南方朱雀，利用「海運」徙往南溟天池，天池即銀河的天文譬喻。魚宿位於東方蒼龍之末，屬寅春分點附近。在天文測量中距離代表夏季星象的南方朱雀為六個月的距離。莊子認為鵬「背若太山」，此正是因為南方朱雀位於北斗星下讓莊子聯想到了璇璣之山。魚鳥之寓言並不是「道、理」的載體，而是魚鳥之寓的編制就是按照宇宙之「道、理」來編制，鵬、魚皆應是莊子適性逍遙理想境界的譬喻。此時鯤不再是變化之前應該被捨棄的形態，鵬也不是變化之後最終的形態，鯤鵬都是自然而然的天文星象譬喻，鯤鵬的變化只是宇宙的變化流行，莊子寫此則寓言，雖說千百年來被認為是追求人性的向上開展，然以天文譬喻的角度看，其更顯莊子與大化同流的天人合一哲思。鯤鵬的寓言並無因果性的情節描寫，即體現了中國神話敘事的非敘述性。再如《莊子·應帝王》中南海之帝儵與北海之帝忽鑿中央之帝渾沌七竅而致混沌死的寓言，為何一定是南海之帝與北海之帝見混沌中央之帝？其中蘊含的五行方位即是南—離—火，北—坎—水，中央土這樣的五行空間化特徵。以本文的研究，「儵」為銀河之象。「忽」，通作「曶」。「曶」字形表示此為太陽運行軌跡，為黃道之象。「混沌」為昴宿。昴宿狀如黃囊，七顆星，為七竅。且同為戰國時期《尸子》寫到：「地右闢而起昂畢」，道家認為混沌為宇宙之開始，與昴宿為地動之開始相合。以天文空間的建構理

〔註35〕浦安迪：《中國敘事學》，頁43。
〔註36〕浦安迪：《中國敘事學》，頁43。

解寓言，也可以看出莊子編制此寓言時的空間化特性，且此寓言並不具有因果關係的情節構成，具有非敘述性的特色。此外，《莊子·在宥》有「雲將東遊」的寓言：

> 雲將東遊，過扶搖之枝，而適遭鴻蒙。鴻蒙方將拊髀雀躍而遊。雲將見之，倘然止，贄然立，曰：「叟何人邪？叟何為此？」鴻蒙拊髀雀躍不輟，對雲將曰：「遊。」雲將曰：「朕願有問也。」鴻蒙仰而視雲將曰：「吁！」雲將曰：「天氣不合，地氣鬱結，六氣不調，四時不節。今我願合六氣之精，以育群生，為之奈何？」鴻蒙拊髀雀躍掉頭曰：「吾弗知，吾弗知。」雲將不得問。又三年，東遊，過有宋之野，而適遭鴻蒙。雲將大喜，行趨而進曰：「天忘朕邪？天忘朕邪？」再拜稽首，願聞於鴻蒙。鴻蒙曰：「浮游不知所求，猖狂不知所往，遊者鞅掌，以觀無妄，朕又何知！」……（頁 271～276）

「雲將」據成玄英疏為雲主將，「鴻蒙」為元氣，扶搖「神木，生東海也。亦云風」。（頁 271）鴻蒙有一個動作為「拊髀雀躍而遊」，髀為人體的股部。我們細細考索此則寓言的文理，可知皆是建構在周易巽卦為木、為股的基礎上。〔註37〕成玄英亦認為「夫氣是生物之元也，雲為雨澤之本也，木是春陽之鄉，東為仁惠之方。畢此四事，示君王御物，以德澤為先也」。（頁 272）若是我們再做一個大膽的聯想，《周髀算經》中記載「髀者，股也。」，〔註38〕則此時正是立竿測日影之時，後文雲將訴說「天氣不合，地氣鬱結，六氣不調，四時不節。今我願合六氣之精，以育群生，為之奈何？」，鴻蒙發出巫師求雨之「籲」聲即可理解，此段為日頭高照，雲將東遊，鴻蒙求雨的天文譬喻。其情節設置沒有因果順序，而且體現了陰陽五行八卦的空間特徵。

《莊子·至樂》中有一則寓言：

> 支離叔與滑介叔觀於冥伯之丘，崑崙之虛，黃帝之所休。俄而柳生其左肘，其意蹶蹶然惡之。支離叔曰：「子惡之乎？」滑介叔曰：「亡。予何惡？生者，假借也；假之而生生者，塵垢也。死生為晝夜。且吾與子觀化而化及我，我又何惡焉？」（頁 424）

〔註37〕《易·說卦》，《十三經注疏》，卷 1，頁 185。

〔註38〕漢·趙爽注、北周·甄鸞重述、唐·李淳風等奉敕注釋、宋·李籍：《周髀算經》，《四部叢刊初編》388 冊，頁 63。

這裡兩個寓言人物「支離」含離卦之名，「滑介」之「介」有兵甲之意，《易‧說卦》中記載「離為火，為日，為電，為中女，為甲胄，為戈兵。」〔註39〕、「離也者、明也，萬物皆相見，南方之卦也。」〔註40〕上文我們在探討共工神話時已經探討南方天區鬼宿為黃帝之臺，且鬼宿離黃道最遠，乃是古人想像中最北之處，即最冥暗處所。則此則寓言中的冥伯可能取象自鬼宿，因為同處於南方天區，「柳生其左肘」之「柳」為南方七宿柳宿之「柳」。如此理解，則此寓言情節具有非敘述性和描寫宇宙空間的特色。

《莊子‧庚桑楚》中的寓言以庚桑楚和其師老子、弟子南榮趎相問答結撰，我們姑且不看其論道之過程，僅考察此則寓言的空間化特徵：

> 老聃之役，有庚桑楚者，偏得老聃之道，以北居畏壘之山。其臣之畫然知者去之，其妾之挈然仁者遠之，擁腫之與居，鞅掌之為使。居三年，畏壘大壤。……南榮趎蹴然正坐曰：「若趎之年者已長矣，將惡乎託業以及此言邪？」……（頁530～535）

庚桑楚之名甚有意趣。楚的星宿分野為「翼、軫」，為南方天區。前文引用的《墨子》中已經記載「以庚辛殺白龍於西方」，則庚屬西方。「畏壘之山」即謂震卦的象徵。《易‧震》之卦辭、爻辭都顯示一種畏懼的氛圍：「震：亨。震來虩虩，笑言啞啞。震驚百里，不喪匕鬯。」、「初九：震來虩虩，後笑言啞啞，吉。」、「六二：震來厲，億喪貝，躋於九陵，勿逐，七日得。」、「六三：震蘇蘇，震行无眚。」、「九四：震遂泥。」、「六五：震往來厲，億無喪，有事。」、「上六：震索索，視矍矍，征凶。震不於其躬，於其鄰，无咎。婚媾有言。」。〔註41〕《易‧說卦》「萬物出乎震，震東方也。」〔註42〕庚桑楚北居畏壘之山這一個寓言的架構包含了東南西北四方的隱喻。庚桑楚之弟子為南榮趎，上文已論述離為南方之卦，《易‧離》：「離，麗也；日月麗乎天，百穀草木麗乎土，重明以麗乎正，乃化成天下。柔麗乎中正，故亨；是以畜牝牛吉也。」〔註43〕由此可見，離又有繁榮的取象，且「趎」字，朱字的字形，顯示了南方為火、為紅色的取象，其字音通「廚」，上文引用過南方天區張宿「為廚，主觴客」。由以上看出莊子此則寓言構思的天文空間化特徵。文章最後，庚桑楚認

〔註39〕《十三經注疏》，卷1，頁186。
〔註40〕《十三經注疏》，卷1，頁184。
〔註41〕《十三經注疏》，卷1，頁114～115。
〔註42〕《十三經注疏》，卷1，頁184。
〔註43〕《十三經注疏》，卷1，頁73。

為「今以畏壘之細民而竊竊欲俎豆予於賢人之間，我其杓之人邪？」「杓之人」
運用了天文北斗七星的譬喻，北斗七星的五至七星被稱為斗杓，且古人重視
北斗七星，用它來辨別方位和季節。〔註44〕具有和光同塵、不居功自傲道家
思想的庚桑楚不願意自己稱為人群中的「杓之人」。

與此結構方式相關的寓言，尚有三則：《莊子·天運》：「孔子西遊於衛。
顏淵問師金……」（頁354）正如前文所述，西方五行屬金，故莊子師金的命
名與孔子西遊於衛的行為正相映襯。此外，《莊子·徐無鬼》：

> 子綦有八子，陳諸前，召九方歅曰：「為我相吾子，孰為祥？」九方
> 歅曰：「捆也為祥。」子綦瞿然喜曰：「奚若？」曰：「捆也將與國君
> 同食以終其身。」……子綦曰：「歅！汝何足以識之？而捆祥邪，盡
> 於酒肉，入於鼻口矣。而何足以知其所自來？吾未嘗為牧而牂生於
> 奧，未嘗好田而鶉生於宎，若勿怪，何邪？吾所與吾子游者，遊於
> 天地。……」無幾何而使捆之於燕，盜得之於道，全而鬻之則難，
> 不若刖之則易，於是乎刖而鬻之於齊，適當渠公之街，然身食肉而
> 終。（頁587～590）

關於「吾未嘗為牧而牂生於奧，未嘗好田而鶉生於宎」，成玄英疏作：「牂，羊
也。奧，西南隅未地，羊位也；宎，東南隅辰地也，辰為鶉位。」（頁589）
由此句可見莊子寓言借用了陰陽五行方位空間的構思。且「捆」之名，《說文
解字·木部》：「捆，門橛也。」〔註45〕捆後代主當街，則正符合「捆」字字
義，此亦證實莊子寓言制名稱義的深層文理。鍾泰先生對莊子寓言人名的研
究由來已久，足資參考：

> 鍾泰先生在《莊子發微》中對《莊子》一書中出現的人名作了探微
> 的工作。這在《莊子》闡釋史中已有先例。唐代成玄英《莊子疏》
> 已經對《莊子》一書中的人名做了疏解。宋代王雱《南華真經新傳》
> 也有以義理釋名的探索。清代樸學大師俞樾《莊子人名考》是唯一
> 一部專門研究《莊子》中人名的著作。鍾泰先生在吸收前人成果的
> 基礎上，在《莊子發微》中繼續探索《莊子》人名用意，不但能深
> 入《莊子》為文用心，而且去除了前人牽強附會之處。如《齊物論》
> 中「齧缺」鍾泰先生認為「喻知，言其鑿也。」「王倪」鍾泰先生認

〔註44〕丁綿孫：《中國古代天文曆法基礎知識》，頁45。
〔註45〕清·段玉裁：《說文解字注》，頁256。

為「喻德，言其㴱㴱如小兒也；老子曰『含德之厚，比於赤子』是也。」外篇《駢拇》中「臧與穀牧羊」的寓言，鍾泰先生認為「穀」如《論語》「邦有道穀，邦無道穀」之「穀」；「臧」本意是「善」，莊子用來比喻有善行的人。所以寓言中穀嬉戲遊玩而臧則讀書。這是從文字的含義上探明莊子寄予的寓意。臧與穀相與牧羊，鍾泰先生認為「羊」諧音為「養」，是寄託養生之意。〔註46〕

《莊子‧寓言》中有一則與立木測影天文實踐相關的寓言：

> 眾罔兩問於景曰：「若向也俯而今也仰，向也括撮而今被髮，向也坐而今也起，向也行而今也止，何也？」景曰：「搜搜也，奚稍問也？予有而不知其所以。予，蜩甲也，蛇蛻也，似之而非也。火與日，吾屯也；陰與夜，吾代也。彼，吾所以有待邪？而況乎以有待者乎！彼來則我與之來，彼往則我與之往，彼強陽則我與之強陽。強陽者，又何以有問乎！」（頁656）

此則寓言擴展自《莊子‧齊物論》：

> 罔兩問景曰：「曩子行，今子止；曩子坐，今子起；何其無特操與？」景曰：「吾有待而然者邪！吾所待又有待而然者邪？吾待蛇蚹、蜩翼邪？惡識所以然！惡識所以不然！」（頁88～89）

「罔兩」為何？《左傳》宣公三年記載：「鑄鼎象物，百物而為之備，使民知神奸，故民入川澤山林，不逢不若，螭魅罔兩，莫能逢之」，楊伯峻認為「罔兩」即《說文》中的「蜩蛦」，其引用《國語‧魯語下》的注解認為「木石之怪曰夔蜩蛦。」〔註47〕由此筆者認為罔兩可能為木竿的想像。古人利用立竿測影，隨著日影早中晚的不同則影子的變化可以看成俯仰變化、起坐變化，括撮被髮的變化。若以此種思路理解此寓言，則將會獲得一種新的視角。這些寓言的情節建構都以天文空間特徵為主，體現了敘事的非敘述性與空間化特色。

此外，《莊子》中的寓言情節建構多是轉換型情節，體現了從無知到漸知的發現過程，莊子通過寓言闡發自己的道家哲理。《莊子》的寓言情節還具有二元對立模式，其中最突出的對立模式為：大小之辯、生死之化、美醜之比、聖俗之別。按照莊子的魚鳥之寓、〈秋水〉中北海若與河伯之寓、莊子路遇骷髏之寓、麗姬之寓等等，我們會發現，莊子試圖打破二元對立結構，齊同大

〔註46〕牟曉麗：鍾泰《莊子發微》研究。東北師範大學碩士論文。2014年5月。
〔註47〕楊伯峻：《春秋左傳注》，頁669～671。

小、生死、美醜，然而莊子的寓言結構確實體現了二元的對立，而莊子更偏重於二元對立中弱勢倫理的一方。

關於《莊子》寓言的結構與文章構成，學者認為可以從內容（思想層面）上稱之為主題或觀念敘事；從形式（結構層面）上稱之為並置敘事——因為它們總是由多個「子敘事」並置而成。〔註48〕主題包含顯在性和隱在性兩種表現方式，主題——並置敘事也相應分為兩類：一類是敘事作品的文本中直接寫出主題，通常是以「論說性的」文字直接表現出文章的主旨或觀點。作者在這種類型的文章中，首先寫出這些「論說性的」文字，再將各個證明性的「子故事」排列連結式地敘述，這些「子故事」的主要任務就是充當文章主題或觀點的「證據」，它們相互之間既沒有時間順序更沒有因果關聯，作者往往只能看到「並置」排列著的「故事群」；另一類則是敘事文本中不包含直接說出主題或表達觀點的「論說性的」文字，想要得到這類文章的主題或觀點，就必須要對各個「子敘事」進行認真的解讀揣摩和仔細的比較區分。〔註49〕清代孫嘉淦認為莊子「一篇如一句者，彼雖洋洋纏纏，有此數百千言以至萬言，實止為其胸中鬱結不能自秘之一語，如龍戲珠，一時江翻海湧，霧集雲興，而阿堵中物，乃止經寸」。他認為莊子各篇都為一句話之擴展，如《莊子·逍遙遊》全篇為明大而後能逍遙之意；〈齊物論〉只言照於天而喪我；〈養生主〉中心句是「緣督以為經」；〈人間世〉言當無用；〈德充符〉以「無形而心成」總提全篇；〈大宗師〉通篇以「命」作主，分疏「知天之所為」、「知人之所為」，最後歸為天人合一；〈應帝王〉通篇以「無為而治」虛籠一篇大義。〔註50〕敘事學將情節組織的理念原則區分為三類，其中一類是中心句連接，所謂中心句連接指的是「序列根據作品中心句的語義排列和擴展」。我們以〈德充符〉為例，其主旨是要「破除外形殘全的觀念，而重視人的內在性」。〔註51〕莊子在這一主題下，設立寓言：兀者王駘行不言之教、兀者申屠嘉與子產同堂為學、兀者叔山無歧見孔子、哀駘它惡駭天下而雌雄合乎前、闉跂支離無脤說衛靈公與甕㼸大癭說齊桓公。這些「子故事」的主要任務就是充當文章主題或觀點的「證據」，它們相互之間既沒有時間順序更沒有因果關聯，他

〔註48〕許迅：《莊子》空間敘事研究，江西師範大學，中國古代文學，2013碩士學位論文，頁6。
〔註49〕許迅：《莊子》空間敘事研究，頁7。
〔註50〕方勇：《莊子學史》，卷三，頁144～145。
〔註51〕陳鼓應：《莊子今注今譯》（北京：商務印書館，2007），頁169。

們體現為「並置」排列著的「故事群」。〈德充符〉的最後一段莊子借莊惠對話，以「論說性的」文字點明此篇章主旨「道與之貌，天與之形，無以好惡內傷其身」，如此便是破除形體殘全觀念，重視人的內在修養。這些故事群多採用上文總結的序列 3 模式。

　　莊子的文章，我們是否可以找到一個中心句呢？《莊子》結構較為完整的內七篇找到一個中心句。鍾泰先生認為內七篇反覆發明內聖外王之學，故此七篇可以視為以「內聖外王」為中心句的序列連接：

> 〈逍遙遊〉之辨小大，為內聖外王之學標其趣也。〈齊物論〉之泯是
> 非，為內聖外王之學會其通也。〈養生主〉，內聖外王之學之基也。
> 〈人間世〉，內聖外王之學之驗也。〈德充符〉，則其學之成，充實而
> 形外著於外也。若是，斯內可以聖，而外可以王矣。故以〈大宗師〉、
> 〈應帝王〉二篇終之。『宗師』者，聖之異名。帝者，王之極致也。
> 是故內七篇分之則七，合之則只是一篇。〔註52〕

　　以上探討分析了《莊子》寓言的非敘述性與情節空間化特徵。《莊子》寓言可以劃分出一定的序列，《莊子》全文的結構可以看出依據「主題──並置」模式，也存在中心句的序列連接。寓言序列屬敘事文的表層結構，莊子寓言的編制從其內容上看，可以體現為空間連接的序列方式。

二、人物與環境

　　接下來要簡單探討一下《莊子》寓言中的人物形象。莊子的寓言形象可以簡單區分為得道者和求道者的兩大類別，都屬單一這一級別的人物。〔註53〕結構主義的文學評論家認為應該按照人物行動來描述人物屬性和劃分人物類型，以此種觀點來看待《莊子》寓言中的人物，就會發現其塑造的人物形象可以用格雷馬斯的「行動元」模式來標明人物之間、人物與客體之間的行動關係。格雷馬斯「行動元」模式中的最重要的一組關係是主體／客體關係。在《莊子》寓言中主體是問道者，作者提出疑問或者設置各種情境讓問道者與得道者相遇，客體是道。「行動元」模式中另外一組關係為發送者／接受者，《莊子》中眾人求道為接受者，作為發送者的三代以下昏聵無道、戰亂紛仍、

〔註52〕鍾泰：《莊子發微》，頁 2。
〔註53〕胡亞敏認為：「單一這一級別的人物一般圍繞一個特性或一個主導特性建構，寓言式人物，誇張、漫畫式人物均屬於這一級。這類人物的特徵往往被放大、突出，稱為一種類型」詳參氏著：《敘事學》，頁 141。

人心攪擾的社會阻礙他們求道的實現。「行動元」模式中還有一組關係為幫助者／敵對者。巴爾曾區分發送者／接受者、幫助者／敵對者兩組模式的不同：

> 具有推動作用的發送者是一種決定性力量，幫助者往往只給與局部
> 的支持；發送者大多是抽象的，幫助者是具體的；發送者往往處於
> 背景之中，幫助者則往往參與行動；發送者大多只有一個，幫助者
> 可容納多種人物。〔註54〕

在《莊子》每一個寓言中都具有幫助者，也即是解惑者。至於敵對者，多存在於思想觀點不同的儒家學派或者殘暴的政治統治者形象。一些寓言雖然並不是問道模式，但是蘊含了道家思想的動物或者虛擬形象的作為即為幫助人們求道體道的形象。如罔兩問景的寓言，景的形象就是隨順俯仰的體道者形象。

關於《莊子》寓言中人物或者古帝王形象的探討，還可以借鑒敘事學家和結構主義者提出的人物是符號的集合的觀點。瑞蒙・科南認為人物的聚合方式為：「各成份是怎樣借助於專名結合成統一範疇的呢？在我看來，主要的聚合原則是重複、相似對照和暗指（在邏輯學的意義上）。」〔註55〕在《莊子》寓言中，很多主角的形象都與天文現象、陰陽五行、星占卜筮相關，即含有天文譬喻，且同時擔當得道者的形象，已經不可以僅僅把他們當作寓言的執行者，而是要深刻體會其包含的符號意涵。因為這些寓言的主角既無明確動作，也無明晰人物形象，故用符號論加以分析較為恰當。阿蒙曾將作品中人物劃分為指物人物、指示人物、排比人物。〔註56〕《莊子》寓言中指物人物為歷史人物、神話人物、寓意人物、社會人物。排比人物為作品內部前後出現互相參照的人物，如莊子、惠子、老子、南郭子綦等，其中莊子、惠子、老子同時也屬指物人物。《莊子》寓言中缺乏指示人物。

以天文譬喻研究《莊子》文本，最大的轉變是突出莊子寓言發生的環境。寓言的深層結構改變了寓言發生的環境，形成一種象徵型環境，同時也將天文星空、天文現象以及人類的天文測量活動作為支配式環境，符合莊子天人合一的哲學思想。《莊子》一書中以直接筆觸進行的環境描寫多為象徵型環境，如：「藐姑射之山，有神人居焉，肌膚若冰雪，淖約若處子，不食五穀，吸風飲露。乘雲氣，御飛龍，而遊乎四海之外。其神凝，使物不疵癘而年穀熟。」

〔註54〕胡亞敏：《敘事學》，頁145。
〔註55〕胡亞敏：《敘事學》，頁147。
〔註56〕胡亞敏：《敘事學》，頁148。

　　這種道家化境界的環境描寫將求道的逍遙自在凸顯出來；此外，還有一些反諷型的環境描寫，這主要是突出環境與人物的衝突。如《莊子‧人間世》中「顏回見仲尼請行」的寓言，文章中描寫顏回將要出仕之國「回聞衛君，其年壯，其行獨，輕用其國，而不見其過，輕用民死，死者以國量乎澤，若蕉，民其無如矣。」這樣殘暴剛愎的國君，動盪不安的社會局勢，顏回卻要去實行自己「治國去之，亂國就之，醫門多疾」的政治理想，昏暗的社會現實與聖徒般的儒家理想之間的對立就構成了一種典型的反諷環境。顏回並不顧及社會現實可能對自己性命的戕害，這種人物對環境的無視和漠視也形成了反諷的環境描寫。

　　以上探討了《莊子》「敘中夾評」的文章體例與以天文為業的史官書寫密不可分。《莊子》寓言情節呈現為天文空間化特色；《莊子》中的聖王人物多可結合中國文化中的陰陽五行、占星學說發現其中的天文譬喻。天文與人文形成一種映像，歷來都從兩個方面進行，首先是將自然之物比譬人間之文明：「玄黃色雜，方圓體分，日月迭璧，以垂麗天之象；山川煥綺，以鋪理地之形：此蓋道之文也」；「傍及萬品，動植皆文：龍鳳以藻繪呈瑞，虎豹以炳蔚凝姿；雲霞雕色，有踰畫工之妙；草木賁華，無待錦匠之奇。夫豈外飾，蓋自然耳。至於林籟結響，調如竽瑟；泉石激韻，和若球鍠：故形立則章成矣，聲發則文生矣」（《文心雕龍‧原道》）其次，是將人文上映至天文，「玄聖創典，素王述訓，莫不原道心以敷章，研神理而設教，取象乎《河》、《洛》，問數乎蓍龜，觀天文以極變，察人文以成化」（《文心雕龍‧原道》）若是我們以天文譬喻與天文敘事觀察解讀《莊子》，則《莊子》有相當大的一部分內容是在進行天之敘事，是直接以天之文化為人之文。這也是莊子天人合一的宇宙冥契。

　　本章對《莊子》文本的表達形式做了具體分析，我們是否可以採用這種思維方式，對其他文學作品進行全新角度的解讀？這將是下一章的主題。

第五章　《莊子》天文解讀模式影響下的後世文學文本

　　文學作品總是受到其他書籍的影響，有人將之命名為「文學遺傳學」：「無論文學和其他的價值有什麼樣的關係，書籍總是受其他書籍的影響，書籍總是模效、嘲訕、改造別的書籍——並不只是在嚴整的時間順序上尾隨著」〔註1〕莊子的寓言運用最多，也用得最精，影響了〈桃花源記〉、〈毛穎傳〉、唐宋傳奇直至《西遊記》、《儒林外史》的文學創作。那麼除了《莊子》運用了很多天文譬喻來建構故事情節，還有哪些文學文本可以用此思路分析呢？本章試圖分析〈柳毅傳〉、〈任氏傳〉、〈桃花源記〉情節構成空間化特色以及其中與古代時空觀的關係，以重現中國古代文人「天人合一」的生花妙筆。其後筆者用天文譬喻的思路重新詮釋李商隱詩〈無題〉、〈燕臺四首〉，雖或脫離作者原意，但是根據上世紀六十年代接受美學（Aesthetic of reception）理論中的「讀者反應論」（Readers response），一篇作品一定要通過讀者賦予它一種感動的生命。其中一類是「背離作者原意的讀者」，他們對作品的解釋可以不必是作者本來的意思，而這種層次的讀者，才是最有感發生命的讀者。讀者的心靈擴大作者的作品，一方面由作者通過創境滿足創作衝動，另一方面由讀者在閱讀時再創造。兩者互相激蕩，作者可能引領讀者，讀者也可能排除「意圖謬誤」〔註2〕而賦予作品以新的審美意涵。可以說，創作者與理想讀者一起

〔註1〕韋勒克（René Wellek）、華倫（Austin Warren）著，王夢鷗、許國衡譯：《文學論——文學研究方法論》（臺北：志文出版社，1976年），頁394。

〔註2〕新批評家韋姆薩特與比亞茲萊認為，作品本身的所具有的意義與作者在作品中意欲表現得意義殊不相關，應加以區別。見〔美〕劉若愚著，杜國清譯：《中國文學批評》（南京：江蘇教育出版社，2006年2月第1版），頁210～234。

實現了文本的意義。筆者意圖賦予中國古代經典作品一個解讀的全新視角，成為最有感發生命的讀者，活化經典。

第一節　〈柳毅傳〉與〈任氏傳〉

唐人小說是中國小說史上的第一個高峰。〔註 3〕唐人提高了小說的地位，將隸屬於子部的小說和史部的雜傳合併，有意為小說。唐代傳奇文以傳記形式出現，吸收了史家筆法，以及說話為主的通俗文學和唐詩的一些表現手法，塑造了鮮活的人物形象，離奇曲折的故事情節，生動的細節描寫。〔註 4〕有一些唐人小說創作者即為道士，或者創作內容多借鑒道教典籍，此與李唐王朝重視道教的歷史文化氛圍相關。李唐王朝出於政治上的考慮，遵奉道教為「本朝家教」，道教教主老子被尊為唐宗室「聖祖」，多次被冊封為「太上玄元皇帝」、「太聖祖高上金闕玄元天皇大帝」。繪製老子像，廣建老子廟。李唐王朝將《老子》、《莊子》、《文子》、《列子》合稱四子真經，每年按明經科例列為保舉，之後將兩京崇玄學改為崇玄館，設置道舉。玄宗開元年間，更出現了中國歷史上第一部道藏——《開元道藏》。〔註 5〕道教之星斗崇拜，對唐傳奇中的道教傳奇類小說應有相當的影響。故本章試圖分析〈柳毅傳〉、〈任氏傳〉、〈桃花源記〉行文脈絡與天文譬喻的關係、天象對情節構成的影響。

關於〈柳毅傳〉、〈任氏傳〉的研究成果甚豐，歸納看來研究角度屬版本及故事流變、人物形象、小說創作的歷史社會背景三方面者居多。此外，尚有域外文學與二傳比較研究及運用女性主義、敘事學等視角對〈柳毅傳〉、〈任氏傳〉進行研究的學術成果。

〈柳毅傳〉的故事發生地爭議紛紜，陳湘源認為〈柳毅傳〉故事原地在洞

〔註 3〕韓秋白、顧青：《中國小說史》（臺北：文津出版社，1995 年 6 月），頁 41。

〔註 4〕韓秋白、顧青：《中國小說史》，頁 42。

〔註 5〕任繼愈：《中國道教史》（上海：上海人民出版社，1990 年 10 月），頁 266。唐太宗曾言「神仙事本虛妄，空有其名。秦始皇非份愛好，遂為方士所詐，乃遣童男女數千人隨徐福入海求仙藥，方士避秦苛虐，因留不歸。始皇猶海側踟躕以待之，還至沙丘而死。後漢武帝為求仙，乃將女嫁道術人，事既無驗，便行誅戮。據此二事，神仙不煩妄求也。」由此可見，李唐王朝崇奉道教以政治為考慮。參考五代·劉昫：《舊唐書》（臺北：臺灣中華書局，1966 初版），頁 8。

庭湖。〔註6〕肖獻軍從唐人的小說觀及文本的角度出發，結合相關地理知識、文化背景、物產及小說風格等進行考辯證實〈柳毅傳〉故事中「洞庭」是指太湖。〔註7〕王稼句考證今洞庭東山啟園一帶，過去稱橘社，早在《吳郡志》裏已有記載，好事者就因為東山有橘社，就製造了一個柳毅井的古蹟。〔註8〕鍾鑫認為：

> 柳毅傳書故事在洞庭湖地區流傳甚廣，柳毅的形象為人們所敬仰，
> 被民眾奉為洞庭湖神。至明清時期，柳毅信仰在洞庭湖地區達到鼎
> 盛，民眾將其尊稱為洞庭王爺並建造多座廟宇加以祭祀。歷史上，
> 洞庭廟遍布湖區，因時代變遷，多已不復存在。君山上的洞庭廟，
> 是現存規模最大、知名度最高的一座柳毅廟。據文獻記載，此廟並
> 非洞庭主廟，洞庭主廟應在洞庭湖東岸的鹿角。在現代社會條件下，
> 洞庭湖地區的柳毅信仰已然衍生出新的文化內涵。〔註9〕

〈柳毅傳〉的故事原型研究中，黃恰認為龍女報恩的故事神話原型是遠古時代的「太陽潛水」意象，它暗含著人類經歷大水的洗禮而再生的原型文化內涵。作為一篇個人有意為之的作品，小說又滲透著創作主體的時代情感理想，對生命永恆的欲求和企盼，使得文本營構時代的文化內涵恰與原型文化的暗示相合。〔註10〕黃賢認為其題材來源是受到印度佛經中龍女報恩故事的影響並且在其中國化、文人化的過程中產生的。〔註11〕與其觀點相同的尚有王青，其認為西域的舞龍雜耍、咒龍祈雨方術以及龍女索夫傳說對中土的雜技、方術以及志怪傳奇〈柳毅傳〉等具有或多或少的影響。〔註12〕姜媛也同樣認為〈柳毅傳〉受到佛經影響。〔註13〕張黎明認為扣樹入龍宮的情節

〔註6〕陳湘源：〈〈柳毅傳書〉故事原地淺探〉，《岳陽職業技術學院學報》2008年04期，頁39～42。

〔註7〕肖獻軍：〈〈柳毅傳〉原發生地考辨〉，《中南大學學報》2010年10月第16卷，頁107～113。

〔註8〕王稼句：〈橘社往事〉，《書屋》，2012年01期，頁30～34。

〔註9〕鍾鑫：〈洞庭湖地區柳毅信仰及其廟宇變遷之考辨〉，《廈門廣播電視大學學報》，2015年03期，頁85～91。

〔註10〕黃恰：〈柳毅故事的文化解讀〉，《蒲松齡研究》，2003年01期，頁155～160。

〔註11〕黃賢：〈〈柳毅傳〉龍女形象新論〉，《山西大同大學學報（社會科學版）》，2012年03期，頁55～57。

〔註12〕王青：〈西域地區的龍崇拜以及對中土文化的影響〉，《西域研究》，2004年02期，頁87～93。

〔註13〕姜媛：〈印度龍女故事與〈柳毅傳書〉的關係〉，《科教導刊電子版（中旬）》，2015年06期，頁66，69。

背後有深厚民俗信仰的支撐。織帶是用來拜祭、脅迫社橘，扣樹時需要織帶
在扣樹過程中充當巫術靈物，這是對現實中祭社儀式的反映。大橘樹成為龍
宮的門戶，承繼六朝以來的扣物傳書母題，更基於一種俗信：樹木、森林是
神秘的，常成為人世與異域（神界、冥府）溝通的媒介、門戶。這種俗信的形
成有多種因素的影響，遠古信仰中神樹能通天，是萬鬼出入之門是其神話源
頭。〔註14〕鄧立群認為，唐以前早有相類似題材、情節的文章記載，而〈柳
毅傳〉是一個成熟的形態，多是源自於前文本，其與《摩訶僧祗律》卷第三十
二「明雜跋除法之十」的商人救龍女故事、《搜神記》所載〈胡母班〉條、《南
越志》載〈觀亭江神〉以及戴孚《廣異記》中的〈三衛〉情節都相似。〔註15〕
侯忠義指出「〈柳毅傳〉應是在上述（〈胡〉及〈三衛〉）流行的民間故事的基
礎上，經作者敷衍加工而成……〈柳毅傳〉與〈三衛〉不同，它將愛情、婚
姻、家庭等方面內容結合起來，組成一個神女與人相愛的傳奇故事。」〔註16〕

　　〈任氏傳〉的研究多圍繞中國古典小說狐形象。狐形象貫穿中國古典小
說發展的各個階段，自《山海經》、魏晉志怪小說，經歷唐傳奇，直至清代小
說形成獨具東方民族特色的形象。〈任氏傳〉故事原型的研究論文中，王光福
認為：「狎妓是古代士大夫的生活風習，任氏是妓女與狐女的結合體。」〔註
17〕張軍、黃鵬認為：「胡漢交流是一個漫長的過程。在其初期或中期，胡人多
受到歧視地位低下，『狐』常用來作為對胡人的蔑稱。狐妖故事多包含著胡人、
尤其是胡女的不幸遭遇……它們將是十分珍貴的民族文化交流之史料。」〔註
18〕卞孝萱從諷喻的角度認為：「沈既濟塑造了一個『遇暴不失節，徇人以至
死』的雌狐形象，以諷刺當時官場上劉晏背叛元載」。〔註19〕

　　〈柳毅傳〉故事發生的地點在哪裏，常常眾說紛紜。人們對小說主要發
生地的看法綜合起來有三種：其一，故事發生在君山；其二，發生在太湖洞

〔註14〕張黎明：〈唐傳奇〈柳毅傳〉中扣樹情節之民俗探析〉，《社會科學研究》，2010
　　　　年04期，頁183～187。
〔註15〕鄧立群：〈論〈柳毅傳〉對前代文本的繼承與轉化〉，《時代報告（下半月）》
　　　　2013年03期，頁204～205。
〔註16〕侯忠義：《隋唐五代小說史》，（浙江：浙江古籍出版社，1997年），頁60。
〔註17〕王光福：〈讀〈任氏傳〉〉，《蒲松齡研究》2004年01期，頁132～141。
〔註18〕張軍、黃鵬：〈〈任氏傳〉中的「狐女」應當是胡女〉，《紹興文理學院學報》
　　　　2006年02期，頁44～47。
〔註19〕卞孝萱：〈再論〈任氏傳〉——兼評沈既濟以雌狐「自喻」臆說〉，《淮陰師範
　　　　學院學報（哲學社會科學版）》，2008年02期，頁208～213。

庭東山；其三，發生地點不確定，但偏重於洞庭東山。洞庭龍宮作為故事演繹的最關鍵場所，是揭開〈柳毅傳〉故事發生地點之謎的關鍵。〈柳毅傳〉中的龍宮常常被想像成海底宮闕，但在錢塘君的口中「不聞猛石可裂不可卷。義士可殺不可羞耶。愚有衷曲，欲一陳於公。如可，則俱在雲霄；如不可，則皆夷糞壤。足下以為何如哉？」〔註20〕可知，此龍宮不在海底而在「雲霄」。考索中國古代天文，發現〈柳毅傳〉中的錢塘龍君原型乃四象之一的東方蒼龍，洞庭龍君乃南方朱雀之軒轅星官，〈柳毅傳〉中的「狐神」即〈任氏傳〉中的狐仙任氏，乃東方蒼龍中的尾宿。〈柳毅傳〉和〈任氏傳〉故事發生地點皆在雲霄之上。現詳細考察二傳之中的星宿原型、天文空間化情節設置，理清〈柳毅傳〉和〈任氏傳〉故事情節編排與古代天文空間之關聯。

〈柳毅傳〉中開始寫到儒生柳毅「將還湘濱」，且龍女家鄉在洞庭。洞庭、湘的分野是「翼、軫」〔註21〕。洞庭龍君應為翼宿上方之軒轅星官。

> 《史記·天官書》：「軒轅，黃龍體。」〈集解〉：「孟康曰：『形如騰龍。』」。〈索隱〉：「《援神契》曰：『軒轅十二星，後宮所居。』」。石氏《星贊》以軒轅龍體，主后妃也。〈正義〉：「軒轅十七星，在七星北，黃龍之體，主雷雨之神，後宮之象也。陰陽交感，激為雷電，和為雨，怒為風，亂為霧，凝為霜，散為露，聚為雲氣，立為虹蜺，離為背璚，分為抱珥。二十四變，皆軒轅主之。」〔註22〕

龍女自述其家：「洞庭之陰，有大橘樹焉，鄉人謂之『社橘』」。翼宿上有柳宿，應為此大橘樹之原型。《石氏星經》：「柳八星，在鬼東南，曲垂似柳」〔註23〕此處柳樹和橘樹雖不同種樹木，但若我們將星星發光的形狀看作是橘子，則此樹，也可以被看為橘樹。

柳毅初到洞庭龍府，詢問洞庭龍君所在。武夫回答：「吾君方幸玄珠閣，與太陽道士講《火經》，少選當畢」翼宿在黃道南，黃道為太陽運行軌跡，翼宿屬四象之一的南方朱雀天區，五行屬火。所以這裡武夫的回答是洞庭龍君與太陽道士講《火經》。柳毅初遇龍女在「涇陽」。《涇陽縣志》載：「涇陽縣，本秦舊縣。漢屬安定郡，惠帝改置池陽縣，屬左馮翊，故城在今縣西北

〔註20〕〈柳毅傳〉引文均來自袁閭琨、薛洪績：《唐宋傳奇總集·唐五代（上）》（鄭州：河南人民出版社，2001年），頁202～208。
〔註21〕丁綿孫：《中國古代天文曆法基礎知識》，頁214。
〔註22〕丁綿孫：《中國古代天文曆法基礎知識》，頁136。
〔註23〕丁綿孫：《中國古代天文曆法基礎知識》，頁135。

二里，以其地在池水之陽，故曰池陽。後魏廢，於今縣置咸陽郡，苻秦又置涇陽縣。隋文帝罷郡，移涇陽縣於咸陽郡，屬雍州，即今縣是也」〔註24〕「雍州」，其分野在「井、鬼」〔註25〕。龍女彼時在牧羊。後文柳毅曾發問：「吾不知子之牧羊，何所用哉？神豈宰殺乎？」女曰：「非羊也，雨工也」；「何為雨工？」曰：「雷霆之類也」。在井宿、鬼宿附近有畢宿。古人認為畢宿主雨。《詩經‧漸漸之石》：「月離于畢，俾滂沱矣」〔註26〕。畢宿的形狀很像羊的犄角。龍女將書信交給柳毅之時：「女遂於襦間解書，再拜以進，東望愁泣，若不自勝。毅深為之戚」。井宿、鬼宿在翼宿西，所以龍女「東望」哭泣，符合天區方位。

〈柳毅傳〉中多次提到宴飲，此雖待客之必然，但細考，其與洞庭龍君下翼宿之占星之義相合。《史記‧天官書》：「翼為羽翮，主遠客」〔註27〕《史記‧正義》：「翼二十二星，軫四星，長沙一星，轄二星，合軫七星皆為鶉尾，於辰在巳，楚之分野。翼二十二星為天樂府，又主夷狄，亦主遠客」〔註28〕柳毅遠道而來，符合「遠客」之義。宴會之中「笳角鼙鼓，旌旗劍戟，舞萬夫於其右」、「金石絲竹，羅綺珠翠，舞千女於其左」正符合翼宿「天之樂府」之義。〈任氏傳〉中「吹笙者，年二八，雙鬟垂耳」的寵奴形象亦取自「翼宿」。翼宿形狀類似於「雙鬟垂耳」。另一女子張十五娘為鬻衣之婦，其是取張宿之姓，取星宿之占星含義。《史記‧正義》：「七星為頸，一名天都，主衣裳文繡，主急事」〔註29〕因為星宿主「急事」，所以張十五娘得寵不久即被棄。錢塘君的人物原型應該是東方蒼龍，其「因酒作色，踞謂毅曰」此一坐姿即「箕踞」，取自箕宿。《史記‧天官書》：「箕為敖客，曰口舌」〔註30〕此處錢塘君的坐姿顯示，其後必有爭執口舌之事發生，果然因為錢塘君為龍女向柳毅求婚配而與柳毅衝突，符合箕宿的占星含義。

考索至此，可以確定錢塘龍君的形象來源於與箕宿有關的東方蒼龍，洞庭龍府乃軒轅龍星官附近天區，龍女牧羊之地在南方朱雀之井宿、鬼宿，所

〔註24〕李吉甫：《元和郡縣圖志》（北京：中華書局，1983 年），頁 27。

〔註25〕丁綿孫：《中國古代天文曆法基礎知識》，頁 214。

〔註26〕程俊英：《詩經譯注》，頁 361。

〔註27〕丁綿孫：《中國古代天文曆法基礎知識》，頁 138。

〔註28〕丁綿孫：《中國古代天文曆法基礎知識》，頁 138。

〔註29〕丁綿孫：《中國古代天文曆法基礎知識》，頁 135。

〔註30〕丁綿孫：《中國古代天文曆法基礎知識》，頁 79。

牧之羊乃西方白虎之畢宿。

洞庭君在宴會中的歌唱:「大天蒼蒼兮,大地茫茫,人各有志兮,何可思量,狐神鼠聖兮,薄社依牆。雷霆一發兮,其孰敢當?荷貞人兮信義長,令骨肉兮還故鄉,齊言慚愧兮何時忘!」此處的狐神即是〈任氏傳〉中的狐仙任氏,其是東方蒼龍之尾宿。狐九尾是其最重要特徵。中國九尾狐的傳說由來已久。《山海經·大荒東經》:「有青丘之國,有狐,九尾」〔註31〕《山海經·南山經》:「又東三百里,曰青丘之山,其陽多玉,其陰多青䨼。有獸焉,其狀如狐而九尾,其音如嬰兒,能食人,食者不蠱」〔註32〕。位於東方蒼龍的尾宿,正有九星。

> 《史記·天官書》:「尾為九子,曰君臣;」〈索隱〉:「宋均云:『屬
> 後宮場,故得兼子,子必九者,取尾有九星也。』《元命包》云:『尾
> 九星,箕四星,為後宮之場也。』」〔註33〕
>
> 〈正義〉:「尾,箕。尾為析木之津,於辰在寅,燕之分野。尾九星
> 為後宮,亦為九子。星近心第一星為後,次三星妃,次三星嬪,末
> 二星妾。占:均明,大小相承,則後宮敘而多子;不然,則不:金、
> 火守之,後宮兵起;若明暗不常,妃嫡乖亂,妾勝失序。」〔註34〕

由此可知,尾宿的占星意義乃與「後宮」且與帝王子嗣有關,所以才會被幻想為妖冶動人的狐仙形象。班固《白虎通德論·封禪》:「德至鳥獸則鳳皇翔,鸞鳥舞,騏驎臻,白虎到,狐九尾,白雉降,白鹿見,白鳥下……狐九尾何?狐死首丘,不忘本也,明安不忘危也。必九尾者也?九妃得其所,子孫繁息也。於尾者何?明後當盛也」〔註35〕屈原在《九章·哀郢》中寫道「鳥飛反故鄉兮,狐死必首丘」。尾宿的尾部尾宿八、尾宿九雙星正好指向尾宿頭部尾宿一。此是「狐死首丘」傳說的由來。〈任氏傳〉一開始就揭開了任氏這只女妖的真面目:「有韋使君者,名崟,第九」〔註36〕此處「韋」取「尾」諧音,且排行第九,尾宿正是九星。

〔註31〕袁珂:《山海經校注》,頁347。

〔註32〕袁珂:《山海經校注》,頁6。

〔註33〕丁綿孫:《中國古代天文曆法基礎知識》,頁76。

〔註34〕丁綿孫:《中國古代天文曆法基礎知識》,頁76~77。

〔註35〕漢·班固:《白虎通德論》,《四部叢刊初編》32冊。景江安傅氏雙鑒樓藏元刊本,頁5~7。

〔註36〕〈任氏傳〉引文均來自《唐宋傳奇總集·唐五代(上)》,頁171~175。

韋使君是信安王禕之外孫。「禕」與「褘」字形相近。《說文解字注》：

> 褘：蔽膝也。從衣韋聲。《周禮》曰：「王後之服褘衣。謂畫袍。」
>
> 〔註37〕

前文已經論證，尾宿的占星意義乃與「後宮」有關。男主角韋使君妹婿曰鄭六。鄭的分野是「角、亢」〔註38〕。「角：共二星又名辰角」〔註39〕「亢：共四星」〔註40〕由此可見鄭六的命名正來自四象之一東方蒼龍中的角宿、亢宿，從而也左證了任氏女妖的尾宿身份。任氏自述：「某兄弟名係教坊，職屬南衙」此處利用「坊」與「房」的諧音，且房宿「近心，為明堂」〔註41〕、「為天府」與南衙為帝庭外南方辦公場所的情況正符合：

> 《史記·天官書》：「房為府，曰天駟。」〈索隱〉：「房為天府，曰天駟。……」《詩記曆樞》云：「房為天馬，主車架。」宋均云：「房既近心，為明堂，又別為天府及天駟也。」〈正義〉：「房星，君之位，亦主左驂，亦主良馬，故為駟。王者恒祠之，是馬祖也。」〔註42〕
>
> 《爾雅·釋天》：「天駟，房也。」郭璞注：「龍為天馬，故房四星，謂之天駟。」〔註43〕

此外，任氏女最後死於騎白馬死於獵犬之口亦可左證此狐為東方蒼龍的尾宿。尾宿上方的房宿的占星意義正為天馬。鄭六第一次從任氏宅邸離開時「既行，乃里門，門扃未發。門旁有胡人鬻餅之舍」房宿中有「鉤鈐、鍵閉」兩星官，象徵天之鎖鑰，應為〈任氏傳〉中的「門扃未發」：

> 《史記·天官書》：「房旁有兩星曰衿」。〈索隱〉：「房有兩星曰衿。一音其炎反。《元命包》云：『鉤鈐兩星，以閑防，神府闇舒，為主鉤距，以備非常也。』」《晉書·天文志》：「房北二小星曰鉤鈐，房

〔註37〕段玉裁：《說文解字注》，頁 390。
〔註38〕丁綿孫：《中國古代天文曆法基礎知識》，頁 214。
〔註39〕丁綿孫：《中國古代天文曆法基礎知識》，頁 58。
〔註40〕丁綿孫：《中國古代天文曆法基礎知識》，頁 60。
〔註41〕心宿為占星學上帝王的象徵，歷史上常用「熒惑守心」的天象預言皇帝有難。唐畫中常見三鬃馬，就是將馬鬃剪成三辮。昭陵六駿中已出現三鬃馬，《虢國夫人遊春圖》中也有三鬃馬的身影。其後在唐代的繪畫和雕塑中，三鬃馬更是屢見不鮮。此種將馬鬃剪成三鬃的造型以象徵帝王之馬的做法，即模仿「心宿」的樣子。
〔註42〕丁綿孫：《中國古代天文曆法基礎知識》，頁 71。
〔註43〕丁綿孫：《中國古代天文曆法基礎知識》，頁 71。

之鈐鍵，天之管鑰，主閉鍵天心也。」〔註44〕

《漢書‧天文志》：「鍵閉一星近鉤鈐，主關鑰，謂之天鍵。」〔註45〕
房宿上方為天市垣。《史記‧正義》：「天市二十三星，在房、心東北，主國市
聚交易之所，一曰天旗，明則市吏急，商人無利；忽然不明，反是」〔註46〕
所以當鄭六走出房宿，才會遇到「胡人鬻餅之舍」。韋崟有內妹，「吳王之女
有第六者……穠豔如神仙，中表素推第一」吳國按照十二次分野屬「星紀」
〔註47〕之次，且星紀之次包含吳、越二國。越國的星宿分野為「斗、牛」〔註
48〕。因為地緣接近，將斗宿幻化成吳國之女，可以理解。南斗恰有六星，可
應「吳王之女有第六者」之語。《石氏星經》：「斗六星赤，狀如北斗，在天市
垣南，半在河中」〔註49〕《史記‧天官書》：「南斗為廟」〈正義〉：「南斗六星，
在南也。」〔註50〕

任氏曾教鄭六「鬻馬於市者，馬之股有疵，可買入居之」且知道此馬奇
貨可居，乃是「御馬疵股」。經考索，北方玄武天區有羽林軍四十五星，此馬
應是出於此處的御馬，且其「股有疵」的「疵」正是「諏訾」之次的諧音。「諏
訾」，《左傳》襄公三十年：「及其亡也，歲在娵訾之口」〔註51〕《爾雅‧釋天》：
「娵觜之口，營室東壁也」〔註52〕羽林軍星官正歸屬於室宿之中。

任氏曾請託韋崟買新衣。韋崟請張大代辦新衣。此張大與《柳毅》傳中
的張十五娘不同，作者在文中反覆強調：「願得成制者」、「買衣之成者而不自
紉縫也」。此應女宿之象，《說文解字注》：「婺：不繇也。從女敄聲。亡遇切」
即「成衣」、不需要縫製之義。

> 女：共四星。女又名須女、婺女。《史記‧天官書》：「婺女，其北織
> 女。」〈索隱〉「務女，《廣雅》云，『須女謂之務女』是也。一作『婺』。」
> 〈正義〉：「須女四星，亦婺女，天少府也。南斗、牽牛、須女皆為
> 星紀，於辰在丑，越之分野，而斗牛為吳之分野也。須女賤妾之稱，

〔註44〕丁綿孫：《中國古代天文曆法基礎知識》，頁71。
〔註45〕丁綿孫：《中國古代天文曆法基礎知識》，頁72。
〔註46〕丁綿孫：《中國古代天文曆法基礎知識》，頁196。
〔註47〕丁綿孫：《中國古代天文曆法基礎知識》，頁215。
〔註48〕丁綿孫：《中國古代天文曆法基礎知識》，頁214。
〔註49〕丁綿孫：《中國古代天文曆法基礎知識》，頁82。
〔註50〕丁綿孫：《中國古代天文曆法基礎知識》，頁82。
〔註51〕楊伯峻：《春秋左傳注》，頁1178。
〔註52〕丁綿孫：《中國古代天文曆法基礎知識》，頁204。

婦職之卑者，主布帛裁制嫁娶。占：水守之，萬物不成；火守，布

帛貴，人多死；土守，有女喪。金守，兵起也。」〔註53〕

任氏狐仙乃尾宿，尾宿已屬東方蒼龍之末，其靠近北方玄武之斗宿。斗宿中有狗星官，《晉書‧天文志》：「狗二星在南斗魁前，主吠守」〔註54〕，想來任氏應該是死於此獵犬之口。且狗星官在尾宿北方，所以「鄭子見任氏欻然墜於地，復本形而南馳。」鄭六發現任氏被獵犬所獲：「銜涕出囊中錢，贖以瘞之，削木為記。」四象之一的北方玄武之危宿下有墳墓星官〔註55〕和天錢星官〔註56〕。此處天區正是任氏葬身之所。與危宿相鄰的虛宿主死喪哭泣事，且有「哭、泣」〔註57〕二星官，即鄭六「銜涕」事。此處天區充滿了死喪、悲傷的氛圍，正應任氏被野狗咬死、鄭六為其悲傷建墳冢之故事情節。「鼠聖」來自於緊挨著虛宿的危宿取象。危宿、室宿相連，危宿形狀像老鼠頭，危宿內有「杵」〔註58〕、「臼」〔註59〕二星官象徵糧食。室宿占星含義乃為房屋。此片天區古人想像為老鼠偷食房間內的糧食。玄枵之次為齊國分野〔註60〕，且齊國星分「虛、危」〔註61〕。十二生肖以鼠為首，地支配子，民間傳說老鼠聰明，騎在牛背上，一躍而過成為第一，乃是因為危宿西南為牛宿。

本節論述了〈柳毅傳〉、〈任氏傳〉人物與星宿譬喻的關聯、情節設置天文空間化的特色，思路上承對《莊子》的研究。

第二節 〈桃花源記〉與〈前赤壁賦〉

上文對文學文本的研究大部分侷限於小說類。那麼作為中國古代文學重鎮的詩文，可否找到一些具有天文譬喻、情節敘事空間化特徵的文本呢？

〈桃花源記〉是東晉名士陶淵明膾炙人口的佳作。千百年來幾乎每個中國人都夢想能在繁雜的現實生活之外有這樣一處遠離塵囂的桃源以擺脫俗世

〔註53〕丁綿孫：《中國古代天文曆法基礎知識》，頁96。
〔註54〕丁綿孫：《中國古代天文曆法基礎知識》，頁85。
〔註55〕丁綿孫：《中國古代天文曆法基礎知識》，頁102。
〔註56〕丁綿孫：《中國古代天文曆法基礎知識》，頁104。
〔註57〕丁綿孫：《中國古代天文曆法基礎知識》，頁101。
〔註58〕丁綿孫：《中國古代天文曆法基礎知識》，頁102。
〔註59〕丁綿孫：《中國古代天文曆法基礎知識》，頁102。
〔註60〕丁綿孫：《中國古代天文曆法基礎知識》，頁215。
〔註61〕丁綿孫：《中國古代天文曆法基礎知識》，頁214。

樊網。然而桃花源究竟在哪裏，眾說紛紜。陳寅恪1936年在《清華學報》發表〈桃花源記旁證〉〔註62〕一文，認為桃花源應在北方之弘農或商洛一帶，而桃源之人所避之秦乃苻秦而非嬴秦。唐長孺在〈讀「桃花源記旁證」質疑〉中質疑陳寅恪的說法缺少現實證據。唐長孺啟其先，此後，質疑陳寅恪研究的人不絕如縷，如勞榦、逯耀東、龔斌、楊勇等。〔註63〕在陳寅恪與唐長孺之爭中也有為陳寅恪所作研究進行辯護者，如張偉然認為：「他們倆之間的學術對話恐怕不是一個簡單的有明確結論的誰對誰錯的問題……這兩篇文章討論的似乎不完全是同一個思維層面的問題，與其說是證明與反駁，還不如說是悟與證兩種思維取向的不同更合適一些。」〔註64〕若我們能跳出地理時空的限制，會發現中國古代星空圖中的斗宿、牛宿附近的天區樂園譬喻與〈桃花源記〉所述場景符合。〈桃花源記〉開始描寫捕魚人乘船而來。此船應為牛宿天區天桴星官：

> 天桴：天桴四星，在牛宿西北。桴，小的筏子，編竹木以代船，大曰筏，小曰桴。〔註65〕

漁人乘著天桴星官，順著銀河行進，斗宿附近是銀河和黃道的交點，黃道為太陽運行軌跡，所以「彷彿若有光」。此處漁人下船，即可看到田園喜樂圖。斗宿除了上述狗星官〔註66〕之外，尚有天雞星官、農丈人星官、天淵星官。緊挨著斗宿的牛宿天區有天田星官、河鼓星官、九坎星官、羅堰星官，描繪了一幅悠然自得的田園圖畫：

> 天雞：共二星。《星經》：「天雞二星在狗國北，主異鳥。」而《晉書·天文志》：「天雞主候時。」〔註67〕

此天雞星官與上述狗國星官、狗星官正應「雞犬相聞」〔註68〕之義。

> 農丈人：一星。《晉書·天文志》：「農丈人一星，在南斗西南，老農

〔註62〕陳寅恪：〈桃花源記旁證〉，《清華學報》第11卷1期，1936年1月。
〔註63〕李光摩：〈《桃花源記旁證》發覆〉，《學術研究》（2012年第6期），頁139～144。
〔註64〕張偉然：〈學問中的證與悟——陳寅恪、唐長孺對〈桃花源記〉的解讀〉，《中國政法大學人文論壇》第一輯（北京：中國社會科學出版社，2004年）。
〔註65〕丁綿孫：《中國古代天文曆法基礎知識》，頁94。
〔註66〕此外，此處尚有狗國星官。《星經》：「狗國四星在建東南主鮮卑、烏丸」詳參丁綿孫《中國古代天文曆法基礎知識》，頁85。
〔註67〕丁綿孫：《中國古代天文曆法基礎知識》，頁84。
〔註68〕〈桃花源記〉原文請參考逯欽立：《陶淵明集》（北京：中華書局，1979），頁165～168。

主稼也。」〔註69〕

此處為田園樂土，當然少不了農夫「往來種作」。

> 天淵：《宋史·天文志》：「天淵十星，一曰天池、一曰天泉、一曰天海。在鼈星東南九坎間，又名太陰。主灌溉溝瀆。」〔註70〕

> 天田：共四星。《星經》：「天田九星在牛東南，主畿內田苗之職。」〔註71〕

> 九坎：共四星。《文獻通考》稱「九坎四星」。《石氏星經》稱「九坎九星在天田」。〔註72〕

> 羅堰：共三星在牛宿東南。〔註73〕

此處天淵、天田星官即〈桃花源記〉中的良田美池。羅堰、九坎星官乃「阡陌交通」。

> 河鼓：共三星。《史記·天官書》：「牽牛為犧牲，其北河鼓。河鼓大星，上將；左右，左右將。」〔註74〕

河鼓三星為農夫耕作之牛。古人常將斗宿與「酒漿」聯想到一起，如《詩·小雅·大東》：「維南有箕，不可以簸揚。維北有斗，不可以挹酒漿」〔註75〕根據《石氏星經》記載：「斗六星赤，狀如北斗，在天市垣南，半在河中」〔註76〕此乃南斗，因為在箕宿北方，所以在《詩經》中被稱為「北斗」，非我們熟知之北斗七星，此「北」乃相對箕宿而言。因為斗宿半在銀河之中，將銀河看作酒漿，則斗宿不竭，所以陶淵明寫「設酒殺雞作食」。

與此處天區相關的詩文尚有蘇東坡〈前赤壁賦〉。我們可以從天文譬喻的角度理解此文。蘇東坡與沈括同時代，且二人淵源甚深，沈括通曉古代天文，由此可推知蘇子對天文星宿亦有瞭解。天桴星官亦蘇東坡〈前赤壁賦〉中「縱一葦之所如，凌萬頃之茫然」〔註77〕之「一葦」，所以蘇東坡才有「浩浩乎如

〔註69〕丁綿孫：《中國古代天文曆法基礎知識》，頁85。
〔註70〕丁綿孫：《中國古代天文曆法基礎知識》，頁85。
〔註71〕丁綿孫：《中國古代天文曆法基礎知識》，頁87。
〔註72〕丁綿孫：《中國古代天文曆法基礎知識》，頁87。
〔註73〕丁綿孫：《中國古代天文曆法基礎知識》，頁95。
〔註74〕丁綿孫：《中國古代天文曆法基礎知識》，頁87。
〔註75〕程俊英：《詩經譯注》，頁310。
〔註76〕丁綿孫：《中國古代天文曆法基礎知識》，頁82。
〔註77〕〈前赤壁賦〉原文請參考孔凡禮：《蘇軾文集·第一冊》（北京：中華書局，1986），頁5。

馮虛御風，而不知其所止；飄飄乎如遺世獨立，羽化而登仙」之歎。「舞幽壑之潛蛟，泣孤舟之嫠婦」乃因此時「壬戌之秋，七月既望」，四象之一的東方蒼龍之角宿隱入地平線下，「群龍無首」。《說文解字注》：「（蛟）龍屬。無角曰蛟。各本作龍之屬也四字。今依韻會正。龍者、鱗蟲之長。蛟其屬。無角則屬而別也」〔註78〕則無首之東方蒼龍被稱為蛟。同時，此時正是《尚書‧堯典》中：「其民因，鳥獸希革。申命和仲，居西土，曰昧谷。敬道日入，便程西成。夜中，星虛，以正中秋。」〔註79〕虛宿夜半中天之時，虛宿上文已經論證是主死喪哭泣事，「孤舟之嫠婦」乃取象虛宿、天桴、女宿。「駕一葉之扁舟，舉匏樽以相屬」正應天桴星官以及上文斗宿酌酒漿之象。「侶魚蝦而友麋鹿」含魚宿星官〔註80〕和室宿附近天區麒麟的取象。麒麟是北方星宿取象的瑞獸，後被龜蛇玄武所取代。前文已經詳述。麒麟鹿屬，所以蘇子在夜觀星象時有此漁樵之志。蘇子夜觀星象，此為其參悟「寄蜉蝣於天地，渺滄海之一粟」盈虛消長之原因。

　　同理，〈後赤壁賦〉亦是可以用天文譬喻、景物天文空間化來重構的千秋妙筆：「是歲十月之望，步自雪堂，將歸於臨皋。二客從予過黃泥之阪。霜露既降，木葉盡脫，人影在地，仰見明月，顧而樂之，行歌相答。」〔註81〕此句指出了蘇軾遊赤壁的季節為秋季，所見星象最突出的多屬西方白虎天區。「舉網得魚，巨口細鱗，狀如松江之鱸」為上文所述之魚宿星官，箕宿狀似網。婦進斗酒，乃上文所述之女宿和斗宿取象。「孤舟之嫠婦」乃取象虛宿、天桴、女宿，虛宿主死喪哭泣事。「駕一葉之扁舟，舉匏樽以相屬」正應天桴星官以及上文斗宿酌酒漿之象。蘇子步天路線為：「履巉岩，披蒙茸，踞虎豹，登虬龍，攀棲鶻之危巢，俯馮夷之幽宮。」虎豹取象西方白虎、虬龍取象東方蒼龍自不必言。「棲鶻之危巢」取象來自參宿〔註82〕。參宿的形象類似於樹上的鳥巢。「馮夷」上文已釋，此處從略。

　　〈後赤壁賦〉結尾「適有孤鶴，橫江東來。翅如車輪，玄裳縞衣，戛然長鳴，掠予舟而西也」，道士化鶴（鳥）取象亦是來自南方朱雀。上文已證，南方朱雀之星宿占星含義為衣裳，翅如車輪則取自軫宿。《史記‧天官書》：「軫

〔註78〕段玉裁：《說文解字注》，頁670。
〔註79〕丁綿孫：《中國古代天文曆法基礎知識》，頁1。
〔註80〕丁綿孫：《中國古代天文曆法基礎知識》，頁78。
〔註81〕〈後赤壁賦〉原文參考孔凡禮：《蘇軾文集‧第一冊》，頁8。
〔註82〕丁綿孫：《中國古代天文曆法基礎知識》，頁125。

為車，主風。其旁有一小星，曰長沙」〔註83〕軫宿為南方朱雀翼宿下，翼宿為南方朱雀之翅膀，所以有「翅如車輪」之語。結合前文的研究，古人常將空間比作一隻大鳥，且時間觀念借由空間位置建立，則此孤鶴與莊子之大鵬可能同樣為時空之鳥？

前文已述，根據美國加州柏克萊分校語言學系教授 George Lakoff 和奧瑞岡大學人文暨科學講座教授 Mark Johnson 共同創立「概念譬喻理論」（conceptual metaphor theory，簡稱 CMT），譬喻的基本功能是提供一種經驗去局部解讀另外一種經驗，而這時候譬喻即為一種創意性，或者可理解為一種創造。若我們以天文譬喻的思維看待詩文〈桃花源記〉、〈前赤壁賦〉、〈後赤壁賦〉均可形成一種新的理解經驗，且非常有創意，是前所未有的嘗試。

第三節 〈錦瑟〉

〈錦瑟〉是唐代詩人李商隱最著名的詩，家喻戶曉。可惜題旨未明，眾說紛紜之下，詩家素有「一篇〈錦瑟〉解人難」的慨歎。可以肯定的是，這是作者心有所感、回憶流年之作。若我們以天文譬喻理解此詩將看到前所未有的詩情畫意，亦是以一種經驗去局部解讀另外一種經驗，開闊詩境。

「錦瑟無端五十弦，一弦一柱思華年」〔註84〕前文已經引用，翼宿在古代被視為天之樂府，且翼宿的形狀很像瑟，翼宿下有軫宿，本為調音之用。此乃天空之琴。詩人也說，看到這把琴，開始「思華年」。終古長空，最能讓人產生時間流逝之感。我們用天文譬喻看待這句詩，會增添一重新的詩意。「莊生曉夢迷蝴蝶」之「蝴蝶」亦是可以用翼宿的天文譬喻。結合前文已經探討過的《莊子・至樂篇》的變形神話：

> 種有幾，得水則為䗲，得水土之際則為蛙蠙之衣，生於陵屯則為陵舃，陵舃得鬱棲則為烏足，烏足之根為蠐螬，其葉為蝴蝶。蝴蝶，胥也化而為蟲，生於灶下，其狀若脫，其名為鴝掇。鴝掇千日為鳥，其名曰幹余骨。幹余骨之沫為斯彌，斯彌為食醯。頤輅生乎食醯，黃軦生乎九猷，瞀芮生乎腐蠸。羊奚比乎不箰，久竹

〔註83〕丁綿孫：《中國古代天文曆法基礎知識》，頁 139。

〔註84〕〈錦瑟〉引文均來自劉學鍇、余恕誠：《李商隱詩歌集解・中冊》（臺北：洪葉文化事業有限公司，1992 年），頁 1420。

生青寧，青寧生程，程生馬，馬生人，人又反入於機。萬物皆出
於機，皆入於機。〔註85〕

若以天文譬喻觀之，此段文字為天空星象的變遷。「種有幾」視星子為種子，
「得水」之水乃為銀河。《說文解字注》：「繼，續也。從糸𢇍。繼或作𦃇。
反𢇍為𢇍」〔註86〕則將銀河比作絲帶。「蛙蟆之衣」為五車座〔註87〕，此星
官橫跨銀河，為「得水土之際」，形狀似蛙。《說文解字注》：「舄，誰也」〔註
88〕郝一行云：「今驗馬舄生水中者，華如車前而大，拔之節節復生」〔註89〕
軫宿為車，則此車前之鳥為翼宿。「鳥足之根」為軫宿譬喻，翼宿為蝴蝶譬
喻。

　　「望帝春心託杜鵑」若以天文譬喻觀之，應結合民族英雄傳說。結合前文
的研究，中國常有先王聖賢死後化為星宿的觀念。揚雄《蜀王本紀》載：「後有
一男子，名杜宇，從天墮，止朱提。有女子名利，自江源井中出，為杜宇妻。
乃自立為蜀王，號曰望帝。」〔註90〕「利」為「翼」之諧音，杜宇之妻為翼宿
譬喻，南方朱雀之體。南方朱雀的頭部為井宿，所以杜宇之妻從井中出。「望帝
積百餘歲，荊有一人，名鱉靈，其屍亡去，荊人求之不得。鱉靈屍隨江水上至
郫，遂活，與望帝相見。望帝以鱉靈為相。時玉山出水，若堯之洪水。望帝不
能治，使鱉靈決玉山，民得安處。」〔註91〕此鱉靈亦為前文所述之五車座，其
形狀似龜／鱉。「滄海月明珠有淚」，此淚珠為鮫人之淚。《博物志》：「南海之外
有鮫人，水居如魚，不廢織績。其眼泣，則能出珠。」〔註92〕《大戴禮記》：「蚌
蛤龜珠，與月盈虛」〔註93〕則此鮫人以織女星為譬喻原型，因其是星，所以與
月同現。同理，「藍田日暖玉生煙」亦是描寫星空，此星宿譬喻為參宿。參宿形
狀加上參宿四為紅色，類似於火灼之象。

　　以上為李商隱詩〈錦瑟〉之天文譬喻解讀。若以此種譬喻方法理解李商
隱其〈燕臺詩〉四首亦有佳處：

〔註85〕陳鼓應：《莊子今注今譯》，頁533。
〔註86〕段玉裁：《說文解字注》，頁645。
〔註87〕丁綿孫：《中國古代天文曆法基礎知識》，頁119。
〔註88〕段玉裁：《說文解字注》，頁157。
〔註89〕轉引自陳鼓應：《莊子今注今譯》，頁535。
〔註90〕宋・李昉：《太平御覽》（北京：中華書局，1960），頁3954。
〔註91〕宋・李昉：《太平御覽》，頁3954。
〔註92〕劉學鍇、余恕誠：《李商隱詩歌集解》，頁1422。
〔註93〕劉學鍇、余恕誠：《李商隱詩歌集解》，頁1422。

燕臺四首・春〔註94〕

風光舟舟東西陌，幾日嬌魂尋不得。蜜房羽客類芳心，冶葉倡條遍
相識。暖藹輝遲桃樹西，高鬟立共桃鬟齊。雄龍雌鳳杳何許？絮亂
絲繁天亦迷。醉起微陽若初曙，映簾夢斷聞殘語。愁將鐵網胃珊瑚，
海闊天寬迷處所。衣帶無情有寬窄，春煙自碧秋霜白。研丹擘石天
不知，願得天牢鎖冤魄。夾羅委篋單綃起，香肌冷襯琤琤佩。今日
東風自不勝，化作幽光入西海。

此春之詩用天文譬喻看，「東西陌」乃翼宿下之東西貫穿之黃道。「蜜房
羽客」乃翼宿取象，參考上文翼宿為遠客，為朱雀之體之取象。星宿一為南
方朱雀最明亮之星，且位於南方朱雀中部「心」的位置，此為「芳心」。「雄龍
雌鳳」為東方蒼龍、南方朱雀，其後文也指出「天亦迷」，暗示此為天區天文
譬喻取象。《說文解字》：「珊瑚，色赤，生於海，或生於山」〔註95〕此珊瑚為
參宿四天文譬喻，顏色為紅色，其「鐵網」為玉井星官〔註96〕天文譬喻，束
縛在參宿之腳踝。上文有引用「星宿」的占星含義為衣服，「星宿」的樣子有
寬有窄。「願得天牢鎖冤魄」此天牢乃參宿附近之鬼宿天文譬喻，非為「天理」
〔註97〕或者「貫索」〔註98〕，因其有冤魂之象。「夾羅委篋單綃起」為描述「星
宿」。「星宿」的占星含義為衣服。此乃春之詩，所以有東風。用天文譬喻的思
路解讀此詩，所用天區大部分是西海之景觀，與東風恰成對稱，亦是運思之
巧，造化神奇之功。

燕臺四首・夏

前閣雨簾愁不卷，後堂芳樹陰陰見。石城景物類黃泉，夜半行郎空
柘彈。綾扇喚風閶闔天，輕幃翠幕波洄旋。蜀魂寂寞有伴未？幾夜
瘴花開木棉。桂宮流影光難取，嫣薰蘭破輕輕語。直教銀漢墮懷中，
未遺星妃鎮來去。濁水清波何異源，濟河水清黃河渾。安得薄霧起
緗裙，手接雲軿呼太君。

上文已引用軒轅星官主風雨「軒轅十七星，在七星北，黃龍之體，主雷
雨之神，後宮之象也。陰陽交感，激為雷電，和為雨，怒為風，亂為霧，凝

〔註94〕劉學鍇、余恕誠：《李商隱詩歌集解》，頁79。
〔註95〕段玉裁：《說文解字注》，頁18。
〔註96〕丁綿孫：《中國古代天文曆法基礎知識》，頁126。
〔註97〕劉學鍇、余恕誠：《李商隱詩歌集解》，頁83。
〔註98〕劉學鍇、余恕誠：《李商隱詩歌集解》，頁83。

為霜，散為露，聚為雲氣」，其在翼宿上方，為「前閣」譬喻。柳宿在翼宿西方，為後堂。此「黃泉」依舊為黃道譬喻，「柘彈」依舊為翼宿天之樂府之譬喻。「夜半」標明此詩為描述夜空之作。「閶闔」為天門，「波洄旋」為軒轅星官迴旋繞轉之狀。蜀魂句參考上文〈錦瑟〉「望帝春心託杜鵑」之解。「銀漢」為銀河。「星妃」指織女星〔註99〕。「濟河水清黃河渾」為銀河和黃道，銀河水清，黃道為渾。徐曰：「輶軒，婦人車有障蔽者。太君，指仙女」〔註100〕軒轅星官為車，障蔽為南方朱雀天區。駕車的婦女為御女星官〔註101〕，為「太君」。

　　燕臺四首·秋

　　月浪衡天天宇濕，涼蟾落盡疏星入。雲屏不動掩孤嚬，西樓一夜風
　　箏急。欲織相思花寄遠，終日相思卻相怨。但聞北斗聲迴環，不見
　　長河水清淺。金魚鎖斷紅桂春，古時塵滿鴛鴦茵。堪悲小苑作長道，
　　玉樹未憐亡國人。瑤琴愔愔藏楚弄，越羅冷薄金泥重。簾鉤鸚鵡夜
　　驚霜，喚起南雲繞雲夢。雙璫丁丁聯尺素，內記湘川相識處。歌唇
　　一世銜雨看，可惜馨香手中故。

　　「月浪衡天」之句以天文譬喻的思維觀之，二十八星宿為月舍，以月亮位置為權衡。「涼蟾」為月，其後的疏星為描述秋季星空寂寥之狀。「雲屏」為軒轅星官天文譬喻，「風箏」為星宿天文譬喻，上文已引，星宿主「急事」，且星宿之形狀類似於風箏。（見圖 5-3）北斗為北斗七星。長河為銀河。北斗離銀河很遠，非前文南斗在銀河之中，所以「但聞北斗聲迴環，不見長河水清淺」。「金魚」為魚宿譬喻。「塵滿」為翼宿之星繁多之狀。「鴛鴦」、「雙璫」為柳宿、星宿。此二星官形狀相似，相伴而生，為「在天願做比翼鳥」譬喻。「玉樹」為柳宿。「楚弄」、「湘川」暗藏古代分野之說，上文已經引用此二地分野為「翼、軫」。「瑤琴」為上文之「錦瑟」。「越羅」、「泥金」為服飾，為星宿占星含義。「簾鉤」、「雲夢」為軒轅星官之狀，似雲，似簾鉤。「尺素」為張宿，張宿形狀似古文之「文」字，引申為尺素之書。張宿也是前文造字倉頡之星宿原型。李商隱《夜思》詩中「寄恨一尺素，含情雙玉璫」句亦是描寫柳宿、星宿、張宿。「歌唇」為翼宿天之樂府譬喻。

〔註99〕劉學鍇、余恕誠：《李商隱詩歌集解》，頁86。
〔註100〕劉學鍇、余恕誠：《李商隱詩歌集解》，頁86。
〔註101〕丁綿孫：《中國古代天文曆法基礎知識》，頁136。

圖 5-3　星宿圖

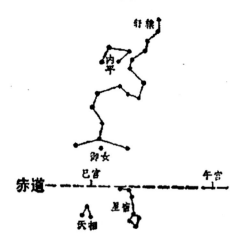

圖片來自丁綿孫：《中國古代天文曆法基礎知識》，頁 136。

燕臺四首·冬天東日出天西下，雌鳳孤飛女龍寡。青溪白石不相望，堂上遠甚蒼梧野。凍壁霜華交隱起，芳根中斷香心死。浪乘畫舸憶蟾蜍，月娥未必嬋娟子。楚管蠻弦愁一概，空城罷舞腰支在。當時歡向掌中銷，桃葉桃根雙姊妹。破鬟倭墮凌朝寒，白玉燕釵黃金蟬。

風車雨馬不持去，蠟燭啼紅怨天曙。

　　按照我們上文的思路，「雌鳳孤飛女龍寡」此句描述翼宿天區譬喻之雌鳳，女龍為軒轅星官譬喻。上文引述，軒轅星官形似騰龍，且主後宮，此為女龍。「青溪白石不相望」此以銀河為青溪譬喻，以翼宿天區之星辰為白石譬喻，翼宿與銀河相隔甚遠，為「不相望」。「凍壁」為壁宿。「畫舸」、「蟾蜍」為上文所述之五車星官，五車星官之形狀想起蟾蜍，此處接近五車星官之昴宿附近有一月星官〔註 102〕，為嫦娥奔月之神話遺跡。「楚管蠻弦愁一概，空城罷舞腰支在」如前詩為描述翼宿之分野理論與天之樂府之譬喻。「桃葉桃根」為上詩之「鴛鴦」，為柳宿、星宿譬喻。「黃金蟬」如前文所論，為張宿譬喻。「蠟燭啼紅怨天曙」之詩意請參考前文「醉起微陽若初曙」詩解。

　　由以上四首詩解譬喻內容可知，多描述南方朱雀之天區。前文曾論述過玄鳥／鳳凰／燕子都曾有神化圖騰意涵。朱雀為四象之一，與玄鳥／鳳凰／燕子都有過糾纏，且燕臺可能即為天文臺。沿著此種思路，或許可以理解詩

〔註 102〕丁綿孫：《中國古代天文曆法基礎知識》，頁 116。

人為何將四首詩歌名為〈燕臺四首〉。以天文譬喻的方法理解此四首詩,則可以提供一種經驗去局部解讀另外一種經驗,譬喻即為一種創意性,或者可理解為一種創造。

　　此章是受到《莊子》中的天文譬喻啟發而作的文學作品新的解讀嘗試,至於此種嘗試的價值,作品原意必然重要,但是若是從經典活化、創意再生的角度來看,也許我們在掌握文章作品的原初含義後,應該再往前思考一步,即如何能創造性地轉化經典。

第六章 結 論

　　行文至此，不得不討論一個問題，即何為「天文」？「天文」一詞首見於
《易・賁》：「剛柔交錯，天文也；文明以止，人文也。觀乎天文以察時變，觀
乎人文以化成天下」〔註1〕、《易・繫辭》「仰以觀於天文，俯以察於地理，是
故知幽明之故」〔註2〕《易》中的「天文」或與「人文」對舉，意指自然界之
現象，或與「地理」對舉，意指天象。和《莊子》同樣是戰國時期著作的《六
韜・王翼》中記載「天文三人：主司星曆，候風氣，推時日，考符驗，校災
異，知人心去就之機」〔註3〕則此處「天文」指占星候氣等巫術。由此可見，
戰國時期，在兵家著作中，「天文」的意涵已有「人文」的滲透。《鶡冠子》作
為道家和兵家著作，其「天文」意涵的嬗變正體現巫術式的「天文」蛻化為理
性知識的「天文」：「天文也，地理也，月刑也，日德也，四時檢也，度數節
也，陰陽氣也。五行業也，五政道也，五音調也，五聲故也，五味事也，賞罰
約也。此皆有驗，有所以然者，隨而不見其後，迎而不見其首」〔註4〕理性知
識領域，「天文」即如陳遵嬀定義：「天文就是天象，或天空的現象。天空所發
生的現象，可以分兩大類。一類是關於日月星辰的現象，即星象；一類是地
球大氣層內所發生的現象，即氣象。從我國歷史來講，天文學實際是研究星
象和氣象兩門的知識」〔註5〕前文已述及，對於天文知識的掌握，中國古代人

〔註1〕《十三經注疏》，卷1，頁62。
〔註2〕《十三經注疏》，卷1，頁147。
〔註3〕《六韜》，《四部叢刊初編》343冊，頁39。
〔註4〕《鶡冠子・夜行》，黃懷信：《鶡冠子校注》，頁21。
〔註5〕陳遵嬀：《中國天文學史》（上海：上海人民出版社，1980），頁2。

民是走在世界前列的，這與中國農業發展密切相關。我們也可以引用大學者顧炎武那段著名的論述來說明天文知識的普及程度：

> 三代以上，人人皆知天文。「七月流火」，農夫之辭也。「三星在戶」，婦人之語也。「月離于畢」，戍卒之作也。「龍尾伏晨」，兒童之謠也。〔註6〕

由此可見，天文學影響於人民之力可謂甚巨。接下來，我們需明確天文學與文學之關聯。黃鳴認為：「天文學影響及於古代文學者，在於它的很多內容成為文學的形式和意象，有的天文學理論成為文學思想的重要思想源泉」〔註7〕此處，我們較易理解的是天文成為文學取用的意象。值得注意的是成為文學意象的「天文」與客觀實體的「天文」迥然有異。「意象」是「融了主觀情意的客觀物象，或者是借助客觀物象表現出來的主觀情意」。〔註8〕以上文顧炎武的例子，「七月流火」之設，為顯農夫之辛勞；「三星在戶」之語，為烘托辛勞過後與佳人歡愛之喜；「月離于畢」，天象慘淡為顯示戍卒征戰之苦；「龍尾伏晨」為紀虢公出奔之事，且此天象龍幽伏正象徵國君之潛逃，是具有主觀色彩之描述。由此可見，當文學家採用天象描寫時，都有其特定的比興意涵。作為莊子一脈不得志之士人君子多是借由天象抒發自己對世俗凡塵的厭離之意，嫌九州島之局促，思假道於天衢。通過前幾章的研究，我們可以發現，莊子借由天文譬喻和天文空間化的情節敘事，建構了「天」的文，以筆端牢籠宇宙，將時空挫於毫毛，實現了內在的超越。即，莊子擺脫了巫祝信仰中對「天」的神化崇拜，而將「天」之文作為文章構思。此擴大了「天文」的觀念，實現了文學與天文的圓融對接。其後的〈柳毅傳〉、〈任氏傳〉、〈桃花源記〉、〈前赤壁賦〉、〈後赤壁賦〉皆是關於「天」的敘事。簡單地說，我們可以將「天」視為一個劇場，這其中上演的劇情可以由不同的人敘述出不同的故事，然而「天」的理式作用可以範圍其中的敘事情節。此固然與古代天人合一的哲學觀念密切相關，也與我國古代知識分子永遠試圖將「天文」作為「人文」合理性的歸宿有關。

　　具體地講，第一章回顧了學者對莊子其人、其書的研究。莊子其人其經歷是我們閱讀《莊子》的背景知識。正如孟子很早提出知人論世的讀書方法，

〔註6〕清・顧炎武著，黃汝成集釋，欒保群、呂宗力校點：《日知錄集釋》（上海：上海古籍出版社，2006），卷三〇。

〔註7〕黃鳴：〈中國古代的天文學與文學〉，《文學典故史話》，2008（6），頁35。

〔註8〕袁行霈：《中國詩歌藝術研究》（北京：北京大學出版社，2009），頁54。

閱讀作品時，我們應該對作品的作者和時代背景作一個有效的概覽。故筆者
不厭其煩地翻閱考證資料，希望能有所獨特發現。相信這也是所有青年學者
學術起步之處。然而畢竟學養有限，很難超越前人紮實的考證工夫，所以此
方向的研究並無創新之處，只是中規中矩地做了功課。筆者也曾用功研究過
歷代學者的莊學研究著作，主要依據材料為郎擎霄《莊子學案》、熊鐵基《中
國莊學史》、方勇《莊子學史》、黃錦鋐《莊子及其文學》、〈近三十年來之莊子
學〉，簡光明〈近二十年來之莊子學〉等。最終引起深入研究興趣的是莊子中
的神話思想，同時，筆者吸收前人研究成果，認為流行於南方的道家思想產
生於楚國巫學傳統之內。楚國巫術傳統包含天文曆法、地理醫藥、詩樂歌舞、
神話巫術等內容。其中，楚國的天文曆法是戰國時期最發達的，楚國的藝術
創作、文物古蹟中都有天文學遺蹤。與天文學發達密切相關的陰陽五行崇拜、
氣化哲學思考都是楚國非常重要的文化思潮。筆者致力於結合楚國獨特文化
的視角出發研究《莊子》文本。

　　《莊子》文本中最重要的特點是其廣泛運用寓言。這些寓言的分類筆者
參考了顏崑陽《莊子的寓言世界》的研究。同時，這些寓言中有相當多的一
部分屬古帝古聖賢的寓言。故單獨闢一章予以研究。戰國時期，上古帝王的
傳說常常被用來寓意作者心目中的賢明君主，以他們的時代譬喻理想社會藍
圖。然而這些上古帝王的傳說是如何形成一個完整的體系的？筆者在研究《莊
子》文本中的寓言時，發現這些古帝王傳說的編制似乎與楚國天文學、巫術
傳統有關。結合古帝王之姓名、古代天文，以天象的相似性為取象方式研究
古帝王事蹟，發現了古帝王傳說可能的編制線索。筆者之研究以孤立相似為
基礎，因天象取象在中國浩如煙海的典籍及日常語言中的譬喻甚多，無法窮
盡。正如第一章所述中國獨特的象形文字保存了民族文化中的神話思維，故
多做文字上的考釋。《莊子》深受楚文化影響，多結合楚國文獻數據進行分析。
筆者專注於天文譬喻，對與莊子相關之古帝王文獻進行有效整理與研究，致
力於打破神話與哲學、認知科學的界限，探討神話中蘊含的思維理則。

　　當解析完《莊子》中的古帝王傳說譬喻，又對《莊子》最重要的魚鳥寓
言結合天文譬喻、敘事空間化情節建構進行了解析。其後，又將此種研究方
法用來研究莊子中的其他寓言。Lakoff-Johnson 認為概念譬喻隱於我們的抽象
思維之中，人類是譬喻性動物，我們概念系統的大部分是由譬喻系統建構的，
而這些譬喻系統都在我們有意識的知覺層之下自動運作，由文化傳承而來的

譬喻形塑了我們思維的內容以及思維方式。莊子運用之譬喻既有屬日常概念系統之常規譬喻（conventional metaphors），然更多意向性（imaginative）與創意性（creative）的新譬喻。根據 Lekoff-Johnson 的研究，新譬喻多半是結構性的，能以常規結構譬喻同樣的方式創造相似性，也就是能以實體譬喻與方位譬喻生發出來的相似性為基礎，然客觀相似性並不為譬喻的基礎，但是譬喻以「孤立相似」為基礎，此涉及譬喻的基本功能是提供一種經驗去局部解讀另外一種經驗，而這時候譬喻即為一種創意性，或者可理解為一種創造。若是我們以天文譬喻來理解《莊子》中的一些寓言，則可以得到一個前所未有的視角。根據顏崑陽的研究，我們可以發現莊子編制的寓言中最常運用天文思維或者宇宙觀來架構寓言內容的為譬喻式寓言（如《莊子·養生主》「庖丁解牛」）、假設古代聖賢或者古之得道者相互相互問答，而在問答之中，討論了某一項道理的設問式寓言（如《莊子·齊物論》「齧缺問乎王倪」、《莊子·應帝王》「天根遊於殷陽」）、籍敘事以寓理的寓言（如《莊子·應帝王》「南海之帝為儵」、《莊子·天地》「黃帝遊乎赤水之北」）、造境式寓言（如《莊子·逍遙遊》「北冥有魚」）。

　　有學者認為《莊子》曾由漢代劉安或者劉向整理過，其中《莊子·德充符》、《莊子·應帝王》兩篇篇名與漢代符應說、黃老思想密切相關。〔註9〕若是漢代學者曾整理過《莊子》，無論是漢初黃老思想盛行還是西漢中後期讖緯思想與學術密切結合的學術傾向都可能篡改《莊子》，故《莊子》所自作成份有多少，恐怕也是個問題。研究《莊子》中的天文譬喻，有人可能認為與黃老思想或者讖緯之學近似。然作為一位現代的學者，並不會去相信一些怪力亂神之術，研究這些民俗術數只是為了探究古人的巫術思維理則。日本藤野岩友曾經將屈原之〈天問〉視為巫系文學，〈天問〉為屈原見楚國先王廟上的壁畫而作。〔註10〕聞一多研究認為《莊子》書中的延維、委蛇形象與漢畫中的伏羲、女媧形象相類。〔註11〕再加上與《莊子》淵源甚深、形成互文之《山

〔註9〕崔大華：《莊學研究》，頁 53～58。清代桐城派學者姚鼐根據《莊子》中的「上仙」、「素王」、「十二經」、「孔子藏書於周室」等語認為《莊子》中某些篇章為秦代以後的作品，更認為《莊子·刻意》乃司馬談《論六家要指》之類的漢人之文。張恒壽在二十世紀三十年代的著作《莊子新探》中持同樣觀點。詳參方勇：《莊子學史》，頁 183。

〔註10〕藤野岩友：《巫系文學論》（東京：大學書房，昭和 44 年），頁 38～79。

〔註11〕楊儒賓：《儒門內的莊子》，頁 87。

海經》也曾以圖畫傳世，流傳到東晉時期的陶淵明還可以「流觀山海圖」。綜
合以上的文獻，莊子本人可能對戰國時期的顯學天文學、巫術有相當的研究，
天文圖這本無字天書可能成為其寓言的隱喻載體。然而經過上文細緻的分析
《莊子》一書中的寓言構成，我們甚至可以說，《莊子》一書大部分的寓言竟
是由宇宙天文的「道、理」編成了寓言，而寓言的寓意是闡述人生的「道、
理」。這種獨特的寓言結構可以說是文學史上的傳奇。若是我們進一步思考莊
子編制天文寓言的用意，就可以發現道的邏輯是由天文譬喻、寓言之想像而
來。正如前文所述「道」這個字的寫法即是東方蒼龍的象形，而道的特性：迴
環往復、周流不息也可以說是宇宙運行的規律。若是我們再進一步借鑒其他
學者研究時間意識的成果，很容易發現莊子的哲學都在探討時空議題，尤其
是討論未來時空。以鯤鵬寓言為例：

表 6-1

未來時間的表現方法	《莊子》中的鯤鵬寓言對應部分
（一）未來可借視野中的平遠、高遠等遠景符號化獲得	鵬之徙於南冥也，水擊三千里，摶扶搖而上者九萬里，去以六月息者也。
（二）未來是有一個應許之地顯示到達的特定時間	南冥者，天池也。
（三）平遠的視境、擬人的年輕	朝菌不知晦朔，蟪蛄不知春秋，此小年也。楚之南有冥靈者，以五百歲為春，五百歲為秋；上古有大椿者，以八千歲為春，八千歲為秋。

此表格根據楊雅惠：《臺灣海洋文學》，頁 235～236 繪製

　　從上表其他學者的研究成果比對《莊子》文本所呈現的類似內容，可以
看出二者的相似性。

　　正如劉秋固所說：神話以「詩」的性格述說人類生命存在的困境，本質
上體現了人類對生命的終極關懷。〔註12〕莊子「詩」化的精神哲學以「詩」
化的語言如如湧動。其中與上古宗教信仰與神話傳說密不可分，與楚國的
原始巫風息息相關。此點張軍、唐君毅已覺察。〔註13〕人類歷史的發展顯

〔註12〕劉秋固：〈莊子的神話思維與自我超越的文化心理及其民俗信仰〉，頁182。
〔註13〕詳參張軍著：《楚國神話原型研究》（臺北：文津出版社，1994）、唐君毅著：
　　　　〈中國原始民族哲學心靈狀態之形成〉，《中華人文與當今世界補編》（臺北：
　　　　學術書局，1988）。

示，人類社會活動受到「神旨」、「經驗」、「知識」的影響。隨著社會發達程度的提高，「神旨」漸漸退位為只影響特定信仰階層。然不可否認的是，中國古代社會存在著巫術傳統。就人類活動而言，可分為向外觀察與內向反省。向外觀察即對宇宙自然、社會人生之瞬息萬變產生好奇心理，求知求生以謀幸福；內向反省即因無知與自然社會的戕害事件，情感與理智發生衝突矛盾，產生困惑、恐懼、憂傷的心理，有「矜伐於體內」。有學者認為西方的哲學重在知物，而中國的哲學重在知人。〔註14〕陰陽五行巫術傳統為中國巫師創造的內向反省與外向觀察相結合的身心合一「公式」。此「公式」即可歸類認識宇宙萬物，也可以形成一種人可主宰萬物的假象，對貴族階級而言，取得統治的神權自信力；對平民而言，獲取生活的信心。故筆者對巫術傳統在《莊子》中的隱性結構十分關心。學術研究大都以莊子「以明」的修養方法認為莊子主張內觀、反省，而筆者認為莊子修養的途經是知性與靈性合一，莊子並非鼓吹浪漫的逍遙，而是要達到逍遙的境界需要有學問的工夫和道德的修養，即也有外觀探索宇宙實在道理的部分。這宇宙道理的探索，包含宇宙時空意識，也包含天人合一。經過對天文譬喻的分析，我們發現莊子與畢達哥拉斯的哲學思想有相近之處。畢達哥拉斯認為天是一個音節，一個數，世界萬物的存在依賴於數。〔註15〕莊子也認為世界萬物依賴於天而存在，莊子對天的理解包含數、以及包含天文運行規律的天象。正如學者的研究，中國哲學很大程度上使用模擬思維，經常採用講故事的方法提出哲學論點。〔註16〕故《莊子》一書多由宇宙天文的「道、理」編制而成的寓言，此正體現出「天文」與「人文」的互滲，天人合一，筆補造化之功。

其後探討古帝傳說與《莊子》中與敘事學閱讀理論相關的部分。古帝傳說和《莊子》寓言體現了我國神話敘事素材空間化、神話的敘事重心是宇宙的順序和空間的特徵。當然，時間和空間是密不可分的，而二者的本質都為運動。故我們可以認為，莊子的情節安排是以天文空間為線索，但其多在探討時空議題，莊子相對論的哲學基於視角的轉變，這種轉變不失為時空的

〔註14〕吳怡：《逍遙的莊子》，頁54。
〔註15〕〔美〕羅伯特‧所羅門、凱思琳‧希金斯著，張卜天譯《大問題——簡明哲學導論》（北京：清華大學出版社，2018），頁118～119。
〔註16〕〔美〕羅伯特‧所羅門、凱思琳‧希金斯著，張卜天譯《大問題——簡明哲學導論》，頁349。

運動本質。後結構主義和接受美學對文本符號指涉關係和歧義性的分析，對文本空白和矛盾的關注，對閱讀活動中讀者的再生產性質的強調，也都可以與筆者對古帝傳說與《莊子》寓言深層譬喻結構研究遙相呼應。現代閱讀理論可資借鑒，漢字的字音、字形、陰陽五行、中國古代星空圖等文化代碼形成了一種隱喻的機制，借助文化代碼的解讀，可以讓我們由普通的消費性讀者演變為生產性讀者、理想讀者。這些都是在敘事學的範圍內探討《莊子》文本。

最後，筆者受到《莊子》中的天文譬喻、空間化情節建構啟發而作文學作品新的解讀嘗。筆者分析〈柳毅傳〉、〈任氏傳〉、〈桃花源記〉、〈前赤壁賦〉、〈後赤壁賦〉行文脈絡與古代天文的譬喻關聯，並用天文譬喻的思路重新詮釋歷來難懂之李商隱詩〈無題〉、〈燕臺四首〉，提供一種經驗去局部解讀另外一種經驗的創意解讀。這些都是在《莊子》研究過程中得到的靈感。

《莊子》文本的意義來自於哪裏？從何處尋找文本意義，歷來有三種說法：一種認為文本的意義存在於作者的意圖之中。然而作品的起因不等同於作品的意義，而且作者的原初本意很難考證，加上創作的潛意識經常使意圖和意義對抗，書寫還有延異、互文的重要性質。所以認為文本的意義存在於作者意圖並不確切。第二種說法認為文本自身就是意義所在，文本的結構方式即意義的組織方式，反對考慮作者個人經驗的來源和對個別讀者所起的影響。此種觀點也有失偏頗。第三種說法認為文本的意義是閱讀的產物，由讀者賦予。此種說法將作者的權威轉移到讀者身上，忽略了文本質的規定，將閱讀變為沒有規則的遊戲。〔註17〕胡亞敏認為：

> 文本的意義存在於文本與讀者的交流過程之中。一方面，文本提供了意義的潛在性，提供了與另一文本相區別的根據。文本的意義在閱讀中實現；另一方面，文本只對懂得閱讀它的具有一定文學能力的讀者敞開豐富多樣的意義。在此基礎上，文本和讀者共同創造意義。〔註18〕

由此可見，一個文本文學潛能的實現，則不只是作者運用修辭的寫作就可以達到，我們尚不能忽略讀者的作用，不能忽略讀者對文本的再建構。伊瑟爾《閱讀活動》將文本視為「圖式化」的框架，他認為文學作品須在文本與讀

〔註17〕胡亞敏：《敘事學》，頁 182～183。
〔註18〕胡亞敏：《敘事學》，頁 183。

者的雙向交互作用下才得以實現，文本的意義存在於閱讀活動中。〔註19〕讀者與文本通過閱讀，使文本能成為開放的動態的意義生產過程。不同的閱讀方式、不同的批評方法可能把一種文本變成另一種文本。〔註20〕理想讀者「是一種理論建構，被假定具有一套闡釋文本的閱讀模式（文學能力），憑藉這套模式，文本的結構和意義才得以理解」〔註21〕德國伊瑟爾《閱讀行為》中繼續了英加登關於「不定點」的思考，認為「空白」是文本與讀者交流的必要條件，是閱讀不可或缺的積極動力：

> 空白存在於文本聯結的中斷之處……由於空白終止了圖式的連接性或中斷了「最優聯結」，遂成為「讀者想像的催化劑，促使他補充被隱藏的內容」，干預或調整已建立起來的聯繫。〔註22〕

伊麗莎白·弗洛恩德在《讀者反應理論批評》中也強調了讀者來填補的「斷裂」、「空白」和「不確定性」的重要性：

> 文學文本不指稱外在現實（像一種「文獻」那樣），而是再現一種模式，一種引導讀者想像的只是結構。但這種指示結構是未完成的，布滿了要由讀者來填補的「斷裂」、「空白」和「不確定性」。這種填補活動是在讀者的個人氣質和文本規定的視角這雙重作用下完成的。〔註23〕

以上都是對理想讀者綜合性結構能力的研究。至於理想讀者的動態性文學能力，即要求讀者能根據過去的閱讀經驗，採用新的閱讀模式，創造新的閱讀經驗，通過新舊兩種經驗的相互作用更新人們的文本和閱讀的觀念。作為一部先秦時期的經典《莊子》自司馬彪開始就存在著眾多詮釋者。姚斯認為：「第一個讀者的理解將在一代又一代的接受之鏈上被充實和豐富，一部作品的歷史意義就是在這過程中得以確定，它的審美價值也是在這過程中得以證實」。〔註24〕《莊子》詮釋角度在千年的歷史裏非常豐富。這些閱讀經驗可以稱為舊的閱讀經驗。現代由於文化和學術的發展，創新的需求鼓勵我們走出

〔註19〕 胡亞敏：《敘事學》，頁 21。

〔註20〕 胡亞敏：《敘事學》，頁 196。

〔註21〕 胡亞敏：《敘事學》，頁 197～198。

〔註22〕 胡亞敏：《敘事學》，頁 227。

〔註23〕 伊麗莎白·弗洛恩德著，陳燕谷譯：《讀者反應理論批評》（板橋：駱駝出版社，1994），頁 139。

〔註24〕 H.R.姚斯：《走向接受美學》，周寧、金元浦譯：《接受美學與接受理論》（瀋陽：遼寧人民出版社，1987），頁 25。

經典舊的期待視野，對文本作出新的解釋。〔註25〕現代人由於語境脫離文言文，古書的閱讀成為很大的障礙。在閱讀第一文本《莊子》感覺吃力的情況下，就會去閱讀第二文本，即詮釋評論《莊子》的文本。常見者如陳鼓應《莊子今注今譯》，郭慶藩《莊子集釋》等。評論文本的易得性造成了讀者閱讀的怠惰性。此是我們應該克服的缺點。在評論《莊子》文本時應該「努力親自再次體現和思考別人已經體驗過的經驗和思考過的觀念」〔註26〕，借助莊子的文本表達自己對人生和世界的認識，同時找到《莊子》新的閱讀模式。下面再簡述一下《莊子》的閱讀模式。

胡亞敏在其著作中歸納了三種閱讀模式，本文對《莊子》寓言之研究正符合此三種模式。三種閱讀模式之一是敘述閱讀。第四章即旨在研究《莊子》敘述技巧和手段。這些都是我們閱讀敘事文通常採取的閱讀方法。

第二種閱讀模式是符號閱讀。從敘事學的角度來看，敘事文是語言的藝術，語言是一種符號，具有能指和所指。〔註27〕文學的語言和科學的語言、日常的語言的最大不同，是在於文學的語言具有高度的暗示性，強調符號本身的察覺以及表情的部分，作者藉此把心中的意象轉化為具有文學性的形象。〔註28〕此涉及到語言能指與所指關係的問題。以《莊子》文本為例，敘事文中能指與所指關係分為以下四種基本形式：

〔註25〕此處筆者無意軒輊古今詮釋《莊子》文本的好壞，借用袁保新的研究：（一）所謂「較好的理解」，並不是「真」與「假」的區別，因為我們根本無法確定經典作者的本懷是什麼，也無意提供真假的最後判準。（二）所謂「較好的理解」，充其量只能在兩個層次是可以成立的。一是就方法論的設計上，愈周延、精確地遵守各項詮釋原則，當然比粗糙、隨興的抽樣比附，或前後不一致的解讀，更具有說服力。另一則是扣緊問題意識而言，如果我們對經典的提問，更能反映現代人的意義需求，更能照明現代人的經驗處境，那麼這個詮釋也就具有更大的適切性。見氏著：《從海德格、老子、孟子到當代新儒學》（臺北：臺灣學生書局有限公司，2008 年 10 月），頁 23。高達美認為當詮釋者進入經典時，必然會察覺到，經典所呈現歷史性與自處當前的歷史境遇間存在著差異，與此同時，我們亦感受到經典對我們有所宣說；詮釋活動便在差異與傾聽經典間進行，即是，把被瞭解的文本應用到詮釋者所處的歷史境遇，也把詮釋者身感之視域應用到文本，成就經典與視域的交融，高達美稱此為「視域融合」。見（德）迦達默爾著，洪漢鼎譯：《詮釋學Ⅰ：真理與方法》（北京：商務印書館，2007 年 4 月），頁 408～417。

〔註26〕金元浦：《接受反應文論》（濟南：山東教育出版社，1998），頁 269。

〔註27〕胡亞敏：《敘事學》，頁 213。

〔註28〕鍾宗憲：《中國神話的基礎研究》（洪葉文化事業有限公司，2006 年 02 月），頁 64。

（一）能指≈所指。此種情況表現在敘述話語與敘述者、人物的觀點、情調基本吻合。莊子能用準確的敘述語言描寫寓言人物的感覺和思想，如〈秋水〉中兩則關於莊子本人的寓言：

> 莊子釣於濮水，楚王使大夫二人往先焉，曰：「願以境內累矣！」莊子持竿不顧，曰：「吾聞楚有神龜，死已三千歲矣，王巾笥而藏之廟堂之上。此龜者，寧其死為留骨而貴乎，寧其生而曳尾於塗中乎？」二大夫曰：「寧生而曳尾塗中。」莊子曰：「往矣！吾將曳尾於塗中。」（《莊子·秋水》，頁415～416）

> 惠子相梁，莊子往見之。或謂惠子曰：「莊子來，欲代子相。」於是惠子恐，搜於國中三日三夜。莊子往見之，曰：「南方有鳥，其名為鵷鶵，子知之乎？夫鵷鶵發於南海而飛於北海，非梧桐不止，非練實不食，非醴泉不飲。於是鴟得腐鼠，鵷鶵過之，仰而視之曰：『嚇！』今子欲以子之梁國而嚇我邪？」（《莊子·秋水》，頁416～417）

此兩則寓言都用準確的語言描寫了莊子傲視政治權力，不屑投身政治的形象，話語描寫十分傳神。莊子用神龜曳尾於塗、鵷鶵飛翔萬里「非練實不食，非醴泉不飲」潔身自好的形象與自己的政治追求做比擬，能指與所指符合。此外，莊子在描繪客觀世界時也顯示了其深刻的洞察力和文字表現力，如其對人心的觀察借寓言人物孔子寫出：

> 凡人心險於山川，難於知天。天猶有春秋冬夏旦暮之期，人者厚貌深情。故有貌願而益，有長若不肖，有順懁而達，有堅而縵，有緩而釬。故其就義若渴者，其去義若熱。故君子遠使之而觀其忠，近使之而觀其敬，煩使之而觀其能，卒然問焉而觀其知，急與之期而觀其信，委之以財而觀其仁，告之以危而觀其節，醉之以酒而觀其側，雜之以處而觀其色。九徵至，不肖人得矣。（《莊子·列禦寇》，頁726～727）

此段描寫讓人能從莊子神化玄虛的心靈境界頃刻間回到理性的現實經驗世界，讓人相信莊子並不是只有超脫的想像，他還是一位飽經世事滄桑的智者。莊子還經常在文章種表達自己的觀點和思想感情，此皆是能指與所指趨近處。如〈齊物論〉中對「人與物獨特意義內容與價值」〔註29〕的大段論述，即表

〔註29〕陳鼓應：《莊子今注今譯》，頁41。

達了莊子的萬物與我為一哲學思考。此雖屬非敘事性話語，卻可以幫助我們理解《莊子》寓言的寓意。

（二）能指＞所指。此種情況涉及到語言文字的多義性。本文在探討古帝王之名和《莊子》寓言中的人名時，經常在字典中發現一個字具有多種含義。如「韓」字在字典中有3種含義：（1）井垣、（2）國名、（3）姓。若是我們以常規閱讀方式，就會順其自然的認為「韓流」之名僅僅為姓「韓」名「流」。然而筆者採用了「井垣」的所指，獲得一種能指大於所指的開放性，古帝王之名的能指在本書的情境（天文譬喻）下生發新的意象。同理，在處理鯤鵬神話時，學者對「鯤」的字義取向不同，則對於此寓言寓意的理解則不同。「鯤」在字典中主要有三個義項，一為魚苗的總稱、一為小魚、一為傳說中的大魚。認為「鯤」為小魚義項的學者認為莊子的寫作本就是採取義與象不符的反諷方式；認為「鯤」為大魚義項的學者認為大魚方可化為大鵬，也才符合莊子文風好奇好大的審美。也有學者認為鯤與坤同音，故以易學闡釋此寓言內蘊。本文之研究認為「鯤」應兼含以上三種義項，是小魚，也是小魚的總稱，同時也是大魚。那就唯有肉眼看起來似魚苗、魚群，實際上浩瀚無邊的魚宿符合此三種義項。這種文字的多義結構、聲音層面的「召喚結構」使文章能指大於所指，召喚著筆者釋放《莊子》文本的閱讀潛能。

（三）能指＜所指。在《莊子》文本中也會出現能指小於所指的情況。莊子經常要闡述人生虛幻似夢的主旨，其在《莊子・齊物論》中寫到「夢飲酒者，旦而哭泣；夢哭泣者，旦而田獵。方其夢也，不知其夢也。夢之中又占其夢焉，覺而後知其夢也。且有大覺而後知此其大夢也，而愚者自以為覺，竊竊然知之。君乎，牧乎，固哉！丘也與女，皆夢也；予謂女夢，亦夢也」（頁84）其後，莊子又寫了關於此主旨的五個寓言：「莊周夢為蝴蝶」、「顏回問仲尼孟孫才其母死」、「髑髏見夢」、「神龜託夢」、「鄭緩託夢」。此皆是敘述者在不同場合用不同的寓言情節重複申述人生如夢、知有所困的主旨。再如，莊子在闡述無用之為大用主旨時，〈逍遙遊〉中運用了「魏王貽我大瓠之種」、「宋人有善為不龜手之藥」、「吾有大樹人謂之樗」三個寓言，此外還有〈人間世〉「匠石之齊」、〈外物〉「惠子謂莊子曰」、〈山木〉「莊子行於山中」等諸多寓言反覆申述此一主旨。

（四）能指≠所指。莊子對言意關係的緊張有深刻的體認，這種言意矛盾聚焦在言語是否可以及道的問題。莊子認為「知者不言，言者不知」、「道

不可言，言而非也」、「言無言，終身言，未嘗言；終身不言，未嘗不言。」。
楊儒賓曾指出：「一、『道』如果指體道者所體驗的一種冥契的狀態，那麼，道
與語言必然不相及，因為在冥契的狀態，無時無空，無一無多，說是一物即
不中，『不可言說』（ineffable）構成了此一特殊體驗的本質。二、『道』如果指
一種未被言說所切割的本初狀態，一種設想的生活世界中最原始的經驗的話。
那麼，語言與道也是不相及的，因為言說的抽象作用必然無法完整地呈現最
原始的完整經驗。三、『道』如果更落實到生活中的分殊之道，尤其是作為『工
具人』的技藝之道上面，語言也是無法傳達此種道的核心——know-how，它
傳達的只是形式的語義層。」〔註30〕如此看來，或者《莊子》整本書都無法
傳達莊子真正的關於道的思考，畢竟言不及意乃是常態。

　　以上是對《莊子》文本符號閱讀模式下能指與所指四種關係的思考。符
號閱讀模式還有一種代碼分析法。羅蘭‧巴特曾提出五種代碼來分析文本中
的多重聲音和多樣性。〔註31〕古帝王之名和《莊子》寓言中的人名是一種語
言符號，我們首先要進入的就是羅蘭‧巴特的「闡釋代碼」釋義模式。這些人
名是誰？是真實存在的古人還是依照一定規律虛構的人名？他們做了什麼
事？莊子的記述與史實差距有多大？僅僅看作一種孤立的人名，還是將其命
名放在古代文化背景脈絡下探析其內在理路？因本文多結合陰陽五行、中國
古代星空圖進行研究，故這亦可以稱為文化代碼分析。〔註32〕文化代碼即一
種人們所認可的文化屬性或範式。〔註33〕代碼分析具有一種分解文本的力量。
代碼分析法強調意義的多重性，所指的無止境，從而導致了文本內結構的解
體，使文本變成了一個任人觀望的萬花筒。〔註34〕古代陰陽五行系統下，方
位、數字都有一種文化代碼的意涵。同時，這些文化代碼形成了一種隱喻的
機制。隱喻是認知的一項重要機制，當我們面臨新現象、新事物時，命名會
將原有指稱不同事物的詞語來指稱與新事物、新現象具有相似點的事物。我

〔註30〕楊儒賓：〈莊子的「卮言」論——有沒有「道的語言」〉，收入劉笑敢主編，《中
　　　　國哲學與文化第二輯：注釋、詮釋，還是創構？》，桂林：廣西師範大學出版
　　　　社，2007，頁 15。
〔註31〕胡亞敏：《敘事學》，頁 217～218。
〔註32〕李春青認為歷史、哲學、宗教、文學等不同門類的文化文本之間事實上存在
　　　　著普遍的互文性關係，即不同文本之間相互滲透、互為話語資源。詳參李春
　　　　青：《詩與意識形態》（北京：北京大學出版社，2005 年 1 月第 1 版），頁 8。
〔註33〕胡亞敏：《敘事學》，頁 218。
〔註34〕胡亞敏：《敘事學》，頁 220。

們是否驚訝於干支五行何以能以區區幾個漢字就牢籠萬有，將萬物統攝於其下的分類。這種古人觀象知意的思維方式正是隱喻的思維方式。這種思維方式是否被用來編制古帝王傳說和莊子寓言是本文關懷所在。

　　閱讀模式的第三種為結構閱讀，前文已經論述，《莊子》寓言序列屬敘事文的表層結構，由功能和序列構成的故事情節的發展，屬橫組合段。上文還探討了古帝傳說和《莊子》中寓言裏包含的天文譬喻，這些天文譬喻與中國巫術傳統中的占星天文空間、陰陽五行共同構成縱聚合軸。若是我們能掌握橫組合段構成的莊子寓言表層結構平面閱讀，同時能掌握縱聚合軸的垂直閱讀，則我們就完成了重建結構的閱讀任務。正如胡亞敏所論，重建深層結構是對閱讀文本的新的審視，可以加強對讀者能力的訓練，有助於更好地理解作品各部分的關係及內在聯繫，並能使讀者在一個更廣闊的視野下把握作品的位置。〔註35〕

　　筆者閱讀《莊子》文本的過程中，對其描繪的古帝王和得道之士的姓名事蹟始終抱有濃厚的興趣。有人曾借著「三言」的說法認為莊子的寫作屬虛構，寓言中的人物也都是隨意編造的。如果這樣簡單地說服自己不去探討另外一種可能性，則對於讀者來說無異於無事可做，畢竟讀了文言文翻譯後，每個讀者都能記誦寓言的內容，也覺得古帝王得道之士的行為都是模式化的。然而學者已經研究過：「如果讀者已被提供了全部故事，沒給他留下什麼事情可做，那麼，他的想像就一直進入不了這個領域，結果將是，當一切都被現成地設置在我們面前時，不可避免地要產生厭煩」〔註36〕這也就是尋找到文本空白的重要性。後結構主義和接受美學對文本符號指涉關係和歧義性的分析，對文本空白和矛盾的關注，對閱讀活動中讀者的再生產性質的強調，正體現結構化閱讀的必要性。本文之研究起源於《莊子》中的巫咸，其為《史記・天官書》中記載通曉天文之人，莊子為何會在自己的書中格外重視此人？《莊子》中巫咸雖然只出場一次，但其形象確是天道的揭密者，其形象具有超越得道者的神聖性。莊子之摯友惠子也曾面對南方黃繚「問天地所以不墜不陷，風雨雷霆之故」的提問，「不辭而應，不慮而對，遍為萬物說；說而不休，多而無已，猶以為寡，益之以怪」，可見惠子也是博通天文之人。那麼莊子是否只是簡單的知曉天文常識？或者其對天文星宿、天文現象、天文測量也具有相當的瞭解？

〔註35〕胡亞敏：《敘事學》，頁 225。
〔註36〕伊瑟爾：《閱讀過程：一種現象學的論述》，《隱含的讀者》，霍布金斯大學 1974。

為了彌補此段閱讀空白，筆者抱著試探的研究態度，將莊子寓言中的人物和情節與天文隱喻相結合，發現最後可以得到一種全新的閱讀視角。

最後，我們應該區分一下「使用文本」與「詮釋文本」的概念，此處引用艾柯的研究成果，使用文本注重文本在讀者的閱讀下，意義的創新；詮釋文本注重按照歷史原貌解讀文本。〔註37〕筆者所採用讀莊方法應為詮釋學方法，即研究者本身「對中國哲學文獻義理背後透出德生命智慧有一實存的感應與契合」〔註38〕然而，我們還是應該注重「創造性的詮釋學」〔註39〕和「詮釋洞見」：「創造的詮釋學家不但為了講話原思想家的教義，還要批判地超克原思想家的教義偏限性或內在難題，為後者解決後者所留下而未能完成的思想課題。」〔註40〕；「詮釋學者設法在原思想家教義的表面結構底下掘發深層結構，據此批判地考察在『蘊謂』層次所找到的種種可能義蘊或蘊涵，從中發現最有詮釋理據或強度的深層義蘊或根本義理出來，這就需要他自己的詮釋學洞見，已非『意謂』層次的表層分析或平板而無深度的詮釋可比。」〔註41〕筆者雖然認為對於莊子隱喻的論述精密周嚴，但是能否讓其他學者也認同我的研究成果為以天文解莊「詮釋性的哲學著作」〔註42〕抱有疑惑。在思考自

〔註37〕昂貝多·艾柯：〈在作者與文本之間〉，收入氏著：《詮釋與過度詮釋》（香港：牛津大學出版社，1995 年），頁 68～69。

〔註38〕鄭宗義：〈知識·思辨與感觸——試從中國哲學研究論牟宗三先生的方法論觀點〉，《鵝湖學誌》，臺北鵝湖，第十八期，頁 26。

〔註39〕傅偉勳「創造性的詮釋學」共分為五辯證層次：（1）「實謂」層次——「原思想家（或原典）實際上說了什麼？」（2）「意謂」層次——「原思想家想要表達什麼？」或「他所說的意思到底是什麼？」（3）「蘊謂」層次——「原思想家可能要說什麼？」或「原思想家所說的可能蘊涵是什麼？」（4）「當謂」層次——「原思想家（本來）應當說出什麼？」或「創造的詮釋學者應當為思想家說出什麼」；以及（5）「必謂」（「創謂」）層次——「原思想家現在必須說出什麼？」或「為了解決原思想家未能完成的思想課題，創造的詮釋學者現在必須踐行什麼？」見氏著：《從創造的詮釋學到大乘佛學》（臺北：東大圖書股份有限公司，1990 年 7 月），頁 10。

〔註40〕傅偉勳：《從創造的詮釋學到大乘佛學》，頁 11。

〔註41〕傅偉勳：《從創造的詮釋學到大乘佛學》，頁 11。

〔註42〕劉笑敢區分注疏作品類型，並為之定義。一、「非哲學性的注解」：完全不能納入中國哲學史研究範圍的注釋或詮釋性著作，如文獻學、歷史學、文學等詮釋著作。二、「哲學性的詮釋」：在中國哲學史論著中涉及到的注釋性著作，但較不能建立其思想體系。三、「詮釋性的哲學著作」：能建立完整體系，與在思想史中佔有重要地位的注疏作品。見氏著：《詮釋與定向——中國哲學研究方法之研究》（北京：商務印書館，2009 年 3 月），頁 32。

己的博士論文時，看到《紅樓夢》研究的索隱派的論述，一度以為是否也該將自己的研究歸類為《莊子》的索隱派。退而求其次地講，筆者期待本文的研究成為「使用文本」的典範，建立閱讀文本的「出位之思」，形成天文與人文互映的「玄解」。

　　莊學研究已經取得巨大的成就，古代解莊著作異彩紛呈，現當代學人也已經從各種視角研究《莊子》，成果頗豐。「文本的意義超越它的作者，這並不是暫時的，而是永遠如此的。因此，理解就不是一種複製的行為，而始終是一種創造性的行為。」〔註43〕筆者之著作期能成為萬花叢林中獨特的一枝，做出新的學術創新。《莊子》中的天文譬喻和敘事研究是一次嘗試，期待本文研究成果可以得到認同，並能啟發新的研究成果。

〔註43〕（德）迦達默爾著，洪漢鼎譯：《詮釋學Ⅰ：真理與方法》，頁403。

參考文獻

一、古籍

1. 《十三經注疏》，臺北：藝文印書館，2011 年 12 月。

2. 戰國·韓非子：《韓非子》，《四部叢刊初編》，景上海涵芬樓藏景宋鈔校本。

3. 戰國·尸佼：《尸子》，上海：華東師範大學出版社，2009。

4. 《六韜》，《四部叢刊初編》343 冊。

5. 漢·司馬遷撰、宋·裴駰集解、唐·司馬貞索隱、唐·張守節正義：《史記》，《武英殿二十四史》本。

6. 漢·班固：《白虎通德論》，《四部叢刊初編》。景江安傅氏雙鑒樓藏元刊本。

7. 漢·鄭玄注、唐·陸德明音義：《周禮》，《四部叢刊初編》。景長沙葉氏觀古堂藏明翻宋岳氏刊本。

8. 漢·宋衷：《世本八種》，中華書局，2008 年 8 月。

9. 漢·劉熙：《釋名》，《四部叢刊初編》。景江南圖書館藏明翻宋書棚本。

10. 漢·許慎撰、宋·徐鉉等奉敕校定：《說文解字》，《四部叢刊初編》。景日本岩崎氏靜嘉堂藏北宋刊本。

11. 漢·王逸章句、宋·洪興祖補注：《楚辭》，《四部叢刊初編》，景江南圖書館藏明覆宋本。

12. 漢·孔安國傳、唐·孔穎達疏：《尚書正義》，《武英殿十三經注疏》本。

13. 漢‧賈誼：《新書》，《四部叢刊初編》，景江南圖書館藏明正德乙亥吉藩刊本。

14. 漢‧班固：《前漢書》，《武英殿二十四史》本。

15. 漢‧高誘注：《呂氏春秋》，《四部叢刊初編》，景上海涵芬樓藏明刊本。

16. 漢‧劉向：《說苑》，《四部叢刊初編》。景平湖葛氏傳樸堂藏明鈔本。

17. 漢‧劉向：《古烈女傳》，《四部叢刊初編》。景長沙葉氏觀古堂藏明刊本。

18. 漢‧趙爽注、北周‧甄鸞重述、唐‧李淳風等奉敕注釋、宋‧李籍：《周髀算經》，《四部叢刊初編》。

19. 魏‧王肅注：《孔子家語》，《四部叢刊初編》。景江南圖書館藏明覆宋刊本。

20. 晉‧張湛注：《沖虛至德真經》，《四部叢刊初編》。景常熟瞿氏鐵琴銅劍樓藏北宋刊本。

21. 晉‧郭璞注、唐‧陸德明音義、宋‧邢昺疏：《爾雅注疏》，《武英殿十三經注疏》本。

22. 漢‧戴德撰、北周‧盧辯注：《大戴禮記》。《四部叢刊初編》。景無錫孫氏小綠天藏明袁氏嘉趣堂刊本。

23. 晉‧干寶：《搜神記》，北京：中華書局，1979。

24. 晉‧崔豹：《古今注》，叢書集成初編本，北京：中華書局，1985。

25. 晉‧皇甫謐：《帝王世紀》，《百部叢書集成》初編，臺北：藝文印書館，1967。

26. 吳‧韋昭解：《國語》，《四部叢刊初編》。

27. 南朝宋‧范曄撰、晉‧司馬彪補志、唐‧李賢等注：《後漢書》，臺北：鼎文書局，1991。

28. 南朝宋‧范曄：《後漢書》，《武英殿二十四史》本。

29. 梁‧沈約：《宋書》，北京：中華書局，1974。

30.《竹書紀年》，《四部叢刊初編》，景上海涵芬樓藏明天一閣刊本。

31. 五代‧劉昫：《舊唐書》，臺北：臺灣中華書局，1966。

32. 唐‧李吉甫：《元和郡縣圖志》，北京：中華書局，1983。

33. 唐‧韓愈著，馬其昶校著：《韓昌黎文集校注》，上海：上海古籍出版，1988。

34. 唐・房玄齡注：《管子》，《四部叢刊初編》，景常熟瞿氏鐵琴銅劍樓藏宋刊本。

35. 宋・王應麟：《玉海》，臺北：華聯出版社，1964。

36. 宋・蘇軾著、孔凡禮點校：《蘇軾文集》，北京：中華書局，2004。

37. 宋・王安石：《臨川文集》，臺北：華正書局，1975。

38. 宋・陸佃：《鶡冠子》，《四部叢刊初編》。景江陰繆氏藝風堂藏明覆宋刊本。

39. 宋・沈括：《夢溪筆談》，上海書店出版社，2003。

40. 宋・林希逸著、周啟成注解：《莊子鬳齋口義校注》，北京：中華書局，1997。

41. 宋・朱勝非：《紺珠集》，《影印文淵閣四庫全書》，臺北：臺灣商務印書館，1986。

42. 宋・歐陽修：《詩本義卷十三》，文淵閣四庫全書，臺北：商務印書館，1986。

43. 宋・李昉：《太平御覽》，北京：中華書局，1960。

44. 宋・羅泌：《路史》，《影印文淵閣四庫全書》，臺北：臺灣商務印書館，1986。

45. 宋・黃震：《黃氏日鈔・續諸子・莊子》（卷55），見《古今圖書集成》（卷440），北京：中華書局。

46. 元・梁益：《詩傳旁通》，《影印文淵閣四庫全書》，臺北：臺灣商務印書館，1986。

47. 元・楊守敬，熊會貞：《水經注疏補》，北京：中華書局，2014。

48. 明・釋德清撰，黃曙輝點校：《莊子內篇注》，上海：華東師範大學出版社，2009。

49. 清・郭慶藩：《莊子集釋》，臺北：商周出版，2018。

50. 清・林雲銘：《莊子因》，華東師範大學出版社，2011。

51. 清・郝懿行：《爾雅義疏》，臺北：河洛圖書出版社，1975。

52. 清・王先謙：《荀子集解》，北京：中華書局，1988。

53. 清・孫詒讓：《定本墨子閒詁》，臺北：世界書局，2018。

54. 清・錢大昭：《廣雅疏義》，北京：中華書局，2016。

55. 清·王夫之:《莊子解》,臺北:里仁書局,1984。

56. 清·吳峻撰:《莊子解》,《昭代叢書》本。

57. 清·王鳴盛:《尚書後案》,中華書局,2010。

58. 清·段玉裁:《說文解字注》,上海:上海古籍出版社,1981。

59. 清·趙在瀚:《七緯·春秋緯》,北京:中華書局,2012。

60. 清·張玉書:《康熙字典》,上海書店出版,1985 年。

61. 清·王先慎:《韓非子集解》,北京:中華書局,1998。

62. 清·崔述:《崔東壁遺書》,上海:上海古籍出版社,1983。

63. 清·顧炎武著,黃汝成集釋,欒保群、呂宗力校點:《日知錄集釋》,上海:上海古籍出版社,2006。

64. 民國·焦琳:《詩蠲卷十二》太原:范華製版印刷廠,1935。

二、近人著作

(一) 專書

1. 《辭海》,臺北:中華書局,1989。

2. 丁山:《中國古代宗教與神話考》,上海:上海書店出版社,2011。

3. 丁綿孫:《中國古代天文曆法基礎知識》,天津:天津古籍出版社,1989。

4. 小川琢治:《支那歷史地理研究》,京都:弘文堂書店,1928。

5. 王邦雄:《生命的實理與心靈的虛田·從修養工夫論莊子「道」的性格》,臺北立緒,1999。

6. 王叔岷:《莊子校詮》,臺北:中央研究院歷史語言研究所,1988。

7. 王國維:《古史新證──王國維最後的講義》,北京:清華大學出版社,1994。

8. 王乾坤:《一路「洋蔥皮」》,福建:福建教育出版社,1999。

9. 王煜:《老莊思想論集》,臺北聯經,1979。

10. 方勇:《莊子學史》,北京:人民出版社,2008。

11. 盧央:《易學與天文學》,中國書店出版,2003。

12. 葉舒憲:《中國神話哲學》,北京:中國社會科學出版社,1992。

13. 白川靜:《甲骨文的世界》,臺北:巨流圖書公司,1977。

14. 馮時:《中國古代物質文化史──天文曆法》,北京:開明出版社,2013。

15. 呂大吉：《宗教學通論新編》，北京：中國社會科學院出版社，2010。

16. 任繼愈：《中國哲學發展史（先秦）》，北京：北京人民出版社，1998。

17. 任繼愈：《中國道教史》，上海：上海人民出版社，1990。

18. 劉文英：《中國古代的時空觀念》，天津：南開大學，2000。

19. 劉生良：《鵬翔無疆——莊子文學研究》，北京：人民出版社，2004.05。

20. 劉釗：《出土簡帛文字叢考》，臺灣書房，2004。

21. 劉學鍇、余恕誠：《李商隱詩歌集解·中冊》，臺北：洪葉文化事業有限公司，1992。

22. 劉榮賢：《莊子外雜篇研究》，臺北：聯經出版事業，2004.04。

23. 劉笑敢：《莊子哲學及其演變》，中國人民大學出版社，2010。

24. 劉笑敢：《詮釋與定向——中國哲學研究方法之研究》，北京：商務印書館，2009 年 3 月。

25. 劉笑敢主編：《中國哲學與文化第二輯：注釋、詮釋，還是創構？》，桂林：廣西師範大學出版社，2007。

26. 劉毓慶、郭萬金：《從文學到經學》，上海：華東師範大學出版社，2009。

27. 齊銳、萬昊宜：《漫步中國星空》，北京：科學普及出版社，2017。

28. 江曉原：《周髀算經新論·譯注》，上海：上海交通大學出版社，2015。

29. 湯一介：《郭象與魏晉玄學》，臺北：谷風出版社，1987。

30. 牟宗三：《才性與玄理》，臺北學生，1993。

31. 牟宗三：《中國哲學十九講》，臺北學生，1983。

32. 嚴靈峰：《莊子》，臺灣臺北市：正中書局，1987。

33. 嚴靈峰編著：《周秦漢魏諸子知見書目》，臺灣：正中書局印行，1975。

34. 杜而未：《莊子宗教與神話》，臺北：學生書局，1985。

35. 李杜：《中西哲學思想種的天道與上帝·詩書中的天帝觀》，臺北藍燈，2000。

36. 李澤厚：《由巫到禮　釋禮歸仁》，北京：生活·讀書·新知三聯書店，2015。

37. 李春青：《詩與意識形態》，北京：北京大學出版社，2005。

38. 李零：《中國方術正考》，北京：中華書局，2016。

39. 李鏡池：《周易通義》，北京：中華書局出版，1981。

40. 楊伯峻:《列子集釋》,北京:中華書局,2010。

41. 楊伯峻:《孟子譯注》,臺北:漢京文化事業有限公司,1987。

42. 楊伯峻:《春秋左傳注》,臺北:洪葉文化事業有限公司,2015。

43. 楊寬:《楊寬古史論文選》,上海:上海人民出版社,2003。

44. 楊雅惠:《臺灣海洋文學》,國立臺灣文學館,2012。

45. 楊儒賓:《儒門內的莊子》,臺北:聯經出版,2016。

46. 吳怡:《逍遙的莊子》,臺北:三民書局,2009。

47. 吳怡:《新譯莊子內篇解義》,臺北:三民書局,2009.10。

48. 何寧:《淮南子集釋》,北京:中華書局,1998。

49. 余英時:《論天人之際》,北京:中華書局,2014。

50. 張正明:《楚史》,武漢:湖北教育出版社,1995。

51. 張立文:《天》,臺北七略,1996。

52. 張立文:《中國哲學範疇發展史(天道篇)》,北京:中國人民,1989。

53. 張軍:《楚國神話原型研究》,臺北:文津出版社,1994。

54. 陳文濤:《先秦自然學概論》,上海:商務印書館,1938。

55. 陳泳超:《堯舜傳說研究》,南京師範大學出版社,2000。

56. 陳品卿:《莊學新探》,臺北:文史哲出版社,1984.09。

57. 陳鼓應:《莊子今注今譯》,北京:商務印書館,2007。

58. 陳鼓應:《莊子哲學研究》,臺北:自印本,1975。

59. 陳蒲清:《中國古代寓言史》,長沙:湖南教育出版社,1983。

60. 武家璧:《觀象授時——楚國的天文曆法》,武漢:湖北教育出版社,2001。

61. 范祥雍編:《古本竹書紀年輯校訂補》,上海:上海古籍出版社,2011。

62. 林富士:《小歷史——歷史的邊陲》,臺北:三民書局,1990。

63. 國家文物局古文獻研究室編:《馬王堆漢墓帛書》,文物出版社,1980。

64. 金元浦:《接受反應文論》,濟南:山東教育出版社,1998。

65. 金春峰:《中國文化與中國哲學》,東方出版社,1986 年版。

66. 周紹賢:《莊子要義》,臺北市:中華書局,2015。

67. 鄭金德:《人類學理論發展史》,臺灣:商務印書館,1978。

68. 胡亞敏:《敘事學》,臺中:若水堂股份有限公司,2014。

69. 胡適、魯迅、梁啟超等著：《民國語文——八十堂大師國文課》，北京：中國長安出版社，2011。

70. 鐘鳴旦、杜鼎克、蒙曦主編：《法國國家圖書館明清天主教文獻》，臺北利氏學社，第十六冊，2009。

71. 鍾宗憲：《中國神話的基礎研究》，洪葉文化事業有限公司，2006。

72. 鍾泰：《莊子發微》，上海：上海古籍出版社，1988。

73. 鍾泰著、陳贇編：《鍾泰學術文集》，上海：上海人民出版社，2012。

74. 侯忠義：《隋唐五代小說史》，杭州：浙江古籍出版社，1997。

75. 聞一多：《聞一多全集》，上海：開明書店，1948，複印本。

76. 聞一多：《神話與詩》，上海：上海人民出版社，2006。

77. 袁行霈：《中國詩歌藝術研究》，北京：北京大學出版社，2009。

78. 袁宙迪：《莊子學說體系闡微》，臺北：黎明文化事業出版社，1977.06。

79. 袁珂：《山海經校注》，上海：上海古籍出版社，1980。

80. 袁珂：《古神話選釋》，臺北：大安出版社，1986。

81. 袁保新：《老子哲學之詮釋與重建》，臺北：文津出版社，1997。

82. 袁閭琨、薛洪績：《唐宋傳奇總集‧唐五代（上）》，鄭州：河南人民出版社，2001。

83. 賈學鴻：《莊子名物研究》，北京：人民出版社，2016。

84. 錢穆：《莊老通辨》，北京：生活‧讀書‧新知，2005。

85. 徐復觀：《中國人性論史‧先秦篇》，上海三聯書店，2001。

86. 郭沫若：《十批判書》，北京：東方出版社，1996。

87. 郭沫若：《郭沫若古典文學論文集》，上海：上海古籍出版社，1985。

88. 唐君毅：《中國哲學原論‧導論篇》，臺北：學生出版社，1993。

89. 黃一農：《社會天文學史十講》，上海：復旦大學出版社，2004。

90. 黃懷信、張懋鎔、田旭東：《逸周書匯校集注》，上海古籍出版社，2007。

91. 黃懷信：《鶡冠子校注》，北京：中華書局，2018。

92. 黃錦鋐：《新譯莊子讀本》，臺北三民，2001。

93. 黃錦鋐：《莊子及其文學》，臺北東大圖書公司，1984。

94. 崔大華：《莊學研究》，北京：人民出版社，1992.11。

95. 章太炎：《國學講義》，瀋陽：萬卷出版公司，2015。

96. 章太炎：《章太炎全集（三）》，上海人民出版社，1984。

97. 逯欽立：《陶淵明集》，北京：中華書局，1979。

98. 韓秋白、顧青：《中國小說史》，臺北：文津出版社，1995。

99. 程俊英：《詩經譯注》，上海：上海古籍出版社，2014。

100. 程俊英：《詩經譯注》，上海：上海古籍出版社，2014。

101. 傅偉勳：《從創造的詮釋學到大乘佛學》，臺北：東大圖書股份有限公司，1990 年 7 月。

102. 傅佩榮：《儒道天論發微》，臺北學生，1985。

103. 曾春海、葉海煙、尤煌傑、李賢中：《中國哲學概論》，臺北：五南圖書，2005。

104. 蔡宗陽：《莊子之文學》，臺北：文史哲出版社，1983.09。

105. 蔡焜霖：《現代高級英漢雙解辭典》，臺北：百科出版社，1985。

106. 廖平：《廖平選集》，成都：巴蜀書社，1988。

107. 顏崑陽：《莊子的寓言世界》，臺北：漢藝色研文化事業有限公司，2005。

108. 〔日〕中井積德：《古詩逢源》，靜嘉堂文庫藏明治寫本，山西大學國學研究院複印本。

109. 〔日〕藤原岩友：《巫系文學論》，東京：大學書房，1969。

110. 〔日〕藤野岩友：《巫系文學論》，東京：大學書房，昭和 44 年。

111. 〔波蘭〕英加登著，陳燕谷、曉禾譯：《對文學的藝術作品的認識》，中國文聯出版公司，1988。

112. 〔美〕韋勒克（René Wellek）、〔美〕華倫（Austin Warren）著，王夢鷗、許國衡譯：《文學論——文學研究方法論》，臺北：志文出版社，1976。

113. 〔美〕伊麗莎白・弗洛恩德著，陳燕谷譯：《讀者反應理論批評》，板橋：駱駝出版社，1994。

114. 〔美〕劉若愚著，杜國清譯：《中國文學批評》，南京：江蘇教育出版社，2006。

115. 〔美〕羅伯特・所羅門、凱思琳・希金斯著，張卜天譯《大問題——簡明哲學導論》，北京：清華大學出版社，2018。

116. 〔美〕浦安迪：《中國敘事學》，北京：北京大學出版社，1996。

117. 〔美〕勒內‧韋勒克、〔美〕奧斯汀‧沃倫著,劉象愚、邢培明、陳聖生、李哲明譯:《文學理論》,浙江人民出版社,2017。

118. 〔美〕雷可夫(George Lakoff)、〔美〕約翰遜(Mark‧Johnosn)合著,周世箴譯注:《我們賴以生存的譬喻》,聯經出版事業有限公司,2016。

119. 〔意〕昂貝多‧艾柯:《詮釋與過度詮釋》,香港:牛津大學出版社,1995。

120. 〔德〕H.R.姚斯:《走向接受美學》,周寧、金元浦譯:《接受美學與接受理論》,瀋陽:遼寧人民出版社,1987。

121. 〔德〕卡西勒著,劉述先譯:《人論》,臺中:東海大學,1959。

122. 〔德〕伊瑟爾:《隱含的讀者》,霍布金斯大學,1974。

123. 〔德〕迦達默爾著,洪漢鼎譯:《詮釋學 I:真理與方法》,北京:商務印書館,2007 年 4 月。

(二)期刊論文

1. 王小滕:〈莊子「變」的哲思探析〉,《東華人文學報》,第十八期,2011年元月,頁 1～30。

2. 王邦雄:〈莊子其人其書及其思想〉,《中國哲學論集(增訂三版)》,臺北:臺灣學生書局,2004。

3. 王光福:〈讀〈任氏傳〉〉,《蒲松齡研究》,2004 年 01 期,頁 132～141。

4. 王青:〈西域地區的龍崇拜以及對中土文化的影響〉,《西域研究》,2004年 02 期,頁 87～93。

5. 王稼句:〈橘社往事〉,《書屋》,2012 年 01 期,頁 30～34。

6. 卞孝萱:〈再論〈任氏傳〉——兼評沈既濟以雌狐「自喻」臆說〉,《淮陰師範學院學報(哲學社會科學版)》,2008 年 02 期,頁 208～213。

7. 鄧立群:〈論〈柳毅傳〉對前代文本的繼承與轉化〉,《時代報告(下半月)》,2013 年 03 期,頁 204～205。

8. 葉海煙:〈天人之間——響應周啟成〈莊子學派天人觀辨析〉〉,《哲學與文化》第二十七卷第二期,頁 193～195。

9. 馮時:〈《周易》乾坤卦爻辭研究〉,《中國文化》,2010 年 02 期,頁 65～93。

10. 朱思信:〈談《莊子》寓言〉,《新疆大學學報(哲學社會科學版)》,1980年 01 期,頁 33～40。

11. 朱哲：〈先秦道家的天人哲學論〉，《宗教哲學》第五卷第二期，頁 93～108。

12. 劉秋固：〈莊子的神話思維與自我超越的文化心理及其民俗信仰〉，《中央研究院民族學研究所集刊》第 85 期，頁 179～204。

13. 劉起釪：〈《洪範》成書時代考〉，《中國社會科學》1980 年 03 期，頁 155～170。

14. 孫永健：〈鯤字音義考辨〉，《安徽廣播電視大學學報》，2006 年第一期，頁 82～85。

15. 李豐楙：〈先秦變化神話的結構性意義———一個「常與非常」觀點的考察〉，《中國文哲研究集刊》，1994 年 3 月，頁 287～318。

16. 李光摩：〈〈桃花源記旁證〉發覆〉，《學術研究》，2012 年第 6 期，頁 139～144。

17. 李亦園：〈和諧與均衡———民間信仰的宇宙詮釋與心靈慰藉模型〉，現代人心靈的真空及其補償研討會論文，中原大學，76 年 5 月，頁 1～26。

18. 楊玉成：〈戰國讀者：語言的爆炸與文學閱讀〉，收入東華大學中文系主編：《文學研究的新進路：傳播與接受》，臺北：洪葉文化事業公司，2004，頁 145～242。

19. 楊國強：〈莊子鯤鵬原型新探〉，《韶關大學學報》，第 21 卷第 3 期，2000 年 6 月，頁 27～31。

20. 楊闊：〈《莊子》的現實空間敘事與觀念空間敘事〉，《教師教育學報》，2010 年 04 期（2010/07/04），頁 181～184。

21. 肖獻軍：〈〈柳毅傳〉原發生地考辨〉，《中南大學學報》第 5 期，2010 年 10 月第 16 卷，頁 107～113。

22. 張存釗：〈《莊子‧逍遙遊》中大鵬之神話溯源〉，《重慶科技學院學報》，2010 年第 8 期，頁 68～69+71。

23. 張偉然：〈學問中的證與悟———陳寅恪、唐長孺對〈桃花源記〉的解讀〉，《中國政法大學人文論壇》第一輯，北京：中國社會科學出版社，2004 年。

24. 張軍、黃鵬：〈〈任氏傳〉中的「狐女」應當是胡女〉，《紹興文理學院學報》，2006 年 02 期，頁 44～47。

25. 張亨：〈莊子哲學與神話思維——道家思想溯源〉，《東方文化》，第 21 卷第 2 期，1983，頁 115～135。

26. 張洪興：〈論明代中後期莊子學的勃興及其表現特徵〉，《蘭州學刊》，2012.01，頁 169～172+178。

27. 張黎明：〈唐傳奇〈柳毅傳〉中扣樹情節之民俗探析〉，《社會科學研究》，2010 年 04 期，頁 183～187。

28. 陳致：〈「逍遙」與「舒遲」：從連綿詞的幾種特別用法看傳世經典與出土文獻的解讀〉，《簡帛研究二〇一五（春夏卷）》，頁 1～14。

29. 陳寅恪：〈桃花源記旁證〉，《清華學報》第 11 卷 1 期，1936 年 1 月。

30. 陳湘源：〈〈柳毅傳書〉故事原地淺探〉，《岳陽職業技術學院學報》，2008 年 04 期，頁 39～42。

31. 陳德和：〈黃老哲學的起源與特色〉，第三屆比較哲學學術研討會論文，嘉義南華，2002 年 5 月。

32. 陳贇：〈莊子逍遙遊中的鯤鵬寓言〉，《中山大學學報‧社會科學報》，2009 年第一期 49 卷，頁 135～142。

33. 胡厚宣：〈甲骨文所見商族鳥圖騰的新證據〉，《文物》，1977，第 2 期。

34. 胡厚宣：〈甲骨文商族鳥圖騰的遺跡〉，《歷史論叢》（中華書局，1964）第 1 輯。

35. 鍾鑫：〈洞庭湖地區柳毅信仰及其廟宇變遷之考辨〉，《廈門廣播電視大學學報》，2015 年 03 期，頁 85～91。

36. 段毅、武家璧：〈靖邊渠樹壕東漢壁畫墓天文圖考釋〉，《考古與文物》，2017 年第 1 期，頁 78～88。

37. 姜媛：〈印度龍女故事與〈柳毅傳書〉的關係〉，《科教導刊——電子版（中旬）》，2015 年 06 期，頁 66，69。

38. 賈學鴻：〈姑射山學案的梳理與辨析〉，《復旦學報（社會科學版）》，2016 年 06 期，頁 80～84。

39. 賈學鴻《〈莊子〉寓言連類相次的結構藝術》，《北方論叢》，2007 年 01 期，頁 15～18。

40. 徐振韜：〈從帛書《五星占》看先秦渾儀的創制〉，《考古》，1976 年 02 期，頁 89～94+84。

41. 郭沫若：〈先秦天道觀之進展〉，《青銅時代》，北京：科學出版社，1957年。

42. 唐君毅：〈中國原始民族哲學心靈狀態之形成〉，《中華人文與當今世界補編》，臺北：學術書局，1988。

43. 黃賢：〈〈柳毅傳〉龍女形象新論〉，《山西大同大學學報（社會科學版）》，2012 年 03 期，頁 55～57。

44. 黃鳴：〈中國古代的天文學與文學〉，《文學典故史話》，2008（6），頁 35～43。

45. 黃恰：〈柳毅故事的文化解讀〉，《蒲松齡研究》，2003 年 01 期，頁 155～160。

46. 黃錦鋐〈近三十年來之莊子學——專著部分〉（1951～1981）》，《漢學研究通訊》，第 1 卷 1 期，1982.02，頁 3～5。

47. 黃錦鋐〈近三十年來之莊子學——論文部分（1951～1981）〉，《漢學研究通訊》，1 卷 4 期，1982.02，頁 147～149。

48. 蔣振華：〈關於《莊子》寓言定分種種〉，《湖南教育學院學報》，1999 年 01 期，頁 3～5。

49. 童書業：〈三皇考序〉，《古史辨》第七冊（中），海南：海南出版社，2003。

50. 簡光明：〈近二十年來之莊子學〉，《諸子學刊》第三輯，頁 435～466。

（三）學位論文

1. 許迅：《《莊子》空間敘事研究》，江西師範大學，2013 碩士學位論文。

2. 肖捷飛：《莊子寓言探析》，四川師範大學碩士論文，2007。

3. 林振湘：《莊子神話意象研究——兼論莊子神話與山海經之關係》，福建師範大學碩士論文，2003 年。

4. 明宣丞：《敘事學視野下的《莊子》寓言研究》，青海師範大學碩士學位論文，2014。